英国貴族と結婚しない方法

ジェニファー・マクイストン
琴葉かいら 訳

THE SPINSTER'S GUIDE TO
SCANDALOUS BEHAVIOR
by Jennifer McQuiston
Translation by Kaira Kotoha

mira

THE SPINSTER'S GUIDE TO
SCANDALOUS BEHAVIOR

by Jennifer McQuiston

Published by K.K. HarperCollins Japan, 2021

祖母のマーグリート（ボビー）・ヘンスリーと
グロリア・ベル・プレントルに捧ぐ。
私が生意気なときも、
つねに私を愛し、励ましてくれた二人に。

謝辞

いつもどおり、常連の皆さんに感謝を捧《ささ》げます。エージェントのケヴァン・ライアン、すばらしい編集者のテッサ・ウッドウォード、最高のガブリエル・ケック、エイヴォンの広報チーム――特にキャロライン・パーニー、エイヴォンの美術部門――特に私の本に完璧な表紙をつける術を熟知しているトム・エグナー。名前は言わなくてもわかると思うけど、友達のみんな、批評仲間のみんな。私を励ましてくれ、熱心に次作を待ってくれている読者の皆さん。そしてもちろん、両親と、熱意ある家族のみんな。

ただ、今回はほかにも感謝したい人がいます。

特に、二〇一四年十月に、本業である疾病管理センターでの職務の一環として、エボラ熱の流行と闘いに行ったシエラレオネでの経験を見守ってくださった皆さんに、どうしてもお礼が言いたいのです。私のフェイスブックを新たにフォローしてくれた何千人もの方々、知識を得ること、不安を和らげることに私の投稿が役立ったと言ってくださった皆さんのあふれんばかりの応援に、私は途方もなく心を動かされました。それは長く、過酷な、忘れがたい任務でした。小説は少しも書けませんでした。エボラ熱のような恐ろしいものに一日二十時間も取り組んでいるとき、紙の上にドラマを作り上げるのは難しいものです。でも、新しい友達があんなにもたくさんできたおかげで、ロマンス・コミュニティをそれまでになかったほど身近に感じました。祈りを、支えを、優しい言葉をありがとうございました。それらは私にとってかけがえのないものでした。

英国貴族と結婚しない方法

おもな登場人物

ルシール（ルーシー）・ウェストモア――子爵令嬢
リディア――ルーシーの腹違いの妹
クレア――ルーシーの姉
ジェフリー――ルーシーの弟
カードウェル卿――ルーシーの父親
ウィルソン――ウェストモア家の執事
イーディス・ルシール・ウェストモア（ミス・E）――ルーシーの伯母
トーマス――ブランストン侯爵
ジョセフィーヌ――トーマスの妹
ダニー――孤児の少年
ミセス・ウィルキンズ――下宿屋の女主人
ミスター・ジェーミソン――乾物屋の主人
ミスター・ベントリー――郵便局長
ウェルズベリー――牧師

プロローグ

一八五〇年　ロンドン

棺《ひつぎ》を閉じたまま葬儀が行われたのは、儀礼上の理由からではなく、必要に迫られてのことだった。

それでも、参列客はあとを絶たなかった。

客は応接間を動き回り、彼らの地味な服装と声を潜めた会話が相まって、その光景も聞こえる音も鬱々としていた。嘆き悲しむために来た者もいれば、心ここにあらずの者もいた。トーマスは酔っ払っていて参列客の名前は思い出せなかったが、彼らの存在を消し去れるほど泥酔はしていなかったため、携帯用酒瓶《フラスク》からまた一口こっそりウィスキーを飲み、顔をしかめないよう気をつけた。

臆測をささやき合う声が室内に充満する中、いままで何度も練習した、妹の棺が閉じられていることの説明を心で唱えた。

〝最期はとても苦しんだので〟

〝本人もあんな形で記憶されたくないだろうから〟

残念ながら、ジョセフィーヌが次の言葉とともに記憶されるのは確実だった。

早世。妊婦。未婚。

くそっ。だが、ここにいる人々に何と言えばいい？　ジョセフィーヌは死を望んだのだと――いまは少なくとも、生きている間は得られなかった平穏と敬意を見出《みいだ》せたのだと？

参列客がこの家に来たのはお悔やみを言うためだろうが、彼らの声にはぞっとするような興味がにじんでいた。こんな人々の中でジョセフィーヌが暮らせば、醜聞は永遠に忘れられることはなかっただろう。つまり、ジョセフィーヌはその問題を解決したのではないだろうか？　室内にいる誰もが、ジョセフィーヌは出産時に赤ん坊もろとも死んだと思い込んでいた。

だが、真実はそれ以上に過酷なものだった。

「ブランストン卿《きょう》、あなたに話があるの」

トーマスは驚き、ウィスキーの魔力が一瞬消え失《う》せたほどだった。少なくとも目の前には、泥酔していても思い出せる名前があった。ミス・ガブリエル・ハイトン。首を回すと、かすんだ目が、これだけのことが明るみに出たいまも結婚を望んでしまう女性の顔に焦点を結んだ。

「ガブリエルか？」トーマスはしゃがれた声で言った。

「そうよ」ガブリエルはかわいらしい鼻にしわを寄せた。「具合が悪いの？」

具合が悪い。そういう言い方もできる。トーマスは部屋がぐらりと傾かないことを願いながら、息を吸った。「嬉《うれ》しいよ……君が来てくれて」ガブリエルが来てくれることは確信できずにいた。

ガブリエルが近づいてきたため香水の香りが漂ったが、花の匂いはいまや、妹の棺を飾っている花々を強く思い出させた。〝リリウム・カンディダム〟と、脳が助け船を出すように告げる。酩酊《めいてい》状態にあっても花の名前は思い出せるが、室内にいる人々の半数の名前は思い出せないのだった。

大学で植物学を学んでいたころから、どのくらい時が経《た》っただろう？

ウィスキーの次の一口を飲むまであと何分待たなければならないのかという疑問に比べれば、はるかに価値のない疑問だった。

トーマスが強くフラスクをつかんでいる間、ガブリエルは左右に視線をさまよわせたが、トーマスの目をまっすぐ見ることはなかった。

「あなたに話があって来たの」ガブリエルが深く息を吸うと、トーマスの胃の中で恐怖がうごめき、ウィスキーとともに重く溜《た》まるのを感じた。「ここならあなたがいるとわかっていたから」ガブリエルはようやくトーマスの目を見て、視線を合わせた。「何度も家を訪ねたけど、留守だったわ」責めるように言う。

トーマスは歯を食いしばった。確かに、家は留守にしていた。手続きをしなくてはならなかった。葬式の手配をしなくてはならなかった。

酒を飲まなければならなかった。

いったい何を話すつもりなのだろう？　妹の醜聞のひどさを考えれば、ガブリエルが自分と話したいと思うのは理解できる。だが婚約者が何を言うにせよ、その会話は棺を前にしてではなく、二人きりになれる場所でするのが最善だ。こちらにも説明するチャンスがあっていい。

あるいは、懇願するチャンスも。

「明日、君の家に行くよ」トーマスはしゃがれた声で言い、片手を広げた。「そのときに話そう」

だが、ガブリエルはすでに婚約指輪をひねって指から外していた。開いた手のひらにそれが冷たく押しつけられる。「ごめんなさい、ブランストン卿。でも、あなたにはもう会わないほうがいいと思うの」

トーマスの指は指輪を握りしめた。最悪だ。ガブリエルはもう、トーマスとすら呼んでくれないのか？　この女性にキスをしたというのに。結婚を申し込み、妻の座と爵位を差しだしたというのに。だが、婚約者がすでにドアのほうに向かっているところを見ると、侯爵夫人の座に就ける程度では、妹の堕落が残した汚れに耐える価値はないと考えたのだろう。

ガブリエルが出ていったことを、参列客が気づかないはずがなかった。トーマスのまわりで群衆はざわめき、ささやき声が波打った。猛禽類《もうきんるい》のような人々がいっそうむらがり、かつて自分の未来そのものだった女性が応接間のドアから出ていく中、トーマスは再びウイスキーをごくごく飲み、今回はフラスクを隠そうともしなかった。

そうやって眺めていればいい。噂《うわさ》すればいい。そんなことはもうどうでもよかった。

結局のところ、妹は正しい解決法を見つけたのだろう。

いまこそ自分も消えるべきなのかもしれない。

1

一八五三年四月　ロンドン

手袋をはめた手でカードウェル邸を取りしきる年輩の執事ウィルソンはときに、尻から金属棒が差し込まれているかのような動きをする。姿勢のよさが執事の地位に欠かせない要素というわけではないが、ウィルソンの優秀な働きぶりは誰もが認めるところだった。だが今日はその金属棒が、差し込む前に火で熱せられていたようだ。それは誰か——おそらくルーシーが、このあと叱られることを意味している。

ルーシー・ウェストモアはこのちょっとした干渉にかちんと来て、静まり返った温室の中でため息をついた。ウィルソンは無言のまま、お決まりの銀の盆を手に、ルーシーの前で足を止めた。言葉を発する必要はなかった。そのしかめっつらが雄弁に物語っていたからだ。ルーシーはこの老執事のしかめっつらと長年つき合ってきた経験から、先回りして適切な謝罪をし、お説教を回避するのが最善の策であると知っていた。そこで、両手の土を払い、膝をついた体勢から顔を上げ、後悔を示すほほ笑みを顔に浮かべようとした。

「ウィルソン、また応接時間をすっぽかしてしまったのはわかっているわ。ごめんなさい、本当に。あと数分で行くから」目にかかる一つかみの金髪を押しやり、執事の返事を待った。今日の温室は暑くて、空気は湿ってかび臭く、重苦しい。セントジェームズ孤児院の共用庭園のために準備しているエンドウマメの苗の上で汗だくになっているうち、ここに長居しすぎたのかもしれない。

一粒の汗が鼻を流れ、ルーシーは執事の禿《は》げ上がった頭に目をやった。言うことを聞かない自分の髪も、あんなふうにできたら最高だろう。その姿を見たウィルソンのしかめっつらを想像してくすくす笑いそうになったが、彼の前でくすくす笑ったところで、得られるものは何もない。

ウィルソンはルーシーの父の執事を十七年間務め、先代の前カードウェル卿《きょう》には二十年以上仕えていた。そのため、ほかの使用人にはありえないほど遠慮のない態度をとる。ルーシーは二十一歳で、自分の面倒は自分で見られる年齢だったが、ウィルソンは必要な状況とあらば躊躇《ちゅうちょ》なくルーシーを叱った。

確かにそれが必要な状況は多かった。けれど、ウィルソンにはいまやっていることの重要さがわからないのだろうか？

いらいらしてきたルーシーは、かかとに体重をかけて体を起こし、泥で汚れたズボンを示した。「あなただって、私にこんな格好でお客さんの前に出てほしくはなかったでしょう？　そのほうがひどい状況になっていたわ」ウィルソンのしかめっつらが悪化すると、ルーシーは作戦を変えた。「あとで私からお母さまとリディアに謝ると約束すればいい？」

とはいえ、リディアが少しも気にしないのはわかっていた。姉妹間のことに関して、リディアは優しくて寛容なのだ。一方、母は……。

自分のだらしなさ、そして自分のズボンに対する母の反応を想像しただけで、ルーシーは縮み上がった。本当は何時間も前に温室を出ていなくてはならなかったのに、単純に時が経《た》つのを忘れていた。そうだ、そのように説明すればいい。

きっと、そのほうが筋の通った言い訳に聞こえるはず――母が決めた応接時間に今回も苦しめられるくらいなら、ウィルソンの金属棒を尻から抜いて自分の目に刺したほうがましだという真実よりも。

ルーシーにとってそれは、自分の人生がいかにおぞましい変化を遂げようとしているかを思い出させる苦難の時間だった。その道を進むことに同意したとはいえ、来《きた》る社交シーズンに向けて拘束されることは、どうしても必要になるまでは一秒でも先送りにしたかった。

「夕食前には着替えるわ」ルーシーはさらに言った。「来週はちゃんと応接時間を忘れないようにします。でも、この苗はしおれかけているから、私が――」

「ミス・ルーシー」ウィルソンは口を挟み、それは執事としては恐ろしく無礼になりそうな行為だったが、彼が最終的にこう言ったのでルーシーはほっとした。「説明はお母さまになさってくださ い。今回は説明しなくてはならないかと存じます」

ルーシーは唇を噛《か》んだ。「お母さまはそんなに怒ってるの？」

目の上に白髪交じりの口ひげが生えているかのようなもじゃもじゃの眉が二本、高く上がった。「レディ・カードウェルは午後の半分をお嬢さまの不在の言い訳をすることに、あとの半分をお嬢さまの将来を嘆くことに費やされました。正面の窓から外を見ることまでされていました。お嬢さまが木にぶら下がっていないかお確かめになっていたのでしょう」

ルーシーは顔を赤らめた。「それは子供のころ以来していないわ」

ウィルソンは首を傾《かし》げ、耳に突き刺さるような沈黙が流れた。

「わかったわよ。十七歳のころ以来よ」そう言ったルーシーはその言葉がどんなふうに聞こえるかに気づき、ため息をついた。ちゃんとした十七歳が普通、木に登るだろうか？だが、自分は昔からほかの女の子たちとは違っていた。どれだけ頑張っても、どれだけ生来の衝動を抑えつけてきちんとした淑女のようにふるまおうとしても、それができる日は永遠に来ないという結論に達しつつあった。「私はお母さまを怒らせたいわけではないのよ、ウィルソン。ただ、興味がほかのところにあるだけで」

ウィルソンは手の施しようがないと言わんばかりに頭を振った。「とにかく、私はお母さまのために来たわけでも、お嬢さまが予想どおりすっぽかした応接時間のために来たわけでもありません」身を乗りだし、持っていた盆をゆっくり差しだす。「お嬢さま宛ての小包です。今日の便で届きました」

ルーシーは驚いて黙り込んだ。泥や面倒にまみれたがるこちらの性格に激しく異議を唱えるいつものウィルソンらしくない。だがそれを言うなら、ウィルソンは鰻《うなぎ》のようにとらえどころがないのだ。時間稼ぎをし、私が油断するのを待っているのかもしれない。

ルーシーは立ち上がり、差しだされた盆に目をやった。一見、その小包はそっけなく見えた。二十五センチ四方の箱が茶色い紙に包まれ、銀の盆の上に、周囲の上品な白い手紙の不格好ないとこのようにのっている。

大学で一年めを過ごしている弟のジェフリーからは、定期的に手紙が来ている。また、複数の慈善団体との活発なやりとりも続いているし、ニューゲート監獄の囚人の環境改善運動も数に入れるなら、一、二人の重犯罪人とも文通をしていた。

だが、包みの外側に書かれた文字を見たとたん、ルーシーは胃が締めつけられるのを感じた。その小包の住所は、E伯母が毎年コーンウォールから送ってくるクリスマスカードに走り書きされていたのと同じ筆跡で書かれていた。

そのうえ、E伯母が二週間前に亡くなったことを考えると、故人からの小包は好奇心を軽く刺激するどころではなかった。

ルーシーが手を伸ばすと、ウィルソンは盆をぐいと引っ込めた。「だめです、ミス・ルーシー。手を洗ってからでないと」

ルーシーは自分の手をにらみつけた。もう！　ほんの少し汚れているだけだ。私が二十一歳の立派な大人の女性であることは言うまでもない。

「ウィルソン、あなたってとんでもない意地悪ね」

しわだらけの顔に、ようやく笑みが浮かんだ。「私はとんでもない意地悪かもしれませんが、少なくとも清潔です」手袋をはめた指で、温室の入り口で待っている手洗い場を指す。「それに、私の盆を汚してほしくないんです。ちょうど銀器を磨いたばかりなので」

ルーシーは手洗い場に向かって歩きながら、ぶつぶつ文句を言った。手から泥を落とし、このような小包が来たことの意味を考える。長年、伯母と家族たちの交流といえば、年に一度送られてくる、そっけない〝E〟の署名入りクリスマスカード一通だけだった。伯母がこの一家のことをほとんど気にかけておらず、年に一度しか思い出すことはないと毎年知らせてくるのは、よく言えば風変わり、悪く言えば冷淡だった。

執事の足音が聞こえなくなるのも待たず、ルーシーは茶色い包み紙を破った。いくつかの品が温室の床に落ち、エジプト式タイルの上で音をたてたが、手の中に現れた三、四冊の革表紙の本に興味を引かれるあまり、それも気にならなかった。なぜE伯母は自分に本を送ってきたのだろう？　もっと言うなら、どうやって送ってきたのだろう？　小包が投《と》函《かん》されたのは、明らかに伯母が死んだあとなのだ。

ルーシーはいちばん上の本の表紙をめくり、最初のページに書かれた題字を読んだ。

〈イーディス・ルシール・ウェストモアの日記

一八一三年一月一日〉

温室内の空気は暑く湿っているのに、ルーシーの背筋で冷気がさざ波を立てた。どうやら、謎のE伯母にも名前はあったらしい。一つきりのアルファベットではなく、本物の名前が。

少なくともその一部はルーシーの名前と同じだった。なぜ誰も教えてくれなかったのだろう？

ルーシーは急に落ち着かない気分になり、表紙を閉じた。本は四冊あり、革は細かくひび割れ、縫い目はところどころ切れているため、ひどく古いもののように感じられた。だが、日記そのものの歴史は、それが体現する一人の女性の歴史に比べればたいしたことはない。ルーシーが手にしているのは、現実の人生で知ることを許されていた以上にプライベートな伯母の情報であり、その本を読まずにしまい込むのがいいのか、貪欲に隅々まで読み込むのがいいのかわからなかった。

ルーシーはうなだれた苗を見下ろし、庭園にさほど熱意が持てなくなっていることに急に気づいた。足元に散らばり、飛び散った土の間でちらちら光るほかの品々に目をやる。折りたたまれた手紙のようなものと、鍵と宝飾品だ。ルーシーはしゃがんで手を伸ばし、それらを拾い集めた。

黒のベルベットリボンにトップがついたペンダントに興味を引かれた。緑、金、茶……角度によってさまざまに色が変わるその石を指でなぞる。ロンドンの女性の首に、このようなものが巻かれているのは見たことがなかった。

まあ、ロンドンの街にいる伯母を見たこともなかったが。

ルーシーは手紙を開き、息をつめた。

〈親愛なるルシール〉

ルーシーは紙を指で強くつかんだ。私を知っている人なら誰でも、私がルーシーと呼ばれるのを好むことを知っている。けれど、私は伯母のことを何一つ知らない。

きっと、逆もまたしかりなのだろう。

〈私はもう死んでいるのだから、あなたはこの小包を受け取ったことにさぞかし驚いているでしょう。でも、誰か――おそらく男性たちが、私の遺言を阻止しようとするでしょうから、遺志が尊重されるようにするために、この行動を起こしたのです。

貴族の娘の人生は困難です。信じてちょうだい、あなたが思う以上に、私にはそのことがわかっているのよ。でも、貴族の変わり者の娘であることはそれ以上に困難で、六歳のときでさえ、あなたが独自の道を歩んでいることははっきりとわかりました。私の望みは、あなたが私の日記を読むことによって、私の選択を理解してくれることです。あなたの自立が、私が自立するために支払った代償と同じくらい価値があるかどうかを判断するのは、あなた自身の役目です。私は正気を失っていた――それどころか、あなたも正気を失っているのだと、誰かがあなたに思い込ませようとしてくるでしょう。でも私は自分の人生を、自分が生きたいように生きてきたし、死も同じ姿勢で迎えると心に決めています。

私のただ一つの望みは、あなたもそんなふうに生きる勇気を持つことです。

ルシール、私はあなたに日記以外のものも遺《のこ》します。ヒースモア・コテージも遺します。たいした遺産ではありませんが、ひょっとすると、それがあなたに未来を選ぶ自由を与えてくれるかもしれません。ルシール、ヒースモアの秘密はしっかり守ってください。

そして、私があなたを懐かしく思い出していたように、あなたも私のことを懐かしく思い出してほしいのです。

――E〉

混乱のあまり、ルーシーの肺から勢いよく空気が飛びだした。E伯母が私にヒースモアを遺した？　それに、秘密だの懐かしく思い出すだのという言葉は、いったい何だろう？　すべてがあまりにも唐突だった。

ルーシーはE伯母をほとんど知らず、伯母の死の知らせがロンドンに届いたときも、おざなりな涙を浮かべるのがせいいっぱいだった。一家は葬式のためにコーンウォールに行くことすらせず、道徳的な義務感から、父が一人で姉の埋葬を見届けに行っただけだった。

ルーシーは困惑し、温室の屋根から差し込む日光に鍵をかざして、その突起や角度を調べた。ヒースモア・コテージは、六歳ごろの夏に一度訪れた記憶がうっすらあるだけだ。波立つ緑の海を見下ろす白漆喰《しろしっくい》塗りの家と、リズミカルに顔に吹きつける風を覚えている。伯母の頰の曲線はもう思い出せないが、炉棚から下ろされ、ぽちゃぽちゃした自分の手に置かれたガラスの小像ははっきりと覚えていた。

急に押し寄せてきた記憶に戸惑い、ルーシーは鍵とペンダントをズボンのポケットに突っ込んだあと、手紙をたたんで日記のいちばん上のページの間に挟んだ。空想ばかりしていた子供だったせいか、ヒースモアでの記憶は曖昧だった。

その夏のあとに起こった出来事のほうを、はるかによく覚えている。

それからほどなくして祖父が亡くなり、父が爵位を継いだ。家庭教師と気難しい執事がルーシーの生活に現れた。そして、伯母との交流はあの侘《わび》しいクリスマスカード一通きりになった。

残念ながら。

わずかな記憶をたぐり寄せる限り、あの夏の訪問は楽しかった。

とはいえ、それはウィルソンがルーシーの人生に参加し、楽しみをじゃまするようになるより前のことだった。

握手そのものは、しっかりとした固い握手だった。

だが、握手がいくら固かろうと、トーマスの心はすっかり晴れたわけではなかった。今朝、セントアイヴスの事務弁護士が読み上げたミス・Eの遺書と遺言状の内容を考えると、トーマスが握手をしているのは正しい相手ではなかった。

「カードウェル卿、娘さんがこの売却に同意するのは間違いないんでしょうか？」よくも悪くも自分が責任を負うことになった二階建ての田舎家《コテージ》に、トーマスはそわそわと目をやった。

切り立った断崖に立つヒースモア・コテージは、背中の曲がった老人のように、均衡をわずかに欠いて傾きながら、風の中で踏んばっていた。玄関ドアは開けっぱなしで、壊れた蝶番《ちょうつがい》がぶら下がっている。鍵なしで入るのは少し苦労したが、潮風に晒《さら》された木材にトーマスが勢いよく肩をぶつけることで解決した。

罪悪感が最初に刺激されたのはそのときで、住居侵入をしでかした気分になった。二つめの罪悪感は価格をめぐるものだった。まともな交渉はほとんど行われなかった。コテージと周囲の敷地で四百ポンドという買値をトーマスが提示すると、カードウェル卿は即座に受け入れた。

たったいま買った住居に信頼を置いているわけではない。払いすぎた可能性もあった。古いコテージの石壁には当初、白漆喰が塗られていたが、いまは汚らしい灰色になり、漆喰はところどころ完全にはげて下の黒っぽい石がむきだしになっている。屋根を葺《ふ》いている材料はかびや害虫にやられ、もう少し現代的なものと丸ごと取り替える必要がありそうだった。また、屋根が雨漏りしているせいで、二階の寝室の床は腐りかけていた。ミス・Eは長い間ここに住んでもおらず、町にある清潔で乾いた部屋を好んでいた。

もちろん、この住居の状態に興味があるわけではない。本当の興味はこの地所そのものと、コテージを囲む百エーカーほどの土地にあった。

トーマスは大学を出ているため、教区牧師以外ではリザード・ベイでただ一人、高等教育を受けた人間だった。町の住民はこの海岸の土壌に潜む可能性にほとんど気づいていないようだったが、トーマスは科学的好奇心と、周囲の野原や崖の上をうろついた長い時間のおかげで、この土地の真の価値を知っていた。

だが、住む以外の理由でヒースモアを欲しがっていると認めることは目的の妨げになると思い、そうした考えは胸に秘めておいた。

カードウェル卿は手を振ってそのあばら家を示した。「もちろんですよ、ブランストン卿。娘はこんなぼろ家に何の用もないと断言できます。もうすぐ初めての社交シーズンに参加し、夫を探さなくてはならないのです。それまでは慈善活動で何かと忙しくしていますし」

トーマスは罪悪感が少し和らぐのを感じた。保護者であるカードウェル卿が、娘の手をわずらわせる業務を自分が処理するのが賢明だと考えたのなら、誰がその決断に反論できる？　初めての社交シーズンが目前に迫っているというなら、ミス・ウェストモアはまだ十八歳、非常に若くて世間知らずなのだろう。社交界デビューに熱心な、ロンドンによくいる軽薄な美人の一人かもしれない。自分も昔、そういう女性を知っていた。

その女性と結婚まで考えていた。

妹の葬式から三年が経った。残酷な噂話《うわさばなし》と妹を批判するひそひそ声をあとにしてから三年。ジョセフィーヌはこの世でたった一人の家族で、そんな妹をトーマスは失意のどん底に突き落としたのだ。ロンドンと、そこをさまよう亡霊を思い出させるものは、この取り引きをできるだけ手早く成立させる理由としてはじゅうぶんだった。カードウェル卿は明日発《た》つ予定で、トーマスはたとえ可能でもこの交渉をロンドンに持ち込みたくなかった。ここコーンウォールに引きこもることで、いちおうのところは過去を忘れることができているのだ。いや、忘れてはいないにしても、妹が選んだ痛ましい道を受け入れることはできた。けれど、ロンドンに戻るはめになれば、すべてをあまりにもはっきりと思い出してしまいそうだった。

それどころか、ほかの誰かがそれを思い出し、手がかりをつなぎ合わせることで、トーマスがつぎはぎだらけで作り上げたささやかな慰めを破壊してしまうかもしれない。

「それに」カードウェル卿は続けた。「娘はこのお金を喜ぶと思います。いつも、なけなしの金をさまざまな慈善事業に送っていますから」

無理をしなくても、笑みはトーマスの唇に自然と浮かんだ。少なくとも、そのような気持ちには共感できた。知り合いの独身女性もかつてそういう活動を楽しんでいた。

トーマスは言った。「もちろんご存じでしょうが、あなたのお姉さんも大義の忠実な遂行者でした」

実際、トーマス自身もミス・Eの大義の対象だったことがある。三年前、トーマスがこの不毛の辺境地にやってきたとき、初めて歓迎してくれたのがミス・Eだった。町のほかの住民は当初、トーマスをうさんくさそうに見ていた。無理もない。トーマスは無口で不機嫌で、ロンドンとウィスキーの悪臭を瘴気《しょうき》のように漂わせていたのだ。

だが、ミス・Eはトーマスと仲良くしてくれた。彼女が住民に尊敬されているのは明らかだった――町でミス・Eがなぜ慕われているか、その理由をトーマスは最後まできちんと理解することはできなかったが。ミス・Eは明らかによそ者で変わり者で、遠慮を知らず、いつも教区牧師が行う日曜の礼拝をじゃまし、説教に対して独自の反論を滔々《とうとう》と述べていた。

〝つむじ曲がり〟という言葉が頭に浮かぶ。

だが、いったんミス・Eという風変わりな後ろ盾ができると、トーマスがリザード・ベイに受け入れられたことは明白な事実になった。ミス・Eがいてくれたおかげで、トーマスは酒の慰めに頼らず外の世界を見ることができるようになった。いまもミス・Eが恋しかった。

彼女の弟も同じ気持ちだったらよかったのだが。

「姉らしいですね」カードウェル卿は同意したが、目の下の黒い隈《くま》以外に哀悼の意はうかがえなかった。「ずっと社会の悪を正そうとしていましたから。それでも、イーディスがいったいどういうつもりで、これを私の娘にふさわしい遺産だと考えたのかはわかりません」カードウェル卿の声は疑わしげにとぎれた。「いまにも倒壊しそうなのに」

「もしかするとミス・Eは、娘さんにはこの家に懐かしい思い出があると思ったのかもしれません」トーマスは提案したが、カードウェル卿もその娘も、自分がここに住んでいる三年間で一度も見かけたことはなかった。その娘にどれだけの思い出があるだろう？

カードウェル卿は頭を振った。「最後にここを訪れたのは、娘がまだ幼いころでした。あの旅行を覚えているかどうかも怪しい。むしろ、イーディスには何か策略があったんじゃないでしょうか。昔からそういう人でしたから」

「策略？」トーマスは驚いて片眉を上げ、唇を歪《ゆが》めた。「きっと、あの人なりに優しさを示したかったんだと思いますよ」

「そうかもしれない」カードウェル卿はうんざりしているようだった。「でも、修理費に充てる金がないんだから、娘にとってこれは恵みというより負担のように思えます。姉は何を考えていたんだろうと思わずにいられません」家屋を振り返り、顔をしかめる。「イーディスがここまで家を荒れ放題にしていたとは知りませんでした。金銭的な援助が必要だと、なぜ私に言ってくれなかったんでしょう？　三カ月ごとに二十ポンドの仕送りはしていましたが、言ってくれれば喜んでもっと送ったのに」

トーマスは反論を噛み殺した。三カ月に二十ポンドの仕送りは、年輩の独身女性が慎《つつ》ましく生活するにはじゅうぶんだが、老朽化していく家屋を維持するには足りない。ミス・Eのことだから、弟の施しを受けることに罪悪感があり、プライドからそれ以上の金は要求できなかったのだろう。カードウェル卿が姉をイーディスと呼んでいることだけでも、彼女のことをよく知らないのがわかった。リザード・ベイというこの小さな町の全員が、乾物屋の店主から教区牧師に至るまで、彼女をミス・Eと呼んでいたのだ。カードウェル卿がたまには重い腰を上げ、ロンドンから姉を訪ねていれば、ヒースモアがこんなみじめな状態になる前に手を打てていただろう。だが、この家が荒廃状態にあるおかげで迅速に買い取れたことを思い、トーマスは口をつぐんだ。

「何だか申し訳なくて」カードウェル卿は続けた。「娘の手からヒースモア・コテージを引き取ってくれたのだから、こちらがあなたにお支払いしたほうがいいんじゃないかと思うくらいです。辺鄙《へんぴ》な場所に立っていて、ここまで来るまともな道さえない。何かに役立てるのも難しいでしょうね」

「ご心配には及びません」トーマスは何とか唇に笑みを浮かべた。「私はこの家で得られる孤独感が気に入っているんです。少し修繕して掃除をすれば、いい避難所になるでしょう……その、町からの」

リザード・ベイはたいした規模の町ではない。ここに住む数百人から避難する計画を立てる必要もほとんどない。だが、胸に秘めているだけでもひどく落ち着かない欺瞞《ぎまん》に真実みを与えるためだけにでも、ヒースモア・コテージを再び住める状態にすることは決意していた。

「ミス・Eはいつも親切にしてくれていました。この重荷をあなたがたの手から取り除くことで、あの人のご家族のお役に立てるなら嬉《うれ》しいです」

ヒースモアに隠された宝は、ロンドンに住む若い軽薄な娘にいったん遺された。しかしその父親としっかりした固い握手を交わせたのだから、目的を果たすための正当な手段はとれたのだろう。

イーディス・ルシール・ウェストモアの日記より

一八一三年一月一日

〈親愛なる日記殿

ずっと、日記をつけることから新年を始めたいと思っていた。ただ、新生活まで始めることになるとは思ってもいなかった。けれど、それ以外に前に進む道は見当たらない。父に下劣な脅しをされようとも、痛風に苦しむ、年齢が私の二倍の貴族との結婚は断固拒否する。

実際、そんな結婚をすれば頭が変になってしまう。

妻は夫の所有物だ。法律で、自然の摂理でそう決まっている。

だが、独り身の女性は、彼女自身が自分を所有している。

父には認められたいのだ、本当に。人生の半分を父を喜ばせるという無駄な努力をすることに、残りの半分をそれに完全に失敗することに費やしてきた気がする。でも、精神病院をちらつかせて私を支配できると思っているなら、父は私のことをまるでわかっていない。この件に関しては、私は自分で選択するつもりだ。

正気を保つためには、それしか道はない〉

2

ルーシーは皿の上の食べ物をつつき回し、食卓の端を横目でちらりと見た。父は今日帰宅していたが、地獄に堕《お》ちかけて戻ってきたかのように、移動に疲労困憊《こんぱい》した様子だった。どの地図で見てもコーンウォールははるか西にあり、すぐ先は海だった。だが、いくらヒースモア・コテージを地図で見ても、それを自分の目で見ることにはかなわない。すでに夕食の四品めを食べているというのに、父がいまだ言及しない遺産にまつわる疑問で、ルーシーははちきれそうになっていた。

E伯母の日記の冒頭で読んだわずかな事柄からは、答えよりも疑問のほうが多く生じた。伯母は本当に正気を失っていたのだろうか？　日記の書き込みからは、伯母が情熱的な、毅然《きぜん》とした性格をしていたことがうかがえた。結婚を拒否したというだけで精神病院に入れられるなど想像できなかった。だが、正気かどうかは別として、走り書きされた日記のページの間から、E伯母の人となりが立ち上がってきた。なぜ誰も伯母が死んだことについて話さないのだろう？

なぜ誰も伯母が生きていたことについて話さないのだろう?　社交シーズンが始まる前に仕立屋に行き、またも退屈な採寸をする予定について母が話している間、ルーシーはスカートのポケットに手をすべり込ませ、お守りのように持ち歩いている薄い鉄の鍵に指を走らせた。すぐにでも行動を起こさなければ、仕立屋か母を絞め殺してしまいそうだった。

どちらの殺人を犯したところで、コーンウォールに近づくことはできないけれど。

そこでフォークを置き、咳払《せきばら》いをした。母の顔がルーシーのほうを向き、眉間にいらだたしげなしわが寄った。「ルーシー」母は諭すように言った。「何度言わせるつもり?　淑女が咳払いをしてはいけません、とても下品に聞こえるわ」

「でも私、言いたいことがあるの」

「だから、淑女はあまりいろいろなことを言ってはいけないの——特に食事中は。隣に座った紳士の会話を遮るのはよくないことよ」

この会話がいつものパターンに陥っていることに気づき、ルーシーはうなり声を押し殺した。すなわち、ルーシーの礼儀作法がお粗末であれば、来《きた》る社交シーズンは悲惨な結果になるという話だ。

「でも、隣に紳士は座っていないわ」手を上げ、妹のほうを示す。「リディアがいるだけだもの。誰もリディアを男性と見間違えないでしょう?」

「それはズボンをはいていないからでしょうね」母の目が細くなった。「あなたに関しては同じことが言えなくて残念だわ」

後悔するようなことを言ってしまわないよう、ルーシーは唇を噛《か》んだ。ウィルソンったら、お節介な無駄話を。

母はため息をつき、皿の脇にフォークを置いた。「これがどれだけ大事なことかわからない？　まったく、あと二週間後には社交シーズンが始まるんだから、温室をズボンでうろつくのはやめて、練習できるチャンスはすべて利用しなさい。悲惨な結果になってもいいの？」

「ごめんなさい」ルーシーは自動的に言った。「もっと頑張るわ」

「じゃあ、今夜から始めなさい。紳士と会話がしたいなら、まずは相手の話を聞くこと」首を傾《かし》げて実演してみせる。「話の切れ目を待ってから、相手と目を合わせるの」母はまつげをぱちぱちさせ、それは健康な肉体を持つどんな女性にとってもくだらない技巧だったが、ローマ軍の司令官のように娘を指導する四十過ぎの子爵夫人が行うと、とりわけ馬鹿げて見えた。「相手が気づいてくれたら、静かに、上品に話しなさい」

ルーシーは呆《あき》れて目を動かした。シーズン中に出会うことになる紳士が、ひどく退屈に思える。「そんなやり方で、誰が私の話を聞くっていうの？」

「リディアが話しているとき、私たちはちゃんと聞くわ」母は指摘した。「あなたもリディアを見習いなさい。もっと人の話をよく聞くの。少しは我慢を覚えるのよ」言葉を切り、ルーシーの髪に視線をさまよわせた。「たまにはメイドに髪を巻いてもらいなさい」

ルーシーの隣で、リディアが身をこわばらせるのが感じられた。たいていの若い淑女はそのように褒められれば喜ぶものだが、そんなとき明らかに居心地悪そうにするところも、ルーシーがこの異母妹を溺愛する理由の一つだった。父の元愛人の非嫡出子であるリディアは、実母が亡くなったあとカードウェル邸に連れてこられた。ルーシーの姉クレアはロンドンの著名な医師と結婚して新居に移ったため、この四年間でルーシーとリディアはとても親しくなった。リディアも社交シーズンに参加する資格があるし、妹のほうが社交界デビューする若い淑女にはるかにふさわしい、優しく上品な性質を備えているのは間違いなかった。

だが、このような事情があるため、リディアは今シーズンは陰に追いやられ、悲惨な結果が見えているルーシーの社交界デビューから注目を奪わないことになっていた。

リディアの以前の人生を羨ましいとは思わないが、現在の立場はときどき羨ましくなった。非嫡出子の女性は、本人が望んでいないなら社交シーズンには参加しなくてもいいのだ。

父がごほんと咳払いをした。どうやらその音は、男性であれば発してもかまわないらしい。「さてと、ルーシー。これで全員の注目がお前に集まった。話したいことというのは何だ?」

「それは、ただ……お父さまが帰ってきて嬉《うれ》しいと思って」ルーシーは言ったが、母がテーブル越しににらんできたところを見ると、声が大きすぎたようだった。深く息を吸い、静かに、上品に喋《しゃべ》ろうと苦心する。「お父さま、話して」そう言ったが、声色と同じくらい、自分の言葉に嘘っぽさを感じた。「コーンウォール旅行はどうだった?」

父は顔をしかめた。「あまり気分のいいものではなかったよ。とにかく、終わってよかった」そう言うと視線はふわりと皿に戻った。

母に淑女らしく座るよう諭されることはわかっていながら、ルーシーは椅子の上でもぞもぞ動いた。コーンウォール旅行がそれだけだったはずがない。

「もう、どうにでもなれ」声を殺して言うと、リディアが縮み上がった。ルーシーは身を乗りだし、皿の両側に手をついた。「ヒースモア・コテージは私の記憶どおりだった?」だしぬけに言う。

父は顔を上げた。「ヒースモア?」

「ええ」ルーシーはうなずいた。「E伯母さまの家よ」

父は眼鏡の奥で目をしばたたいた。「なぜお前がそれを覚えていたのかもわからないよ。お前が……そうだな、四歳のとき以来、見てもいないはずだろう?」

「六歳よ」ルーシーは指摘したが、父の一撃に勢いがそがれたことが気に入らなかった。

「白い石造りの家で、崖の上に立っていたわ」

そう、私の白い石造りの家。

「ああ、確かに……」父はうなじをこすった。「いや、違う。ヒースモアは様変わりしていた。いま見てもその家だとわからないんじゃないかな。幸い、問題を解決するための手は打てた」

ルーシーは胸騒ぎを感じ、父を見つめた。

解決？　問題は解決とはほど遠い状態にある。

むしろ、明らかに問題が大きくなってきた気がした。眼鏡の奥の父の目はこちらを見ようとしない。胃の中に一抹の不安が広がった。

「私がこれをきいているのは、今週E伯母さまから小包を受け取ったからよ」ルーシーは父に言った。

「小包？」母は驚き、鋭い声を出した。「そんなことできるはずがないでしょう？　あの人は二週間前に亡くなったのよ」

「自分が死んだらそれを郵送するよう、誰かに頼んでいたんでしょうね」

ルーシーはポケットに手を入れ、鍵の上で指を躍らせた。どこまで明かすべきだろう？日記は恐ろしく個人的な贈り物であり、話題にはしづらい。E伯母がほかの人にも日記を見せるつもりだったなら、わざわざあのように秘密めいた方法で送りはしなかっただろう。

ペンダントのことも話したくなかった。あれは教会につけていく類いの宝飾品ではない。

一方、ヒースモア・コテージは隠すことのできない贈り物だ。

ルーシーは鍵を取りだして掲げた。「伯母さまは私に、住んでいた家を遺《のこ》してくれたみたいなの」

一瞬、ぎょっとしたような沈黙が流れ、ルーシーは自分の肺に空気が入る音をはっきりと聞いた。だがそのとき、母が上品とはほど遠い、首を絞められたような音を発した。

「冗談じゃないわ！　あの人は気が変だったのよ」

リディアは両手を打ち合わせた。「まあ、ルーシー、あなたにおうちが？」歓声をあげたが、その青い目には少しの羨望もにじんでいなかった。「何て気前のいい贈り物かしら」

「気前なんかよくないわ、馬鹿げてる」母はぴしゃりと言った。「言っておくけど、あの人はいつも正気の縁を踏み外しそうになっていたわ。ルーシーの評判を汚すかもしれないのに、初めてのシーズンが始まろうというときに連絡してくるなんて……」母の声は引きつった。「そんなの……恥知らずだわ」

父がうんざりしたようにため息をついた。「だからヒースモア・コテージの鍵が見つからなかったのか」ぶつぶつ言う。「イーディスは何を企《たくら》んでいるんだろうと思っていたんだ」手を差しだし、鍵をテーブルの上にすべらせるよう示した。「ブランストン卿《きょう》に鍵を送っておくよ。まともな鍵が手元にあるのに、新しい錠を買わせるのは忍びないから」

ルーシーは鍵を握りしめた。「ブランストン卿って誰？」

もっと言うなら、なぜその人がこの鍵を必要としているの？

父は顔をしかめた。「さあ、ルーシー、言うことを聞いてくれ。ブランストン卿があの地所を買いたいと申し出てくれたときは、少しほっとしたよ。家は倒壊寸前だ。最寄りの町からは何キロもあるし、道と呼べるほどまともな道もない。なぜブランストン卿があそこを買いたがったのかはわからないが、孤独感が好きだと言っていた」

ルーシーは怒りで顔が熱くなるのを感じた。E伯母の言っていたとおりだ。誰かが遺言を阻止しようとしてくる。そして、驚いたことに、それは確かに男性だった。

正確には、二人の男性。

「お父さまが私の地所を売ったの？」ルーシーは問いただした。「どこかの世捨て人に？」

「世捨て人ではない」父はますます顔をしかめた。「侯爵だ。確かに、リザード・ベイのような町にあれほど教養がある人間がいるとは少し驚いたが」

ルーシーは喉から飛びだそうとするうなり声をのみ込んだ。「教養があろうとなかろうと、どうしてその人は私と話もせずにヒースモアを買うことができるの？　E伯母さまはあの地所を私に遺したのよ」鍵を再びポケットに突っ込んだ。「私は成人してるし、あの家の鍵を持っているわ。あそこを売るかどうかは、私が決めることのはずでしょう？」

ルーシーの隣で、リディアが抗議するように小さな声を発した。

ルーシーはリディアを無視した。妹を動揺させたくはなかった。リディアは家庭内で喧《けん》嘩《か》が起きるたびに、せっかくめぐり会えた家族が目の前で崩壊する危険に晒《さら》されているかのように青ざめ、そわそわするのだ。だが、これは引き下がることのできない闘いだった。自分の相続財産の所有権を守りたいのであれば。

父は娘から二つめの頭が生えてきたかのような目でルーシーを見つめた。「正直に言って、お前があの地所にそれほど興味があったと知って驚いている。ロンドンでのくだらない気晴らし以外の何かに、お前が興味を示すところを見たことがないから」

まるで慈善活動が子供の遊びの一種であるかのように形容されるのを聞いて、ルーシーはいつもの怒りが燃え上がるのを感じた。何よりも父に認められたくて、ときには褒めてもらいたくて頑張ってきた。なぜ父もたまには娘の成果に目を留められないのだろう？　私がどれだけ努力しているか、父は知らないのだろうか？　どれだけ眠れない夜を過ごし、何通も何通も手紙を書いて、世界のあり方が変わることを願っているかを？

「くだらなくなんかない」ルーシーは言い返した。「しかも、それとこれとは関係ないわ」

「ルーシー」父は叱るような口調になって言った。「私は本当にお前のためを思って、ヒースモア・コテージをこれほど迅速に売り払ったんだ」上着のポケットに手を入れて為替手形を取りだし、休戦の白旗のようにひらひら振る。「骨を折った甲斐《かい》なく、四百ポンドにしかならなかったが」父はそれを従僕に渡し、従僕がルーシーのもとに持ってきた。

「お前の大好きな慈善団体のどれかにでも送ったらどうだ?」

ルーシーは手形をにらみつけた。大好きな慈善団体? まったく、冗談じゃないわ。私が文通しているのが重犯罪人であることを、お父さまは知らないの?

「どうしてたった四百ポンドなの?」ルーシーは問いただした。ヒースモアのことはよく覚えていないが、伯母の家の上の野原が月に届きそうなほど広かったのは明確に思い出せる。「だって、あそこは何十エーカーもあるはずでしょう」

「百エーカー近くだと思う。でも、耕作ができる土地じゃない。あれほど役に立たない荒れ地と沼は見たことがないよ。信じてくれ、これはお前のためにやったことなんだ」

爪が手のひらの皮膚に深く食い込んだ。「それを売るかどうかも、誰に売るのかも、私が自分で決めることよ」あごを上げる。「その地所を自分で検分したいわ。明日発《た》ちましょう」

母はすばやく喉に手を当て、その喉は動揺に震えていた。「ルーシー、本気じゃないわよね。お父さまはあの辺鄙《へんぴ》な土地から戻ってきたばかりだし、社交シーズンはもうすぐ始まるのよ!」母の声はヒステリックな高さに上ずった。「もうずっと長い間、この年を待ってきたわ。これ以上待ったらあなたは行き遅れになって、いい結婚は見込めなくなるの!」

「それはとっても残念ね」ルーシーは反抗的につぶやいた。

父は椅子にもたれた。「ルーシー、この件で意固地になるのはやめろ。現実みのない発想だ。あのコテージはいまにも倒れそうなんだよ。それに、鼠《ねずみ》と害虫が群がっている。とても住むことなんかできない」

ルーシーは父をにらんだ。社交シーズン——すなわち血統のいい若い女を最高入札者に売り払うような古くさい慣習に比べれば、鼠が群がるコテージに住むことのほうがずっとましだ。それが両親にはわからないのだろうか？

ルーシーは指摘した。「そんなにひどい状態なら、どうしてブランストン卿は買いたがったの？」腕組みをする。「ヒースモアを自分の目で見たいわ。そうしないと、あの地所を売ることが正しい選択かどうか判断できないもの。それに、言っておくけれど、私は二十一よ。この件の選択権は私にあるわ」

それを聞いて、父の顔は痛ましい赤色を帯びた。「どうやってあの場所に行くつもりだ？」いらだちの絡みつく声でたずねる。「ソールズベリーに行くには鉄道運賃がかかる。宿に一泊することになるし、その先は馬車を雇わなくてはならない。そのすべてに金がかかるし、イーディスはお前に金は遺していないんだ」

「自分のお小遣いを使うわ」ルーシーは熱っぽく言い張った。

母が甲高い抗議の声をあげると、父はもう少し説明させてくれとばかりに片手を上げた。

「それだけの貯金があるなら、やってみればいい。ただ、私はこれからお前に一ペニーもやらない」

ルーシーは口をぽかんと開けて父を見た。「お小遣いをやめるってこと？」

「さっき自分で熱心に指摘したとおり、お前は成人だからな」父は挑むように片方の眉を上げた。「でも、ルーシー、私はお前のことをわかっている。お前に貯金はない。ロンドンの現実離れした大義に金を送るのではなく、リディアのように金を貯《た》めていれば、いまごろはまとまった貯金があっただろうが、お前は一ファージングも手元に置いておけないんだ」

今度こそ、ルーシーは腹が立ちすぎ……そして傷つきすぎて、その侮辱をやりすごせなかった。

「現実離れした大義？」むせそうになりながら言う。「さっきは〝くだらない気晴らし〟と言っていた気がするけれど」

父は顔をしかめたが、だからといってルーシーの主張が通ったわけではなかった。

なぜなら、すべて父の言うとおりだから。

自分には確かに、コーンウォールへの旅費にできるお金はなかった。月に三ポンドの小遣いをもらっているし、リボンや縫い取り飾りのついたストッキングといった類いのものにも興味はないのだから、旅費にできるくらい貯まっていてもおかしくない。だが、父が指摘したとおり、ルーシーの小遣いは指の間をすり抜け、慈善団体の金庫に直行する性質があった。

ルーシーはずっと、自分の気前のよさで外の世界を救っているつもりでいた。だがいま、それと引き換えに、自分の未来を潰していたのではないかと思い始めた。

父はテーブルにこつこつと指を打ちつけた。「ルーシー、お前はあの家を維持できない。旅費もないのに、あの家を住める状態にできる資金などもってのほかだ」顔の赤みは和らぎつつあった。「この種のおふざけは十七のときなら許されたが、大人の女性になったいまは自分の立場への責任がある。来《きた》る社交シーズンと、その後の長い人生がお前を待っている。お母さまが莫大《ばくだい》な費用をかけて社交界デビューの準備をしてくれているんだから、お前はそのチャンスにもっと感謝してもいいはずだ。ヒースモアは売却されたし、お前はそれを受け入れるしかない。だろう?」

いつもどおりの食事の音が、ゆっくりと再開された。フォークが磁器に当たる音、低く響く会話の声。この件がこれほど手際よく片づいたことに、残りの面々が安堵《あんど》しているのは間違いなかった。

だが、ルーシーはいまにも窒息しそうだった。

自分が衝動的なふるまいをしているのはわかっていた。生まれてこのかた、そのような性質を責められ続けていた。でも、私にもきちんと脳みそはある。いまの財政状況では、確かにその地所を維持できないだろうが、それは挑戦しないことの理由にはならない。

この闘いにはどこか、ルーシーの中の野心をかき立てるものがあり、それは目の前に立ちはだかる社交シーズンよりずっと胸を躍らせた。ヒースモア・コテージの運命――いや、自分の運命は、のるかそるかの状態にある。生き延びることにこれほど必要だと感じられるものは、ほかになかった。

ルーシーは皿を押しやった。「失礼してもいいかしら？」

静かに、上品に――命じられてきたとおりに。

母がうなずくと、従僕が椅子を引いてくれるのを待ってから席を立ち、絹のスカートの前を片手でなでつけた。皿の中身が半分残ったまま置いていけば、それが無駄になるのはわかっていた。今夜ロンドンには、金メッキの縁取りがされた磁器を使うどころか、食べ物もろくに食べられない人が大勢いる。東ロンドンの不運な貧しい人々に食事を与えることも〝くだらない気晴らし〟の一つなのだから、それは当然わかっていた。だが今夜、あと一秒でも長く食卓に留《とど》まることを思うと、胃が空腹ではなく怒りにぐらぐらと音をたてそうだった。

ルーシーはうつむいて体の前で両手を組み、しおしおと食堂を出ていった。だが、見せかけの姿とは違い、内側で思考はたえまなく転げ回っていて、それはどんどん速さを増し、形を帯びていった。確かに、私はお金を持っていない。

だが、住める状態であろうとなかろうと、ヒースモア・コテージは自分のものなのだ。

E伯母からの贈り物であり、修繕するも売却するも私の自由。そのブランストン卿とかいう人物は、失意の覚悟をしておいたほうがいい。

なぜなら、父に侮辱されたとおり、現実離れした大義は私の専門分野だから。

3

〈コーンウォール　リザード・ベイ　郵便局留め
ブランストン卿《きょう》殿
一八五三年四月十二日

親愛なるブランストン卿

あなたが私の父とどのような合意に至ったつもりでいるかは存じませんが、父に私の代理として行動する法的権限はありません。私は自分で決断を下せる年齢に達していますし、私がヒースモア・コテージを売ると決めた場合は、これほど乏しい売値にするつもりもありません。残念ですが、為替手形はお返しいたします。どうぞ、家屋と敷地を伯母が遺《のこ》したときの状態に戻してください。これ以上、その地所とかかわることは侵入行為と見なされます。

必要であれば、私は当局に訴えることも辞しません。

敬具　ミス・ルーシー・ウェストモア〉

トーマスはその手紙を見つめ、為替手形を手で握りつぶした。

これは……まずい。

わずか六メートル先で、漆喰《しっくい》を塗り直したばかりの家の壁が、日光を受けて白く輝いていた。埃《ほこり》っぽい客間の家具は外に出され、磨かれている。リザード・ベイの下宿屋の家主、ミセス・ウィルキンズは昨日の午前中いっぱい、この家の埃まみれの窓を酢に浸した雑巾で拭いてくれた。仕事を引き受けてくれる屋根職人は一人しか見つからず、屋根葺《ぶ》き用の粘板岩は細く曲がりくねった小道を、頑固なロバの背にのせて運ばなければならなかったが、屋根はトーマスの頭上で少しずつ形を成しつつあった。だがいま、ミス・ウェストモアからの手紙がそのすべてをもとに戻すよう脅していた。

〝家屋と敷地を伯母が遺したときの状態に戻してください〟

どうやってそんなことを？　新しい屋根をはがせとでも言うのか？

いらだちの隙間から、不本意ながら一抹の敬意が割り込んできた。ミス・Ｅの姪《めい》がどんな人物であれ、トーマスが想像していたような軽薄な娘でないことだけは確かだった。こんな形で父親に楯突《たてつ》ける芯の強さを備えている。むしろこの手紙にはどこか、痛ましいほどに、とある亡くなった独身女性を思い出させる要素があった。ミス・ウェストモアは非常に意志の強い女性のようだし、もし伯母に少しでも似ているのなら、本人ではなく父親と交渉したのは間違いだったことになる。

手紙と為替手形をコートのポケットに突っ込み、町からこの手紙を届けてくれた少年に目をやった。その少年は孤児のタナー兄弟の末っ子で、真っ赤な髪とそばかすだらけの顔をしていた。今日は靴を履いているので安心だ。一月にダニーが靴下だけを履いた足で町を歩き回っていたが、それは靴がないからではなかった。というのも、クリスマスにタナー兄弟が全員靴を履いているのを見ていたのだ。問いつめたところ、ダニーは靴を教会に行くときにしか履かないほどの贅沢品《ぜいたくひん》だと思っていたようだった。だが今日、この少年の最大の問題は靴ではなかった。左目が赤くなり、腫れている。

「ダニー、殴られたのか?」郵便局長も、タナー兄弟にときどき雑用をさせている町の乾物屋のミスター・ジェーミソンも、ダニーに手を上げるとはとても思えなかった。「誰かにいじめられているなら、話してくれ」

ダニーはすり減った靴のあたりを見つめたまま、頭を振った。「兄貴にちょっと乱暴なことをされただけだよ」

「どの兄貴か教えてくれるか?」トーマスは説明の続きを待った。よくある殴り合いの域を超えているように見えるが、自分がその年齢の子供だったころからはずいぶん時が経《た》っている。正確には、二十数年だ。その当時でさえ、ダニーのような少年ではなかった。

いや、少々の共通点はある。トーマスも孤児だった。ただ、喧嘩《けんか》っ早《ぱや》い兄が三人ではなく、妹が一人いた。それに、自分をよく知り、愛してくれる町の人々に囲まれて育ったわけではなく、冷淡な後見人が一人いたきりで、その後は寄宿学校から寄宿学校へと容赦なく送り込まれた。

ダニーは反抗的に黙り込んだままで、トーマスはため息をついた。兄弟をかばいたいその気持ちは尊重できた。

「そうか、兄貴を守ると心に決めているなら、その思いは尊重するよ。でも、何かあればすぐ僕に言うんだよ」ポケットから硬貨を一枚取りだし、少年に向かって放った。「それから郵便局長に、この手紙をこんなに急いで届けてくれてありがとうと言っておいてくれ」

ダニーは宙で硬貨を受け取った。「そんなに急いではないよ」そう認め、地面に視線を落とす。「みんなここに配達するのをいやがって、そのことで喧嘩になったんだ」腫れた目を指で触る。「ほら、僕はいちばん小さいから、負けちゃった」

「手紙を配達する役になりたくなかったから、喧嘩したのか?」トーマスは困惑してたずねた。それは筋が通らない。トーマスはいつも少年たちにお駄賃を弾んでいた。「なぜだ？」

「だって……それは、ほら……」ダニーはそわそわとコテージのほうに目をやった。「幽霊がいるんだもん」

「ヒースモアには幽霊が出ると思ってるのか？」

曲がりくねりながらリザード・ベイまで三キロほど続く岩だらけの小道に向かって、ダニーは一歩踏みだした。「ミセス・ウィルキンズがミスター・ジェーミソンに、なくした恋を悲しむミス・Eの声を聞いたって言ってた」

トーマスは喉からせり上がってくる笑いを抑えなくてはならなかった。ミス・Eが男のことで悲しむ？　これほど馬鹿げた話は聞いたことがない。何しろ、ミス・Eは男たちをこてんぱんにしていたのだ。地元の乾物屋のミスター・ジェーミソンは、毎月の嗅ぎ煙草《たばこ》の注文を打ち切られるのが怖くてミス・Eの言いなりだったし、教区牧師との長年にわたる諍《いさか》いは伝説の域に達していた。

「心配しなくていい」トーマスはにっこりした。ダニーくらいの年齢だと、内なる悪魔への恐怖よりも幽霊のほうがずっと恐ろしい存在に思えるもので、自分もその年齢のころには同じような恐怖を感じていたはずだ。両親が馬車の事故で死んだとき、トーマスはまだ十一歳で、両親が幽霊になって現れることを一度ならず想像していた。「ミス・Eはいまごろ天国にいるから、幽霊になって君の前に現れることはないよ」そのとき、出来心に駆られた。「どっちかというと、ウェルズベリー師の前に現れると思わないか?」

ダニーは目を丸くし、トーマスは心の中で自分を蹴飛ばした。八歳を相手に幽霊の冗談を言うものではない。

「でも、ミセス・ウィルキンズが――」

「ミセス・ウィルキンズはちょっと噂《うわさ》好きなところがあるだろう?」トーマスは口を挟んだ。というより、リザード・ベイの住民のほとんどがそうだった。「あの人の言うことは気にしないほうがいい」

よりによってその瞬間、風が吹き、遠吠《とおぼ》えのような不気味な音が近くの岩の間を通り抜けた。ダニーは荒れ地の中から何かが現れたかのように飛び上がった。「も、もう帰っていい?」つかえながら言う。「ここにいるとぞわぞわするんだ」

トーマスは崖っ縁に向かって耳をすました。〝ぞわぞわする〟というのは実に非科学的な反応だが、自分もうなじの毛が逆立ったため、その気持ちは理解できる気がした。

ミス・Eに許可をもらい、ここで長い時間を過ごしてきた。コテージの上の荒れ地を歩き、崖の壁を探索し、この地域の珍しい地形に注目し、植物を調べた。内省的とも呼べるその長い調査の間、風の音が気になったことはなかった。だがそれを言うなら、トーマスは幽霊の存在を信じていない。

いや、生きている幽霊は別だが。

「単なる自然現象だ」トーマスはダニーに説明した。「さっきの音は、崖の表面の形と海からの上昇気流によって生じたんだ」

ダニーは蝿《はえ》が入りそうなほど大きく口を開け、トーマスを見つめた。「しぜん……何？」

「風だよ」トーマスは片手で髪をかき上げた。このような事柄を、まだ教育を受けていない八歳にどう説明すればいい？「単なる風の音だってこと」

「へえ。難しい言葉をたくさん知ってるんだね、ブランストン卿」

「君ももっと勤勉に学べば、言葉をたくさん覚えられるよ」

「きん、べん？」ダニーは恐る恐る言った。

「勉強を頑張るってことだ」

ダニーの下唇が、明らかに不満げに突きだされた。「勉強なんて頑張らなくていい。だって、本や数字を何に使うの？　僕は父さんみたいな漁師になるんだ」

トーマスは少年を気の毒に思い、頭を振った。ダニーの父親が海で死んでからまだ一年も経っておらず、その傷がいまも癒えていないのだろう。だが、ダニーがリザード・ベイで将来漁師としてやっていけると思っているなら、それは大きな間違いだ。

「ダニー、その話は前にもしただろう。君と兄貴たちが大きくなったら、大学に行く金は僕が出してあげるけど、その資格を得るためにはいま勉強を頑張らなきゃいけない。漁師とは別の道のことも考えてほしいんだ。法廷弁護士になるチャンスがあるかもしれないんだぞ？　医者にだって」

「ほうてい……何？」ダニーはもごもごとたずねた。

　その言葉が少年にまったく響いていない可能性に思い至り、トーマスはためらった。自分だって世界全体には何の貢献もできていないのだ。八歳の少年にこんな助言をするとは、何様のつもりだ？　トーマスが大学に行ったのは、その必要があったからではなく、自分が行きたかったからだ。何しろ、十一歳ですでに侯爵になっていたのだし、高等教育はその責務には必要ない。むしろいま思えば、それはとてつもなく身勝手な決断だった。妹を一人、無防備な状態で置き去りにしたのだから。

　ようやく成人したときには、植物学と地質学の知識があったところで、貴族の自堕落な生活には何の役にも立たないことがわかった。賭博台での確率論や、酒の発酵や蒸留の技術でも学んだほうがましだった。

　ダニーは町に続く小道のほうに、大きく一歩踏みだした。「まあ、でも僕はやっぱり漁師になりたいよ」再び崖の表面から不気味な音が聞こえ、飛び上がる。顔が真っ青になっていた。「あの人のゆ、幽霊だ……風じゃない！」そう言い残すと、向きを変え、安全な町に向かって一目散に駆けていった。

　トーマスは少年の頭が岩の割れ目の間に消えていくのを見守った。あとをついていきたい気持ちもあった。この家は威勢のいいミス・ウェストモアに任せ、それで終わりにするのだ。それが最も楽な道であるのは間違いないし、いざこざはじゅうぶんすぎるほど経験してきた。

だが、難しい決断から逃げだしたこともたくさんあり、ミス・Eの思い出のために、彼女が愛した土地を守る義務があると感じた。

向きを変え、コテージの上に広がる荒れ地を眺めながら、この地所に存在するすべてと、自分がこれを手放したときに失われるであろうすべてを思った。建物の修繕を別にすれば、この地所の真価は壁の中ではなく、土の下にある。ミス・Eがこの地所を冷淡な親族に遺すことでそれを危険に晒《さら》そうとしたとは思えないが、彼女には最近、認知症の症状が出始めていた。自分は高潔な理由から、この地所を獲得することに身を投じたのであり、地所を救うための種がまかれたいま、そう簡単に手放したくはなかった。それどころか、ミス・ウェストモアからの簡潔な手紙の中の最も恐ろしい一節が、頭の中を回り続けていた。

〝私がヒースモア・コテージを売ると決めた場合は、これほど乏しい売値にするつもりもありません〟

これはまぎれもなく、最高入札者にこの地所を売るという脅し。つまり、ヒースモアを食い物にする人間からここを守るには、ロンドンに行って交渉する必要があるということだ。そういうわけで、トーマスは屋根職人に作業を中断させるべくとぼとぼとコテージのほうに戻りながら、頭の中ではすでにロンドン行きの計画を立て、その苦難の道のりに恐れをなしていた。

ああ、ロンドンが大嫌いだ。この旅を打ちのめされずに成し遂げられる希望が少しでもあるだろうか？　ミス・Eに酒をやめるよう強く言われたおかげもあり、いまでは自分の生活を制御できていると思っている。少なくとも、酒の誘惑には抗《あらが》えるようになった。だが、いまの状況では、それが試される機会がないのもわかっている。ここコーンウォールには、誘惑自体がほとんどないのだ。

だが、ロンドンは獣のように襲いかかってくる。

きっと、あまりに長い間この決断を避け、あまりに長い間ロンドンに足を踏み入れてはいけないいくつもの理由を自分に言い聞かせてきたのだろう。何しろ、あれから三年経っているのだ。妹の葬式から、婚約者の裏切りから、悲嘆に暮れて混乱し、少なからず酔っ払って逃げだし三年。自分が、少しはいい方向に変わったことはわかっている。

だが、ロンドンは変わっただろうか？

彼女は変わっただろうか？

忌ま忌ましいことに、いまからそれを確かめることになるのだ。

イーディス・ルシール・ウェストモアの日記より
一八一三年一月二十日

〈今日、父がかかりつけ医を呼んだ。ドクター・バッシングズは長々と私に質問し、おざなりな診察を終えたあと、部屋を出ていき、父とゆうに三十分間も声を潜め、早口で協議していた。ドアに耳を押しつけたところ、一言しか聞こえなかったが、それでじゅうぶんだった。

〝精神病院〟

何よりも恐ろしい、上流社会が不要な女性を捨てる場所だ。だが、父は本当にそのつもりでいるのだろうか？　私が自分のためにならないほどわきまえなさすぎるのはわかっている。父によると、それは私の重大な欠点の一つらしい。いま思えば、月経の周期をきかれたときにドクター・バッシングズの頭をたたいて、自分の肺の心配でもしたら、と言うべきではなかったのだろうが、正直に言って余計なお世話だと思ったのだ。これで、私には処方箋が出され、夜に飲む牛乳にまずい粉が混ぜられることになるのだろう。

どうやら、私の気質は、ドクター・バッシングズにとっては強烈すぎたようだ。

それはいま、確かに強烈にほとばしっている。

私は素直なお嬢さんではないかもしれないが、薬漬けにされたお嬢さんになることは断固として拒む〉

4

「ミス・ルーシー、郵便が届きました」

ルーシーはすぐさま身がまえ、顔を上げた。ブランストン卿《きょう》への手紙を書いて以来、ウィルソンが郵便物を持ってくるたびに神経をぴりぴりさせていた。ヒースモア・コテージを欲しがる男性が、そう簡単に諦めるはずがないという予感があった。

だが、なぜウィルソンは笑顔なのだろう？

「これはジェフリーからの手紙なのね？」ルーシーは用心深くたずね、伯母の日記を閉じて、ドレスのポケットに突っ込んだ。

「はい、坊ちゃまはこの数カ月間、非常に熱心に文通に取り組まれているようですね」もじゃもじゃの眉が、面白がるように上がった。「手袋をお持ちしましょうか？」

ルーシーはジェフリーの最新の手紙の角をつまみ、疑わしげに匂いを嗅いだ。「いいえ、その必要はないと思うわ。あの子は同じいたずらは二度としないから」だが、同じ手は二度と使わないと考えている相手に同じ手を使えば、それ自体がいたずらになるのでは？

ジェフリーがそういう性格なのは有名な話だ。いや、悪名高いと言ったほうがいい。先月、ジェフリーは唐辛子の汁に浸した便箋で手紙を送ってきた。うっかり顔を触ったルーシーは、その後何時間も涙が止まらなかった。先週は、封蝋《ふうろう》の裏にインクの袋を巧みに仕込んだ手紙を送ってきた。ルーシーが封を開けると、両手がインクまみれになり、お気に入りのドレスが台なしになった。

この手紙にどんな罠《わな》が潜んでいるかわかったものではない。

ソファで前屈《まえかが》みになって刺繍《ししゅう》をしているリディアがくすくす笑った。「その手紙はあなたに開けさせてあげるわ。開けたら、声に出して読んでちょうだい」

「いくじなし」ルーシーは笑ったが、警戒しなくてはならないのはわかっていた。手紙がいきなり燃え上がることを恐れながら、封蝋の下に注意深く指を差し入れる。口に出して認めたことはないが、ジェフリーが手紙でいたずらを仕掛けてくるのは楽しかった。弟は去年の秋、大学へと逃亡した。表向きはさらなる教育を受けるためだったが、本当はプロの詐欺師としての職をきわめるためではないかとルーシーは疑っていた。

想像していた以上に、弟が恋しかった。

慎重な作業から顔を上げると、ウィルソンが手元をのぞき込んでいた。執事が自分と同じくらいジェフリーを恋しがっているのはわかっていたため、ルーシーはにっこりした。

「何か磨《ポリッシュ》かなきゃいけないものはないの?」たずねたが、その言葉に熱はこもっていなかった。いつもは作法を破っているところを見つかる側なので、ウィルソンが作法に反しているところを見つけるのは実に楽しかった。

「しとやかに《ポリッシュ》しなくてはならないのは、お嬢さまだけですよ」ウィルソンは改めて顔をしかめてみせた。「お嬢さまだけです」

ウィルソンがルーシーをいじめるとき以外に常駐している持ち場に行ってしまったので、ルーシーは落ち着いて手紙を読もうと、椅子にもたれた。ジェフリーの手紙に文字が隙間なくつまっているのはいつもどおりだったが、紙の縁に沿って草の染みがくっきりついており、手紙が屋外で書かれたことがうかがえた。ジェフリーのことだから、クリケット場だろう。

来週の社交界デビューを前に春の日差しに肌が焼けることを母が気にするせいで、ルーシーは屋内に閉じ込められていたため、弟が気楽な余暇を過ごしている気配を目の当たりにすると少しいらだちを感じた。ああ、昔のように木登りができるなら、何を差しだしてもかまわない。もし必要なら、静かに、上品に登ってもいいくらいだ。

だが、そんなことをすれば、ていねいに磨かれた爪がだめになってしまうだろう。

〈親愛なるルーシー

お父さまからの手紙で、E伯母さまがお姉さまにコーンウォールの鼠《ねずみ》に食われた家を遺《のこ》したことを知りました。最高に運がいいね！　前からあの人は少しおかしいと思っていたけど、これではっきりしました。お父さまに、お姉さまがあの家を維持したいと言い張っていることをどう思うかときかれて、僕は笑うしかありませんでした。あの家があれば、結婚願望のある馬鹿な男たちが今年、お姉さまに目を留めるかもしれません。

お姉さまは〝とかげ《リザード》ベイの鼠《ラット》レディ〟として有名になれるかも。そんな女相続人と結婚できるチャンスに、男たちは列を成すでしょう！

まじめな話、お姉さまの今年の社交シーズンでの幸運を祈っています。

間違いなく、お姉さまには必要なことなのだから。

愛を込めて、ジェフリー〉

「今回は何をされたの？」リディアは刺繍をのぞき込んだままたずねた。「黙り込んでしまったけど」

ルーシーは急に音読する気を失い、手紙をたたんだ。見たところいたずらは仕込まれておらず、普通の手紙に思えた。社交シーズンのことで自分をからかうジェフリーを責める気にはなれなかった。こんなふうに茶化すところも、弟のとらえどころのない魅力の一部なのだ。

ちくちくする舞踏会用ドレスと永遠に終わらないワルツとともに訪れる今後の展開を私が恐れていると、ジェフリーは知っている。不器用で熱心な紳士たちを――不格好で男勝りで不美人なウェストモア家の娘を口説こうとするほどに持参金が欲しくてたまらない男たちを、姉が毛嫌いしていることも知っている。姉が結婚したくないと思っていることだって知っているはずだ。ルーシーは長年、結婚やその周辺の事柄に対する意見を率直に口にしてきた。

だが、ヒースモア・コテージへの言及と、父がその件についてジェフリーに意見を求めていた事実には傷ついた。

「ジェフリーらしい内容よ」ルーシーはうっとうしい髪を目から払いのけ、耳にかけた。

「いつものようにふざけていたわ」

「また唐辛子?」

「いいえ」ルーシーは親指と人差し指をこすり合わせ、熱を持つかどうか試してみたが、何も起こらなかったのでほっとした。それでも、手を洗ったほうがいいかもしれない。念のために。「ヒースモア・コテージのことで私をからかってきたの」恨めしげにこぼす。「でも、あの地所を遺されたあと、勝手に売られたのが自分だったら、あの子もこんなに軽薄なことは言わないはずだわ」

「ジェフリーならつまずきそうなほどの勢いで、できるだけ早く売り払おうとするわよ」リディアは刺繍の輪から顔を上げた。「ほら、ジェフリーはハロー校で例のいたずらが失敗して以来、鼠を怖がっているでしょう。ところで、どうしていまだにこの話をしているの？　その件は先週の夕食のときに片づいたと思っていたわ」

「私がその話をするのをやめたからって、片づいたことにはならないわ。それに、ジェフリーは馬鹿よ」ルーシーはリディアに顔をしかめてみせた。「私は怖くないもの、鼠ごとき」

リディアは美しい眉をぴくりと上げた。「本当にそんな言い方をしなきゃだめ？　淑女らしい話し方を身につけようと頑張っているんでしょう」

「まったく、あなたってときどきお母さまみたいなことを言うのね」ルーシーは立ち上がり、応接間の端に向かって歩き始めた。

淑女らしい見た目と話し方を身につけようと努力していないわけではなかった。ルーシーとリディアは丸一歳も離れておらず、外見はとてもよく似ている。金髪の猫っ毛も、感じのいい青い目も同じだ。教会などでは、しょっちゅうお互いに見間違えられた。だが、二人の内面を知る人がルーシーとリディアを間違えることはありえなかった。唇の形は似ていても、ルーシーの唇はたえず暴れ回っていて、一方のリディアの唇は何を言うべきか心得ている。

あるいは、何を言うべきでないかを。

ルーシーは暖炉まで行くと振り向き、スカートが怒ったように足首に絡みついた。「要するに、その場合ヒースモアを売るかどうかの選択権はジェフリーにあるってこと。まだ成人もしていないのに、お父さまはいつもあの子が物事を自分で決められるかのように扱うわ。お父さまが手紙を書いてジェフリーに意見をきいたことが信じられないの」ルーシーは両手を上げた。「理不尽だわ。あれは私の地所よ。しかも、私は二十一歳になっているのに」

「正直に言って、お父さまはジェフリーにも鼠に食べられた家は維持させないと思う」リディアは指摘した。「その家が実際、お父さまが言うようなひどい状態だと考えたことはないの？　売却できたのは運がよかったと思わない？」

「だって、私はそれを知りようがないでしょう？」ルーシーは窓の前で立ち止まり、外のグローヴナー・スクエアの光景を眺めた。芽を出しかけた木々が歩哨《ほしょう》のように立ち、その骨格である枝は四月の青空を背に希望に満ちているように見える。だが、ルーシーはそれどころではなかった。来週になれば木々は花を咲かせるが、自分は脱走した馬のように飛びかかってくる社交シーズンに対峙《たいじ》しなければならないのだ。

そのことを思うと、胃がむかむかして吐きそうになった。どちらの悩みがより深いのかはわからない。自分の相続をじゃまされそうなことなのか、不必要な社交シーズンへと突き進んでいることなのか。ルーシーの社交界デビューは母が何年もかけて計画してきたことで、一般の淑女がデビューする年齢をとうに過ぎても完璧なタイミングを待っていた。まずはルーシーの姉と一介の医者との〝悲惨な〟結婚にまつわる噂《うわさ》がやみ、社交界の人々が没頭できる別の話題が現れるのを待つことが必要だと誰もが言っていた。実際には、ルーシーはその幸せな四年間の猶予を堪能した。社交シーズンに参加したいと思ったことは一度もなかったが、長年の間に、それが避けられないものであることはしぶしぶ受け入れるようになっていた。

だがいま、E伯母の日記とヒースモアの鍵のおかげで、将来の新たな展望が、ささやかな自立が、貴重な宝石のように目の前にぶら下がっていた。そして、自分ではうまく説明できないほどの必死さで、ルーシーはそれを求めていた。

怒りにこわばった指でうなじをさする。「私はこの件について、自分で決断を下す分別があると信用してもらえず、ほかの誰かの判断に黙って任せるよう言われているの。でも、どうもしっくり来ないのよ。このブランストン卿という人はヒースモアを手に入れることに熱心すぎるように見えるし、お父さまが言うほど家がひどい状態ならなおさらだわ。E伯母さまはほかの誰も信用せず、私にその地所を託したのよ」

そして、そこには守るべき秘密もあると言っている。

ルーシーは窓から向き直り、リディアと目を合わせた。「だからこそ、私は現地に行かなきゃいけないの。ヒースモアを自分の目で見て、その男性がなぜ興味を持っているのかを理解しなくてはいけないのよ」

リディアは心配そうに額にしわを寄せた。「それはお父さまに禁じられたわ」

ルーシーは頭を振った。先週の夕食でのおぞましい会話の記憶はいまも生々しかった。おそらく、十回以上も頭の中で繰り返し、可能な限りあらゆる角度から検討してきたからだろう。「お父さまは禁じたわけじゃなくて、私にはその費用が賄えないだろうと言っただけよ」

確かに、費用は賄えない。ルーシーは持っている金を残らずかき集め、数えた。ほとんどが引きだしの奥に転がり、忘れられていた金だ。父の言うとおりだった。所持金は一ポンドにも満たなかった。そして父は自分で言ったとおり、今週は小遣いをまったくくれなかった。

その金でルーシーがコーンウォールに飛んでいくつもりだと思っているのだ。

図星だった。

姉のクレアに金を借りることも考えた。クレアはいま幸せな結婚生活を送っていて、八月に二人めの子供が生まれる予定だ。姉と義兄は慎《つつ》ましく暮らしているため、余分の金は多少あるはずだった。

だが、母を除けば、クレアは家族の中で最も声高に、ルーシーにこの社交シーズンが必要であることを主張している。ドレスの試着のたびについてきて、ルーシーが選ばされたドレス一着一着の優れている点についてファッション上の助言をたっぷりくれた。他人を陥れようとする友人とはつき合わないよう諭し、裾が破れたら直して夜遅くまでダンスを続ける方法を説明してくれた。クレアはルーシーに大成功を収めさせようと決意していて、それは自分のせいで妹の社交界デビューが遅れたことに罪悪感を持っているからのようだった。

だめ、クレアに助けを求めるわけにはいかない。姉が父に、最悪の場合は母に言いつけるリスクが高すぎる。

ルーシーはリディアに希望のまなざしを向けた。リディアは小遣いをほとんど使っていない。それはつまり、百ポンド以上が貯《た》まっていて、誰かに必要とされるときを待っているということだ。

リディアに一歩近づいて言った。「私に何ポンドか貸してくれない？　たくさんはいらないわ、コーンウォールに行って帰るのに必要なだけでいいの。お父さまにお金の出所を教える必要もないし」

「貸せない」穏やかで儚《はかな》く見えるリディアだが、声は毅然《きぜん》としていた。「このことで嘘をつくつもりはないわ。私は家族に大きな恩があるんだもの」

「私だったら、あなたが必要としているお金はあげるけれど」即座に拒否されたことに傷つき、ルーシーは指摘した。実際にそのつもりだったが、根っからの慈善家である自分の手元にお金が残っていれば、の話だ。

リディアは静かに言った。「それは、あなたには私ほど失うものはないからよ」

ルーシーは反論できなかった。父はリディアに一貫して寛大な態度をとり、人前で自分の娘だと紹介することまでしていた。リディアは盛大な社交界デビューをする予定こそないが、貴族の三男や裕福な商人が出自に目をつぶり、興味を示すのにじゅうぶんな額の持参金が用意されている。ルーシーがリディアの立場で、リディアと同じ家庭的な夢を抱いていたとすれば、同じような忠誠心を持っていただろう。

だが、ルーシーの夢は、家庭的な類いのものではない。少なくとも、持参金だけが目当ての男性に束縛された状態で、そのような夢を持てるとは思えなかった。そう、ルーシーが夢見るのは冒険であり、爵位のある夫ではなかった。欲しいのは、自分を必要とする大義と慈善活動に満ちた人生であり、自分の金だけを必要とする夫ではなかった。

そして、女だからというだけで夢と希望を諦めることを思うと、何かを殴りつけたくなった。

「あなたがお父さまを裏切れないのはよくわかっているつもり」ルーシーは言った。「私があなたに頼んだのが間違っていたのよ。理不尽だったわ」

「お父さまのことだけではないの」リディアはため息をつき、再び刺繍を手にした。「あなたがいま、シーズンを目の前にしてそんなことをすれば、お母さまの心は傷ついてしまう」リディアはうつむいた。「私はそこに加担したくないの」

「お母さまにはそこまでの恩はないはずよ」

「そうかしら？」リディアは顔を上げ、その表情は悲しげだったが、断固としたものだった。「お母さまは四年前、そんな義理もないのに私をこの家に迎え入れてくれた。私がいるだけで、自分の子供たちの評判に傷がつくかもしれないのに。お母さまは私の実の母親ではないけれど、ある意味では、この家族の誰よりも恩があると思っているわ」また頭を振る。「だから、無理。私はあなたを愛しているし、ふだんはあなたの自立心の強さに感心しているけれど、それと同じくらい、お父さまとお母さまの信頼も裏切れないの。あなたがどうしてもコーンウォールに行くというなら、自力でそれを実行する方法を見つけてちょうだい」

「どうやってそれを実行しろっていうの？　お父さまは今週、お小遣いを少しもくれなかったのよ」

リディアは再び刺繍を下ろした。「ルーシー、率直に言うけれど、あなたはそれほどたいそうな大義を掲げておいて、この家の外の世界でどうやって生活が営まれているか、考えてみたことはないの？　本当に、そんなに世間知らずなの？　メイフェアの外の世界が毎日しているのと同じことをすればいいじゃない。私の母や私がしてきたように、お金を稼ぐの。私たちは毎週、繕い物をしていたわ」

「でも……裁縫はからっきしなのは知ってるでしょう」ルーシーは弱々しく言い返し、鉄道の運賃を稼ぐためだけにでも何目縫わなくてはならないのだろうと思った。ああ……千目は縫うに違いない。

指がそれに異議を唱えるようにぴくりと動いた。

「それなら」リディアの笑顔が凄《すご》みを帯びた。「何かを売るのはどうかしら」

イーディス・ルシール・ウェストモアの日記より
一八一三年一月二十五日

〈自由を求める女性は、金を必要とする女性である。

宝石、特に祖母のものだった真珠を売るのはつらかったが、いったん金を手にしてからは後ろを振り返らなかった。私は行ける限り遠くまで行った。正確には、コーンウォールの北海岸だ。この小さな海辺の町の住民は、私が到着すると、不思議そうな目で見てきた。流行のドレスを着た若い淑女がリザード・ベイに現れ、夫も親も連れずに空き家を購入することに慣れていないのだろう。

でも、独身を貫くのであれば、すばらしい独身になってやると心に決めた。

それが目標なら、淑女に真珠は必要ない〉

5

ルーシーはうつむき、オックスフォード・ストリートを端から端まで、自宅を目指して急ぎ足で歩いた。

歩くのに適した日とは言えなかった。頭上の雲からはいまにも雨が降りそうで、気温は四月半ばというよりは三月初めに近い。西からの風がズボンに包まれた足へ吹きつけ、借り物のフェルトジャケットの縫い目の隙間に入り込んだ。本当は、辻馬車《つじばしゃ》を呼び止めるか、街角で乗合馬車を待つかしたかった。

だが、甘やかされてきた人生で初めて、一ペニーたりとも無駄にできなかった。今日、公共の交通機関を使うことは贅沢《ぜいたく》だ。

冷たい風から気をまぎらわせようと、ルーシーは両手をポケットに突っ込み、そこで待つ数枚の硬貨をじゃらじゃら言わせた。こんな天候でも、ポケットが必要な重さよりはるかに軽くとも、自分の思考だけを伴《とも》にロンドンの街路を歩くのは妙に気分がよかった。最後にこれほどの自由を感じたのがいつだったか思い出せない。若い女性がお目付役もつけずにロンドンの街路を歩いていれば、人々は足を止めてぞっとした目で見てくるだろうが、若い〝男性〟には誰も見向きもしなかった。

だが、そうした偽装に快感を覚えながらも、いまも胃に重く沈むものがあった。きっと、自分が着ている服ではなく自分がしたことのせいだろうが、決断を考え直すにはもう手遅れだ。

ルーシーはコーンウォールに行き、伯母が遺《のこ》してくれた地所を検分すると決意していた。それが反抗的な、おそらく無謀な行動なのはわかっていたが、父が売れと主張しているコテージを見ることだけでもしなければ、一生後悔するという予感が……いや、確信があった。だが、コーンウォールに行くには金が必要で、ロンドンで若い女性が金を手にし、なおかつ世間に顔向けできる手段は限られていた。

最終的に必要な手がかりを与えてくれたのは、E伯母の日記とリディアの賢明な助言だった。ルーシーは高価な宝石は持っておらず、それはそのようなものを欲しがることも、ありがたがることもない種類の女性であることの思いがけない結果だった。だが、何もヒースモアを購入する資金が必要なわけではなく、それを見に行くための旅費があればいいだけなのだ。

そして、ルーシーも一つは売ることのできる貴重品を持っていた。

自宅への最後の角を曲がりながら、あごまでの長さの髪をくたびれたフェルト帽の下に押し込もうと手を上げた。髪は収まってくれず、自分の最大の欠点だと自覚している性質の明らかな兆候に気づいてため息がもれた。前もってよく考えることをせず、一つの発想にまっすぐ飛び込んでいく性質だ。

例えば、セントジェームズ孤児院のための苗もそうだ。子供たちが食事をする長いテーブルにエンドウマメのスープのボウルが並んでいるのを見たときに、ルーシーはこのすばらしい計画を思いついた。その計画に着手したあとで、貧しい孤児たちはほとんど毎日、エンドウマメのスープを出されていることに……そのせいでエンドウマメを毛嫌いしているることに気づいたのだ。いまは、かつら師に髪を売りに行ったところ、髪は短くなりすぎてまとめることができず、それでいてポケットの金はコーンウォールに行くには足りないという結果に終わっていた。

馬鹿、馬鹿。

カードウェル邸の長い影の中に入ったとき、切りたての髪の証拠を隠すより重大な心配事があることに気づき、狼狽《ろうばい》した。長くつらい徒歩移動のせいで、グローヴナー・スクエアに戻った時刻は思ったより遅かった。見慣れない馬車が外で待っていて、身なりのいい既婚婦人が若い男性の手を借りて乗り込もうとしている。最悪だ。応接時間をすっぽかしてしまった。

またしても。

ルーシーはうつむき、必要以上に目立たないよう気をつけながら、馬車の脇をすり抜けて勝手口を目指そうとした。母の〝お友達〟に気づかれることだけは避けなくてはならない。ところが、馬車の中から軽い笑い声が聞こえ、ルーシーの足は止まった。

「だから、感じのいい人だって言ったでしょう?」座席のばねが軋《きし》む音に混じって、さっきの女性の声が聞こえた。「しかも、年はけっこういってるから、せっぱつまっているはずなのよ」

「感じはいいし、金もある」若い男性はくすくす笑い、ルーシーの頬は怒りに熱くなった。

「正直に言って、大事なのはそれだけだろう?」

「見た目もまあまあよ」再び女性の声が聞こえた。

「そうかも」若い男性はまた笑った。「もちろん、そんなことはどうでもいい。跡取りを作るのに必要な時間以上、一緒に過ごすつもりはないから」

ルーシーの両手はこぶしを作った。いったい誰の話をしているの? もし二人が話しているのがリディアのことだったら、愛《いと》しくてかわいい、幸せになる権利のあるリディアのことだったら、妹にこの気取り屋とその母親に気をつけるよう警告しなくてはならない。でも、リディアは非嫡出子という出自のせいで、普通なら応接時間には呼ばれないのに。

その謎を解くことに時間はかけられなかった。今日の訪問客が帰っているということは、母は中でかんかんになっている。

つまり、自分はできるだけ早く中に入って着替えなくてはならないということだ。

ルーシーは走って馬車から離れ、勝手口から忍び込んで、すでに慌ただしく夕食の準備をしている使用人たちの好奇の視線をかわした。唇に指を一本当て、内緒にしてくれるよう彼らに頼む。そのあと、ウィルソンにも母にも気づかれずに二階に上がって着替えられるよう願いながら、一階の廊下を進んだ。うまくいきそうだと思ったそのとき、応接間の戸口から一本の手がするりと出てきて、ルーシーの手首をつかんだ。

「ルーシー・ウェストモア！」リディアが小声で鋭く言い、ルーシーを中に引っ張り込んだ。「午後はどこに行っていたの？」

「大声出さないで」ルーシーは腕をひねってリディアの手から逃れた。廊下の両側にこっそり目をやり、誰にも見られていないことを確認してから、ドアをきっちり閉める。

リディアは腰に両手を当てた。「また応接時間をすっぽかしたわね」

「むしろそれでよかったと思っているわ」ルーシーはにっこりしながら上着のボタンを外した。「家に入ってくるとき、お客さんを見たの。最悪の人たちみたいだった。どうしてあなたがそんなに怒るの？　私が応接時間をすっぽかしたのはこれが初めてではないのに」

リディアの顔は真っ赤になった。「ええ、でもお母さまに応接時間の間じゅう、あなたのふりをさせられたのはこれが初めてよ！」

ルーシーの指はボタンの上で止まった。「あなたが私のふりをしたの？」

「私には選択権がなかったの」リディアの目は警告するように光った。「今日はホイットル男爵夫人が訪ねてきて、シーズンはまだ始まっていないというのに、いやらしい息子を連れてきたのよ。息子はあなたを名指しして会いたいと言ったわ」

ルーシーは顔をしかめ、さっき見たばかりの馬車と、そこから聞こえてきた会話を思い出した。何てこと。リディアに気をつけるよう警告する必要はなかった。

警告する相手は自分自身だったのだ。

とはいえ、警告されるまでもなかった。自分の社交シーズンが向かう方向は決まっていて、紳士はこちらの思想ではなく金にしか興味を持たないと、昔からうすうす勘づいていた。髪も満足にとかせない私の、金以外の部分に誰が興味を持つだろう？　だが、その疑いに確証が得られたいま、胃は苦痛にねじれた。

「でも……どうして？」ルーシーはたずねた。「なぜ私のふりをしたの？　なぜあなた本人としてその人に会わなかったの？」

「馬鹿ね、その人は非嫡出子の娘を妻にしたくないからよ。将来は男爵になるんだから。お母さまはいい印象を与えることに必死で、あなたが見つからないとわかると、私でもいないよりはましだと思ったんでしょうね。私たちは疑われない程度にはよく似ているもの」

ルーシーはごくりと唾をのんだ。まだ社交界デビューもしていないのに、すでにそのような紳士と応接間戦線で対峙《たいじ》することを思うと、鳥肌が立った。こういうものなの？　私はこのあと、夫募集中の売り物として正式にお披露目されることになる。そして、無数の欲深い紳士たちの目に、歩いたり喋《しゃべ》ったりする一万ポンドの持参金として映るのだ。

男爵夫人が不肖の息子を連れてきたのも不思議はない。あの息子はサーカスを一足先にのぞき見したかったのだろう。

「私の話、聞いてる？」リディアは問いただした。「シーズンが始まるまで一週間もないのに、あなたはまったく気にしていないみたいね。温室にいたとは言わせないわ、あそこはすでにウィルソンが調べたんだから」リディアの視線がさっと下に落ち、ようやくその目が丸くなった。「どうしてジェフリーの古い帽子と上着を身につけているの？」声が少し大きくなる。「いったい何が起こっているの？」

ルーシーは借り物の服を脱ぎながら、煮え立つ怒りもこれほど簡単に脱げたらいいのにと思った。あの気取り屋ははっきりと、こちらの金にしか興味はないと認めていた。それほど底の浅い人間に縛りつけられる人生など想像もできない。

「私、出かけていたの」

リディアはぽかんと口を開けてルーシーを見た。「家の外に出たの？　そんな格好で？」

「私がズボンをはいているところなら見たことあるでしょう」

「ええ。温室で作業をするためにズボンをはくことだって、じゅうぶん外聞が悪いわ」リディアは首を絞められたような声を出した。「でも、それで外に、誰かに見られるかもしれない場所に出るなんて……その格好、まるで……」

「男みたい？」ルーシーは先を続けた。帽子を脱ぐと、切ったばかりの髪が前に揺れ、かろうじてあごにかかった。「だって、それが目的だもの。お目付役をつけずにロンドンの街を歩くときは、男だと思われたほうがいい」にやりとほほ笑む。「だって、私の評判を守らなきゃいけないから」

リディアの顔は搾りたての牛乳のように蒼白《そうはく》になった。震える指を伸ばし、ルーシーの髪に触れる。「まあ、ルーシー……今度は何て恐ろしい、おぞましいことをしでかしたの？」

ルーシーは頭を振り、髪が首に当たる感触を試した。恐ろしいとは感じない。おぞましいとも感じなかった。「売ったの」しつこく目にかかる幾筋かの髪に息を吹きかける。この髪はどうやってまとめればいいのだろう？　帽子を取ったいま、短くなった髪はどこか……手に入れたばかりの自由に興奮しているように見えた。「実際、これはあなたの提案よ」

「それのどこが私の提案なの？」リディアはヒステリーを起こしかけていた。

「あなたが私に、旅費を自力で稼ぐ方法を考えろって言ったんじゃない。何か売れる物を見つけろって。だから、かつら師のところに行ったの。金髪は高く売れるって知ってた？」

　とはいえ、思ったほど高くは売れなかった。ポケットに入っているのは、合計十五シリングだった。計算では、デスクの引きだしで見つけた小銭をこれに足せば、コーンウォールまでは行けるはずだった。あとは向こうから帰ってくるための金を稼げばいい。

「髪を売れなんて言ってないわ」リディアは叫んだ。「古い外套《がいとう》の銀のボタンでも売ればいいと思っただけよ。ペンとインクのセットとか」

「馬鹿言わないで。ペンのセットは必要よ」

「髪だって必要でしょう！」リディアは信じられないというふうに言い返した。「社交シーズンはどうするの？　お母さまはショックを受けるわ。いったいどういうつもりなのよ？」

　胸に巻いた縄を誰かに強く引っ張られたかのように、ルーシーの肺は締めつけられた。

冗談じゃないわ。重要なのは母でも、社交シーズンでも、リディアでもない。

　これは自分の選択なのだ。人生も髪も私だけのもの。

「ピンで留めれば誰も気づかないわ」ルーシーは反論したが、まとわりつく疑念は逆の主張をしていた。かつら師に最初にはさみを入れられた瞬間に、これを隠すのは難しそうだと気づいたが、思い止《とど》まるにはもう手遅れだった。少しヘアピンを使えば誰にも気づかれないのではないかとも思ったが、うなじに整列することさえ毛先が拒否しているところを見ると、かつら師は想定していたよりも短く切ったのだろう。

リディアはソファにどさりと座った。「あなたは堕落した」ささやくように言う。「いま人前に出たら、二度と立ち直れなくなるわ」

「まさか」ルーシーは呆《あき》れて目を動かした。「堕落なんてしていないわ」堕落するためには、かつら師のもとに行く以上のことをしなくてはならないはずだ。

そして、それはもう少し楽しい行為のはず。

例えば、E伯母がそうだ。日記の一冊めによると、伯母は両親の許可なくコーンウォールに行き、そこで四十年以上、外聞の悪い独身主義者として生きた。ルーシーにとって、それは正しい種類の堕落――外から勝手に定義づけられるのではない、自らつかみ取った堕落に思えた。だが、リディアの目に溜《た》まりゆく涙を見ていると、妹が定義する堕落はだいぶ違っているようだ。

ルーシーは突然、この髪型とリディアに計画を知られていることが大惨事を引き起こしかねないと気づき、言った。「誰にも言わないで。これをきちんとやり遂げるためには、もう少しお金を工面しなくてはならないし、そのためには、少なくとも当分の間はお母さまにこれを隠さなきゃいけないの」懇願するような目でリディアを見る。「何も言わないって約束してくれる？」

「本気でコーンウォールに行くつもりなのね？」リディアはむせそうになりながら言った。

「まだよ。でも、そのうち。もう少しお金が稼げたら。でも、永久に行ってしまうわけじゃないわ」ルーシーはリディアの隣に座り、手に手を重ねた。「私は自分で地所を見て、自分で決断を下したいだけなの。シーズンが正式に始まりもしないうちに戻ってくると思うわ」

だが、リディアは手を引っ込めた。「髪は短い、評判はめちゃくちゃという状態で戻ってきて、何の意味があるの？」辛辣にたずねる。「これを始める前に、よく考えてみた？」

その質問はあまりに核心を突いていたため、ルーシーは唇を噛《か》んだ。いや、よく考えてはいない。ただ、昨夜E伯母の日記の書き込みを読んで、今朝目覚めたときに何かを売ろうと決意しただけだ。例によって、壮大な目標に視線を定め、比較的小さな困難――例えば自分がしたことの証拠をどう説明するか、どう隠すかといったことは無視した。衝動的かもしれないが、少なくともいま振り返ったとき、いつものパターンで性急なことをしたと気づける程度には自分をわかっていた。

「どのくらいの金額で売れるか、先に調べておくべきだったとは思う」ルーシーは認めた。

「それに、かつら師のところに行くのは、その後すぐに出発できるだけのお金が貯《た》まるまで待つべきだったとも思うわ」

リディアの顔は赤くなった。「あなたがここで学んだ教訓はそれ？　まったくもう、ルーシー、どうしてあなたってそんなに……そんなに……見境がないの？　私があなたの立場になれるなら、何だって差しだすわ。ちゃんとした夫を見つけて、本物の幸せを手に入れるチャンスを得るためなら」涙が一粒、リディアの頬を伝った。「それでもあなたは鼠《ねずみ》に食われた家のために、そのすべてを投げだすつもりなの？」

ルーシーはいらだちがこみ上げるのを感じた。なぜリディアはこの状況を私の側から見てくれないのだろう？　物心ついてからずっと社交シーズンに脅されているこの感覚は、頭上をギロチンのように漂っていた。そしていま、訪問客の馬車と出くわしたことで、その不安が根拠あるものだったと判明したのだ。このシーズンの茶番に苦しむことに同意したのは、期待する両親を黙らせるためだった。そもそも夫を見つけたいわけではないし、一万ポンドと引き換えに指輪を一つくれるだけの夫であればなおさらだ。自分は女性ではあるが、愚か者ではないし、割に合わない取り引きは見ればそれとわかるのだ。

「リディア、問題はコテージではないの。私の将来と、私がそこに何を求めているかなのよ」母がこのシーズンをどれだけ長い間計画してきたか、自分がそれを台なしにするようなことをすれば母がどれだけ傷つくかを思うと、小さな後悔に襲われ、ルーシーはためらった。「あなたが理解しづらいのはわかるけれど、私は夫といて幸せな自分を想像できない」特に、苦虫を噛みつぶしたような顔の男爵夫人を母親に持つ、欲深い駄目男とは。

「まともな結婚相手を見つけるつもりがないなら、社交シーズンに何の意味があるの？」

「なら、それを分かち合う相手がいない将来に、何の意味が？」リディアは泣きながら反論した。

「自分をみじめにするような相手と、なぜ将来を分かち合わなきゃいけないの？」ルーシーはそのことを思い、ぞっとしながら抗議した。「そもそも、なぜ結婚しなきゃいけないの？」

「すべての結婚がみじめというわけではないわ。あなたのご両親は諍《いさか》いを繰り返しながらも、何とかうまくやってきてる」リディアは頬を赤らめたが、それは自分がそうした諍いの命ある、息する証拠であるせいだろう。「それに、クレアはドクター・メリアルと結婚してすごく幸せそうよ。あなたも恋愛結婚ができるかもしれないわ」

「できると思う？」ルーシーは想像すらできず、窓に目をやった。ゆっくり頭を振る。

「私はクレアとは違うわ」

姉は思慮深くて美しく、勇敢だ。そして自分が愛する男性を選んだが、あれほど非凡な状況での結婚はほかに一例も知らない。背が高すぎ、男勝りな自分に、そのような選択をできる幸運があるとは思えなかった。要するに、将来とりうる道はきっちり二つあるのだ。一つは、あの馬車に乗っていたような一文なしの気取り屋と結婚すること。もう一つは、そもそも結婚しないこと。

外では日が暮れ始めていて、窓の向こうにグローヴナー・スクエアのガス灯の光が見えた。いつ使用人がカーテンを閉めに入ってきてもおかしくないのだから、自分の部屋に急いで上がって、髪をどうするかを夕食までに考えなくてはならない。だが、リディアに理解してもらいたくて、ためらった。

「わからない？」ルーシーは、涙の溜まったリディアの目に視線を戻した。「リディア、私はあなたやクレアお姉さまと同じ夢は持っていないの」

見知らぬ男性に縛りつけられ、赤の他人が期待する理想の妻像に従う以上にみじめな人生は想像もできなかった。ルーシーは、確証を得たばかりの社交シーズンの恐怖を、自分が運命を受け入れたときに確実に待ち受ける不幸な結婚を思った。

そして、情熱と冒険に満ちた伯母の日記を思った。

ルーシーは心を決め、頭を振った。「痛いくらい何かが欲しいと思ったことはない？自分の生まれながらの権利だとわかっていながら、自分を拒む何かを？」

「よく私にそんなことがきけるわね？」リディアは涙を拭きながら答えた。「私は華やかなシーズンを経験できないのよ。私だって半分はカードウェルの人間なのに」

ルーシーは黙ったまま座っていた。そのとおりだ。特異な出自のせいで、リディアは将来と夫にぱっとしない希望しか持てず、きらめく舞踏室やきつい室内履き、洗練された貴族といった、将来の悪夢に含まれるものとは無縁なのだ。華やかなシーズンも、宮廷での謁見もない。

だが、ルーシーはこのシーズンを欲したことはない。それは母の夢であり、ルーシーの夢ではなかった。

ああ、何て絶望的な二人。互いに相手の境遇を求めているなんて。

ドアがノックされ、二人とも飛び上がった。

「ミス・ルーシー？」ウィルソンのよく響く声が廊下から聞こえた。

最悪だ。

ルーシーは唇に指を当て、リディアに黙っているよう頼んだ。

「そこにいらっしゃるのはわかっているんですよ」ウィルソンはドアの外から言った。「厨房《ちゆうぼう》の使用人が、お嬢さまが入ってくるのを見たと言っていましたので」

ルーシーはうなった。この家には秘密を守ってくれる人は一人もいないのだろうか？

ゆっくり立ち上がる。そして、さらにゆっくりドアを開け、予想どおりのウィルソンのしかめっつらと対面した。だが、執事のしかめっつらは哀れなほどの恐怖の表情へと変わり、ルーシーの唇にはほのかに笑みが浮かんだ。

ウィルソンを苦しめるのは本当に楽しい。

「気に入った？」ルーシーはたずね、切ったばかりのぎざぎざの毛先に手を触れた。「ズボンによく似合っていると思うんだけれど」

ウィルソンは胸の奥で息切れのような音をたてた。ルーシーは急に心配になり、前に進みでて執事の背中をたたいた。ウィルソンのことは困らせたいだけで、殺したくはない。

「ミス・ルーシー、お客さまがいらっしゃっています」ウィルソンはかすれた声で言い、喉につかえ、あえぐような咳払《せきばら》いを続けざまにした。背筋を伸ばし、いつもの堅苦しさを少し取り戻す。「紳士のお客さまです」

借り物のシャツの襟が肌に当たる部分がかゆくなってきた。「紳士？」

「その紳士は、カードウェル卿《きょう》には取り次がないようにと、私にはっきり頼んでこられました」ウィルソンは非難がましく顔をしかめ、ルーシーに名刺を渡した。「その頼みを不快に感じなかったと言えば嘘になります」


〈ブランストン侯爵〉


「驚いた」ルーシーはささやき声で言った。膝から力が抜け、ドア枠に寄りかかって体を支える。ああ、何てこと。

「このような訪問には、正式なお目付役が必要です。カードウェル卿をお呼びしますか？」ウィルソンは顔をしかめた。「あるいは、レディ・カードウェルに付き添っていただくほうがいいでしょうか？　応接時間は終わりましたが、例外扱いにはできるでしょう」

「だめ！」ルーシーはパニックを起こしかけて叫んだ。自分が送った手紙のことを両親に知られれば、応接時間をすっぽかしたことへの説教よりはるかに大きな心配をしなくてはならない。ウィルソンのしかめっつらが収まらないので、ルーシーは落ち着いた声を出そうとした。「その紳士がうちに来たのは、私が取り組んでいる慈善活動のことで話があるからよ」その嘘は唇に苦く感じられたが、そのまま突き進んだ。「お目付役ならリディアでじゅうぶん。お客さまをお通ししてちょうだい」

ウィルソンはルーシーのズボンを見下ろした。

「影響力のある人ではないから」ルーシーはいまや身悶《みもだ》えしながら言い張った。それに、着替えに行って髪を巻く間、ブランストン卿を応接間に一人きりで三十分も待たせるわけにはいかない。父にブランストン卿の訪問に気づかれる前に、さっさと彼に会い、問題を片づけたほうがいいだろう。「お願い、お通しして」ルーシーは言い張った。

ウィルソンは最後に一度顔をしかめたあと、言われたとおりにし、ルーシーはこれ以上嘘を乱発せずにすんだ。

というのも、実際、ブランストン卿には影響力がある。それに、あの辛辣な手紙を書き殴っている間は力がみなぎっていたが、実際に顔を合わせる覚悟はできていなかった。

「ブランストン卿？」リディアがソファの上から言った。涙は乾いているが、目はまだほんのり赤い。「その人って――」

「そうよ」ルーシーは一度、二度ドア枠に頭を打ちつけたが、その行為でも頭の中はすっきりしなかった。それどころか、いっそう混濁してきた。まるで一目散に走って逃げろと肌が告げているかのように、シャツの下から生じるとてつもないかゆみを、ルーシーは掻《か》きむしった。「ピースモアを買おうとしている男性」

リディアの額にしわが寄った。「ルーシー、髪を切る以外に何をしたの?」

「あの物件を明け渡すよう要求する手紙を送ったかもしれないわ」ルーシーは認めた。目にかかる髪を息で吹き飛ばす。「侵入行為だと非難もした」

そして、当局に訴えるという脅しも。

あの男性はここで何をしているの? あんな手紙を受け取ったのに、なぜわざわざコーンウォールから来たのだろう? 私の礼儀正しいふるまいのためでも、字がきれいだと褒めるためでもないはずだ。

きちんとした計画が必要だ。それに、大量のヘアピンも。

残念ながら、そのどちらも手の届くところにはなかった。

「本当にそんな格好で、ブランストン卿に会うつもり?」リディアはその想像にぞっとしたようにたずねた。

ルーシーは自分を見下ろし、ジェフリーが大学に逃亡するときに残していった服に目をやった。いまも土を掘るときはズボンをはくが、最後に完全に男の服装をしたのは何年も前のことで、当時はよく馬番のふりをしてハイド・パークの木に登っていた。そんな変装はもう、そう簡単にはできない。この面談にはいつもの自分の服装で臨みたかったし、ジェフリーのベストはあちこちひだが寄ったり突っ張ったりしているとなればなおさらだった。しかも、このシャツは何てかゆいのだろう。

しかし、みじめな気分ではあったが、ブランストン卿の機嫌をとるためにきちんとした服装をするのもいやだった。あの男は、私が進むことを拒んでいる方向に進むよう仕向けようとしているのであり、それはきっぱりと終わらせたい。

できれば、父に見つかる前に。

イーディス・ルシール・ウェストモアの日記より
一八一三年一月三十一日

〈人が第一印象を与えるチャンスは一度きりで、私はそれをいいものにしすぎたのかもしれない。今日、私は新たな隣人たちに会うために、町の教会に出かけた。礼拝後、ウェルズベリー師が私を家まで送ると申し出てくれたとき、私は愚かにも受け入れてしまった。

いま思えば、何を考えていたのかと思う。彼にキスまでさせてしまった。私は独身を貫くことを選んだが、だからといってハンサムな男性とたまにキスしていけないわけではない。だがいまは、あの教区牧師が私にキスしたのは、私が選んだ人生に潜む道徳上の危険を示すためだったのではないかと思う。私が一生結婚するつもりはないと説明すると、彼は、女性が一人でいることを選ぶのは不自然だし、町の人はみんな、崖っ縁で一人きりで生活する私を心配していると言った。

私が心配なのか、娘たちに私が与える影響が心配なのか、どっちだろう?

それでも、ウェルズベリー師はこの町で尊敬されている。リザード・ベイの誰もがこのハンサムな若い教区牧師の考え方に同調するなら、私の評判はロンドンにいるのと同じくらい地に落ちることだろう。とはいえ、どれだけ評判が犠牲になろうとも、私は自分を貫くことに全力を尽くすしかない。

次の日曜に教会に行くことが待ちきれないくらいだ〉

6

トーマスは肩がこわばった執事に、凝った青い花柄の壁紙が貼られた応接間に案内された。コーンウォールで暮らし始めて三年、屋内より屋外で過ごすことが多かったため、絨毯《じゅうたん》は磨かれた靴の下でぞっとするほど分厚く感じられた。サイドボードから自分をあざ笑うかのような、ブランデーが入ったクリスタルのデキャンタに視線が吸い寄せられる。

くそっ、いまは酒が役に立つのに。

この三年間、ミス・Eに酒浸りであるという秘密を知られ、みじめな隠れ家から酒を一掃しなければ云々《うんぬん》と善意の脅しをされて以来、一滴も飲んでいない。酒瓶もすべて片づけた。従わなければ、失うものが大きすぎたのだ。だが、ウォータールー橋駅で列車を降りてからの二時間で、店に立ち寄って酒を飲むことを十回は考えた事実が多くを物語っていた。リザード・ベイで簡単に禁酒できたのは、自分の心の強さのおかげではなく、単に誘惑がなかったからではないだろうか。

ロンドンに来てからまだ数時間だが、すでに漂流している気分だ。まるで、久しぶりに海に行ったところ、泳ぎ方を忘れていることに気づいたかのように。

トーマスは無理やり部屋の中央に視線を定めた。ブランデーは背筋のこわばりをほぐしてくれるだろうが、それで自分の主張が通るわけではない。これは紳士クラブで酒を飲みながら行う、貴族同士の気楽な業務会議ではない。ここに来たのはカードウェル卿《きょう》の軽薄な若い娘と会い、交渉するためなのだ。きっと、カップに注《つ》ぐのは紅茶のほうがいいだろう。

トーマスは室内の人々を眺め、戦線を分析した。一人の若い女性がソファに座り、青い目を丸くしてこちらを凝視している。渋い顔をした弟が隣でお目付役を務めていて、襟の中を掻《か》きながら不愉快そうにこちらを見ていた。トーマスはその少年には取り合わず、コーンウォールからここまで来た第一目的の案件に集中した。

若い女性を、さっきよりしっかりと見る。それなりに美しい、イギリス人らしい雰囲気の女性だ。金髪の巻き毛を頭頂でまとめ、ロンドンのどんな上品な家の応接間でも歓迎されるような、控えめなピンクのドレスを着ている。顔が真っ青になっているところを見ると、こちらの狙いどおり驚いているのだろう。

よし。相手に不意打ちを食らわせたところから始めるのは、どんなときにも有効だ。

「ミス・ウェストモア」トーマスは深々とおじぎをして言った。「お会いいただき、ありがとうございます。私の姿を目にされて、少し驚かれていることでしょう」

彼女の目はいっそう丸くなった。「そ……そうですね……確かに驚いています。あなたの……姿に……」声はかすかに震えながらとぎれた。

おかしい。自分に自信がなさそうな声だ。手紙では自信満々に感じられたのに。むしろ、男をこてんぱんにやっつける女性のように思えた。

トーマスが横顔をまじまじと見ていると、彼女は不安げに弟に視線を向けた。目が赤いところを見ると、さっきまで泣いていたのだろう。あの手紙から、攻撃的なやりとりをする心の準備はしていた。だが、涙やとぎれがちな口調、沈黙には備えきれていなかった。

「私がここに来た理由は想像がつくと思いますが」なぜ彼女は目を合わせてくれないのだろうと思いながら、トーマスは言った。「あなたの手紙からは、別の申し出を検討する余地があると読み取れましたので、交渉するために来たんです。ヒースモア・コテージに五百ポンドお支払いします」

彼女は氷漬けになったようにソファの上で固まっていたが、彼女自身がトーマスに、条件のいい申し出を携えてロンドンに来させたようなものなのだ。しかも、なぜ目を合わせてくれないんだ？　こちらはいま、父親ではなく本人と交渉しているというのに。これが彼女の望みだったのではないか？

それとも、この沈黙も、より高値の提示を引きだすための作戦なのか？

トーマスはヒースモアの不毛な土壌のことを説明したくなった。コテージの二階のことを。そこに上がって作業をする勇気のある大工が見つからないせいで、いまにも踏み抜きそうな腐った床のことを。不気味な風の音のことを。幽霊が出るという噂《うわさ》のことを。だが、用意してきた演説はこじつけで、それらの言葉は真実みに乏しいと感じた。ヒースモアには長所もある。一面に海が広がる景色、何エーカーも続く隠れた美、やる気のない土にどうにか足がかりを得た脆《もろ》い花々が色とりどりに咲き乱れる夏の貴重な光景。

だが、この女性はそれを何一つ知らない。

「ヒースモア・コテージがあなたの心において、大きな価値を持つことは理解できます」トーマスはさっきより穏やかな口調で再び話し始めた。「伯母さまがあの場所をどれだけ重視していたかを思えば。でも、あなたが理解なさっていないこともあるんです」

「違います」よりによってその瞬間、弟が話に割って入ってきた。トーマスの喉元につかみかかりそうな勢いで前に進みでる。「理解していないのはあなたのほうだと思います」

ただ、その言葉を紡いだのは、男性の声ではなかった。

そのときになってようやく、トーマスは間近で見た。

驚いたことに、それはお目付役を務めている弟などではなかった。お粗末に切られた髪と体に合っていないベストの奥をじっくり見ると、控えめでしゃれたドレス姿でソファに座っている若い淑女によく似た若い女性であることがわかった。

ただし、こちらの女性には控えめなところも、しゃれたところもない。

二つの青い目はトーマスをにらみつけていて、泣きだす気配は少しもなかった。丸っこい鼻の下で口は不満げに斜めに曲げられ、金髪は短く、耳のまわりででたらめにもつれている。身長はトーマスとほとんど変わらないように見えるほど高く、むずむずする部分があるのか首を掻いていた。それらの要素からはちぐはぐな印象を受けそうなものだが、その女性はトーマスがひとりでに後ずさりしてしまうほどのエネルギーを放っていた。

「ミス……ええと……ルーシー・ウェストモア、ですか？」トーマスは弱々しくたずねた。

「ええ」彼女は両手をこぶしに握り、近づいてきた。

殴られるのではないかとトーマスは思った。実際、喧嘩《けんか》にふさわしい服装をしている。初めてミス・Eに会ったとき、まさに同じことをされた。節くれだった、年齢を感じさせるこぶしを引いてトーマスの左目を殴りつけ、それはトーマスがうっかり敷地内に侵入したのとそう変わらないほど罪深い行為に思えた。

トーマスは深く息を吸い、この状況を収める方法を考えようとした。だが、ミス・ウェストモアの近くで深く息を吸ったのは間違いで、彼女からは屋外と清潔な洗濯物の匂いがし、上品な若い淑女から漂うはずの香りとはまるで違っていた。元婚約者のガブリエルが浴びるように高価な香水をつけていたことを忘れるほど、トーマスは錆《さ》びついてはいない。その記憶のせいで、今度はトーマスのほうが不意を突かれた気分になった。

それは、ミス・ウェストモアがズボンと意外な香りでトーマスを驚かせることで、この対面の優位に立ったからというだけではなかった。ソファに座る神経質そうな若い女性には毒にも薬にもならない反応しか出なかったのとは違って、この女性はトーマスの皮膚の下で長い間眠っていた何かを刺激した。こんな思春期のような衝動はすでに卒業したと思っていた。婚約破棄の心痛とコーンウォールでの孤独な三年間を経て、禁欲生活には慣れていた。女性を見ても、スカートの下に何があるのかとは考えずにいられた。

だが、あのズボンの下に何があるのかというのは、まったく別の問題だ。

トーマスは内心身震いした。この一連の思考はよく言えば非生産的、悪く言えば危険だった。ヒースモアの将来がこの交渉にかかっているのだから、勝負に集中しなくてはならない。そこで、トーマスはにらみつけてくるこの奇妙な女性にほほ笑みかけ、かつての武器だった愛嬌《あいきょう》を呼び覚まそうとした。

「五百五十ポンドを提示します」トーマスは気前よくあろうとしてそう言った。

女性の唇がへの字になり、顔がしかめられた。「ブランストン卿、私はヒースモアを売るつもりはありません」その声からは軽蔑が滴っていた。「少なくとも、いまはまだ」

ルーシーは少しも紳士らしくないその紳士をにらみつけた。

本物の紳士は事前の連絡なしに訪ねてはこない。本物の紳士は自分の遺産をはした金でかすめ取ろうとはしない。そして、本物の紳士は、豊かな巻き毛を遊び人のように乱し、首と襟の境界を日焼けさせた状態で目の前に立ちはしない。

ブランストン卿はルーシーの想像とは違っていた。ソファに座るリディアも同じ感想を抱いたらしく、目を丸くしてたえずちらちらと彼を見ていた。

〝教養がある〟と、あの晩の夕食の席で、父はブランストン卿を形容していた。孤独を愛する人物だとも。

だが父は、彼が若くてハンサムであることを言い忘れていた。

ルーシーはなぜか、背中が曲がった、白髪頭で入れ歯の世捨て人を想像していた。ブランストン卿の口に歯が揃《そろ》っていることにはいやでも気づかされた。彼はその歯を光らせながら、ルーシーにほほ笑みかけている。その笑顔にルーシーの膝は震え、それは危険な、そして、受け入れがたいことだった。髪は白髪ではなく、赤褐色だ。しかも、色は一色きりではなく、万華鏡のように混じり合い、自然が彼を黒髪にするか、赤毛にするか、何かもっと複雑な色にするか決めきれなかったかのようだった。

自分が彼を凝視していることに気づき、ルーシーは驚いた。それどころか、この男性なら一日じゅうでも機嫌よく眺めていられると気づいて狼狽《ろうばい》した。

確かに、彼はハンサムで若いかもしれないが、男性でもある。E伯母が多くの点において正しかったことはすでに証明されていて、日記のページには優れた助言がつまっていた。ルーシーにできる最低限のことは、男性に関する伯母の意見を信じることだ。

「私が今日あなたに会うことに同意したのは、この件に片をつけたかったからです」ルーシーはブランストン卿に言い、不幸なくらい高い背を伸ばした。また襟の中を掻く。「私は地所を訪れ、その価値を自分で評価するまで、ヒースモアを売る気はありません」

ブランストン卿は腕組みをし、フロックコートの縫い目が肩のまわりでぴんと張った。

「私はあの地所にすでに大金を投資しています。私たちが満足のいく結論に達しなかった場合、そのお金は返してもらわなくてはなりません」笑みが深まる。「でも、私の取り柄は交渉を拒まないことです。五百七十五ポンドなら考えてくれますか？」

ルーシーはブランストン卿をにらみつけた。何て図々《ずうずう》しい！　買値をつり上げて私を黙らせようなんて、自分を何様だと思っているの？　しかも、私がこの人にお金を払う義務があるとまで言う。

ああ、これは戦争だ。この男性は自分が誰を相手にしているのかわかっていない。

「ご自分が所有していない地所にお金を投資するなんて、それ以上に愚行と呼べる行為はないと思いますが」ルーシーはぴしゃりと言った。「ブランストン卿、私はすでに自分の意志をはっきりさせたと――」

「六百」ブランストン卿は腕組みをほどいた。「それでもだめなら、希望価格を提示してください」

まったく、何てしつこい人。それに、造作なく金を放りだせるほど裕福なようだ。あるいは、その地所の価値に関して、こちらが知らない何かを知っているのかもしれない。手紙の中で、E伯母はヒースモアには秘密があるようなことを言っていた。

ブランストン卿はあの地所について、私が知らない何を知っているのだろう？

「そのご提案は父になさったらどうです？」ルーシーは声ににじみそうになる辛辣さを抑えながら言った。「父はあなたが最初に提示した四百ポンドにも飛びつきました。六百ポンドなら、地所に私と私の持参金もつけて、きれいにリボンをかけて差しだすでしょうね」

ブランストン卿は赤褐色の眉を、驚いたように両方上げた。薄茶色の目がルーシーの体を上から下へと眺め、ルーシーは一瞬、借り物の服の着心地の悪さを忘れた。視線が再びゆっくりと顔に上ってくると、息が喉につまった。

「つまり、取り引きの一部としてあなた自身を差しだすとおっしゃっているのですか？」

ルーシーは口をぽかんと開けた。私に戯れを仕掛けているの？　ルーシーはその種の経験が少なすぎて、このやりとりを男女の戯れと見なしていいのかどうかわからなかった。

ああ、この男は悪党だ。

その思いとは裏腹に、ルーシーの心臓は跳ね上がった。

「違うわ！」ルーシーはむせそうになりながら、何とか言った。「私はどんな男性の取り引き材料にもなるつもりはありません。私が欲しいのは自由と自立。ヒースモアがたまたま、私にそれを与えてくれたんです」

ブランストン卿の視線が鋭くなり、賞賛を超えた、獣を思わせるまなざしに変わった。その目はルーシーの皮膚の下まで見通すかのようだった。「あなたが私の申し出を断るのは、ご自分でそこに住みたいからなんですか？」

ブランストン卿は驚いているようだ。つまり、鼠《ねずみ》のことは知っているのだろう。「住みたくなるかどうかはまだわかりません」ルーシーはあごを上げた。「でも、住まないとしても、私はあの地所を少なくとも、人生で別の選択ができるようになるだけの金額で売るつもりです」

「では、やっぱり金額の問題なんですね」ブランストン卿の声は、落胆したようにさえ聞こえた。「六百五十ポンド」

ルーシーは唇を噛《か》んだ。ブランストン卿はいまや、あの地所の価値を大幅に超えた金額を提示している。それに、なぜ……ああ、なぜあんなことを言ってしまったのだろう？　こちらの自由と自立は、ブランストン卿には何の関係もないことだ。両親さえも考えようとしてくれない、私の希望と夢のかけら。ブランストン卿は自分の申し出が拒否されているという事実以外、そういったものについて何も知る必要はない。

十五シリングのためでも髪を売ったというのに、ブランストン卿は金を湯水のように自由に使えるのだと思うと腹が立ち、ルーシーは顔をしかめた。「ブランストン卿、私は自分で地所を検分するチャンスを得るまでは、どんな申し出も検討しません」

　自分が知らない何かを彼が知っているのではという疑いは、いまや大きくふくらんでいた。わざわざロンドンに来てまでこの無駄な交渉を続けるとは、ブランストン卿はあの地所の何にそんなに取りつかれているのだろう？

　何かが匂う。

　ルーシーはブランストン卿を力いっぱいにらみつけながら言った。「ロンドンまで来ていただいたのは、時間の無駄だったようです。コーンウォールにお帰りになってください。ウィルソンに外まで送らせますから」

　ただ……ウィルソンの姿はどこにも見当たらなかった。

　ルーシーは開いた応接間のドアに目をやり、見慣れたウィルソンの禿《は》げ頭を捜した。誰かを放りださなくてはならないときにそこにいないなら、執事は何のために存在するのだろう？　ウィルソンはふだん、しつこい蚊のようにつきまとってくるのに、私の評判を守る役としてリディアだけを残して姿を消したの？　リディアがいまだにこのハンサムな客を、目を剥《む》いてぽかんと見つめているところを見ると、そちら側からの助けは期待できなかった。

　そのとき、ウィルソンの靴が廊下のタイルをこつこつ踏むおなじみの音が聞こえた。安《あん》堵《ど》が押し寄せる。ウィルソンが来てくれる。間に合った。

ところが、ウィルソンがドアから入ってくるのを見て、彼が一人ではないことに気づいた。ウィルソンの背後には父がいて、その顔は雷のように荒れくるっていた。

ああ、お節介なウィルソン。

子供のころからこんな調子だった。厨房《ちゅうぼう》のパイをくすねるとか、一階の廊下に蛙《かえる》を二匹放つとか、ルーシーが何かをしでかすと、ウィルソンはいつのまにか、何らかの形でそれを父に伝えているのだ。ウィルソンは家族の大事な一員ではあるが、卑劣なスパイでもあり、つねにルーシーの敵方についているように見えた。

ルーシーはブランストン卿との交渉を終え、彼に帰ってもらうつもりでいたが、父の顔に浮かぶ表情から判断するに、状況にはいま火がついたばかりのようだった。

「ここでいったい何が起きているんだ?」カードウェル卿は大股に応接間に入ってきた。

トーマスは返事につまっている自分に気づいたが、その質問は彼の娘に向けられていたため、返事は不要だった。

とはいえ、カードウェル卿が非難するべき相手はこの自分だ。何しろ、予告なしにここに来たのはトーマスなのだ。カードウェル卿の若い未婚の娘に、父親に知らせることも許可をとることもせず、話を聞かせに来た。だが、カードウェル卿の荒れくるう怒りは、ズボンをはいた娘に向けられていた。

「お父さま、説明を――」ミス・ウェストモアは口を開いた。

「ルーシー、お前の言い訳には興味がない」

「でも、私がこの人に手紙を書いたのはただ――」

「黙れ」カードウェル卿の声が応接間に響き、炉棚の上の骨董品《こっとうひん》の磁器がかたかた鳴った。

「ブランストン卿にそんな格好で応対したことを恥ずかしいと思いなさい」

ミス・ウェストモアの肩が落ち、トーマスは思わず我が事のように縮み上がった。

カードウェル卿はトーマスのほうを向き、頭を振った。「ブランストン卿、心から謝罪申し上げます。この子の発言と行動のすべて、特にこの服装のことを誰にも言わないでいただければ、我が家は皆、あなたに感謝申し上げます。社交シーズンがもうすぐ始まりますし、この子の微妙な立場を考えますと、好ましくない噂は少しでも避けたいのです。ルーシーは……」その声はとぎれ、カードウェル卿自身も自分のおてんば娘をどう形容していいか決めかねているかのようだった。

しかし、まったく思いがけない言葉が次々とトーマスの頭の中に浮かんだ。

〝頑固〟〝驚異的〟〝聡明《そうめい》〟

トーマスはルーシー・ウェストモアを嫌いになると思っていた。必要なら、だましてでもヒースモアを売らせるつもりだった。元婚約者のような女性だと思っていた。甘やかされた、自己中心的な、美しい女性。

ところがミス・ウェストモアは、トーマスが子爵の娘の言動に抱く先入観をひっくり返した。

「謝るのは私ではなく、娘さんにされたほうがよいかと」トーマスはカードウェル卿に言った。

カードウェル卿の頭は後ろにのけぞった。「何ですって?」

「そもそも、この件で不当な扱いを受けたのは娘さんです。そうした状況では、娘さんに謝罪がなされるのが普通だと思います」

「不当な扱い?」カードウェル卿は困惑して目をしばたたきながら繰り返した。「この子はズボンをはいてあなたに応対したんですよ!」

「服装の作法は、目下の議論には関係ありません」トーマスはうなるように言った。「あなたは娘さんが所有する地所を、ご本人の許可なく私に売ろうとしました。しかも、娘さんは成人しているんですよね?」

「ええ、でも――」

「正気を備えていて、それゆえ自分で判断を下せるんですよね?」

「ええと……おそらく」カードウェル卿は顔を赤くし、横目で娘を見た。「最近の判断には疑わしいところがありますが」

カードウェル卿の声ににじむ疑いに、トーマスはかっとなった。三年前、妹がロンドンのトーマスの自宅に、未婚のまま妊娠して現れたとき、ジョセフィーヌを精神病院に入れるよう勧める人間がいた。結果的に保護者失格だったとはいえ、トーマスは妹の正式な保護者なのだし、正気を備えた女性――それも侯爵の妹がそのような愚行を犯すはずがない、とその人物は言った。ジョセフィーヌが起こした醜聞の解決策として最も好都合で、トーマスの婚約者も留《とど》まることに納得してくれるであろう判断だと。

だが、当時トーマスはそうした意見には耳を貸さず、いまもカードウェル卿の疑念を受け入れることは拒否した。たとえそれが、聞き分けのない女性に対処する当世風の方法だったとしても。

「カードウェル卿、娘さんに謝るべきです」トーマスは腕組みをして待った。

カードウェル卿の顔色が変わり、どなり散らした。「私の家に押しかけて、娘にとるべき態度を指図するとは、君は何様のつもりだ?」

ミス・ウェストモアが青ざめた顔で前に進みでた。「お父さま、謝ってくれなくていいのよ」しゃがれた声で言う。彼女はトーマスをちらりと見たが、その視線はさっきの白熱した議論中のものとは違うように感じられた。どこか、まわりの様子をうかがうようなところがある。あるいは、トーマスこそ正気を失っていると思ったのかもしれない。「ブランストン卿、もう帰っていただいたほうがいいと思います」

トーマスはためらった。まだ用件は片づいていないと心は言っていた。だが、トーマスがミス・ウェストモアのためにもぎ取った謝罪を本人が放棄するなら、それが彼女の決断だ。

正直に言えば、ミス・ウェストモアの地所の処分に関する決断も、彼女自身のもの。

「ミス・ウェストモア」トーマスは言った。「売却に関する決断をする前に、地所の価値をきちんと確かめたいというあなたの望みは理解します。ただ、最終的にその件の結論が出た際は、私を買い手の第一候補として検討してほしいのです」

ミス・ウェストモアの目がきらりと光った。「私はそれをあてにするつもりはありません」

トーマスは歯ぎしりした。ミス・ウェストモアは逡巡《しゅんじゅん》しているように見えたのに。父親がこの場に乗り込んでくる前、この件は別の解決に向かうかもしれないと思った瞬間があったのだ。ミス・ウェストモアがヒースモアを最高入札者に売るのではなく、自分で住むのなら、地所の安全は保たれる。

だが忌ま忌ましいことに、ミス・ウェストモアの目にあの頑固な光があるのは間違いなかった。

その光は、誰かが彼女の伯母に楯突《たてつ》こうとしたとき、一度ならず見たことがある。

これ以上、状況を悪化させたくなかったので、いまや娘ではなく自分をにらみつけていたカードウェル卿に向かってうなずいた。二人とも怒らせてしまったことはわかっていたため、すぐに向きを変えて部屋を出た。

酒が待っている。

しかも、ロンドンに滞在する時間はあと十三時間も残っているのだ。

イーディス・ルシール・ウェストモアの日記より

一八一三年二月七日

〈私の災難を父のせいにしたい気持ちはあったが、私がロンドンから逃げだしたのは、ただ父の意向に逆らいたかったからでも、迷惑な結婚を避けるためでもない。精神病院と、そこで待ち受ける恐怖を恐れたからというだけでもない。

私が旅立ったのは、それよりも重要な理由からだ。

私がここに来たのは、自分を見つけるため。

すでに、自分がどういう人間でないかははっきりわかっている。父親だろうと教区牧師だろうと、私は男性の意志に合わせて自分を変えられる人間ではない。自分ではない何かや誰かのふりはできない。独身を貫くことは選んだが、不幸な独身になるつもりはない。リザード・ベイでは、ウェルズベリー師を攻撃するという気晴らし以外にも熱中できることはたくさんあり、私はその可能性に身を浸すことに決めたのだ。

もし、ほかの誰かの人生を向上させることができれば、自分の人生も向上させられるかもしれない。

何よりも、私は自分の幸せを築くつもりだ。たとえ、そのせいでほかの誰かを縮み上がらせようとも〉

7

ルーシーはおそらく危険回避のために自室に閉じ込められたが、傷をなめることで時間を無駄にはしなかった。怒りと隔離された状態を利用し、荷造りをしたのだ。

朝早くから両親の声が家を震わせ、〝荒れている〟だの〝強情〟だの〝不安定〟だのといった言葉が飛び交っていた。母は老ドクター・バッシングズを呼んで診察してもらうことまで提案していて、ルーシーの思考は繰り返し同じところに舞い戻り、それこそ正気を失っていると思われそうだった。E伯母の日記の予言のような言葉が、酔っ払っているように頭の中を泳ぎ回る。自分が父に従うことを拒否すると決めたのは、父にそう仕向けられたから？

ブランストン卿《きょう》に手紙を書いたのも？　髪を切ったのも？

わからない。

だが、自分の部屋に閉じ込められたまま、斧《おの》が落ちてくるのを待つつもりはなかった。

両親の不安げなやりとりは真夜中を過ぎると落ち着いたが、そこから生じた沈黙もルーシーの心を和らげてはくれなかった。寝室のドアの外で、廊下の時計が四時を告げる音が聞こえた。最後の鐘の余韻を聞きながら、選択肢をじっくり検討したが、選択肢自体がほとんどなかった。ヒースモアのことは忘れて、社交シーズンを耐え、自分の強情さのしっぺ返しを受け入れることもできる……。

あるいは、いま現れたチャンスをつかむこともできる。

自分はまるきりの世間知らずではない。持ち金が足りないのはわかっている。これは簡単なことではない。危険かもしれない。

だが、不可能ではない。

節約すれば、リザード・ベイにたどり着けるだけの金は持っている。いったん向こうに着けば、あとは何とかなる気がした。町で生活費を稼げるような仕事につけるかもしれない。父が言っていたとおり、ヒースモアは住めたものではないと落胆すれば、地所を売ることになるかもしれない。だが、その決断を下すのは自分自身だ。

そうすれば、後悔はせずにすむだろう。

分別ある女性なら、朝日の最初の一筋が差し込むのを待ってから、自由への疾走を始める。けれど、私は分別ある女性ではない。というより、少なくとも両親はそう思っている。

心が決まると、少しも望んでいない社交シーズンのためにロンドンの一流の仕立屋に作らせた新しい散歩用ドレスに、急いで着替えた。大胆な気分になって、E伯母が送ってくれた緑の石のペンダントを喉元に巻いたあと、ヒースモアの鍵をポケットにすべり込ませ、頼もしいその鍵を握りしめた。この二週間で、その鍵はルーシーにとって単なる鍵以上の存在になっていた。ポケットに入れて持ち歩いているうちに、いつのまにか希望の象徴に変わっていたのだ。自分の未来、自分の幸せへの希望。だが、その未来を手に入れるには、鍵をポケットに入れて持ち歩く以上のことをしなくてはならない。

鍵を錠に差し込み、家のドアを開けなくてはならない。

だいたい準備ができると、伯母の日記を、旅行かばんに一組だけ入れた着替えの上に置いた。まだ一冊めを読み終えたところだが、この時点ですでに、自分が想像以上に伯母に似ていることがわかっていた。これらの黄ばんだページは、自分が進む道を指し示してくれている。

E伯母も大昔、同じことをしたのだ。荷造りをして、夜、誰にも行き先を告げず出ていった。E伯母は自分で決断し、決して振り返らなかった。これは私にもできる。やってみせるのだ。ブランストン卿でさえ、誰の干渉も受けずにこの決断をする権利がルーシーにあることを知っていた。

あの発言には、父の腹立たしい言葉と同じくらい驚かされた。

だが、ブランストン卿に思いがけず応援されたところで、心のわだかまりは解けなかった。間違えてはいけない、私は確かにブランストン卿を嫌っている。だが、好奇心もふくらんでいた。ブランストン卿はなぜわざわざロンドンに来て交渉を続けるほどヒースモア・コテージが欲しいのだろう？　ヒースモアにはどんな秘密が？　相続財産にまつわるすべてが謎に包まれており、これ以上ロンドンにいては解けそうになかった。

まずはこの部屋から逃げださなくてはならない。

ルーシーはドアに耳をつけ、眠りについた家の音を聞いた。錠をこじ開けられる自信はあった。長年の間、さまざまな違反行為の罰として、部屋に閉じ込められる経験を山ほど積んできたのだ。短い髪をまとめる効果は完全に疑問視されるようになったヘアピンだが、少なくとも一つは使い道がある。

だが、錠をこじ開けることには、危険な点もある。父はドアの外に見張りを立てているのだろうか？　もしそうなら、その役はおそらくウィルソンで、だとすればそんな危険は冒せなかった。

そこでルーシーは窓枠を上げ、身を乗りだして、眼下の暗い街路に視線を走らせた。まだ人っ子一人見当たらないが、牛乳売りや荷馬車は早朝にこの道を通って市場に向かうことがある。だからこそ、近辺に目撃者が現れる前に出ていかなくてはならないのだ。窓の外のオークの木に目をやり、がさがさした頼もしい樹皮を見た。葉はまだついておらず、それは健康な枝とそうでない枝の見分けがつかないことを意味する。運を天に任せるしかない。

つい昨日、また木登りをするチャンスがあればと願ったはずでしょう?

その願いが叶《かな》ったのだ。

ルーシーはかばんを放り投げ、それが太い枝にぶつかるとたじろいだ。それから、祈りではなく罵りの言葉をつぶやきながら、窓枠に片足をかけ、足に絡みつく散歩用ドレスの重いスカートを引っ張った。最後に同じことをしたときほど簡単ではなさそうだ。何しろ、あれは四年以上も前のこと。

それに、そのときはズボンをはいていた。

ルーシーは何とか木の枝に飛びついた。手のひらの皮膚と袖のレースの一部を犠牲にしながらも、何とか地面に下り立つ。ブーツが地面に触れると、安堵《あんど》が押し寄せ、肺から息が飛びだした。

うまくいった。あとは、危険で暗いロンドンの街路を歩き、追いはぎに遭うことなく鉄道駅まで行けばいいだけだ。

ルーシーがかばんを持ち、振り返ると、物言わぬ壁のような使用人に出くわした。

「ミス・ルーシー、お出かけですか?」ウィルソンの大声が街路の静寂を切り裂いた。

肋骨《ろっこつ》に心臓が打ちつけ、ルーシーはよろよろと後ずさりした。ウィルソンに計画を見抜かれることは予想できたはずだ。この執事には、こちらの頭の中にある考えを正確に読み取るという超能力が備わっているのだから。

ああ、今回は計算間違いをしてしまったようだ。錠をこじ開けるのが正解だった。走ったら逃げきれるだろうか？　ウィルソンは年老いているが、スカートもはいていないし、かばんも持っていない。ルーシーに勝ち目はなさそうだった。

「こんなに朝早く、どこに行かれるつもりですか？」日常の場面で顔を合わせたかのような調子で、ウィルソンはたずねた。

ルーシーはうろたえてさらに後ずさりし、樹皮が背中に当たった。ウィルソンは家族の一員だが、使用人でもある。実際に私を止めることはできない。

父に言いつけることができるだけだ。

だが、列車は八時にならないと駅を出ないため、それだけでも大惨事になる。もちろん、父もいずれは娘を追いかけるだろう。だが、一日だけでも時間を稼ぎたかった。

ルーシーは辛辣な口調で執事に告げた。「それは言えないわ」

「そうですか。旅費は足りているということですか？」ウィルソンはうなずき、幅広の顔に疑念をあらわにした。「てっきり、コーンウォールに行くお金はお持ちでないのだと思っていました」

ルーシーは唇を噛《か》んだ。ウィルソンが事情をすべて把握していることに気づくべきだった。この執事はカードウェル邸で起こっていることは何もかも知っているのだ。

「向こうに行くだけのお金は持っているわ」喧嘩腰《けんかごし》に言う。「重要なのはそれだけよ」

もりです？」

「なるほど」ウィルソンは腕組みをした。「向こうに着いたら、どうやって食べていくつ
「あら、鼠《ねずみ》がいるでしょう？」執事のもじゃもじゃの眉が上がると、ルーシーはため息をついた。「正直に言うと、それは着いてから考えるつもり。ウィルソン、あなたに私は止められない。だから、さよならを言ったほうがいいわよ」

見慣れたしかめっつらに、ルーシーの胸は強く締めつけられた。いままでウィルソンとの間にはいろいろあったが、それでも自分はこの老人が恋しくなるだろうと思った。

ウィルソンはうなずいた。「私はお嬢さまを止めに来たのではありません」

ルーシーは目をしばたたいた。「そ……そうなの？」

「はい」ウィルソンが近づいてきたので、ルーシーは身をこわばらせた。だが、執事はルーシーが恐れていたように腕をつかむのではなく、手を取って、何か冷たく硬いものを手のひらに押しつけた。「旅のご無事を、ミス・ルーシー」

ルーシーは手のひらを見下ろした。薄暗いガス灯の灯《あか》りの中で、一ポンド金貨が二枚、光っているのが見えた。

「でも……ウィルソン……」突然涙がこみ上げ、ルーシーは口ごもった。「あなたがこんなことをしてはだめよ。職を失ってしまうわ」

「私はお父さまが子供のころ、洟《はな》をかんで差し上げていました」ウィルソンは不遜な態度

で言った。「亡くなったお姉さま、ミス・イーディスの涙もかんで差し上げていました。お父さまは私を首にはしませんよ」珍しくほほ笑みらしきものが浮かんだ。「それに、私はお嬢さまがコーンウォールに行く手助けをするつもりはありません。拳銃と長縄があっても、お嬢さまを止められないと思っているだけです」ウィルソンの大きな声は感情に震え、ルーシーの見間違いでなければ、彼の目にも涙が光っていた。「私はただ、お嬢さまが無事に帰ってくる手助けをしたいだけなのです」

ルーシーは大切な硬貨をぎゅっと握った。「ありがとう」ささやくように言い、喉にこみ上げてきたものをのみ下した。

ウィルソンは少しだけいつものしかめっつらを取り戻した。「それから、駅には辻馬車《つじばしゃ》で行ってください。朝のこの時間に歩くのは危険すぎます。ありとあらゆるいかがわしい人間がうろついているんですから」

「でも……お金がもったいないの」ルーシーは白状した。

「オックスフォード・ストリートの角で貸し馬車が待っています。ついさっき、運賃を払っておきましたので」

ルーシーは唖然《あぜん》としてウィルソンを見た。「どうして――」

執事は再びほほ笑んだ。「お嬢さまの次の一歩を予想するのはたやすいことです。考えうる限り最も衝動的な道を想像すれば、お嬢さまはその道を危なっかしい足取りで、とてつもなく勇敢に進んでいくんですから」その顔から笑みが消え、急にルーシーが知るいつものウィルソンの表情に戻った。「もしよければ、お嬢さまは部屋の中で何かこそこそしていて、誰にも会いたくないと言っていたとご報告します。そうすれば、少なくとも一日、二日は先んじることができるはずです」

ルーシーは言葉を失い、ウィルソンを見つめた。家族であるリディアでさえ、自分のためにここまでのことはしてくれないだろう。

ウィルソンは顔をぐいと動かし、オックスフォード・ストリートのほうを示した。「さあ、行ってください。急いで、私の気が変わらないうちに」

ルーシーはかばんを胸に抱き、自由に向かって二、三歩踏みだした。通りの角に、自分を鉄道駅まで乗せていってくれる貸し馬車と馬の黒いシルエットが見えた。振り向き、ほとんど生涯にわたって一緒にいる執事を最後に見る。「ウィルソン」

ウィルソンは街路に、黒い岩のように立っていた。「はい？」

ルーシーは小さく叫び声をあげ、ウィルソンの腕の中に飛び込んだ。このさよならを家族の残りの面々に届けようとするかのように、執事を強く抱きしめる。どういうわけか、この瞬間は、ウィルソンが認めてくれていることさえわかっていればじゅうぶんだった。

「ありがとう」ルーシーはささやいた。

「面倒は起こさないと約束してください」ウィルソンはルーシーの頭の上でくぐもった声

で言い、背中を軽くたたいた。

「努力する」ルーシーは約束し、ほほ笑んで体を引いた。「でも、そういう面での私の努力は、必ずしも実を結ばないってお互いわかってるでしょう」

そう言うと、ルーシーは片手にかばんを持ち、オックスフォード・ストリートへ一目散に走っていった。

ちょうど地平線から朝日が顔を出し始めたころ、トーマスはホテルを出た。朝日が顔を出し始めているはずのころ、と言ったほうがいいかもしれない。

ロンドンではなくリザード・ベイにいたなら、自分の目でそれを確かめられた。だが、ここでは煤《すす》まみれの建物が視界を遮っている。息を吸うと、朝の空気からは潮風と海草でなく、石炭から上がる火の匂いがした。さらに、ぼうっとしてずきずきする頭が、たとえ空がもっとよく見えていたとしても、昨夜酒瓶に飛び込んだことによる疲れのせいで、それを正しく味わうことはできなかっただろうと告げていた。

息を吸うことにすらたじろぎながら、片手を上げ、一列に並んでいる辻馬車を呼ぶ。肩の後ろから声が聞こえた。

「ブランストン？」

トーマスは身をこわばらせたが、振り返らなかった。

その声はもう一度聞こえた。「失礼ですが、ブランストン卿ではありませんか?」

トーマスは歯を食いしばり、無理やり足の向きを変えた。身なりのいい紳士が笑顔で自分を見上げていて、手には傘を持ち、頭のてっぺんにはきちんと帽子がのっていた。男性はトーマスと同年代で、その顔には何となく見覚えがあったが、それを言うならロンドンにいる誰もがそうだった。

かつては上流社会の半分が友達だと思っていた。妹の醜聞が起こって初めて、ロンドンで友情という言葉は広い意味で使われているのだと知った。コーンウォールで築かれた真の友情を知ったいま、ロンドンでの友情の記憶はまやかしに基づいていたことがわかった。

トーマスは顔に浮かびたがる不機嫌な表情を抑えようとした。「お知り合いでしたかね?」

「ウェリンフォードだよ。エドワード・ウェリンフォード。おいおい、まさか忘れたとは言わせないぞ」

トーマスは頭を振った。

「大学で一緒だっただろう?」

「そうだったか?」トーマスは冷ややかに答えた。まだ思い出せなかった。成人した侯爵として社交界に加わったあと急速に破滅へと転げ落ちたせいで、大学卒業後のことはあまり詳しく覚えていないが、大学で学んでいた時期のことはよく覚えている。

この男と授業で一緒になったことはただの一度もなかったことに、自分の右手を賭けてもよかった。

「まあ、僕があそこにいたのは一年めだけだ。成績が悪くて退学になったから。でも、僕たちは紳士クラブでも一緒だったよ。それに、僕は君の妹さんのお葬式にも行った」

トーマスは何とかそっけなくうなずいた。まだ思い出せなかったが、思い出したふりをしていれば、この男はさっさと立ち去ってくれるかもしれない。

「あれは何年前だ？」男は言った。「二年か？」

「三年だ」トーマスは言い、街路に向き直って再び片手を上げた。くそっ、なぜあの辻馬車はなかなか来てくれないんだ？

「妹さんのことを聞いたときは気の毒に思った」ウェリンフォードは軽々しく続けた。「ただ、聞いた噂《うわさ》から考えると、それが最善だったんじゃないかと思うよ」

トーマスの視界は怒りの赤いもやに覆われ、反応せずにいるには正面をまっすぐ見続けるしかなかった。あれから三年も経《た》っているのに。ジョセフィーヌにまつわる噂はいまも客間の冗談として口にされているのか？　若い女性を怯《おび》えさせ、従順な気取り屋にするための教訓のように？

〝侯爵の妹にも起こったのだから、あなたにも起こりうることなのよ〟

ああ、このロンドン滞在は恐れていたとおりの展開になってしまった。たえまない噂話。

作り物の笑顔。

ホテルの部屋の床に転がるブランデーの空き瓶。

かつての悪習には立ち返らないと心に誓っていた。自分はそこまで愚かではない、以前とは別人になったのだと。だが、コーンウォールで勝ち取った禁酒生活のせいで、以前の人生のこの一面を忘れていたらしい。昨日列車を降りた瞬間から、ロンドンの音と匂いが皮膚の下に入り込み、ありがたくない記憶を呼び覚ました。ミス・ウェストモアとの面談が大惨事に終わったこともよくなかった。

そういうわけで、ロンドンに来てまだ二十四時間も経っていないのに、元友人の意地の悪い言葉に直面し、酒瓶の中から必死に抜けだそうとしている。

優れた人間なら、二度と飲まないと誓うだろう。お粗末な人間なら、アヘンチンキを探しだし、昨夜の過ちを少しでも薄めようとするだろう。

トーマスはその間のどこかに位置する人間であるため、どちらの行動にも出なかった。「ミス・ハイトンにはまだ会ってない？」ウェリンフォードは軽薄に喋《しゃべ》り続け、トーマスの思考は仕方なく元婚約者へと引き戻された。「元気にやってはいるけど、今年で四度めのシーズンを迎えると聞いた。噂によると、公爵に狙いを定めているらしい」このくそ野郎は笑い声をあげることまでした。「あんなにきれいな女性を失うなんて、君もショックだっただろう。月曜になってもベッドから追いだしたくない類いの女性だよ」

トーマスはこぶしを固め、ゆっくり振り向いた。「いい加減にしろ。元婚約者のことをそんなふうに言われたくない」ウェリンフォードをにらみつける。かつてはガブリエルの冷淡さに衝撃を受けたものだが、彼女がそんな中傷をされることは許せなかった。

トーマスの表情の何かにウェリンフォードは目を丸くし、すばやく一歩後ずさりして、自分をかばうように両手を上げた。「怒ることないだろう。彼女をどうこうしようなんて思っていない。ただ、世間話をしたかっただけだ」唇から神経質な笑いをもらす。「どっちにしても、僕なんか相手にされないよ。次男だからね。ミス・ハイトンのお眼鏡にかなうほど生まれがよくない」ようやく縁石に停《と》まった辻馬車のほうに目をやり、ウェリンフォードは顔を輝かせて言った。「そうだ、辻馬車に相乗りしないか?」

「断る」トーマスは辻馬車に乗り込んだ。高い襟とネクタイに首が絞まりそうだった。ああ、ウェリンフォードは最高に胸くそ悪い男だ。

「そんなこと言うなよ」ウェリンフォードはおもねるように言い、辻馬車のステップに手をかけた。「街の向こう側で一杯やろうじゃないか。近況報告をしよう。話すことはたくさんある。何しろ、三年ぶりなんだから」

トーマスは身を乗りだし、ウェリンフォードに近づくよう手招きした。ウェリンフォードは愚かにも爪先立ちになり、片耳をトーマスに向けた。ロンドンで噂が駆けめぐる速さを思えば、それはとんでもない発想だっただろうが、トーマスは男のコートの襟をつかんで自分のほうに引き寄せた。

「お前をこの馬車に乗せて」どなり声を出す。「その口からあと一言でも胸の悪くなる言葉を聞くはめになるなら、目的地に着く前にお前の人相は変わっていると断言できる」コートの襟を放し、おまけに帽子を軽くたたいてやった。

ウェリンフォードは真っ青な顔で後ずさりした。「ええと……も、もういいよ」つかえながら言う。「別の辻馬車に乗るから」

ウェリンフォードが走り去ると、トーマスは座席にもたれ、今朝初めて顔に笑みを浮かべた。ロンドンじゅうの紳士クラブにすぐさま広がる新たな噂を、たったいま作りだしたのはわかっている。

〝いかれた侯爵、まぬけ野郎を脅す〟

「どこまで行きます？」午前七時にしては陽気すぎる声で、御者がたずねた。

トーマスは鉄道駅に直行するつもりだったが、何らかの理由、おそらくエドワード・ウェリンフォードと出くわしたことにより、舌は思いがけない遠回りを告げた。その遠回りはしないと心に決めていたのに。

だがそれを言うなら、酒瓶の中で濾過《ろか》された場合の自分の判断力は信用できないのだ。

「ゴールデン・スクエアに行ってくれ」

御者が口を鳴らして馬に合図すると、トーマスは座席に身を沈め、片手をこめかみに当ておそるおそる押した。なぜあんなことを言ったのだろう？　ウェリンフォードとのありがたくない出会いに感情が揺さぶられたのは確かだが、いまこうしているのはいい考えだろうか？　三年前にロンドンを出たのは、自身だけでなく彼女のことも守るためで、その暗黙の了解に距離は欠かせない要素だった。再会したところで、自分に何ができるのかわからない。きっと、まだ酔っ払っているのだろう。

ただ……もし酔っ払っているなら、きっと頭はこんなにも痛くないはずだ。

まもなくゴールデン・スクエアに着いた。御者は手綱を結びつけたが、トーマスは降りなかった。ひび割れた革張りの座席にもたれ、三年前に見たきりの赤い煉瓦造《れんがづく》りのタウンハウスを見上げていた。

それは、どこかが違って見えた。

その住所にほかの何を想像していたにせよ、晩春の暖かさを辛抱強く待つ木々が並ぶ、堅苦しいこの住宅街ではなかった。とはいえ、妹の葬式とガブリエルの容赦ない裏切りの時期は、感覚がほとんど麻痺《まひ》していた。

もちろん、彼女に会うためにここに来たことは覚えていた。考え直してほしいと頼むために。

コーンウォールに一緒に来てほしいとも。

だが、彼女はトーマスの提案を一つずつ非難し、立場を譲らず、自分の道を行くことを選んだ。そのときの彼女の姿、その目に溜《た》まった涙ははっきり思い出せるのに、このタウンハウスの外観を覚えていないのは妙だった。

だが、それは不思議がるようなことだろうか？　すべては酒のかすみの中で行われたのだ。今朝この家の実際の外観に驚いたのは、それが理由に違いない。

空が明るくなってくるにつれ、その家は少しずつ息づいてきた。一階の窓の向こうで火が焚《た》かれ、使用人が動き回っている。その後、寝室と思《おぼ》しき二階の部屋に灯《とも》りが灯った。

「旦那、私が代わりにノックしてきましょうか？」辻馬車の御者は困惑しているようだった。

「いや」トーマスは頭を振ったが、二階のカーテンが動いている間はじっとしていた。窓枠が上げられる音が聞こえ、視線はその部分に釘《くぎ》づけになった。葬式の翌日、最後に一度、説得を決意して訪ねてきたとき以来、彼女には会っていない。だが、モスリン生地が動き、軽い笑い声が窓の向こうから聞こえると同時に、かつては自分の横顔と同じくらいよく知っていた横顔がちらりと見え、喉の中で息がつまった。

外見は変わっていた。前よりふっくらしているようだ。

だが、本人であることは間違いなかった。

開いた窓の隙間から聞こえる朝の笑い声に、トーマスの神経は刺激された。ぴんと張りつめ、いまにも弾《はじ》け飛びそうだった。かつては、あの唇から笑い声を引きだすためなら何でもした。五行戯詩《リマリック》を作った。趣味の悪い冗談を言った。冗談が失敗すると、腕をくすぐった。最後に誰かを笑わせてから、もうどのくらい経っただろう？

もうその技術すら持っていないのか？

「旦那？」御者は再び問いかけた。

トーマスは呆然《ぼうぜん》とした状態から我に返った。ここに来たのは間違いだった。ああ、このことから立ち直れる日は来るのだろうか？　彼女が新たな人生を、トーマスのいない人生を始めているのは明らかだった。彼女は意志を明確にしているのだから、自分がそれをじゃまする道理はなかった。

「用事は終わった」トーマスは簡潔に答えた。「ウォータールー橋駅に行ってくれ。できるだけ急いでほしい、八時の列車に乗らなきゃいけないから」

御者は渋い顔を向け、馬車を出発させた。時間が迫っているときに、このような遠回りをさせるとは何と愚かなのかと思ったのだろう。トーマスは座席にもたれ、目を閉じた。

彼女は……そう、幸せそうにさえ見えた。

少なくとも、それは重要なことだ。彼女が普通の人生を送り、普通の家に住んでいると知って安心できた。あの声のとおり幸せなのだろうか？　ついに愛せる誰かを見つけたのだろうか？　そうだといいとトーマスは思った。

二人がどんな別れ方をしようとも、ウェリンフォードにどんな悪意ある言葉をかけられようとも、トーマスが何よりも望むのは彼女の幸せだ。

この三年間で、今日が最も彼女を間近に見た日だ。次にその機会があるのはいつだろうと、すでに考えてしまう。

ああ、また酒を飲むしかない。

イーディス・ルシール・ウェストモアの日記より
一八一三年二月二十一日

〈第一印象よりも第二印象のほうが、人を理解するのに役立つと思う。いわば、カーテンの奥をのぞくようなものだ。

ウェルズベリー師はなかなか忘れがたい姿をのぞかせてくれた。

図々《ずうずう》しいキスと、しきたりに関する迷惑な説教をされた私は、今週の礼拝で教会の最前列に座ることにした。また、スカート下の骨組み《クリノリン》の裾に真っ赤なリボンを縫いつけ、スカートの丈を短くした。傲慢なお喋《しゃべ》り男は当然ながら、私が足首をちらりと見せるたびに説教の途中で言葉につかえた。

もちろんそれは、男がとてつもなく信用できないことの証明だ。

男は口を揃《そろ》えて汚れなき従順な妻を望むと言うが、それでいて赤いリボンごときでうろたえるのだ。優れた教区牧師なら、女性の下着を凝視することに道徳的危険が潜んでいるとわかっているのではないか？　ウェルズベリー師には私が崖っ縁で一人暮らしをしていることのほかに心配事ができたのだから、喜んでほしい。
私が教会に来ること、それ自体を〉

8

トーマスは板張りのプラットホームをとぼとぼ歩いた。この旅は何もかもが失敗に終わった。秘密を隠したままで、ミス・ウェストモアにヒースモア・コテージを売るよう説得することはできなかった。精神的に参ったせいで、決して近づかないと誓っていた場所を訪れてしまった。そのうえ、ブランデー臭い息とずきずき痛む頭が、酒の面でも失敗したことを思い出させてきた。

ロンドンを憎む理由が三つ増えた。

くそっ、今朝の駅は混んでいる。格子縞《こうしじま》のウールの服を着た男子生徒が左右の手にボールを行ったり来たりさせながら通り過ぎると、トーマスはダニーを思い出して、少年の足元に視線を落とし、靴を履いていることを確かめた。プラットホームの端では、チェックのエプロンをつけた若い男性がごみを掃き集めようと苦心し、包み紙や捨てられたちらしをほうきの端で押していた。だが、それを捨てた人間と同じで、ごみはぐるりと回って空いた場所に戻ってきた。

　トーマスは昔から人ごみが苦手で、図書室や庭園をうろつくほうが好きだった。だが、大学を卒業すると、身の振り方がわからなくなり、漂流している気分になった。自分の好みとは無関係に、ごみごみとしたロンドンの街に押しだされたのだ。何しろトーマスは侯爵であり、その地位には相応の〝期待〟がされていた。

　そして、平和な庭園や温室に代わって、紳士クラブや競馬場がトーマスの実験場になった。植物学や地質学の本ではなく、酒瓶に次ぐ酒瓶がトーマスの人生を満たした。それがいつ問題になったのかも覚えていない。確かなのは、問題になったことだけだった。

　いまはコーンウォールの孤独を好んでいた。それを必要としていた。

　神経を逆撫《さかな》でする人間が多すぎる。

　やがて、この疲れきった人々は三等車につめ込まれ、肘と胸を触れ合わせながら、汗ばんでみじめな思いをする。ありがたいことに自分は一等席の切符を持っているから、ふかふかの指定席でレールのリズムを聞きながら眠ることになる。

　鐘の音が響き、列車がもうすぐ発車することが大々的に告げられる。それを聞くと、群衆は押し合い、ざわめき始めた。激しく渦巻く人々の中から、一人の女性がトーマスの視線を引いた。プラットホームにいるほかの女性より何センチも高い、その身長のせいかもしれない。あるいは、ボンネットの下からのぞく金髪が数センチしかなかったからかもしれない。理由はどうあれ、とにかくトーマスは体の向きを変え、三等車に向かって急ぐその女性を見つめた。あれが彼女のはずがない。子爵の娘なのだから。

三等車に乗るはずがない。

だが、女性が改札係のほうに顔を向けたとき、昨日トーマスとは活発に議論したものの、父親には立ち向かえなかったあの大きめの口がちらりと見えた。

何ということだ。彼女だ。

ミス・ウェストモアは一人きりでソールズベリー行きの列車に乗り込もうとしていた。トーマスが自分の失敗を数え上げるにはまだ早かったのかもしれない。

今回ミス・ウェストモアはきちんとしたドレスを着ていた。しかも、その方面の感覚が錆《さ》びついているトーマスにもわかるほど、非常にしゃれたドレスだった。色は鮮やかなカナリアゴールドで、それを着ている人物に注目を集めるのが目的らしく、彼女の豊かな曲線を際立たせるよう凹凸がつけられていた。三等車では普通、このようなドレスも、このような女性も見かけない。首を飾っているのが蛇紋石なのは一目瞭然で、それはリザード・ベイと、あの海岸の珍しい地質を象徴する石だった。

トーマスははっとした。その石は、どんな地図よりも雄弁に彼女の行き先を物語っていた。

冗談じゃない。ミス・ウェストモアは本当に、適切な付き添いもなしにコーンウォールに行くつもりだろうか？　使用人がついてきている様子はない。目をぎらつかせた父親も追いかけてこない。積み込みを待っているトランクと帽子箱の山もない。ミス・ウェストモアの考えが読めなかった。面倒が服を着て歩いているような女性だ。カードウェル邸に送り返すべきであり、父親と顔を合わせた結果何が起ころうと知ったことではない。あるいは、せめて彼女を放っておくべきだ。

だが、ミス・ウェストモアが三等車の奥に姿を消すと、トーマスは最後に彼女を見た地点に向かってふらふらと歩いていた。ミス・ウェストモアは何をしようとしている？

くそっ、僕は何をしようとしている？

ミス・ウェストモアはすでに自分の立場を明らかにしている。トーマスと交渉する気はないのだ。だが、トーマスは彼女の何かに興味を引かれた。ミス・ウェストモアは……生き生きしていた。

トーマスの人生のすべてが、これほど生き生きとはしていない。

トーマスはミス・ウェストモアを追って三等車に入ろうとしたが、改札係に行く手を阻まれた。

「切符を見せてください！」改札係は叫び、手を差しだした。

トーマスは頭を振り、そのせいで頭がいっそう激しく痛むという不運に見舞われた。

「いま車両に入っていった女性と話がしたいだけなんだ。すぐに戻ってくる」

「車両に入るには切符が必要です」改札係は厳しく言った。

「私はただ話を――」

「私もただ切符を見せてくれと言っているんです」

トーマスは鼻を鳴らし、ジャケットから切符を取りだして改札係に渡した。「これで通してもらえるか？」

その駅員は早口で喋《しゃべ》り始めた。「でも、これは一等車の切符です」少し先にある別の車両を指さす。「お客さまの車両はあちらです。これは三等車です」

「それはいいんだ」トーマスはどなった。「一等車の切符を持っていれば、どこに乗ってもいいんじゃないのか？」

「席数には限りがあり――」

「じゃあ、ほかの誰かを一等車の私の席に座らせてくれ」トーマスは改札係を押しのけた。

「私はこっちに乗ることにしたんだ」

ルーシーはE伯母の日記の二冊めを手に持ち、空いた席を見つけると、小さく安堵《あんど》のため息をついて座った。寛大なウィルソンは約束を守ってくれたようで、駅で行く手を遮る人物は現れなかった。木製の座席はお尻の下で御影石《みかげいし》の板のように硬く感じられたが、ルーシーの熱意が薄れることはなかった。

ついにコーンウォールに向かっているのだ。

ルーシーはボンネットを外し、木製のベンチに頭をもたせかけて、つかのま目を閉じた。眠るには興奮しすぎているが、読書をするには疲れすぎている気がした。座席の背もたれ越しにエンジンの安定した振動と、九時間に及ぶ乗車に耐えうる姿勢を見つけようと乗客がベンチの上で押し合う動きが感じられた。

いったん列車が動き始めれば、居眠りできるかもしれない。

「ミス・ウェストモア、お父さまはあなたがこの列車に乗っていることをご存じなんですか？」

ルーシーは目をぱちりと開け、日記をつかむ指に力を入れながら、その忌ま忌ましい一文を口にした人物を見た。

〝もう、最低〟という言葉を声に出してしまわないよう、唇を噛《か》む。こんなに不運なことがあっていいのだろうか？

ブランストン卿《きょう》が自分を見下ろしていて、赤褐色の髪が、列車の砂まみれの窓から差し込む朝日に背後から照らされていた。もしこれが夢なら、またもヒースモア・コテージに関する面倒な申し出をされるより、もっと面白い結末を迎えてほしかった。

だが、この男性のしつこさを思うと、すべては現実だろう。

「昨日お話ししたように、私は成人していますから、父が私の行動を指図することはできません」ルーシーははきはきと答え、座席の上で背筋を伸ばして、伯母の日記を旅行かばんに突っ込んだ。

「そうですか」ブランストン卿は納得していないようだった。「あなたは成人しているから、ただお父さまにさよならを告げて、玄関から出てきたんですね？」

「あなたには何の関係もないことですが、私は窓をよじ登って出ました。あなたにもそのうちわかるでしょうが、私は頑固で、やると決めたことはたいていやり抜くのです。私は自分の地所を見て、あなたが何を嗅ぎ回っているのかを突き止めると決めました」ルーシーはブランストン卿をにらみつけた。「あなたは侯爵で、何百ポンドもの金額をこともなげに提示するのだから、一等車に乗ればいいのではありませんか？　ひょっとすると、ご自分の列車をお持ちかもしれませんね？」

「列車は持っていません」ブランストン卿が前に踏みだし、日光の外に出ると、顔立ちがはっきりと浮かび上がった。とたんに、目の薄い茶色と、瞳に渦巻く金と緑の斑点、今朝ひげを剃《そ》っていないことをうかがわせる薄い無精ひげが見えた。ブランストン卿は低い声で笑った。「それよりも、倒壊寸前のコテージに金を使いたいですから」

彼の軽い笑い声に、ルーシーは唾をのんだ。「私のコテージには不要です」

ブランストン卿は動じることなく、隣に座って脚を伸ばした。

まるで、ずっとここにいるつもりであるかのように。

ブランストン卿が隣の空間を占めると、ルーシーはブランデーのほのかな香りに気づいた。近侍がひげそりのあと、肌につけてくれたのだろうか？　といっても、今朝のブランストン卿は近侍に世話をしてもらったようには見えない。服装はとても上品で、ロンドンの高貴な紳士しか着ない種類のフロックコートとズボンを身につけているが、襟の角は垂れ下がり、ネクタイは少し曲がっていた。

とはいえ、そうしたちょっとしただらしなさは、ブランストン卿の魅力を少しも損なってはいなかった。

すでに、ルーシーの心臓の鼓動は速くなり、襟の下の肌はちくちくしていた。

別の乗客に席を空けるために、ブランストン卿はルーシーのほうに座る位置をずらした。その女性は泣きわめく赤ん坊を腕に抱いており、ブランストン卿は女性のかばんを取って、席の下にしまうことまでした。その行動は親切だったが、おかげで彼の太腿がルーシーの太腿をかすめ、ルーシーの胃は神経質な子猫のように飛び上がった。

「あなたはほかの席に座ればいいでしょう」ルーシーはいらいらして言った。

ブランストン卿は片頬を歪《ゆが》めてほほ笑み、座席にもたれた。「ミス・ウェストモア、ほかに席は見当たりませんよ」

「一等車ならもっと広々としていると思いますが」

「ええ、でも一等車で乗り合わせる客はこっちほど楽しくありませんから」温かな薄茶色の目がルーシーの目と合い、じっと見つめた。「眺めもよくありませんし」

ルーシーは硬いベンチにもたれかかった。ブランストン卿は、正確に言えば無作法なことは何もしていない。そのうえ、赤ん坊を抱いた女性を親切に手伝った。だが、それが証明しているのは彼の礼儀正しさであり、優しさではない。ルーシーはブランストン卿のことを少しも信用しておらず、放りだすことも厭《いと》わなかった。

だが、それももう手遅れだ。列車は大きなうなり声をあげ、駅から離れ始めた。

最悪だ。これで旅の間ずっと、この男性から離れられない。

ルーシーはブランストン卿からじりじりと離れたが、そのせいでパイプ煙草《たばこ》の悪臭を漂わせている右隣の太った男性に触れてしまい、顔を赤らめた。ブランストン卿にいい印象を与えるつもりはないため、わざと咳払《せきばら》いをする。自分が優位に立つことと、会話をもとの地点に戻すことを決意して言った。「眺めといえば、ヒースモア・コテージの玄関から見える海の眺めを覚えています」

つまり、こちらは地所を売るつもりはないのだから、ブランストン卿はこの車両の別の席に移って、ルーシーを放っておいたほうがいいということだ。

ブランストン卿は派手な咳払いに動じることなく、ただ肩をすくめた。それとも、よく聞こえなかったのだろうか？　いや、違う……彼はほほ笑んでいた。

「いまのところ、お薦めできるのは景色だけです。六百五十ポンドという僕の提示価格は、十二分なものだと請け合いますよ」

「私にとってはそれ以上の価値があるんです」

「あなたに気持ちの面でこだわりがあるのはわかります。あなたの伯母さまもやはりあの地所に愛着を持っていました」ブランストン卿はためらったあと、身を寄せてきた。「六百七十五ポンドならどうです？」

鋭く息を吸う。ブランストン卿が隣に座ったのは、交渉を続けるためだったのだ。

ルーシーはたずねた。「ヒースモアがそれほどひどい状態にあるのなら、なぜあなたはそんなに興味を示すんですか？　あなたならイングランドのどんな家でも買えるでしょうに。私の家を欲しがるのはなぜなんです？」

列車が速度を増したため、車両はぐらりと揺れたが、ブランストン卿の目はルーシーの目を見つめたまま離れなかった。「欲しくなるのは、いったいどういう理由からかな」彼は意味ありげに言い、ルーシーは頬が熱くなるのを感じた。

「それでは答えになっていません」ルーシーは抗議した。

「では、言い方を変えましょう。あの家には僕を惹《ひ》きつける何かが……」ブランストン卿は首を傾《かし》げた。「ほかの人が見ても気づかない何かがあるんです。あなたがあの家に住み、あそこを維持されるのでしたら、僕は手を出さないと請け合います。でも、あなたがあそこを売る可能性が――そして、ほかの誰かが買う可能性が少しでもあるのなら、僕はこの申し出を継続するしかないでしょうね」

「でしたら、私も断り続けるしかありません」

実際、いまこの瞬間、この列車の中では、この男性の提示価格がどこまで上がろうとも、自分がヒースモアを売る気になるとは思えなかった。価値を理解するためにあの地所を検分したいとリディアには言ったが、ようやく現地に向かって出発し、肌の奥で自由がうずいているいま、それを売ることは大間違いだという気がしていた。

ブランストン卿が喉の奥でたてる低い笑い声が、温かな湯のようにルーシーに降り注いだ。「それはどうでしょう、ミス・ウェストモア。それはどうでしょうね」

イーディス・ルシール・ウェストモアの日記より
一八一五年八月二十日

〈ウェルズベリー師はまたいつもの手を使おうとしているように見える。今日の説教は隣人を愛することについてで、彼は説教壇から何度も私と目を合わせた。私がウインクすると、悪魔のように真っ赤になった。ウェルズベリー師がハンサムなのは認めるしかないだろう。私は信心深いほうではないが、教会に行くのはまったく苦にならない。

だが、疑問に思ってしまう……ウェルズベリー師の助言は誰に向けられているのだろう?

町では誰もが知ることだが、私は町の乾物屋のミスター・ジェーミソンから三度求婚され、郵便局長のミスター・ベントリーから数えきれないほど何度も色目を使われた。二人とも、少々しつこくはあるものの親切な人だが、彼らと無害な戯れをする以上のことは想像できない。

一方、ウェルズベリー師は……無害とは呼べない戯れを想像できる男性だ。ただ、魅力的ではあっても、私は彼の意図を信用しきれずにいる。ウェルズベリー師は私の魂を独身主義から救おうとしているように見えるのだ。

だがあいにく、その大義のために彼自身が身を捧《ささ》げるつもりはなさそうだ〉

9

いまも半分酔っ払っていて、外の空気を吸える見込みのない鉄の箱に乗っている事実から気をそらすために、トーマスはミス・ウェストモアの顔に注意を向け続けた。

それが苦行だったわけではない。

好きなだけ彼女の顔を見つめているうちに、特異な点を発見した。いや、ひときわ特異な点、と言ったほうがいい。何しろ、ズボンを難なくはきこなし、修道士が羨むような髪型をしているのだ。それだけでも普通ではない。

ミス・ウェストモアが考え事をするときに下唇を噛《か》むことに気づいてしまい、またその姿が見たくなった。しかし、彼女がかわいらしい唇を固く引き結んでいては実現しないだろう。

ポーターが売り物の入ったかごを手に、通路を歩いてきた。トーマスは指を一本立て、ポーターを呼んだあと、ポケットから硬貨を取りだしてリンゴを二つ買った。「マルス・ドメスティカを」仰々しい手つきでミス・ウェストモアに一つ差しだす。

差しだされた果物にミス・ウェストモアは目を細めたが、頭を振った。一拍置いてから、あの唇が奇跡的に開いた。「なぜそんな呼び方をしたんですか？　よくある普通のリンゴに見えますが」

黄と赤の皮が軽くまだらになったリンゴを、トーマスは自分の手のひらに置いた。その色合いから、リブストン・ピピンという品種のリンゴであることがわかる。その歴史をすべて、ヨークシャーのとある果樹園で最初に栽培されたところから説明することもできた。だが、ミス・ウェストモアの声ににじむ軽蔑から判断するに、その情報は胸に秘めておいたほうがよさそうだ。そもそも、ミス・ウェストモアはこちらの知識に感心してくれそうにない。

トーマスは手のひらのリンゴを見下ろし、ミス・ウェストモアが受け取ってくれればいいのにと思った。彼女はリンゴを断りはしたものの、お腹をすかせているように見えた。それとも、このリンゴそのものをいやがっているのだろうか？　自分がロンドンに向かう道中に給仕されたリンゴとは違うように見えた。きっと、昆虫などに興味を示された証拠のない磨かれたリンゴは、一等車でしか給仕されないのだろう。だが、トーマスはこのリンゴの見た目が好きで、注意深く選別され、磨かれたリンゴよりも何だか本物らしく見えた。ミス・ウェストモアその人のように。

トーマスは突然、ミス・ウェストモアがいまも自分の答えを待っていることに気づき、顔をしかめた。「〝マルス・ドメスティカ〟はリンゴの学名です。僕は……雑学に詳しいんです」ミス・ウェストモアに顔をしかめられたので、言い添える。「昔、大学で植物学を学んでいたので」

ミス・ウェストモアは呆《あき》れたように目を動かした。「ブランストン卿《きょう》、私を感心させたいのなら諦めてください。植物学なんて、あまりぱっとした分野ではないわ。哲学、宗教学、法学……侯爵が役に立てられるとしたら、これらの分野です」

その口調からすると、完全に役に立たない類いの人間だと思われているのは明らかだった。

それは否定できない。

ミス・ウェストモアは身をよじって座り直し、再びまっすぐ前を見たが、その唇は最終的な結論を発した。「それに、あなたがリンゴの学名を知っていたところで、ヒースモアに関する私の考えが変わることはありません」

一蹴され、トーマスはため息をついた。自分のリンゴにかじりつき、ミス・ウェストモアにあげようと思っていたほうはポケットに入れた。まるでこのすべてが、石を絞って血を出そうとする行為のようだ。自分が捨てた一等車の席を、クッションの効いた快適な座席と広々とした空間を思った。それから、ミス・ウェストモアとどれほど接近して座っているか、彼女の香りがいかにこのリンゴに似ているかを思った。さわやかで、ぴりっとした、不潔な三等車の中では嗅ぐことのできない香りだ。

ミス・ウェストモアにはもっと平和的な会話への糸口が必要なのではないかと考え、トーマスは次にたずねた。「目的地のリザード・ベイのことはよくご存じなんですか？」

ミス・ウェストモアはそれを無視した。

「小さな町です」トーマスは続けた。「それから、僕自身はそこでとかげ《リザード》を見たことはありません。町の名前はもっと古い、コーンウォール語の単語から来ているのではないかと思います。あるいは、海岸に散らばっているリザード石が由来なのかも」

ミス・ウェストモアはまっすぐ前を見続けていて、まるで向かい側のベンチに座っている年輩の男女がこれまで見たことがないほど魅力的であるかのようだった。

だが……待ち受けていたものが現れた。ミス・ウェストモアの唇の線が柔らかくなり、下唇が歯の間に入り込んだのだ。

間違いなく、見かけの態度よりもこちらを意識している。

「考え事をするときはいつも下唇を噛むんですか？」トーマスはからかった。

ミス・ウェストモアは唇など噛んでいないことを大げさな動きで示し、長身の体を少し右側に遠ざけたので、トーマスは笑いを噛み殺した。そちらの方向に寄り続ければ、そのうち隣の紳士の膝に座ってしまうだろう。とはいえ、その男性は座られてもかまわないように見えた。ミス・ウェストモアが車両じゅうのほとんどの男性の視線を引き寄せていることを、トーマスは知っていた。本人は注目されていることに気づいていないようだが。

つまり、男性の狙いに対して、かなりうぶなのだろう。そう思うと、ミス・ウェストモアのそばから少しも離れてはいけない気がした。

「何か気の利いた返しはないいんですか？」トーマスは控えめにたずねた。

「私の唇をじろじろ見ないでください」ミス・ウェストモアは不満げに言った。

それは、トーマスにヒースモアを手に入れる望みを捨てさせるのと同じくらい、不可能な頼みだった。ミス・ウェストモアは車両一美しい女性ではないかもしれないが、どこか視線を引きつけるところがある。確かに、唇はしょっちゅうへの字になるが、そのせいでトーマスは彼女を笑わせたくなるのだ。

トーマスは肩をすくめ、どんな悪魔に取りつかれたのかはわからないが、それに身を任せたくて仕方なくなった。これほど頑張って女性を笑わせようとするのは、いつ以来だろう？　かつてあの陰鬱なロンドンで酒浸りになる前は、自分を面白いほうの人間だと思っていたが、その錆《さ》びついた技能が蘇《よみがえ》ってくるのはほとんど感じられなかった。

「僕は男です。あなたはかわいらしい唇をしていて、いらいらするとそれを噛む癖があります。僕が目を留めてしまうのは許してください」トーマスが身を寄せると、甘く素朴な香りが頭いっぱいに広がり、周囲の汗ばんだ体がかき消されていくのを感じた。「またその仕草をしている。僕を誘惑するつもりですか？　それとも単に、そうすることで自分の勇敢さを見せつけようとしているんですか？」

「自分が後悔するような言葉を吐きださないためでしょうね」ミス・ウェストモアは怒りもあらわに言った。

トーマスは混み合った車内を見回した。妙なことに、体がひしめく状況から突然息苦しさが薄れた気がした。頭の中もすっきりし始めている。ようやくブランデーが体内組織から抜けたのだろうか？　それとも、楽しめる気晴らしを見つけたから？

トーマスは片手を上げ、混み合う車内を示した。「ミス・ウェストモア、ここにはあなたを知る人は誰もいません。何でも吐きだしてください」

「やめておきます」ミス・ウェストモアはトーマスをちらりと見た。「だって、あなたがショックを受けて呆然《ぼうぜん》としてしまうようなことを言いそうなんですもの。私は大家族の出身で、弟のジェフリーは私たちをいらだたせることに大きな喜びを感じています。私もやられっぱなしではなく、反撃する術《すべ》を身につけました」

トーマスは我慢できず、声を出して笑った。

「何がそんなにおかしいんです？」ミス・ウェストモアは用心深くたずねた。

「ミス・ウェストモア、僕には妹がいたんです。自立心が強く、ずばずばものを言う妹でした。ときには、女性らしくない言葉遣いをすることもありました」

ミス・ウェストモアは興味深そうにトーマスを見た。「妹がいた？」

彼女を笑わせたいという衝動は貪欲に残っていたものの、トーマスはとたんに真顔になった。なぜこんなことを言ったんだ？　人生のその部分の話はめったにしないのに、いまそれを口にした理由がわからなかった。もしかすると、今朝予定外にゴールデン・スクエアに寄り道し、抑えようとしてきたつらい記憶が呼び覚まされたからかもしれない。あるいは、ミス・ウェストモアの気楽な、愛情深い家族の話に、自分の家族を思い出したからかもしれない。

この女性はかすかにジョセフィーヌを彷彿《ほうふつ》とさせた。ふだんの悲しみに満ちた発作のような形ではなく、顔に笑みが浮かび、幸せだったころが蘇るような形で妹を思い出すのだ。

トーマスは深く息を吸った。「妹を……失ったんです。三年前に」

〝失った〟。それも一つの言い方だ。真実はそれよりはるかにつらかった。自分はジョセフィーヌの兄だった。保護者だった。なのに、妹を守りきれなかった。

といっても、状況を改善するための時間やチャンスをジョセフィーヌがくれたわけではない。妹が直面したゴシップはあまりに破滅的で、あまりに有害だった。ジョセフィーヌは自身の状況が兄の評判にどんな影響を与えるかに気づくと、その問題を一人で抱え込んだ。

とはいえ、自分も妹の保護者として頼もしくはなかったし、しらふでもなかった。ジョセフィーヌがあのように取り消し不能な決断をしたのも、当然ではないか？

トーマスは頭を振り、記憶を追い払おうとした。ミス・ウェストモアがどこか妹を思い出させるとしたら、まずは行動を起こし、あとから意図を説明する癖が似ているせいだろう。加えて、ミス・ウェストモアのこともジョセフィーヌ同様、どうしても笑わせたいという思いに駆られるせい……。

「要するに、自分の考えをためらわず口にする性格だったんです。あなたの伯母さまも、ずばずばものを言うことで有名でした。あなたが何を言おうと、きっと僕は驚きませんよ」

ミス・ウェストモアは返答代わりに、再び下唇を噛んだ。

「さあ、言ってください」トーマスはミス・ウェストモアの肩に肩をぶつけ、彼女を魅了したいという衝動で血が熱くなった。「伯母さまのお気に入りの言葉もいくつか知っています。〝ちゃんちゃらおかしいわ〟とか」難なく冗談を言えるような懐かしい感覚に陥り、ミス・ウェストモアに向かって眉を動かしてみせる。「僕の両耳の間には〝ポケットの底に溜《た》まったごみくず〟がつまってる、とか。ミス・Eは特にその表現を気に入っていましたね」

ミス・ウェストモアは手袋をはめた手を口に当て、肩を震わせ始めた。一瞬、最近亡くなった伯母を思い出させたせいで、彼女を泣かせてしまったのかと思った。だがすぐに、ミス・ウェストモアは必死に笑いをこらえているのだと気づいた。

「さあ、あなたにも言いたいことがあるはずです」トーマスは促した。

ミス・ウェストモアは口から手を下ろした。「目の前から消えてちょうだい、このナルシスト野郎」

トーマスは驚いてむせた。「ええと……それはとても……」適切な言葉を探す。「多彩な表現だ」喉元に笑い声がせり上がってきた。

ミス・Eとの交流の中で、行儀の悪い言葉はたくさん聞いてきたが、トーマスの記憶では、あの喧嘩《けんか》っ早《ぱや》い独身女性もそこまでの言葉は使っていなかった。

「その言葉を聞いたら、伯母さまも赤面するでしょうね」

ミス・ウェストモアの頬はたちまち薔薇《ばら》色に染まった。「では、次に私をからかいたくなったときは、私がどんなことを言う人間か思い出してくださいね」続けて言う。「ブランストン卿、私の唇が詩を詠みたくなるような類いのものではないのはわかっています。だから、私と戯れるふりをするのはやめてください」

戯れるふり？　ふりなどした覚えはない。それに、詩を詠みたくなる類いではないとかいう戯言《たわごと》は何なのだろう？

「滑稽詩でもだめですか？」トーマスはたずねずにはいられなかった。咳払《せきばら》いをし、気の利いたことを言おうと頭をひねる。「〝昔々、ロンドンから一人の女が来た〟」

ミス・ウェストモアはいっそう顔を赤らめたが、何も言わなかった。

「あなたの番です」トーマスは促した。

左右をちらりと見たあと、ミス・ウェストモアはつぶやいた。「〝彼女はぱっとしない女だと思われていた〟」

トーマスは顔をしかめた。ミス・ウェストモアは自分のことをそう思っているのか？唇はぷっくりしていて大きく、その柔らかなピンク色も本当にかわいらしいのに。

「〝でも、笑顔はすてき〟」トーマスは応酬した。

ミス・ウェストモアは片眉を上げた。「〝そして、言葉遣いは大胆不敵〟」

よくなってきた。トーマスは指のつけねを打ち合わせ、一生懸命考えた。頭にぱっと閃《ひらめ》くものがあった。「そのうえ、胸は最高に無敵」

ミス・ウェストモアのあえぎ声はあまりに大きく、車両の屋根に反響するほどだった。

「ブランストン卿！」

「何です？」トーマスはとぼけた声を出した。「事実ですから。つまり、あなたが、ということですが」手でそれとなく、ミス・ウェストモアの胸元のほうを示した。「昨日はあのおぞましいベストに隠れて見えませんでしたが、今日は、ほら」

礼儀の一線を越えているのはわかっていたが、どういうわけか気にしようと思えなかった。まるで、ミス・ウェストモアがこちらに腹を立てようと頑張ることが、こうしたきわどい冗談を招き寄せてしまうかのようだ。

そして、トーマスはそれに抗《あらが》うには、あまりに長い間孤独だった。

ミス・ウェストモアは感動的な韻を誘発する豊かな胸の前で腕組みした。それはカナリアゴールドのウール地にきちんと覆われ、身頃には真鍮《しんちゅう》のボタンが二列並んでいたが、トーマスはその下に潜むものを知っていた。

想像力だけは豊かなのだ。

トーマスは自己満足に駆られ、ミス・ウェストモアにほほ笑みかけた。「ミス・ウェストモア、やっぱり僕は唇をじろじろ見たほうがいいということですか？」

「あなたは……品のいい紳士とは呼べない行動をとっています」

「品のいい紳士にならなくてはいけませんか？」トーマスは座席にもたれた。「僕をナルシスト野郎と呼んだのはあなたです」

「それはあなたにショックを与えたくて言ったんです」ミス・ウェストモアは早口で言った。

「その目的は達成されました」

「ブランストン卿――」

「トーマスと呼んでもらってもいいですか？　ナルシスト野郎よりはそのほうがいいです」トーマスはミス・ウェストモアに身を寄せ、耳元でささやいた。「僕はあなたを感心させようとしているんですよ。野郎だなんて思ってほしくありません」

ミス・ウェストモアは噴きだし、耳の先が頬と同じピンク色に染まった。

「言ってみて。トー、マー、ス」トーマスは音を伸ばして言った。

「言えません。だって、私たちは……その……」ミス・ウェストモアは何とか笑いを抑えたあと、唇を噛みながらトーマスをまじまじと見たので、またもトーマスはその唇から目を離せなくなった。「私たちは友達ではありませんから」ようやく彼女は言った。「それは礼儀にかなっていません」

「この冒険そのものに、礼儀にかなっている部分はほとんどないと思いますが」トーマスは指摘した。「あなたはコーンウォールに付き添いもなく、おそらくお父さまに知らせることもせず向かっています。それに、僕は誰が相手でも詩を詠むわけじゃない。きっと、僕たちはある種の友達になれるはずです。あなたは僕をトーマスと呼んで、僕はあなたをルーシーと呼びましょう。あるいは、あなたさえよければ、ルーー、シーーと」

ようやく、ミス・ウェストモアから笑みを引きだすことができた。しかも、満面の、美しい笑みを。

「ミス・Lと呼ばれるほうがいいわ」ミス・ウェストモアは言ったが、その口調はいかにも面白がっているようだった。「もし伯母と同じようにヒースモア・コテージに住むことになれば、そこにふさわしい名前が必要になりますから」もう一度言い、うなずいた。

「ミス・L。ええ、いい響き」

「では、ミス・Lで」トーマスはにっこりしたが、ミス・ウェストモアの言葉にかすかな不安がかき立てられた。ここでの彼女の目的と、彼女を笑わせること以外の自分の使命が思い出される。二人の間にはヒースモア・コテージの影があった。しかし、少なくともあと一日は、それに向き合う必要はない。

二人がしばらくの間友達でいられない理由もなかった。


ナルシスト野郎、いや、トーマス……と、ルーシーがいまでは呼びたい気がしている男性は、ルーシーの地所を買おうとする下劣な試みをやめたとたん、驚くほど魅力的な旅の道連れとなった。窓の外では、イングランドの田舎の風景がぼやけながら駆け抜けていった。緑に変わり始めたばかりの野原、石橋、古風な町並みが、一瞬で通り過ぎていく。

車両内でも、時間は同じようにみるみる流れていった。

昨日、ルーシーが初めて会ったトーマスは、あまりに真剣でいかめしかった。ユーモアのない、交渉だけに集中している男性だった。彼のことを嫌いだと感じるのも当然だった。

ところが今日、トーマスは別人に見えた。それが日常会話の一部であるかのように学名を口にし、ルーシーは感心していないふりをしたが、実際にはそれなりに感心していた。

トーマスは赤の他人に何度も小さな親切をし、買う必要のないリンゴを果敢にもルーシーに食べさせようとした。その試みは成功しなかったが、努力は称《たた》えるべきだろう。トーマスはばかばかしい冗談を言い、ルーシーは頬を赤くして笑った。そして、長い列車旅の間じゅう、硬い木製の席に座り、左側で赤ん坊に泣かれる中で気安いお喋《しゃべ》りを続け、まるで三等車に乗るルーシーを楽しませることこそ人生の使命であるかのように見えた。

爵位のある紳士はみんな、持参金狙いで会いに来ただけの、あの馬車の中の気取り屋のようだと、私は考えていたのだろうか？　貴族名鑑に載っているような男性はみんな、底が浅く退屈だと？　トーマスをどう形容するにしても、〝底が浅い〟と〝退屈〟という言葉だけは思いつかなかった。

そしていま、トーマスはこちらに話し相手になること以外の何も求めていないようだった。

自分もその役回りに積極的であることに気づいて、ルーシーは驚いた。

ルーシーが当初自分に課していた節度は、ソールズベリー駅に列車が着くころにはすっかり消え失《う》せていた。宿の食堂での夕食中、ルーシーは自分が礼儀作法に反するくらいトーマスの唇を見つめ、左側の口角が右側よりも高く上がり、そこから生まれるいたずらな笑みに視線が釘《くぎ》づけになっていることに気づいた。その後、トーマスに部屋まで送っていくと言われると、礼儀上必要なためらいを見せることなく同意した。

これは単に、またも衝動的な性質が顔を出したというだけだろうか？

それとも、もっと深い何か――ハンサムな男性に崇《あが》められたいという根源的な欲求だろうか？

わからなかった。わかるのはただ、宿の狭い廊下を二人で歩いている間、隣を歩く男性をちらちらと盗み見せずにいられないことだけだった。長い列車旅の間に、トーマスの横顔にすっかり慣れ親しんでいた。彼は一日じゅう、申し分のない紳士だった。胸に関する詩は別だが、正直に言って、ルーシーはさほど気にしていなかった。女たるもの人生に一度くらい、自分の胸に関する詩を詠ませるべきだ。E伯母ならきっと、そういう詩を歓迎しただろう。

そうよルーシー、あなたは外聞が悪い独身主義者になるつもりなんでしょう？

でも、この友情、あるいは今日二人の間で形成された別の関係が、長続きすることはない。列車に乗ったばかりのときを除いて、トーマスがヒースモアに言及することはなかったが、明日は二人とも同じ郵便馬車に乗り、同じ最終目的地を目指すのだ。

二人ともが戦利品を勝ち取ることはない。ヒースモアにはまだ明らかになっていない何かが、伯母が自分に託そうとした秘密があるのだ。

あるいは、単に想像力を羽ばたかせすぎているだけかもしれない。

自分が知らないことがあるせいで、そしておそらく、夕食中グラスに三杯飲んだワインのせいで、ルーシーはトーマスに腰に手を置かれ、その感触が恋人の愛撫《あいぶ》のように優しかったときさえ抗議することを忘れた。だが、自分の部屋のドアの前まで行くと、ろうそくを手にしていることが急にありがたく思えた。暗闇でトーマスと二人きりにはなりたくなかった。すでに読んだ日記の書き込みのおかげで、E伯母だったらこんなときどうしていたかははっきりとわかった。

〝私は独身を貫くことを選んだが、だからといってハンサムな男性とたまにキスしていけないわけではない〟

E伯母は挑戦、あるいは誘惑から逃げなかったようだ。私自身はいったいどういう行動をとりたくなるのだろう？

ルーシーはトーマスのほうを向いた。「お気遣いをありがとうございました」深く息を吸ったが、空気にはおなじみの、ぴりっとしたトーマスのブランデー臭さが混じっていた。夕食中、彼が酒をいっさい飲んでいなかったことを思うと不思議だった。

その呼気を吸い込んだことでトーマスに呼び寄せられたかのように、ルーシーは前に進みでた。急に彼と近くなったことに驚いて飛び上がり、一滴の熱いろうを親指にこぼす。

「最悪！」ルーシーは叫び、親指を振った。

トーマスはルーシーの手を取り、火傷《やけど》を調べた。「少なくともいまの言葉は、ミス・Eが使っているのを聞いたことがありますよ」

トーマスの指の腹が優しく自分の指をさする間、ルーシーは息を止めていた。「私……

あの……ええと、あなたは伯母が使っていた言葉をよく知っているんですね」

「ミス・Eとは友達だったんです」

ルーシーは魔法にかけられたかのように、トーマスの手の中にある自分の手を見下ろした。それがワインの効果なのか、トーマスが近くにいることの効果なのかはわからなかったが、彼がさらに近づいてくれることを願った……いや、祈った。手を引っ込め、安全な自分の部屋に退却したほうがいいのはわかっていた。だが、そうはしなかった。できなかった。いまは……無鉄砲な気分だった。この性格を考えれば珍しいことではない。

だが、男性がそばにいるときにそんな気分になるのは、珍しかった。

これほど自分の肌を強く意識したことはなかった。この長い、奇妙な一日が始まったときは、この男性のことは嫌いだと確信していたのに。いまは頭の中がぐるぐる回っていて、どうしたらいいのかわからなかった。

「あなたが私にこれほど親切にしてくれる理由はそれだけ？」ルーシーはささやき、トーマスの顔に視線を上げた。「私の伯母と友達だったから？」

トーマスの笑顔に、ルーシーは右側から殴られた気がした。その笑みは歪《ゆが》んでいて左右非対称だったが、期待がつまったルーシーの心にまっすぐ、矢のように刺さった。

「もし僕が親切なのだとしたら、それは伯母さまと仲のいい友達だったからだけではないと思う」トーマスは前に踏みだし、ルーシーは彼の大きな体とドアの間に囚《とら》われ、手はいまも彼の手の中にあった。「あなたとも友達になりたいからだよ、ルーシー」

ルーシーは抗議するべきだった。ファーストネームを呼ぶ権利があるというトーマスの思い込みを正すべきだった。列車の中でのあの法外な提案には同意していない。

だが、トーマスの唇から出た自分の名前が……しっくり来たのは否めなかった。

まるで、体がゆらゆらと揺れている気分だ。だが、体がどんなに近くに寄ろうとしても、思考がどんなに曖昧でも、この状況にはどこか違和感がある。その一点でルーシーは、床の上で溶けた水溜まりにならずにすんでいた。もし、トーマスの意識が本当にヒースモアを勝ち取ることに向いているなら、こちらのあらゆる欲求を満たそうとするのではなく、できる限りみじめな思いをさせようとしているはず。

いいえ、あらゆる欲求というのは言いすぎだ。

この瞬間が、自分が……その……欲しているとは思ってもいなかった欲求を刺激しているのは否めなかった。

ルーシーは軽く笑い、飛び散った分別をかき集めようとした。「ブランストン卿、あなたがどれだけ親切にしてくださっても、私はやはり自分の目で見る前にヒースモアを売る気はありません」

「わかりました」トーマスは手の力をゆるめた。「でも、あなたが家を見たあとに、僕の申し出を検討してくれるかもしれないという希望は捨てていません。それから、ヒースモア・コテージを案内する役は僕にさせてください。あの地所には、一目見ただけではわからない事柄がありますから」

ルーシーは、自分をこんな目で見てくる紳士への対処法を少しも知らなかった。こちらが望めば、二人の間の短い距離をつめ、背伸びして唇を彼の唇に押しつけられるのだと思うと、頭がぼうっとした。非難がましい親がそばをうろついているわけでもなく、お目付役を演じようと待ちかまえる使用人の一団がいるわけでもない。この瞬間に何を選ぼうとも、それはルーシー自身が下す決断なのだ。

ルーシーは唇をなめた。「考えておきます」

トーマスの顔が誘うように下を向いた。「さあ、せめて僕をトーマスと呼んでくれませんか？」

ルーシーは頭を振った。「私が礼儀を無視するほどの説得力は、あなたにはまだないので」

「そうですか？」トーマスは手を上げ、ルーシーの頬の近くに指をさまよわせた。ルーシーは招くようにあごを上げたが、その指が一筋の髪を耳にかけただけで終わると、大きな落胆に襲われた。「あなたが礼儀をそこまで気にするような淑女とは思えませんが」

「気にします」ルーシーは抗議した。

「それは、自分の心を守ろうとしているからでしょう」トーマスの声はルーシーの耳元で低く響いた。「人にどう思われるかを気にしているからではない」ルーシーは息を吸った。トーマスは間違っている。一部の人にはどう思われるかを気にしている。

彼にどう思われるかを気にしている。

「何も言わないんだね？」トーマスの今回の笑みはゆっくりと広がったが、それでもルーシーの膝を震わせるほどには魅惑的だった。「あなたは気の利いたことを言い返してくる人だと思っていた。僕はまだあなたのことを理解しきれていないんだろうね、ルーシー・ウェストモア」

「私はどういうタイプなのかを決めつけられたくないのだと言ったら？」ルーシーはささやくように言った。「私は期待どおりの行動をとりたくないのだと言ったら？　私はヒースモア・コテージに自分で住むかもしれないのよ」

「あなたはまだあの地所を見ていない。見れば気が変わるはずです」

「ヒースモアに対して？　それともあなたに対して？」ルーシーはかすれた声でたずねた。トーマスの目が陰を帯びた。手が再び伸びてきて、ルーシーが息をつめていると、その指は首の敏感な肌をごく軽くかすめ、E伯母が送ってくれたペンダントをなぞった。その指の下で、脈がどくどく打っているのが感じられただろうか？

トーマスはつぶやいた。「それはどちらでも同じことじゃないかな」

ルーシーは官能的な約束を空気中に感じた。彼は私に触れるつもりだ。キスするつもりだ。

期待に目を閉じたそのとき、唇がためらいがちに唇をかすめた。ため息がもれ、肌の下が燃え上がる。トーマスの唇は、意外にも優しかった。熱が手足まで広がっていく。ああ、でもこれが堕落なら、喜んでその道をたどろう。

だが、すぐにキスの行く先は変わった。

ルーシーが想像していたように、彼はルーシーを腕に抱き寄せることはせず、一歩後ずさりした。ルーシーが目を開けると、トーマスは奇妙な、理解不能な生き物でも見るように自分を見ていた。やめないでとルーシーの心はささやいたが、判断力はなくしていても、その言葉を声に出したいという衝動はかろうじてのみ込んだ。

本来、女性のファーストキスの経験には、これ以上の何かがあるはずだ。花火のようなものを期待していた。あるいは、歌う天使を。

「ええと……ミス・ウェストモア」トーマスは大きく息を吐いたが、ルーシーの軽率な誘惑の道に引き返すことはしなかった。「僕が最初に思ったよりずっと、あなたはこの交渉のゲームに慣れているようだ」すでに乱れている巻き毛を手でかき上げたあと、唇を……たったいまルーシーの唇に触れた唇を動かし、ゆったりと皮肉っぽい笑みを浮かべた。「結局、取り引きの一部として自分を差しだすことにしたのかい？」

ルーシーはどう反応すればいいかわからず、トーマスに向かって目をしばたたいた。

トーマスは両眉を上げ、詐欺師のような自信に満ちた、うぬぼれた表情に戻った。彼の軽い笑い声はルーシーの耳に、焼き印のようにぶしつけに押し当てられた。「もう少しで七百ポンドきっかりを提示するところだった」

トーマスに触れられて呼び覚まされた快楽が、一筋の煙のように消え失せた。代わりに気恥ずかしさが弾《はじ》ける。ああ、何てこと。

最低……本当に最低だ。

ワインのぼんやりとしたもやの中を縫うように、いきなり理解が押し寄せた。この人はキスの代償として、ヒースモアの提示価格を上げると言っているの？　ルーシーは壁に後ずさりし、さっきまで感じていた欲望は、憤りに駆られたことであとかたもなく退《ひ》いていった。将来への不安が、社交シーズンは持参金を狙う求婚者が長い列を成すだけに終わるという確信が思い出される。トーマスは違うと思っていたの？　訪ねてきたあの気取り屋――相手を魅了するような態度をとっておいて、誰にも聞かれていないと思うと自分の計画を笑いながら話すあの男とは正反対だと？

ああ、私は愚かだった。トーマスもまったく同じで、こちらが所有しているものに手をつけるという目的のためだけに、私を魅了しようとしていたのだ。

分別はどこに行ってしまったのだろう？　自分は強くて、ほかの女の子たちとは違うと、ずっと思ってきた。大義を追い求め、この人生で重要なことを成し遂げると。だが、どこにでもいる若い淑女と自分は何も変わらないことがたったいま証明されたと気づき、羞恥の炎がゆっくり燃え上がるのを感じた。

一日じゅう、トーマスがこれほど自分に優しくしてくれる理由を、これほど気遣いをしてくれる理由を不思議がっていたはずなのに。ハンサムで爵位持ちの裕福な侯爵が私のような女性をこれほどかまう理由が、ヒースモアに関する考えを変えさせること以外にあるだろうか？

「たった七百ポンド？」ルーシーは何とかそう口にした。「あなたがいま言ったほど私が交渉に慣れているのだとしたら、七百ポンドというのは志が低すぎるでしょう。この取り引きに私の純潔を投じれば、千ポンドまで値段をつり上げられるかもしれないわね」

トーマスは目を丸くした。「純潔？」

ルーシーは壁から体を起こし、少しずつ理性を取り戻そうとした。廊下がぐるぐる回っているように見える状態では、簡単なことではなかった。だが、すべてが手遅れになったわけではない。キスはこちらの戦略の一部だとトーマスに思わせたほうがいいのかもしれない。そのほうが、トーマスを信頼し始めるほどにこちらが愚かな人間だという真実よりもましだろう。

「だって、私のような女にはほかに取り引き材料がほとんどないもの」ルーシーは言い返した。

どうして、ああ、どうしてE伯母の日記の助言に従わなかったのだろう？　同じ過ちは二度と繰り返さない。いまこの瞬間からはヒースモアだけに集中し、脚はしっかり組んでおこう。神にかけて、独身を貫くと決めたのだから。それに、男性に――特にトーマスのような男性に、キスの想像で頭の中をいっぱいにしてもらう必要もない。

ルーシーは腕組みをした。「私の胸はお粗末な詩しか詠んでもらえなかった。もう少し価値のあるもので取り引きする必要があると思わない？」

トーマスはかかとに体重をかけ、息を吸うことにも苦労しているようで、適切な返答はできそうになかった。ルーシーは頭を振り、これほど効果的にトーマスを黙らせられたことに落胆すら感じた。いままで自分が口にしてきたことに比べれば、こんなのはショッキングな言葉でも何でもない。

「ブランストン卿、あなたの戦略はわかっているわ。あなたは私を魅了しようとしている。ちょっとした誘惑を仕掛けることで、まだ若い独身女性を混乱させて自分に従わせるつもりなんでしょう」

それを聞いて、ようやくトーマスは表情を変えた。「違う」頭を振ったが、そのあまりの勢いに、それが事実とは思えなかった。「あなたは僕の意図を誤解している」

「そうなの？」ルーシーは問いただした。この男性は、今夜の策略に責任があることさえ認めようとしないの？「さっき二人でただ、楽しい、気さくなお喋りをしていたとき、あなたは許可もなく私のここに触ったでしょう」ルーシーは首の脇を指でたたいた。「そのあと、言うまでもないことだけれど、私にキスをした」

トーマスは唾をのんだ。「ええと……僕があなたに触ったのは、発疹《ほっしん》を見つけたからだ」その声は首を絞められているかのようだった。再び手を上げ、今回はそれを宙で動かす。再び触れたところであまり喜ばれないと、賢明な解釈をしたに違いない。「ほら、耳の真後ろに。夕食中に気づいたんだ」

その言葉の意味を理解するには時間がかかったが、理解したとき、ルーシーの頬はさらに熱く燃えた。

この男性は、私に触れてきたのはただ発疹があったからだと主張しているの？　ルーシーは耳の裏に手を触れ、その仮定を確かめた。だが、この件ではトーマスが真実に近いことを言っているという証拠が得られたところで、彼の言葉がすべて真実だとは思えなかった。これほど深い罪悪感に駆られた顔をしているのに、そう思えるはずがないのでは？

それに、発疹があったところで、彼がキスしてきたことの説明には少しもならない。

伯母の日記の助言にもっと注意を払わなくてはならない。E伯母は教区牧師に好奇心を刺激されていたし、一度や二度のキスは受け入れていたが、相手の動機を疑うだけの分別は持っていた。ルーシーはというと、はるかに賢明さを欠いていることがたったいま証明された。

ルーシーはかっと頭に血がのぼり、振り返ってドアの掛け金を上げると、よろめきながら部屋に入った。ろうそくを掲げ、洗面台の鏡に映った自分を見る。右耳の真下の部分に、炎症を起こした赤いみみず腫れが走っていた。

これが嘘ではなかった証拠も、傷ついたプライドを慰めてはくれなかったけれど。きっと、何だかわからないこの病気が、脳みそにも広がっているのだろう。そう考えれば、自分がこの男性といると分別を失ってしまうことの説明もつく。

「トキシコデンドロン・ラジカンの発疹にとてもよく似ている」トーマスの声が肩の後ろから聞こえ、その近さが神経に障った。くるりと振り向き、彼をにらみつける。トーマスはドア枠に肩をつけ、まともな紳士のように戸口で足を止めていた。

でも、トーマスはまともな紳士ではない。たったいま証明されたばかりだ。

そして私は愚かな――とても愚かな女だった。

「それはいったいぜんたい何?」ルーシーは歯を剥《む》いて言った。

トーマスはくすくす笑ったが、笑ったのがルーシーの苦境なのか、ルーシーの言葉遣いなのかはわからなかった。「ポイズン・アイビーのことだ」

「あなた、私に毒《ポイズン》を盛ったの?」ルーシーは信じられないという口調でたずねた。

「僕じゃない」トーマスは頭を振った。「それに、死に至る毒でもない。ただ、前に言ったように、植物は僕の趣味のようなものなんだ。それは異国の植物で、原産地はアメリカだ。とても美しいが、葉に触れると毒がある。イングランドでは珍しい植物だが、大学の温室や研究用の庭園にはよく植えられている。そのような場所に行ったことは？」

ルーシーは首を掻《か》いた。「ええと……いいえ、私はセントジェームズ孤児院の共用庭園に植える苗を育てていただけよ。断言できるけれど、よくある種類のエンドウマメだったわ」

「ピスム・サティブム」

ルーシーはトーマスに侮辱されたのではないかと思い、目を細めた。「何ですって？」

ああ、トーマスはまた知識をひけらかしている。ルーシーは昔からラテン語が苦手だった。ウェストモア姉妹のうち、秘密主義で学者肌なのは姉のクレアだ。子供時代のルーシーは、ラテン語を勉強するよりも木から木へと飛び移るほうが好きだった。

「エンドウマメの学名だ」トーマスはうなじを手でこすった。「すまない。ときどき、誰もが僕と同じように植物学に興味があるわけではないことを忘れてしまうんだ」

「〝ピスム・サティブム〟ね」ルーシーは鋭い口調で言った。これほど邪悪な響きの名前を持つ植物が無害だとは思えない。「先週、そのエキスに浸るようなことはしたわ」何時間も温室で過ごし、肘まで泥まみれになったことを思い出す。「そのせいでこの発疹が出た可能性は？」

トーマスは頭を振った。「ない。豆は触ってもごくごく安全だ。別の場所でポイズン・アイビーに出くわしたんだろう。ほかの場面は思い出せないかい？」

ルーシーは鏡に向き直り、傷ついた肌を指でなぞった。水ぶくれのような感触がある。いったいどこでそんなものに出くわしたのだろう？

ただ、それが大学の温室によくあるものなら……。

「ジェフリーだわ」ルーシーはつぶやき、二日前に読んだ草の染みつきの手紙のこと、読んだあとまさにこの耳に髪をかけたことを思い出した。「あの子ったら」いたずらを仕掛けられたのだ。またも。

「ジェフリーというのは弟さん？」トーマスが肩越しにたずねた。「あなたに水夫のような毒づき方を教えたのは彼かな？」

「詐欺師みたいな子なの」ルーシーの頬は熱くほてっていた。ああ、今夜これ以上恥をかくことがあっていいのだろうか？

「悪化する前に何か塗ったほうがいい。厨房《ちゅうぼう》から軟膏《なんこう》をもらってこようか？」

トーマスの声には心配がにじんでいるように聞こえた。だが、トーマスは最上級の悪党なのだ。心配するふりをして私につきまとい、列車の中で私を楽しませた。

暗い廊下で私にキスをした。

その間ずっと、私の発疹を笑い、戦利品に目を向け続けてきたのだ。

ルーシーは頭を振った。「いいえ、自分で取りに行くわ。ありがとう」

「ほかに僕にできることはない？」トーマスは迫った。「気晴らしを提供するのはどうだろう？」彼が咳払いをし、唇を歪めて笑みを浮かべるのが鏡越しに見えた。「〝昔々、非常に美しい首が――〟」

「やめて！」ルーシーは勢いよく振り返って、トーマスと正面から向き合い、またも素肌にろうそくのろうが垂れてたじろいだ。火を消すことも考えたが、そうすれば暗がりでトーマスと二人きりになるし、彼の人格を見誤っていたことはたったいま証明されたばかりだ。ルーシーは深く息を吸った。「もう行って。いまは一人になりたいの」

実際、いまこの瞬間のルーシーが何よりも望んでいたのは、トーマスが背を向け、その後ろでドアが閉まるのを見ることだった。

トーマスは両手を開いた。「ルーシー――」

「ミス・Lよ」ルーシーは鋭く言い返した。

トーマスはためらった。「じゃあ、ミス・L。ベッドに入るなら、僕が出たあと必ずドアに鍵を掛けて。今夜、君はけっこうお酒を飲んでいる。それに女性の一人旅は、用心するに越したことはないから」

ええ、その点はあなたが思い知らせてくれた。

ルーシーは自分が何を言ってしまうかわからず、堅苦しくうなずいた。トーマスが背後でドアを閉めると、彼がたったいま立っていた地点を見つめ、E伯母が書いていた〝男性を信用してはいけない理由〟をすべて思い出そうとした。

男は女が崖の上で暮らすことに説教する。男は教会で赤いリボンを見かけると口を開けて見とれる。

そこに、そう、この新しい理由も加わった。

男は若い淑女を魅了し、地所を売らせようとする。

ルーシーはドアに直行して鍵を掛けたが、それはほかの誰とも同じくらい、トーマスとの距離を保つためだった。確かにワインは飲みすぎたが、少なくともトーマスの行動を批判し、あのキスが計算上のものだったふりをするだけの力は残っていた。彼の動機が何なのか、なぜあれほどヒースモアを欲しがるのかはわからないが、自分のように容姿のぱっとしない髪の短い独身主義者に、このように親密な、個人的な注意を払う男性には、隠れた動機があるに決まっている。

ルーシーはそれを突き止めるつもりだった。

イーディス・ルシール・ウェストモアの日記より

一八一五年十二月二十六日

〈それは記憶に残る〝小箱を贈る日《ボクシング・デー》〟だった。

女性、しかも外聞の悪い未婚女性が、道徳的、財政的に町からの小箱の要求に応えようと教区牧師が認めることは、本当にそんなに難しいのだろうか？　私は裕福ではないかもしれないが、リザード・ベイの大半の住民に比べてはるかに余裕がある。

私はただ、自分の幸運の一部を共有したかっただけだ。

小箱を配る役は伝統的に教会が担っているが、今年私は町の人々に感謝を伝えるために、自分で小箱をいくつか用意した。定期購読誌を毎月きちんとロンドンから取り寄せてくれるミスター・ジェーミソンには、かわいい手袋を編んだ。郵便局長のミスター・ベントリーには、町から遠く離れた私の家まで郵便物が迅速に配達されるよう取り計らってくれているお礼に、暖かい帽子を編んだ。だが、どうやら私は、教会の面目を潰してしまったようだ。

ウェルズベリー師は私がミスター・ジェーミソンの店から出てくるところを見ると、路上で通せんぼをし、男性を惑わすという悪徳についてまたも説教を始めた。おかげで、ウェルズベリー師のために用意した小箱と贈り物は、まっすぐ家に持って帰ったのだ。

まったく、傲慢な男。

そもそも、教区牧師が長い赤リボンを何に使うのかという話だけど〉

10

ソールズベリーからリザード・ベイへの馬車旅は、あまり楽しくはなかった。一週間前のトーマスは、郵便馬車内の静けさをありがたく思っていた。いろいろと考え事ができたし、道路が比較的平らな部分では書き物までできた。ロンドン・リンネ協会のために準備しているリザード・ベイ半島の植物を説明する原稿に、新たな科学的見解を書き足してもよかった。

だが、昨日の笑いに満ちた列車旅のあとでは、静寂は気まずく感じられ、苦痛と言ってもよかった。今日、ルーシーの丸めた肩から力を抜いてもらうには、五行戯詩以上のものが必要になりそうだった。ルーシーは朝食のために食堂に入ってきた瞬間からよそよそしく、テーブルの反対側に座り、郵便馬車の壊れた車軸を修理するために出発が三、四時間遅れることになってもなお、トーマスを避けた。

馬車はようやく出発したが、いまルーシーは反対側の座席に板のように身をこわばらせて座り、何らかの古い本をトーマスからは見えない角度に向けて読んでいて、コーンウォールのでこぼこ道を揺れながら進む間じゅう、トーマスを無視していた。

そんなふうに、わざと会話をしない中で座っているのは苦行だった。体の下でばねが軋《きし》む音と、車輪がときどき石につまずく音が聞こえるだけで、それがもう何時間も続いていた。

昨日、二人の関係は進展しつつあると思った。ルーシーは困惑した表情を浮かべることも、もやもやした疑いのベールを通すこともなく、自分を見てくれるようになったと。互いの言ったことで笑い合える、気安い友達になれそうだと。

だが今日、そのベールはしっかりもとに戻っていた。

ついにトーマスは思いきって口を開くことにした。内容は何でもよかった。「頭は痛い?」

ルーシーは視線を上げ、顔をしかめた。「何?」

「頭だよ」トーマスは自分の額を指でたたいた。「人が飲みすぎたときに陥りがちな苦難だ。僕が数えたところ、君は昨夜ワインをグラス三杯飲んでいて、今日はとても物静かだ。きっと、気分が悪いんだろうと思って」

ルーシーは本に視線を戻した。「私がワインをいくら飲んだかということとあなたに何の関係があるのかわからないわ」ページをめくる。「今朝、私の頭が痛いかどうかも。特に、昨日あなたが強すぎるブランデーの匂いを放っていたことを考えると」

ルーシーが言葉にしたトーマスへの見解は、狙いを定めた矢のように刺さった。トーマスは歯ぎしりしながら言った。「僕は……その、僕はふだんは飲まない」

いまは、もう。

「証拠はそうではないと言っているけれど」ルーシーは退屈とも呼べる口調で、目の前のページに視線を集中させたまま言った。「昨日の朝のあなたからは蒸留所のような匂いがしたわ」

トーマスは座席の上で両手をこぶしにした。「僕はただ、理解できると言いたかっただけだ。もし、君の頭が痛いのであれば」

それを聞いたルーシーは顔を上げ、トーマスはようやく彼女が見かけほど退屈しているわけでも、無関心なわけでもないのだと気づいた。青い目は馬車内の狭い空間越しにトーマスをにらみつけた。

「私たちの間のことを一つはっきりさせましょう。私はあなたの理解も共感も求めていないの。私たちは昨夜、戦略的なキスを交わしたけれど、あなたは私の健康にも感情にも何の権利も持っていないわ。私たちが今日この馬車に同乗しているのは、あなたが無駄遣いをしすぎて自分専用の乗り物を用意できなかったからよ。私が黙っていることが気になるのなら、外に出て御者の隣に座ればいいでしょう。そうすれば、私もこの旅をもっと楽しめると思うわ」

ルーシーはあてつけのように本に注意を戻し、トーマスは顔をしかめた。昨夜のキスのことで怒っているのか？　あれはすべて計算だとルーシーは主張していたのに、怒る理由が理解できなかった。

あれは計算ではなかった……少なくとも、自分のほうは。

どういうつもりであんなことをしてしまったのか、いまもわからなかった。直前まで楽しく冗談を言い合っていたのに、次の瞬間には脳が何かに取りつかれたのだ。いや、それは正確な表現ではない。意志決定の過程を指揮したのは、体の別の部分だった。

あのキスは衝撃的だった。三年という長い間、女性にキスしたことはなく、キスという経験があれほど鮮やかなものだった記憶はない。ガブリエルに求愛している間はたいてい酩酊《めいてい》のもやに包まれていて、それがいまは取り去られたからなのだろうか？

あるいは、この女性自身が極めて異質な存在だからだろうか？

ルーシーは元婚約者とは似ても似つかなかった。ガブリエルは髪をきれいになでつけ、香水をまとい、完璧な姿勢を保ち、人を自分の思いどおりにしようとする性質があった。一方、ルーシーは野性的で、発疹《ほっしん》を作ってしまうような無鉄砲さがあり、しょっちゅう赤くなる顔のまわりで金髪が天使の光輪のように飛び跳ねている。自分の行動を計算するどころか、無計画な惨事を渡り歩いているかのようで、窓をよじ登ったり、よく知らない紳士とキスしたりする。

そう……いくらルーシーが唾を飛ばして逆の主張をしようとも、彼女はキスを返してきた。女性とキスをして、相手が乗り気なのかどうかがわからないほど、男としての自分は錆《さ》びついていない。

あのような無分別な行動のあと、自分がなぜあんなことを言ったのか、なぜキスも交渉の一部ではないかという下手なからかい方をしたのか、いまも理解できなかった。二人は一日の大半を笑いながら過ごしていたため、それも冗談に変えたほうが安全だと思ってしまったのだろうか。

ほかの何かが起こりつつあることを認めるよりも、安全だと。

昨日、トーマスが感じたのは……そう、感じたのだ。三年もの間反応を見せず、もう永遠に反応しなくてもおかしくなかった何かにルーシーは火をつけ、トーマスは彼女を笑わせたいという衝動を抱くまでになった。あのすばやい、ぎこちないキス以上のことをし、彼女がその先を求めてあえぐまで、唇の甘さを探りたくてたまらなくなった。

だが、体がトーマスを茨の道に引きずり込んだとしても、少なくとも脳はそれをすみやかに終わらせ、長期的な反動が起こらないようにするだけの理性は保っていた。ああ、自分は悪党だ。ルーシーはおそらく人生で初めて一人ぼっちになり、守ってくれる人間もいないのに。彼女は酒を飲みすぎて、いまではあの行動を悔いているようだ。その感覚はあまりによく理解できたから、どれだけこちらがそうしたいと望んでいても、誘惑することはできなかったのだ。

どれだけルーシーが望んでいても。

とはいえ、いまはそんなことは望んでいないようだが。

トーマスの視線はルーシーの長く美しい首を、蛇紋石のペンダントの上で赤く炎症を起こしている肌をさまよった。「発疹の具合は？」トーマスはたずねたが、発疹は快方に向かうどころか悪化しているのは一目瞭然だった。

ルーシーは本のページに視線を落とし続けたが、指は内心を語るように襟に向かって上がった。

トーマスはさらにたずねた。「軟膏《なんこう》は見つかった？」

「軟膏は必要ないわ」だが、その言葉とは裏腹に、ルーシーの指は発疹を掻《か》き始めた。

こんなに基本的な欲求さえ認めようとしないとは。ああ、何とたくましい――疲れるくらいに頑固な人なんだろう。トーマスは声を殺して毒づき、天井をたたくと、やがて馬車は速度をゆるめ始めた。

そこでようやく、ルーシーはあれほど夢中になっていたページから目を上げた。本の表紙を閉じる。「何をするつもり？」

「残りの二時間、君が苦悶《くもん》の中でそこに座っていなくていいようにするんだ」

「大丈夫よ」ルーシーが抗議したとき、馬車はゆっくり揺れて停《と》まった。「私に助けは必要ないし、あなたの助けなどもってのほかだもの」

御者が上から叫んだ。「どうかなさいましたか？」

トーマスは自分の側の窓を開け、身を乗りだした。「ミス・ウェストモアのために、マーストンの薬局で停まってほしい」御者に向かって叫ぶ。「遠回りしてもらえるだろうか？」

ルーシーは自分の側の窓を開けた。「マーストンで停まる必要はないわ。お願い、そのまま行ってちょうだい。出発の時点で遅れていたし、私は日が暮れる前にリザード・ベイに着きたいの」頭を中に引っ込め、本の背をつかむ指に力を込めて、トーマスをにらみつけた。「これが到着を遅らせるための策略なら、その手には乗らないんだから」

トーマスは頭を振った。ああ、ルーシーはその伯母と同じくらい頑固だ。彼女が仕方なく自分を見るとき、あごはいつも上を向いている。

「今夜ヒースモアをまともに訪ねるには、すでに到着が遅くなりすぎることには気づいているか？　僕はぜひとも午前中に地所を案内させてもらいたいんだ」

ルーシーは再び本を開いた。「あなたの手伝いは必要ない」

トーマスは歯ぎしりし、馬車は再び速度を上げ始めた。「どうやってそこに行けばいいのかもわからないだろう？」

「捜せば見つかると思う」

「あの地所は町から三キロ離れていて、簡単には見つからない」

実際、トーマスがあの小道を見つけたのも偶然で、長い散策をしている途中にうっかり入り込んだのだ。ミス・Eは孤独を楽しんでいた。

ルーシーの視線がちらりとトーマスをとらえた。「ブランストン卿《きょう》、それは町の西と東、どちらにあるの？」

「君はトーマスと呼ぶことに同意してくれたと思っていたが」

ルーシーはトーマスの願いを無視した。「北ではないのはわかっているわ、そっちは海だから。南のはずもないわね。家の玄関からの海の眺めを鮮明に覚えているの。つまり、西か東ということよ。町からどっちの方向に歩けばいいの？」

トーマスはルーシーのブーツを見下ろした。それなりに賢明な選択ではあるが、やはりロンドンの街歩き用として作られた類いのものだ。黄色のウールのスカートは馬車の汚い床に引きずられていて、ほんのわずかなきっかけで足に絡みつき、崖っ縁から落とそうと待ちかまえているように見える。

「それは君には言わないほうがいいと思う」トーマスは頭を振った。「案内役をつけずに行くような場所ではないから。前から言っているように、僕が案内する」

ルーシーは本に視線を戻した。「リザード・ベイで誰か私の力になってくれる人を探すわ」

「それはどうかな」トーマスは声を殺して言った。

ルーシーの熱を帯びた青い目が、再びトーマスをとらえた。「いまのはどういう意味？」

トーマスはため息をついた。「リザード・ベイの住民はいま、ヒースモア・コテージにあまりいい感情を抱いていないんだ。君を手伝おうとはしないと思う」

ダニー少年が風のうなり声にどれだけ怯《おび》えていたかが思い出された。屋根の修理をしてくれる人を見つけるのがどれだけ難しかったか。そう、ルーシーの頼みが温かく聞き入れられるはずがないのだ。

それをルーシー自身もそのうち知ることになるだろう。

「それは、私が着くよりずっと前に、あなたが町の人に偏見を植えつけたから？　私ではなくあなたにあの地所を所有させたいと思わせるために？」ルーシーの声は震えた。「ブランストン卿、それは公平とは言えないわ。それに、その企《たくら》みは絶対に成功しないと断言する」

トーマスはため息をついた。まったく、何て強情なんだ。リザード・ベイの住民は自分が地所内に足を踏み入れるはめにならない限り、誰がヒースモア・コテージを所有しようと気にしないだろう。

「君は焦りすぎだ。まだ地所を見てもいないのに」

「今夜見るもの」

トーマスは頭を振った。「今夜あそこに泊まることはできない」新しい屋根が完成すれば、努力次第では何とかなるかもしれない。だが、いまは建物の半分が頭上の風雨に晒《さら》されている。嵐が来れば、ルーシーは崖っ縁から押し流されるだろう。「現在の状態では、人は住めないんだ」

「ああ、鼠《ねずみ》ね」ルーシーは呆《あき》れたように目を動かした。「お願い、細かい説明をして退屈させるのはやめて。それなら全部すでに聞いているの。あなたもじきにわかるでしょうけれど、私はそう簡単に脅かせないわ。それに、闘わずして自分の家を手放すつもりはない。特に、あんな手段に頼るほど落ちぶれた男性に対しては」ルーシーはつんと窓のほうを向き、本を鼻の高さに掲げた。

あんな手段に頼るほど落ちぶれた？　ルーシーは何の話をしているんだ？

こちらがわざわざロンドンまで来て、提示価格をつり上げたことか？

あるいは、昨夜間違いを犯し、最初に許しを得るべきだったキスをいきなりしたことか？

答えは混沌《こんとん》としていたが、ルーシーにお払い箱にされたのは明らかだった。もう質問もしてこないし、会話もしてくれないだろう。ルーシーに倣い、トーマスも自分の側の窓のほうを向いた。だが、ルーシーが反対側の席にいて、怒りを煮え立たせているのはわかっている。どんなに頑固でも、彼女の気骨を賞賛せずにはいられなかった。だが、気骨だけではヒースモアを守れないし、住める形にすることもできない。ルーシーは愚かな域に達するほど世間知らずなのか、コテージの状態が悪いというのが嘘だと思い込んでいるのか……。

どちらが正解なのか、トーマスにはどうしてもわからなかった。

ルーシーは夕方の薄れゆく光の中に降り立ち、ついにコーンウォールの土を踏めたことをありがたく思った。

土というのは、文字どおり本物の土だ。

リザード・ベイには丸石敷きのまともな街路はなかった。むしろ、いま自分が立っている街路以外に、街路もなかった。

つまり、ここはもうロンドンではないということ。

だが、海岸から吹くさわやかな潮風が肺に満ちると、最初に感じた困惑は消えていった。頭上では暮れゆく空を背に、三羽のカモメが海からの風に乗ってとんぼ返りしていて、ルーシーもその光景と同じくらい広々とした心になった。私はやってのけたのだ。怒りを抱えながらも、トーマスとの八時間の馬車旅を耐え抜いた。到着したのだ。

それでも、まだヒースモア・コテージが町とどんな位置関係にあるかを突き止める作業が残っている。

きっとここにいる誰かが助けてくれるはず。何しろ、伯母はここに四十年以上住んでいたのだ。日記のページには、E伯母が知る人々の逸話がつまっていた。ここには友達が、伯母の死後に小包を発送してくれるくらい気にかけてくれていた人がいるはずだ。私はただ、敵と味方の区別をつけて、味方に助けを求めればいい。

背後でトーマスが御者と言葉を交わし、快適な旅に礼を言う声が聞こえた。トーマスの礼儀正しさの証拠は無視しようとした。他人に親切だろうと、列車でリンゴを買ってくれようと、どうでもいいことだ。〝お願いします〟や〝ありがとう〟をきちんと言えることも重要ではない。トーマスはヒースモアを欲しがっていて、男女の戯れによって目的を果たすことも厭《いと》わない。彼はあくまで私の敵なのだ。

夕暮れの中、顔に好奇心をあらわにした群衆がまわりを取り囲み始めた。まるで町じゅうの人々がルーシーに会いに来たかのように、風雨に晒されたドアから人がぞろぞろと現れ、押し寄せてきた。噂《うわさ》が回るのは速いようだ。老いも若きも、ぼろをまとった者もこぎれいな者も声を混じり合わせ、ルーシーには理解しにくい荒っぽい方言を紡いだ。よそからの人間に対してどんな態度をとればいいのか見当もつかないようだ。

しかし、ルーシーは彼らにとるべき態度を知っていた。礼儀作法について母にたえずうるさく言われた経験を活《い》かすときだ。ルーシーはこれまでの人生で練習してきたとおりに、町の人々に深々と、完璧な動きで膝を曲げてみせた。

群衆は畏怖に駆られたように静まり返った。

ルーシーは背筋を伸ばし、心臓がうるさく打つ音を意志の力で抑えようとした。「こんばんは」ルーシーは言った。「どなたか私に、ヒースモア・コテージへの道順を教えてくださいませんか？」

ささやき声が湧き起こった。

〝あの人だ〟

〝あの人のはずがない。もう死んだんだ〟

〝あの人に生き写しだ〟

ルーシーが口を開く前に、ひょろりとした少年の四人組が群衆の前に飛びだしてきた。汚れた顔が夕日に照らされ、四人合わせて一ダースは歯が欠けているように見える。

いちばん背が高い少年が言った。「おっどろいた。ミス・Eにそっくりだよな？」

「違うや」別の少年が反論し、汚れた指を伸ばしてルーシーのスカートに触れ、染みをつけた。「この人は金髪だもん、白髪じゃない」

「じゃあ、若いころのミス・Eかも」

スカートが動き、ルーシーは飛び上がった。泥だらけの手をドレスのポケットからつかみだす。「失礼、挨拶の形としては握手のほうが一般的だと思うわ」

少年は目を丸くし、ルーシーの手から手を引き抜いて、仲間がいる安全な場所へと一目散に戻った。

「喋《しゃべ》り方までミス・Eまんま!」いちばん背の高い少年が、畏怖に駆られたように言った。

全員が目を丸くしてルーシーを見上げた。

「ミス・Eの幽霊だ」いちばん幼い少年がささやいた。「なくした恋のために戻ってきたんだよ、僕が言ったとおり」

ルーシーは唇が引きつり始めるのを感じた。幽霊? なくした恋? この子たちはいったい何の話をしているの? まあいい。やんちゃな少年の扱い方なら心得ている。何しろ、ジェフリーと一緒に育ったのだ。

ルーシーは前に進みでて、両手を振り、肺いっぱいに息を吸い込んで大声を出した。

「あっちに行きなさい!」

大砲が発射されたかのように、少年たちは金切り声をあげながら薄闇の中に散り散りになった。人ごみも動き、ひそひそ声が大きくなった。

「おっと、いまのは悪手だろうな」トーマスの面白がるような声だった。

ルーシーは振り返った。「どういう意味?」

トーマスは郵便馬車のステップに立ち、馬車の上にくくりつけていたルーシーのかばんを下ろそうとしていた。「あの子たちはお小遣いをあげれば実に協力的になるんだ」彼はステップから飛び下り、足が道に接した部分から土埃《つちぼこり》が上がった。「なのに君はいま、僕以外ではこの町で唯一、君をヒースモアまで案内してくれそうな人材を追い払ってしまった」

ルーシーはトーマスを無視したかったが、彼が近くにいるときはいつも全身がそのことを意識して張りつめるため、負けが決まった勝負だとわかっていた。そのうえ、トーマスの言葉がより大きな心配に火をつけた。ルーシーはすばやくポケットに手を入れた。

ウィルソンの一ポンド金貨が……ロンドンに戻るための旅費が消えていた。

軽いパニックに襲われながら、ルーシーは人だかりに向き直った。「あの男の子たちの保護者はどなた？」問いただすように言う。リザード・ベイに一文なしで取り残されると思うと、喉がつまった。「あの中の一人にお金をすられました」

白髪の女性が両手を揉《も》み合わせ、前に進みでた。「まあまあ、あの子たちのことは気にしないでください。タナー兄弟といって、地元の孤児なんです」

「では、どうして孤児院に入れられていないんです？」ルーシーはその説明に困惑してたずねた。ロンドンでは、孤児は鍵の掛かる建物に安全に保護され、彼ら自身も、彼らの被害に遭うかもしれない一般の人々も守られている。

「リザード・ベイは、ちゃんとした孤児院があるほど大きな町じゃない」声がルーシーの耳に飛び込んできたかと思うと、広がる薄闇の中トーマスが隣に姿を現し、ルーシーのかばんを街路の土埃の上に置いた。「タナー兄弟の母親は末っ子のダニーを産んだときに亡くなり、父親は地元の漁師だったが、去年の八月に海で死んだ。それ以来、あの子たちは町を自由に動き回っているんだ」

ルーシーは空っぽのポケットから手を出した。胸が強く締めつけられた。最年長の子でさえせいぜい十一歳といったところなのに。「でも……どこに住んでいるの？」

「あちこちに」トーマスは少年たちの擁護のために進みでた白髪の女性に向かってうなずいた。「こちらはミセス・ウィルキンズ。たいていは、この人があの子たちの世話をして、食事をさせている」ルーシーのほうを手で示した。「ミセス・ウィルキンズ、ミス・ルーシー・ウェストモアをご紹介します。ロンドンから来られました」

「ミス・Lと呼んでください」ルーシーはトーマスが勝手に自分を紹介したことにむっとして、口を挟んだ。「もしよければ」

トーマスはオークションで目玉の馬を提示するかのように、群衆に向かって声を張り上げた。「ミス・Eの姪御《めいご》さんです。幽霊ではありません」ためらったあと、ルーシーの肌に熱い視線を走らせた。「この人が生身の女性であることは、僕が保証します」

トーマスにキスされたときのことを思い出し、ルーシーは頬を熱くした。

トーマスに気づかれただろうか？

再び人ごみをささやき声が駆け抜け、ミセス・ウィルキンズが前に進みでた。「まあ、ミス・L、来てくださってとても嬉《うれ》しいです。伯母さまにそっくりね」にっこりすると、しわのある肌がぴんと伸びた。「あんなふうに馬車から降り立つから、私たちみんながぎょっとしてしまったの。ミス・Eが幽霊になって戻ってきたのかと思って」両手でエプロンを揉みしだきながら近づいてくる。「私は町で下宿屋を経営しているんです。今夜はうちに泊まったらどうかしら？」

ルーシーは頭を振った。「ええと……」孤児は放置されて路上をさまよっているのに、自分にはベッドが提示されたのだと思うと、ひどく狼狽《ろうばい》した。「あの、教えてもらいたいんですが、あの子たちはどこで眠るんですか？」

「あちこちだ」トーマスが割って入り、またも同じことを言った。「たいていは、教会の休憩室で眠っている」

ルーシーは顔をしかめた。「どうして誰も面倒を見てあげないの？」自分にできるさまざまな手助けの方法が、すでに頭の中を渦巻いていた。「セントジェームズ孤児院の院長に、私から手紙を書いてもかまわないわ。あの子たちは安全な生活と教育を世話してくれる人がいるロンドンに送るべきよ。自分で自分の面倒を見させるなんて」

「ミス・L、お願いだから、そんなことはしないで」ミセス・ウィルキンズはあえいだ。

トーマスはただ、ゆっくりと頭を振った。

「私の考えのどこが間違っているの？」ルーシーはトーマスのほうを向いて言った。

「あの子たちが唯一知っている場所を取り上げてはいけない」トーマスは兄弟がそそくさと逃げていった方向を手で示したが、迫りくる闇が彼らの行き先をかき消していた。「あの子たちはここで生まれた。この町のすべての人を知っている。いいかい、リザード・ベイの面倒はリザード・ベイが見るんだ」

「私には、あの子たちが面倒を見てもらえているとは思えないの」ルーシーは言い返した。「顔は汚れているし、文法はめちゃくちゃだし、私が馬車から降りた瞬間にお金をすったのよ。私ならこの町よりちゃんとあの子たちの面倒を見られるわ」こぶしを握る。「見られるの」

トーマスはルーシーを見つめ、ルーシーは自分が口をつぐむべきだと悟った。この性質をトーマスに見抜かれれば弱点になる。それに、トーマスが他人の弱点を利用するのを厭わないことは、すでに証明されているのだ。

だが、トーマスはルーシーを馬鹿にすることも、ましてや一蹴することもせず、口元を和らげた。「ミス・L、それは親切な申し出だが、こういう事柄についてはリザード・ベイのしきたりがあるんだ。君の伯母さまは生前、個人的にあの子たちの世話をしていた。学費まで払っていたんだ」ルーシーに向かって、しぶしぶうなずく。「君がここに来たいま、その役目を引き継ぐことを考えてもいいかもしれないね」

ルーシーの心に固く巻きついていた怒りがほぐれた。忌ま忌ましいことに、トーマスはときに、こちらがひどく面食らうような優しさを示す。彼の声がこれほど説得力を持たなければいいのに。これほど魅惑的でなければいいのに……。

　だが、信頼するわけにはいかなかった。何しろトーマスは自分の影響力を強めるために、私にキスしたのだ。彼とは言い争いをしているほうが安全だ。

「もしも私がここに滞在するのであれば、でしょう?」ルーシーは指摘した。「私はこれからヒースモアを見て、売るかどうか決めなくてはいけないし、あなたがずっと言っているとおり、そこは崩れかけの石と鼠の糞《ふん》の山なんだから」かばんを手にし、暗くなっていく街路を見据えた。「さあ、誰か、私が目指すべきは西なのか東なのか教えてくれませんか?」

　またも人ごみにささやき声が走った。

　ルーシーは唇を噛《か》んだ。これは想定していたより難しいらしい。

「ここには方角を知っている人がいますよね?」ルーシーは呼びかけた。見間違いでなければ、三、四人の住民が向きを変え、急いで離れていった。「誰も助けてくれないんですか?」そうたずね、視線が力なくぐるりと一周したあと、ついに……残念ながらトーマスをとらえた。「みんな、いったいどうしたっていうの?」

　トーマスは片手で髪をかき上げた。「馬車の中で言ったように、町の人はあの場所をあまり好きではないし、夜はなおさらなんだ。それに、今日は安全にヒースモアを訪れるには時間が遅すぎる。あそこにたどり着くには、せめて一晩ぐっすり眠って、頭をすっきりさせないと。今夜のところはミセス・ウィルキンズの世話になるのがいいと思う」

ルーシーは一歩も譲らないつもりだったが、それは金貨を失い、宿に一晩泊まる金さえないからというだけではなかった。

「いいえ、私は――」

「君は僕の協力の申し出を断ったたし、君にはその権利がある」トーマスはルーシーの言葉を遮って言った。「でも、ミセス・ウィルキンズが力になると申し出てくれたのだから、それは受け入れてはどうかな。彼女は生計を立てなくてはならないし、リザード・ベイを訪れる客はほとんどいない。しかも、君は疲れているし、首の発疹にかなり苦しんでいるのもわかる」トーマスの声は穏やかになり、ルーシーは自分の背筋から力が抜けていくのを感じた。「だから、その慈善精神を発揮して、今夜の部屋を借りてあげたらどうだろう?」

ルーシーはあごを上げ、暗闇の中でにらみ続けようとした。どんなに虚勢を張っても、夜がふけていく中をさまようことを想像すると、あまりいい気はしない。リザード・ベイ唯一の街路に面した窓からもれるわずかな石油ランプの灯《あか》りを除けば、本格的に夜が訪れようとしていた。ガス灯に照らされたロンドンの街路が、危うく恋しくなりそうだった。

危うく、であって、実際恋しくなったわけではない。

そのとき、あたりが暗すぎるせいで、トーマスの目の色が判別できなくなっていることに気づいた。もちろん、彼の目が薄茶色なのは知っている。それは昨日、その目を見つめることであまりに長い時間を無駄にしたことの成果だった。

「わかったわよ」ルーシーはそう言い放ち、片頬を歪《ゆが》めた笑顔を見なくてすむよう、トーマスに背を向けた。ミセス・ウィルキンズに向かってぎこちなくうなずく。「町で一晩過ごすことに問題はありません」

それに、最後の数シリングを宿代に使おうが、念のために取っておこうが、たいした違いはない気がした。あの一ポンド金貨がロンドンに戻るために本当に必要なわけではないのだ。ウィルソンはルーシーが見つかるのをできるだけ遅らせると約束してくれたが、娘が消えたことに父が気づけば、追いかけてきて連れ戻そうとするのは間違いない。そのときまでには、自分のコテージにすっかり身を落ち着けているつもりだった。

必要とあらば、テーブルの脚に鎖でつながれてもいい。

「まあ、うちに泊まってくださるなんて本当に嬉しいわ」ミセス・ウィルキンズはルーシーの腕を取り、街路に並ぶ家々の一つに連れていき始めた。「この二年間、伯母さまはうちに滞在されていたの。一泊五シリングできちんとした寝室に泊まれて、食事代も込みよ。もしご入り用なら、洗濯代は別でいただいているわ」

ルーシーはミセス・ウィルキンズのお喋りに力なくうなずきながら、肩越しに振り返った。トーマスはろくにさよならも言わず、暗闇に姿を消そうとしていた。まったく腹が立つ人。トーマスはリザード・ベイでただ一人の知り合いなのに、どこに行けば自分に会えるのかという手がかりさえ残さず、こっそり消えようとしているのだ。

「ブランストン卿がどこに向かっているのかご存じですか?」ルーシーは口を挟んだ。

「あら、ご自宅じゃないかしら」

「自宅?」下宿屋のたわんだポーチに二人で上がり、玄関のドアを入りながら、ルーシーは怒りの炎が広がるのを感じた。「私抜きでヒースモアに向かっているという意味ですか?」

「あら、違うわ。町の外れに自分の家をお持ちなのよ」ミセス・ウィルキンズは気づかわしげに喉を鳴らした。「不思議よね。二十人も住めるほど広い家なのに、たいてい一人でいるし、使用人も雇っていないの。洗濯物は私のところに持ってくるけど、食事の支度なんかは自分でやっているみたい。男性が一人でいるのを好むのは珍しいわ。まあ、教区牧師は別だけど。あの人は一人で暮らしているの。もちろん、神がいるからなんでしょうけどね」ミセス・ウィルキンズはルーシーを引っ張って廊下を進み、右側にあるすり切れた客間を手で示した。「この部屋で、午後二時ちょうどに紅茶をいただくことになっているのよ」左のほうに曖昧に手を振る。「それから、朝食はこの食堂で八時に。さてと、二階にもすてきなベッドがあるけど、一階にも一部屋あるわ。伯母さまは雨の日に膝が痛むからと、下の部屋を好まれていたの。あなたはどちらがいい？」

だが、ルーシーは上の空で、意識はより重要な目下の疑問へ向かっていた。ミセス・ウィルキンズの噂話を信用するなら、トーマスは自分の家を持っている。しかも、広い家を。

それなら、なぜ私の家を手に入れようとしているのだろう？

イーディス・ルシール・ウェストモアの日記より

一八一六年七月一日

〈教区牧師という存在をいっさい信用してはならない。

またもウェルズベリー師は、自分がどうしようもなく信用できない人間であることを証明した。新婚のミセス・ウィルキンズに、自分は何一つ悪いことをした覚えがないのに、夫に激怒されて殴られたと打ち明けられたとき、私は自尊心のある独身主義者がするべきことをした。その男のプディングに毒を混入したのだ。

といっても、ミスター・ウィルキンズに危害を加えようとしたわけではない。とりあえず、恒久的な危害は。だが、よりによってその日、ウェルズベリー師が何らかの理由でウィルキンズ家を訪ねた。そのプディングを二口食べたウェルズベリー師は、二週間お手洗いに入り浸った。もちろん、私は申し訳なく思った。病床のウェルズベリー師を訪ね、謝罪さえしようとした。だが、あの男の傲慢さは天井知らずだった。自分はミスター・ウィルキンズに良き夫となるための説教をするつもりだったのに、私がすべてを台なしにしたというのだ。さらに、私にお節介をされなくても、この教区の魂は自分が何とかすると言ってきた。

だから、私はウェルズベリー師に、妻を殴るような男はお説教なんかよりも罰を受けるのがふさわしいと断言してやった。

そのあと、プディングのお代わりを勧めたのだ〉

11

翌朝八時、ルーシーはすでに起床し、金色のウールのドレスを着て闘いに備えていた。それまでの二晩がほとんど眠れなかったせいか、昨夜は伯母の日記の二冊めを胸の上に広げたまま、たちまち眠りに落ちた。

首の発疹《ほっしん》がひどくかゆかったせいで、夜明けに目が覚めた。マーストンの薬局に立ち寄るというトーマスの申し出を拒否したことを、いまにも後悔するところだった。だが、それを声に出して認めるには至らなかった。

どんなに頑張っても、思考からトーマスを追いだせなかった。頭の中でキスを何度も再現し、その体験を分解して、さまざまな断片を検討しようとした。そうすることで、二晩前に飛びついた結論よりも、より混沌《こんとん》とした結論にたどり着いた。昨日、トーマスは馬車の中で、彼との会話を避けるというルーシーの決意に本気で傷ついているように見えた。トーマスはこちらの信頼を取り戻すことで目的に近づこうとしていたのか、あるいはこちらがあの廊下でのやりとりを何か誤解していたのか。キスのあとトーマスが口にした言葉

のもの？　悪趣味な詩を好むことを考えれば、歪《ゆが》んだ笑みの下に強いユーモアセンスが潜んでいるのは明らかだ。もしかすると、こちらが売値をつり上げようとしたという言葉は、本気で非難していたわけではなく、雰囲気を和らげるためのものだったのだろうか？

大いに不足していた睡眠をとってきちんと考えられるようになったいま、確信が持てなくなっていた。

だが、トーマスが高潔な市民であろうと、計算高い悪党であろうと、実際のところ、ルーシーは誰を信頼すればいいのかわからずにいた。ここリザード・ベイで知り合いと呼ぶのに最も近い人物はトーマスだが、ソールズベリーでの彼の行動を思うと、不信感を抱くべきでない理由より抱くべき理由のほうがはるかに多かった。ヒースモアを自分の目で見て、E伯母が手紙で仄《ほの》めかしていた秘密を突き止めるまでは、自分の選択は伏せ、当面の敵から距離を置くつもりだ。

自室のドアを開け、朝食のために一階に下りようとしたとき、あの忌ま忌ましい男性の声が一階から低く響くのが聞こえた気がした。抗《あらが》いがたい左右非対称の笑顔が、頭の中で像を結ぼうとする。

たとえ、再び彼の協力を喜んで断る結果になろうとも、トーマスに会うことを決めて、暗い階段を早足で下りる。階段を下りきったところで何かにつまずき、肩から壁にぶつかって声がもれた。何につまずいたのだろうと思い、床板をにらみつける。ふわふわした灰色の猫が、すり切れた細長い絨毯《じゅうたん》の上で、黄色い目を悲しげにぱちぱちさせながら見つめ返していた。ブラシをかけてくれる人がいないのか、毛皮にはごみがこびりついている。だが、ブラシをかける役を自分がしようとは思わなかった。ルーシーの専門分野は孤児なのだ。

孤児と、重犯罪人。猫にかかわるつもりはない。

「あっちに行って」ルーシーはそうつぶやいたあと、伸び上がって一階の廊下の先に視線をやり、トーマスの広い肩を一目見ようとした。トーマスの気配はどこにもなかったため、いまにもがっかりしそうになった。声を聞いたと思ったのは、幻だったのだろうか？　トーマスにまつわる夢想はそれだけではなかった。あの男性は完全にこちらの肌の下に入り込み、どういうわけか夢の中にまで忍び込んでいた。

ルーシーは自分の思考の向かう先にうろたえ、猫に向かって手を振った。「ほら、行きなさい」今度は大きめの声で言う。

猫は逃げていかなかった。それどころか、体を起こし、ルーシーの足首のまわりをぐるぐる回り始めた。

「やめて」ルーシーは猫をまたいだが、すぐ先に別の、今度はオレンジと白黒の三毛猫が現れた。ルーシーが近づくと、その猫はあくびをし、やはりスカートに顔をこすりつけ始めた。

壁の縁を避けて歩いていると、ようやく食堂に入ることができた。朝食は何時間も前から始まっているかのように、トーストと卵と紅茶の匂いがした。口にはすでに唾が溜《た》まっている。だが、テーブルのほうを向くと、大きな衝撃が走った。

まず、朝食は終わっているように見えた。

次に、そこらじゅうに猫がいた。

四匹は椅子の上にいて、後ろ足で立って高く伸び上がり、磁器の皿から半熟卵のかけらを強奪していた。テーブルの上には五匹いて、クリームの皿をぺちゃぺちゃなめていた。少なくとも二匹はテーブルの下をごろごろ転がって遊んでいたが、交尾をしているようにも見えた。

目の前の混沌の中で、どうやってその見分けがつくだろう？

そして、そのすべての中心にミセス・ウィルキンズが立ち、しわのある顔に笑みを浮かべていた。

「朝食はもう終わってしまったかしら？」ルーシーはたずねた。昨夜、この女性は間違いなく八時と言っていた。

「とんでもない、まだよ」ミセス・ウィルキンズは空の皿を手にした。「ただ、餌やりの時間というだけなの」あごを動かし、ルーシーに入るよう示した。「入ってちょうだい、お皿を持ってくるから」そう言うとせかせかと動いて、残りの猫の世話を始めた。
「みんなあなたが飼っているんですか?」ルーシーはテーブルに近づきながらたずねた。
猫の毛と毛玉がテーブルの上を転がっていて、胃がむかついた。
「ある意味ね」残りの猫よりも丸々と太り、テーブルの中央に座って片手で顔を洗ってい
る茶色のぶち猫に向かって、ミセス・ウィルキンズはうなずいた。「このピーターだけが
本当の私の飼い猫よ。残りはもともと波止場に棲《す》みついていて、その日の漁から廃棄され
たものを餌にしていたの。でも、最近は獲《と》れ高が悪くて、かわいそうな猫たちは誰かが面
倒を見てやらなくちゃいけなくなったのよ」心配そうに喉を鳴らす。「でも、どんどん数
が増えていて。いまは二匹のお腹に子猫がいるわ」
ルーシーは椅子から猫を一匹抱き上げ、別の猫にこっそり席を取られる前に自分が座っ
た。「リザード・ベイの流儀を、私が理解できているかどうか確認させてください」膝に
ナプキンを広げながら言う。「孤児は子供たちだけで教会で寝泊まりしなくてはいけない
のに、町の野良猫には自宅を開放するんですか?」
ミセス・ウィルキンズは笑った。「あら、私はあの子たちにもここで寝泊まりしたらっ
て言ったのよ。でも、タナー兄弟は無法者の集まりだから。慈善という概念が気に入らな
いの。それに、これはここだけの話だけど、あの子たちが教会に泊まりたがるのは、夜に
通路を走り回って好きなだけ大騒ぎできるからじゃないかしら」節くれだった手でピータ

ーの背中をさすると、猫は尻尾を宙に高く反らした。「あの子たちに会いたいなら、もう少し早く起きないとね。毎朝七時にここに来るから」ミセス・ウィルキンズは手を振ってテーブルを示した。「ここにあるのは、あの子たちの朝食の残りよ。ブランストン卿《きょう》が十分前、朝いつもしているように、あの子たちを迎えに来たわ。末っ子のダニーに学校に行くよう説得できるのはあの人だけ。今日はほとんど引きずるようにして学校に連れていったけど」

「まあ」ルーシーは目をしばたたいた。やっぱり、あれはトーマスの声だったのだ。距離をとろうと決意したにもかかわらず、彼に会い損なったと思うと少しがっかりせずにはいられなかった。「どうしてダニーは今日学校に行きたがらなかったんですか?」

「割り算の筆算のせいだと思う」

リザード・ベイの孤児が少なくとも正式な教育を、本人にその価値はわからなくとも受けられていることがわかり、ルーシーはにっこりした。「その気持ちはわかる気がします。私も算数より教会を走り回るほうが好きでしたから」ミセス・ウィルキンズが差しだしてくれた紅茶を受け取り、女主人に向かって苦笑いを浮かべた。「でも、あの子たちが泥棒への輝かしい道を歩き続けるのなら、算数はある程度必要になるでしょうね」

ミセス・ウィルキンズは笑った。「まあ、大学に泥棒学科があるかどうかはわからないけど」

ルーシーは再び目をしばたたいた。「大学?」

「ブランストン卿はいずれ、兄弟全員の学費を払うと約束しているの」ミセス・ウィルキンズは賛同するようにうなずいた。「リザード・ベイ初の大学卒業者になるわ。何てすばらしい将来なんでしょう」唇が引き結ばれた。「でも、その資格を得るには、いまきちんと勉強しなくてはならないわ。上の子たちはやる気がありそうよ。でも、ダニーをその気にさせるのは少し難しくて」

ルーシーは仰天し、椅子にもたれた。本当に聞き間違いではないのだろうか? この町の無作法な孤児が、高等教育を目指して勉強している? そのうえ、悪党のトーマスが、彼らの学費を払うと約束しているなんて。

「あなたの様子をたずねていたわ」

博愛主義者であると同時に悪党でもあるというちぐはぐなトーマス像を吟味しようとしていたルーシーは、びくりと顔を上げ、ミセス・ウィルキンズと目を合わせた。「ダニーがですか?」

「いいえ、ブランストン卿よ」

「そうなんですか?」ルーシーの頬は熱くなった。

ミセス・ウィルキンズはうなずいた。「もしあなたが何か助けを必要としているように見えたら教えてくれと言っていたわ」

「ブランストン卿の助けは必要ありません」ルーシーは答えたが、トーマスが自分の様子をたずねてくれたと知って、心臓が跳ね回っていた。

「あなたにこれを渡してほしいと言われたの」ミセス・ウィルキンズはルーシーの脇のテーブルの上に、一ポンド金貨を二枚置いた。「それから、イーサンのせいで申し訳ないことをしたと伝えてくれと」

ルーシーは金貨を見下ろし、唾をごくりとのんだ。「イーサンというのはどの子？」

「下から二番めよ。今朝、自分の罪を白状して、ブランストン卿が返済のために自分のお金を出したみたい」

ルーシーはゆっくり息を吐いた。つまり、これでブランストン卿に借りができたということ？　それとも、その十字架を背負うのはイーサン少年？　何よりも忌ま忌ましいのが、トーマスがとても……とてつもなく善い人に思えることだ。E伯母は男を信用してはいけないと日記で言っていたが、こんな腹立たしいほどの優しさの前で、どうやってその決意を守り抜けばいいのだろう？

「それはご親切に」ルーシーはしぶしぶ認めたものの、よりによってその瞬間、お腹がぐうと鳴った。

少しも静かでも、上品でもない。

「まあ、かわいそうに」ミセス・ウィルキンズはせわしなくサイドボードから皿に料理を盛りつけた。「あんなに遅い時刻に着いたんだから、昨夜は夕食を食べられなかったんでしょう。お腹がぺこぺこよね。ソーセージが好きだといいんだけど。地元のソーセージで、伯母さまの好物だったのよ」ミセス・ウィルキンズの額にしわが寄った。「まあ、数年前にミス・Eが〝リザード・ベイ菜食主義協会〟を設立しようとしていた時期は別だけど」頭を振る。「伯母さまが望んだとおりにことは運ばなかったわ」

ルーシーは金貨をドレスのポケットに入れ、思わずほほ笑んだ。少なくとも、その話題には慣れ親しんでいる。「私も肉を食べるのをやめていた時期がありました」そう認め、ミセス・ウィルキンズが差しだした皿を受け取った。「ロンドンじゅうの動物を救わなくてはいけないと思い込んでいたんです」

「まあ、あなたってミス・Eにそっくりなのね」ミセス・ウィルキンズは、ルーシーの皿を略奪しようと周囲を回り始めた白黒の猫を抱き上げた。「ミス・Eは動物に対して広い心を持っていたわ。人に対してもそうだったと思う。波止場で捨ててしまうものを猫にやるのは、あの人が思いついたことなの」

ルーシーはフォークを持ち、郷愁のようなものがこみ上げるのを感じた。「私は伯母のことをあまり知らなかったんです。最後に会ったのは、六歳のときでした」二階のかばんに入っている日記の、次の二冊のことを思う。まだ先は長いが、これまで読み進めてきたページには伯母の生活が垣間見《かいまみ》える魅力的な記述があった。「断片的に……聞いた逸話しか知らなくて」

　ミセス・ウィルキンズはせわしなく動き回り、皿を片づけ、ぺらぺらと話し続けた。

「ミス・Eには逸話がたくさんあったわ。ロンドンにもマーストンにも、あんな人はいない。一般的な美人とは違っていたけど、でもね、部屋に入ってきたとたんに男性の心を熱くするようなところがあったの」

　美貌と魅力は必ずしも直結しないという考えに驚き、ルーシーは顔を上げた。「私、本当に伯母に似ていますか？」

「ええと、そうね、よく見てみましょう」ミセス・ウィルキンズは腰に両手を当てた。

「もちろん、髪は似ているわ。たいていの女性よりも少し短いところが。ミス・Eも現代的なスタイルを好んでいたの」

　ルーシーは短い、反抗的な髪に手を当てた。「これは……その……スタイルというほどでは……」

　ミセス・ウィルキンズは笑った。「あなたがメイドもつけず、まともなお目付役さえ連れずにあの馬車から降り立った姿が、次の手がかりだった。ミス・Eは自立性を重んじていたから。教えて、あなたはふだんどのくらい騒ぎを起こしているの？」

　囚人に手紙を書く活動が家でどれほど騒ぎになったかを思い出し、ルーシーは頬を赤らめた。「しょっちゅうです」

ミセス・ウィルキンズは満足げにうなずいた。「伯母さまも行く先々で騒ぎを起こしていたわ。菜食主義協会は、リザード・ベイに紹介しようとした大義の一つにすぎないの。その前には〝漁師の妻救済協会〟があったわ」指を折って数え始める。「〝キリスト教禁酒連合〟」ミセス・ウィルキンズはくすくす笑った。「それはブランストン卿のために、一八五〇年に設立したの。あの人を一人きりの会員として参加させたわ」次の指を折る。「一八五二年の〝孤児安全法〟もあったわね」

「伯母が法案を通過させたの？」ルーシーは信じられない思いでたずねた。「それができるのは議会だけかと思っていました」

「ここリザード・ベイでは、自分たちで独自の規則や法律を作るの。ミス・Eは、孤児に関しては議会の法律で保護しきれないと思ったのよ。ロンドンにいる愚かな議員たちについて、いつも延々と話していたわ」ミセス・ウィルキンズは再びせわしなく動き始め、テーブルからさらに皿と猫を片づけた。「タナー兄弟のことをもっと保護するべきだと考えていたから、あの子たちの父親が亡くなったあと、私たち全員を説得して、この町の住民は一人残らずあのいたずらっ子たちの世話をして、食事をさせ、道徳的しつけをする責任を負うという取り決めに同意させたの。書類に署名させて、手続きもちゃんと行ったのよ」

ルーシーは伯母の発想に魅了され、笑い声をあげた。自分がロンドンの囚人の環境改善を政府に訴えても成果を上げられていないことを思うと、伯母の方法が一般的な働きかけよりもはるかに効果的であろうことに疑いはなかった。

「伯母は大義を追求するのが好きだったんですね」

ミセス・ウィルキンズはうなずいた。「ミス・Eにはそういう優しさがあったわ。ほとんど誰に対してもそう。まあ、教区牧師は別だけど。あの二人の憎み合いは最後まで理解できなかった」いつのまにかテーブルに戻っていた三匹の猫を、手を振って追い払う。「私はミス・Eのためなら何でもするつもりでいたの。夫が亡くなったあと、私がこの宿屋を開くことができたのは、あの人が出資してくれたおかげなんだもの」

昨夜うとうとしながら伯母の日記で読んだ書き込みを思い出し、ルーシーははっとした。「あの……おききしてもいいでしょうか？　ミスター・ウィルキンズはどうして亡くなられたんです？」

お願い、プディングのせいだとは言わないで。

「死因は敗血症よ。五年前のこと。結婚当初は大変なこともあったけど、夫としてはまあまあだったわ」ミセス・ウィルキンズはまた皿を集め始め、永遠にとぎれない猫の行列をテーブルから追い払った。「それもミス・Eが力になってくれたの。結婚一年めに、女性への正しい接し方と、それを忘れた男性の身に何が起こるかを、夫に教えてくれたのよ」

満足げにうなずく。「町の男性全員が思い知ったわ。リザード・ベイの女性はミス・Eにいつまでも大きな恩を感じることでしょうね」

ルーシーは安堵《あんど》のため息をついた。伯母の日記を破棄するのはいやだったし、まだ最後まで読んでいないいまはなおさらだったが、もし殺人の証拠を隠滅する必要があるならそうしていただろう。

毒入りプディングで伯母が成し遂げたことに、ルーシーは畏怖の念を覚えた。いままで読んできたほかの書き込みを思い出し、伯母が昔々町に来なければ、リザード・ベイはどうなっていたかを想像しようとする。E伯母は町の大半の住民の人生に影響を与えていて、中には人生がひっくり返った人も、絶望から引き上げられた人もいたようだ。

とたんに、昨日自分が馬車から降り立ったとき、寄り集まってきたたくさんの顔が頭に浮かんだ。昨夜、ヒースモアを見つける手助けを申し出てくれた人はいなかったが、それはまだ適切な人物を見つけられていないからかもしれない。この町のどこかにE伯母に恩を感じている人が、あの人の姪《めい》なら助けようと思ってくれる人がいるはずだ。何しろ、E伯母の死後、誰かが伯母の力になるために小包を発送してくれたのだから。

この町にはわたしの力になろうとしてくれる人もいるはず。

「ミセス・ウィルキンズ」ルーシーはゆっくり言った。「一つおたずねしてもいいでしょうか?」ミセス・ウィルキンズがうなずくと、ルーシーは先を続けた。「あなたは伯母と仲のいいお友達だったようですね」

ミセス・ウィルキンズはうなずいた。「ええ、そうよ」

「もしかして、伯母のために小包を郵送してくれましたか？」ルーシーは両手を振り動かした。「このくらいの大きさで、茶色の紙に包まれたものです。伯母の死後に投函《とうかん》されたはずなんです」

「まあ、違うわ。ミス・Eが私にそんな頼み事をする時間はなかったもの。あの人は長い間病気をわずらっていたわけじゃないの。ある朝目覚めたら、胸に痛みを感じたのよ」ミセス・ウィルキンズはさらに一枚皿を持った。「かろうじて教区牧師に連絡して来てもらう時間はあったけど、夕方には亡くなったわ。そのことには私なりの仮説があるの。ミス・Eは善良な人だったから、ほかのみんなの心配をしすぎて、広い心が疲れきってしまったんじゃないかって」しわのある顔に穏やかな表情が浮かんだ。「私たちはみんな、ミス・Eを恋しく思っているわ。あの人がいない町は前とは違ってしまった。ミス・Eを称《たた》えるために何ができるか話し合っているところなの。記念碑のようなものを町の中心に建てようって」

ルーシーは下唇を噛《か》んだ。子供のころはE伯母のことをよく知らなかったが、いまでは何となくわかるようになっていた。それに、伯母の死の知らせを受けたときはきちんと哀悼したわけではなかったが、いまはE伯母の死を悼む気持ちがあった。

「ミセス・ウィルキンズ……一つお願いしてもいいですか？」

「もちろん。ミス・Eの姪御さんのためなら何なりと」

「私、今朝はヒースモア・コテージに行こうと思っていたんです。もしよければ、私を現地に案内してくださいませんか?」

ミセス・ウィルキンズは両手に皿を一枚ずつ持ったまま、凍りついた。「いえ、それは……」頭を振り、白髪の巻き毛を揺らした。「前回、あんなことがあったから」

ミセス・ウィルキンズの芝居がかった反応に、ルーシーは顔をしかめた。「どうしてだめなんです?」

「私、ブランストン卿に雇われて窓拭きをしたの」ミセス・ウィルキンズは皿を置き、両手を組んで心臓の上に当て、節くれだったその指を不安げに丸めた。「でも、ミス・Eの霊が私に恐ろしいことを言ってきた。嘆いたり、騒いだりして、ここから離れるように警告してきたの。危険だからって」

ルーシーは歯ぎしりした。要するに、トーマスはこの手の幽霊の噂《うわさ》をまき散らすために奔走しているということでは? ちょうど、こちらが彼に対する疑念について考え直し始めたときに。ルーシーは妙にがっかりした気分になった。

ミセス・ウィルキンズはルーシーを厳しい目つきで見据えた。「あなたもあそこに行ってはだめ。崖には幽霊が出るし、危険も潜んでいるわ。町に留《とど》まったほうが安全よ。教区牧師はいつも、ミス・Eがあそこに住んでいることを心配していたの。二人がそのことで喧嘩《けんか》するさまは、神そのものの戦いのように見えたものよ。ミス・Eがついに町に引っ越してくると、教区牧師は喜んでいたわ」

「幽霊ですって?」ルーシーは笑った。ミセス・ウィルキンズはまさか孤児が言っていた戯言《たわごと》を信じているわけではないだろう。「ミセス・ウィルキンズ、私は幽霊の存在は信じていません。それに、伯母が私にあの場所を遺《のこ》してくれたのは、理由があってのことです。私なら現地を訪ねると予想していたに違いありません」

ミセス・ウィルキンズは疑わしげな表情になった。「ブランストン卿に売るべきよ。というより、リザード・ベイじゅうの人が、あなたはすでにあの人に売ったんだと思っているわ」

ルーシーは頭を振った。「いいえ。まだ売ってはいません」それに、自分がここに来たのは、彼にだまされて売ったりしないため。「でも、その決定をする前に、地所の価値を確かめなくてはなりません。ほかに誰か、この町であそこに案内してくれそうな人はいませんか?」ルーシーは言い張った。「ウェルズベリー師はどうでしょう?」

伯母の日記によると、ウェルズベリー師は道順をよく知っている。それに、教区牧師ならさすがに幽霊は信じていないだろう。

ミセス・ウィルキンズは再び皿を手にした。「私ならあの人には頼まない。ウェルズベリー師とミス・Eは仲が悪かったし、あなたは伯母さまとそっくりだもの」猫を二匹かわしながら、台所のドアに向かった。「リザード・ベイの近辺をぶらぶらするだけにしておいたほうがいいわ」肩越しに振り返って声をかける。「それから、忘れないで。お茶の時間は二時よ」

イーディス・ルシール・ウェストモアの日記より
一八一七年一月四日

〈リザード・ベイに来て以来、ミスター・ジェーミソンは私に結婚を申し込み続けている。だが、彼が私に適した相手ではないのは明らかだ。ミスター・ジェーミソンは気が強い女性の扱い方をまるでわかっていない。それを言うなら、犬の扱い方も。

私はミスター・ジェーミソンに、犬を屋外につないで放置するには、このあたりは寒すぎると繰り返し言ってきた。私への関心から行動を起こすことを期待していたが、昨日、毎週恒例の〝漁師の妻救済協会〟の会合のあと自宅に向かっているとき、かわいそうな犬がまたも雪の中で震えているのが見えた。

その瞬間、私はミスター・ジェーミソンがすぐには忘れられない教訓を教え込むことに決めた。

雪が降っているにもかかわらず、ミスター・ジェーミソンは私と屋外で会うことにすんなり同意した。言われたとおりにコートを脱いでズボンを落とすことまでした。素直に縛られてくれたことは、いまだに信じられない。どうやらこの乾物屋は、ペチコートに赤いリボンを縫いつけ、縛るのがうまい女性を賛美する種類の男性のようだ。ああ、私が投げキスをし、歩き去ったときの彼の顔は見物《みもの》だった。だが、私も完全な冷血人間ではない。ちゃんと毛布を渡したし、三時間後には縄をほどいてあげた。

そしてミスター・ジェーミソンは二度と私に求婚してこなくなった。だが、彼の犬はいま、家の中で暮らしている。噂《うわさ》では、刺繍《ししゅう》入りの枕の上で眠っているらしい。めでたしめでたし、と言ってよさそうだ〉

12

午後遅くになるころには、ルーシーはミセス・ウィルキンズの言う〝ぶらぶらする〟の意味を思い知っていた。

それは、いくら頑張っても生産的なことは何もできないということだ。

ルーシーはリザード・ベイに一本きりの街路を最低六往復はし、その間ずっと、ルーシーをミス・E本人だと思ったか、懐くのにちょうどいい代替品だと思った発情期の猫の群れがあとをついてきた。顔を合わせた町の住民たちは、ほほ笑むかうなずくかして明るく挨拶してくれた。ルーシーが会話を始めると、E伯母との笑える、ときにはいかにも外聞の悪い逸話を教えてくれる人もいた。だが、質問がヒースモア・コテージへの道順に及ぶと、一人残らず頭を振ってそそくさと立ち去った。百回にも及ぶ拒絶を受けた気がしたあと、ルーシーは叫びだしたくなった。

それどころか、大義のためにたえず研ぎ澄まされているルーシーの懸念がぐつぐつと煮え始めた。何か……違和感がある。表面上、リザード・ベイは何百年もの時をかけてゆっくり築かれ、やがて周囲の崖を境界とするこぢんまりした快適な空間が確立された、人口数百人のかわいらしい海辺の町に見える。だが、昼間の明るい光の下で見ると、この町はどうやら問題を抱えているようだとわかり始めた。

まず、すれ違う町の住民のほとんどが不安げなやつれた顔をしていて、生活の収支を合わせる方法を考えることに疲れてきているかのようだった。

それに、この町には産業の気配がほとんどないように見えた。

町には、肉屋、郵便局、乾物屋、ミセス・ウィルキンズの下宿屋、ダニー少年が椅子の上でもぞもぞしながら算数の授業に耐えている学校がある。低い丘の上には、悪名高きウエルズベリー師がさまよえる魂と意志の固い独身主義者を救おうとしているであろう小さな教会があった。

だが、この町の屋台骨、その他の世帯が生計を立てる手段としている中心産業は、どこにあるのだろう？

鰊《にしん》のかごを荷下ろしするのが目的と思《おぼ》しき小さな波止場はあった。漁船を数えると全部で三艘《そう》あり、すべて柱につながれていた。水産業が慌ただしく行われている気配はなく、桟橋まで行って海をのぞき込んだところ、見えた一匹きりの魚はふくれ上がったグロテスクな姿で水面に浮かんでいた。

だが、気がかりな状況はありながらも、ルーシーにはその謎を解いている暇がなかった。

成果がないまま、時間だけがどんどん過ぎていく。どこかの時点でカードウェル邸にルーシーがいないことが発覚し、父は娘の行き先を察して連れ戻しに来るはずだ。

ルーシーは方向も道案内も気にせず、一人で出発することを考えそうになった。だが、いらだちは募っても、ルーシーは馬鹿ではない。郵便馬車の窓から見えた景色から、この荒野が広大で、草と岩がどこまでも続いていることはわかっていた。

それにまだ、自分を助けてくれそうな人を全員当たったわけではない。

乾物屋の看板が掛かった店に向かっていると、最後に読んだ日記の書き込みのことが思い出された。町の乾物屋のミスター・ジェーミソンがかつてE伯母に恋をしていたのなら、その姪《めい》の頼みを優しく聞いてくれるかもしれない。それに、もし彼が乗り気でないようなら、脅迫に使える材料が手元にあるのではないか？

それまでと同じように波止場の猫たちはルーシーのあとを、尻尾を宙に高く上げてついてきた。

「しっしっ」乾物屋の外でルーシーはつぶやき、両手をぱたぱた動かした。「ソーセージはもう持ってないわ」

猫たちは座り込んで、ルーシーに向かってみゃあと鳴き、その哀れな鳴き声にルーシーの心はほだされそうになった。ハーメルンの笛吹きを演出するなんて、何とずる賢い生き物か。こちらの弱点を利用しようと決意しているかのようだ。

ルーシーはため息をついた。「でも、このお店できいてみてもいいわよ」

ドアに吊《つる》された小さな鐘の音とともに、ルーシーは店内に入った。とたんに、甘草と体を洗っていない犬という、相容《あいい》れない匂いに襲われて驚いた。前者はカウンターの上の飴《あめ》が入った広口ガラス瓶、後者はドアの真ん前の日だまりに寝そべる大きな灰色の猟犬が発生源のようだ。時の経過を考えると、E伯母が日記で言及していたのと同じ犬ではないだろう。だが、ミスター・ジェーミソンが考えを改めたペットの飼い方はいまも続いているようだ。

ルーシーはしゃがみ、犬の耳裏をさすった。犬は熱く濡《ぬ》れた鼻を手に押しつけてきた。

「私はミス・Eじゃないわよ」ルーシーは笑った。「でも、あなたは日なたでこんなに気持ちよさそうにしているんだから、ミス・Eには大きな恩があるわよね」

犬の尻尾が床を打った。

ルーシーはほほ笑んで立ち上がり、カウンターのほうを向いた。そこは整然とした慎《つつ》ましい店で、ほとんど空の棚がその印象をいっそう強めていた。太った小柄な男性がカウンターの中からルーシーを見つめていて、彼の白髪交じりのひげは頬から妙な角度で生えていた。

「ミスター・ジェーミソンですか?」ルーシーはたずね、一歩近づいた。

「ほ、本当だったのか……」ミスター・ジェーミソンはつかえながら言った。「ミス・E

の――」

「姪です」ルーシーは断固として口を挟んだあと、さらに一歩近づいた。今日、あと一回でも〝幽霊〟という言葉を聞けば、誰かを絞め殺してしまいそうだ。「私の名前はミス・Lです」カウンターに両手を置く。「あなたのことは、どこでお会いしてもわかるでしょうね」

「どうやって……」ミスター・ジェーミソンは唾をのんだ。「その、どうやって私だとわかるんだ？」

ルーシーは唇を噛《か》んで笑いをこらえた。ミスター・ジェーミソンの真上の壁に売り物の長い縄が掛かっていて、ルーシーの視線はそこに釘《くぎ》づけになった。

ミスター・ジェーミソンは身をよじり始めた。「ミス・Eから私のことを何か聞いたんじゃないだろうね？」

パニックに近いミスター・ジェーミソンの表情を見て、ルーシーはかわいそうになり、彼に不都合な情報を利用することはできないと思った。この気弱そうな哀れな男性は、いまにも失禁してしまいそうに見えた。

ルーシーは曖昧に答えた。「ええ、まあ……」先ほど入ってきたドアのほうを指さす。「本当は、外の看板にあなたの名前が記されていたからわかったんです」

「ああ」ミスター・ジェーミソンはほっとした顔になり、背筋を伸ばした。「そうか」時代がかったスモックを、丸々とした体の上で引っ張った。「でも、ミス・Eのことを知っていたのなら、私があの人を慕っていたことも知っているだろうね」

ルーシーは口角を上げた。「ええ、もちろん。町の方は皆さん、伯母を高く買っていたように見えますから」

「町の人のほとんど、と言ったほうがいい。ここだけの話、教区牧師はミス・Eのこととなると、いつも少々頑固だったから。あの二人が何についてそんなに言い争っているのか、最後までわからなかったよ」

ルーシーはためらったが、ここには理由があって来たのだし、脅迫をするのはやめたとしても、頼み事をしないわけにはいかなかった。「伯母は私にヒースモア・コテージを遺《のこ》してくれました。お聞き及びかもしれませんが」ミスター・ジェーミソンがうなずくと、先を続けた。「それで、私は自分の地所を検分しなくてはならないんです。誰か、私を現地に案内してくれそうな方をご存じないですか？」

ミスター・ジェーミソンは頭を振った。「いちおう言っておくが、私はあそこに行ったことがない。ミス・Eはプライバシーを重視していると公言していて、求婚者たちが地所をうろつくことをいやがったんだ」

「まあ」ルーシーはにっこりした。「では、あなたは求婚者だったんですか？」

「いやいや」その指摘に、ミスター・ジェーミソンは警戒した顔つきになった。「頑張ってみたという程度だよ。私たちはみんな、多少はミス・Eに恋していたからね。でも、私はミス・Eに逆らうほど愚かではなかった。ヒースモアへの道順を知っている人は、この町にさほど多くはないはずだ」

ルーシーはうなり声を押し殺した。伯母を慕っていて、かつ自分をコテージに案内してくれる人を見つけるのは、非常に難しいのだとわかり始めていた。

「でも、あなたがあそこに行ったことがないのであれば、伯母はどうやって食料品などを手に入れていたんですか？」

「配達をしてくれる男がいたんだが、去年マーストンに引っ越したんだ。荷物を持ってあそこにたどり着ける人はそういない。ああ、本当にひどい道なんだ。傾斜がきつくて、岩だらけだ。危険でもある」

ルーシーは顔をしかめた。その道はあまり有望には思えない。「でも……そんなにひどい道なら、そもそもどうやって家を建てたんですか？」ルーシーは追及した。

「大昔は町に続く道があったんだ。でも、ミス・Eが住むようになってからは、草なんかが伸びっぱなしのまま放置されていた。あの人は馬を持たず、町には歩いてくることを好んだ。かわいそうな動物に馬具をつけて、自分たちの利益のために労働を強いることには反対だとか言っていたな」その記憶に、ミスター・ジェーミソンの頬ひげがぴくりと動いた。「そうだ、タナー兄弟に頼めばいい。あの子たちなら道順を知っているし、もうすぐここに来るはずだ」自分の思いつきにはっとしたように、カウンターの飴の瓶に手を入れて一つ取りだした。「ほら、あの子たちが来る前に一つ取っておいたほうがいい」

ミスター・ジェーミソンはある程度E伯母と親しかったにもかかわらず、自宅への道順さえ知らないことがいまだ理解しきれず、ルーシーは彼の手のひらを見つめた。「私が甘草が好きって、どうしてご存じなんです？」

「知らなかったよ」ミスター・ジェーミソンはおどおどした表情になった。「ミス・Eはよくこれを食べていたし、あなたはあの人によく似ている。私はミス・Eのために在庫を切らさないようにしていたんだ」

「ご親切にありがとう、でもいただけないわ」ルーシーは言い、手元に残された貴重な金貨のことを思った。「私、お金を節約しないといけないので」

「いや、これはすでに買ってあって、お金も払ってある。ミス・Eが数カ月ごとにロンドンから取り寄せていたんだが、一度にたくさん食べてしまわないよう、ここに置いていたんだ。これはあの人の最後の注文の残りだよ」

「そうだったの」ルーシーは気持ちがほぐれ、にっこりした。「それでは、一つだけいただこうかしら」飴を一つ受け取り、舌の上に置いて、それが甘く溶ける快さにため息をついた。

ミスター・ジェーミソンはくすくす笑った。「ミス・Eも甘いものに目がなかった。いつもタナー兄弟に、学校が終わってから褒美として一つずつあげていたんだ。この注文分が全部なくなってしまったら残念だな」懐中時計を確かめる。「そろそろあの子たちが来るころだ。一日の中でいちばん好きな時間だよ。厄介ないたずらっ子たちだが、愛嬌《あいきょう》もあって、私たちの助けを必要としている」エプロンのポケットに懐中時計をしまい、飴の瓶にふたをした。「あなたが町に来ているのは聞いていたが、そのドアを入ってくる姿を自分の目で見たときは信じられなかった。もしや、伯母さんの嗅ぎ煙草《たばこ》を取りに来てくれたのかい？」

ルーシーの喉に飴がつまりそうになった。「何ですって？」

ミスター・ジェーミソンはカウンターの向こうで身を屈《かが》め、小さなブリキ缶を手に体を起こした。「ミス・Eは毎月ロンドンから嗅ぎ煙草を取り寄せていたんだ。マーストンから買うのはいやだと言っていた。あの町をひどく嫌っていてね」思い出すように頭を振る。「マーストンはリザード・ベイの経済を破壊していると言っていた」ブリキ缶をカウンターに置き、悲しげに目をやった。「最後の注文分は取りに来られなかったんだ」

ルーシーは嗅ぎ煙草のブリキ缶を興味深く見つめた。「私、嗅ぎ煙草を吸う習慣はなくて」

「そうか」ミスター・ジェーミソンは顔をしかめた。「じゃあ、これをどうすればいいのかわからないな。これに五シリング出せる人はこの町にはいない。ブランストン卿《きょう》は別だが、あの人はミス・Eに隠れ家の酒を全部捨てられ、品行方正な生活を迫られて以来、しらふを貫いているし」

「ブランストン卿が？　しらふを？」あの日列車でブランストン卿がブランデーの匂いをさせていたことを思い出した。自分がこっそりと物欲しげに彼の匂いを嗅いだことは忘れたいのに、ことあるごとに思い出してしまう。あの忌ま忌ましい男性が脳内に焼きついているかのようだ。「冗談でしょう」

だが、ミスター・ジェーミソンは大まじめな顔で頭を振った。「酒は飲まない。煙草もやらない。この二年はそうだ」その顔は寂しげだった。「このままではうちは破産してしまう」

ルーシーは再び、ハンドバッグに入っている貴重な金貨のことを思った。全財産がこれしかないのだから、使うべきではない。だが、ミスター・ジェーミソンが自分のせいで財政難に陥ることを思うと、耐えられなかった。それに、このまま外に出て、期待している猫科の友人たちと手ぶらで顔を合わせることも考えられなかった。その場合、獣たちはミセス・ウィルキンズの家までついてくるだろうし、そうなれば夕食を分け与えるしかなくなる。

ルーシーはバッグに手を入れ、貴重な金貨を一枚取りだしてカウンターに置いた。「この一回だけ、嗅ぎ煙草に挑戦しようかしら。あと、軟膏《なんこう》はありますか？」ジェフリーとそのいたずらを呪いながら、首を掻《か》く。「それから、波止場の猫たちにお魚を少し買いたいです」

ミスター・ジェーミソンはブリキ缶を茶色の紙で包み始めた。「軟膏は置いてないんだ。その種の品はマーストンに注文しなくちゃいけないし、ここまで来るのに二、三日はかかる。それから、ここでは何カ月も漁は行われていないよ」

「リザード・ベイは漁業の町のはずでは？」

ミスター・ジェーミソンは頭を振った。「魚はすべて沿岸を北上していったか、死んでしまったかなんだ」

ルーシーはその謎を解こうとした。何世代にもわたって続いてきた漁村から、突然魚がいなくなるとはどういうことだろう？　ミスター・ジェーミソンの生計は町の住民にかかっているが、住民の生計は漁業にかかっている。ルーシーは空の棚をさっきまでとは違う目で見た。誰にもそれを買うお金がないなら、棚に商品を並べる意味はない。

「でも……じゃあ、町の人は代わりに何をしているんですか？」

「もっとチャンスのある場所を求めて、出ていってしまった者もいる。マーストンに行った者だっているよ。ミス・Eはそのことに激怒していたものだ」ミスター・ジェーミソンはカウンターに身を乗りだし、噂話《うわさばなし》を伝えたくてたまらないのか、ルーシーを近くに招き寄せた。「ミス・Eは問題が生じれば、それを解決すると決めていた。壮大な計画があって、リザード・ベイの将来の最終決定権をマーストンには渡さないつもりだった。いつまでも漁業と自分に頼っていてはいけないと、私たちに言っていたよ」暗い表情になる。「どちらの面でも、あの人の言うとおりになってしまった」

店のドアの鐘が鳴った。だがルーシーは、タナー兄弟の元気いっぱいの声を聞く前から、背骨に隠しようのない震えが快く駆け上がるのを感じていた。トーマスはまだ一言も発していないのに、らっぱでその到着を知らされたかのように、すでに彼の存在が感じられた。トーマスとはいっさいかかわらないようにしようという決意とは裏腹に、以前にも増して彼を意識するようになっているのでは……？

ルーシーは心臓をどきどきさせながら、振り向いて一行と顔を合わせた。

だが、目の前にいるのは本当に同じ男性なのだろうか？

ロンドンにいるとき、トーマスはハンサムな顔以外に目立つ点はなかった。ロンドンの紳士には必須のチェックのウールズボンと、絹のベストを身につけていた。だが、ここリザード・ベイでは、彼はその皮を脱ぎ捨てたようだった。今日はくつろぎ、ほほ笑んでいて、ゆったりしたフロックコートとフランネルの茶色のズボンという服装は、庶民的すぎるという点だけが不自然だった。襟は見当たらず、ネクタイの代わりに古いスカーフを首に巻いている。

これほど……質実剛健に見える紳士に会ったことがあるだろうか？

トーマスは後ろに控えたまま、教科書やランチボックスを手にぶら下げた少年たちを前に押しだした。兄弟はカウンターに集まり、飴の広口瓶をつかんだ。

「気をつけてよ、チャールズ！」

「僕にも残すんだ、イーサン！」

少年たちが自分の取り分をめぐって争う中、ルーシーはトーマスを観察した。トーマスの姿を見るといつもそうなるように、心臓が胸の中でぐらつく。トーマスはロンドンにいたときだけでなく、リザード・ベイへの長旅の間よりも気楽そうに見えた。秘密がいっぱいにつまっているかのような古い革のかばんを肩に掛け、あごは剃《そ》っていないように見えた。その黒っぽい無精ひげに指を走らせたらどんな感触だろう？　だが、そんなむこうみずな行動にはいっさい手を出すつもりはなかった。

ルーシーはトーマスに――そのくつろいだ、気楽そうな外見に腹を立てようとした。何といっても、この人は侯爵なのだ。近侍に世話を焼かせなくていいのだろうか？

帽子をかぶらなくていいの？

赤褐色の髪はひどく乱れ、一日じゅう屋外で過ごしてきたかのようだ。そこまで考え、ルーシーははっとした。町の中でトーマスの姿は見ていない。もちろん、断じて、彼を捜していたわけではない。だが、リザード・ベイに街路が一本しかないことを思うと、トーマスが一日をどこで過ごしていたら、これほど楽しげな顔になるのか考えずにいられなかった。

少年たちは頬を飴でふくらませると、カウンターから離れ始めた。モーゼの紅海のように二手に分かれたあと、ルーシーのまわりに集まってくる。

「ミス・Eの幽霊だ！」昨日ルーシーのポケットから金貨を抜いた少年が嬉《うれ》しそうに叫んだ。

末っ子のダニーが、兄を肘で小突いた。「イーサン、この人をそんなふうにはやし立てちゃだめだって、ブランストン卿に言われただろう」飴をなめながら、頬をへこませてルーシーを見上げた。「それに」知ったふうな口を利く。「ミス・Eの幽霊は町には住んでない。ヒースモアに住んでるんだ」そこでくすくす笑った。「僕以外はそれを確かめる勇気がないけどね」

ルーシーはトーマスに向かって、問いかけるように眉を上げた。トーマスは見つめ返してきた。ルーシーはまたもあの震えを感じたが、それは彼が極めて不適切なまなざしを自分に向けてきたからであり、それ以外の理由は少しもなかった。

ルーシーはわざと口元を歪《ゆが》めてみせた。「ブランストン卿、あなた、また幽霊話を言いふらしているの？」

「なぜ僕がそんなことをしなきゃいけないのかわからない」トーマスは肩をすくめた。

「町の人は、信じたいことを信じるんだ」

「あらそう」ルーシーは背後に手を伸ばし、紙に包まれた嗅ぎ煙草のブリキ缶を取った。手の中でその重みを確かめる。この男性のうぬぼれた笑みをへこませるには、何かもっと硬いものが必要だ。若者にはいいお手本を見せなくてはならない。とはいえ、自分にはそんなことができないのもよくわかっていた。

そこで、ブリキ缶をトーマスの顔に投げつける代わりにハンドバッグに入れ、金貨の最後の一枚を取りだした。それを掲げ、少年たちを誘うようにきらめかせる。「ブランストン卿にどんなでたらめを吹き込まれたかは知らないけれど、ミス・Eは幽霊になったりしないわ。さあ、あなたたちの誰がお小遣いを稼ぐのかしら？　私、ヒースモア・コテージへの案内役を探しているの」

ルーシーは粘り強い――これだけは確かだ。それに、ルーシーが地元の世論を変えようとする姿を見るのは、楽しい経験でもあった。ミス・Eなら姪のことも、彼女がしようとしていることも誇りに思う気がした。あの老いた独身主義者は、あらゆる形の粘り強さと気骨を賞賛する女性だった。

だが、粘り強さだけでは、ルーシー・ウェストモアがヒースモア・コテージにたどり着くことはできない。

それに、ルーシーがこちらの協力の申し出を断り続けるなら、その気骨のせいでどんなみじめな思いをしても仕方がないだろう。

トーマスは少年たちがどんな行動に出るのかと思い、彼らを見ていた。四人の中で一人だけ、先日手紙を届けに来た勇気があったことを考えると、最有力候補はダニーだった。だが、ダニーは自分の靴を見下ろし、苦しげとも呼べる様子ですり足をしていた。正規の手段で一ポンドが稼げるなどめったにない贅沢《ぜいたく》だが、これほど困窮している少年も恐怖の前では足がすくむようだった。

兄弟の誰かがその役を引き受けるなら、トーマスは自分も行くしかないと思っていた。もちろん、少年たちは道順を知っているが、あの道は重いスカートで進むには複雑な構造すぎる。しかも、ルーシーのスカートは仰々しい釣り鐘型のもので、石ほどの重さがありそうなクリノリンが下から押し込まれている。岩だの何だのを乗り越える際、あの長く美しい首を折らずにいるための助けが必要なのは間違いなかった。

それに、あの手が自分の手の中にすべり込むのも……悪くない。

だが、そのように大それた、妄想じみた考えは実現しないらしい。まるで一つの生物体であるかのように、少年たちは同じ結論に達し、幽霊だの何だのぺちゃくちゃ言いながらドアから逃げていった。

「残念だったね」トーマスは話しかけ、頭を振った。

「本当にそう思っているのかしら」ルーシーは金貨をハンドバッグに戻した。「ブランストン卿、あなたがいると物事は最悪の方向に向かうようだし、それこそがあなたの狙いみたい」そう言い添えたあと、カウンターを振り返り、乾物屋に薄くほほ笑んでみせた。

「ミスター・ジェーミソン、いろいろありがとうございました。お話しできてよかったです」

「どういたしまして、ミス・L。ヒースモアに案内してくれる人が見つかるといいね」トーマスのほうをちらりと見て、困惑したように眉を下げた。「ええと……その……ブランストン卿にはもう頼んでみたのかい？　この人は道順をよく知っているよ」

「いいえ、それはけっこうです」ルーシーは高飛車に鼻を鳴らした。「私はほかの誰か、案内と引き換えに何かを期待しない人にお願いしたいんです」片手でスカートをまとめて持ち、トーマスを押しのけて猟犬をまたぐと、彼女は甘草の匂いを残して出ていった。

ミスター・ジェーミソンはトーマスにウインクした。「喋《しゃべ》り方がミス・Eにそっくりだね？」

トーマスは困ったように肩をすくめてみせ、頭を振った。「僕に言わせれば、もっと気が強い気がします」

「ミス・Eよりも気が強い？」ミスター・ジェーミソンはあごを掻いた。「何と恐ろしい」

ルーシーが行ってしまう前にせめて一言説明を、必要なら謝罪もしたかったため、トーマスはポケットに両手を突っ込み、彼女を追って外に出た。三百メートルほど先に、店から離れていくルーシーの姿が見えた。背中をこわばらせ、すり寄ってくる波止場の猫たちを二匹またいだところだ。

「あの子たちのことは本当に申し訳ない」トーマスは大声で言った。ルーシー目がけて進み、やがて彼女が立ち止まるのが見えるとほっとした。「断るならもっと礼儀正しくするべきだった。まだ礼儀が身についていないんだ。ミス・Eはあの子たちに礼儀作法を教える計画を立てていたよ」

ルーシーは振り返り、トーマスと向かい合った。「最初からあのような考えに毒されていなければ、断らなかったでしょうね」片手を上げ、ボンネットの先に日よけを作って、町の行き止まりを示す崖の縁を見つめた。「そこから利益を得るあなたのことは信用できないわ」

利益？　ルーシーはいったい何の話をしているんだ？　それに、崖の端を見る彼女のまなざしに、トーマスは胸騒ぎを感じた。いまのところ、ルーシーは町に留《とど》まったままヒースモアへの道順を突き止めようとしていて、それは町の上端の崖に待ち受ける危険を認知できる程度には賢明であることの証《あかし》だ。きっと、自分一人で突き進むことはしないはずだ。

しかしそれを言うなら、コーンウォールには自分一人で突き進んできたのでは……？

「教えてくれ、ミス・ウェストモア」トーマスはゆっくり言った。「君は僕が何をしたと思っているんだ？」

「幼い、影響されやすい少年たちに幽霊話を吹き込むより、侯爵にはもっと有意義な時間の使い方があるはずだと、誰でも思うはずよ」

「僕はあの子たちにそんな話はいっさいしていない。むしろ、そんな話を広めるのはやめるよう言っているんだ。それに、僕はここではそんなふうには思われていない」トーマスはためらった。「君もやめてほしい。リザード・ベイでは、僕はブランストン侯爵ではない。単なる一人の男だ」そう言って、前に進みでた。

そして、ルーシーは単なる一人の女性。

もっと言えば、こちらに憤慨しているときでさえ、血の流れをかき乱す女性だ。

「侯爵ではない？」ルーシーはトーマスを嘲りながらも、上方の崖に視線を走らせ続けた。「爵位を引きだしに突っ込んで、忘れてしまえるとでも？　あなたならその馬鹿げた芝居ができるのかもしれないけれど、私には無理。あなたのことが少しも理解できないわ」ルーシーは手を下ろし、トーマスに軽蔑のまなざしを向けた。「あなたは町の外れに大きな領主邸を持っているのに、私の小さな家を買うと決めているようね。そのためなら、卑劣な手段を使うことも厭《いと》わない。そもそも、なぜリザード・ベイのような小さな町に隠れているの？　馬鹿みたいな貴族院に議席があって、それを有効に活用できるんじゃないの？」

「隠れてなどいない」トーマスは困惑に襲われながらも、ルーシーの言葉遣いに口角が上がった。彼女はそれを自分の前だからこそ言ったのか、それともバターのように自然に舌から流れだしたのか？「ただ、ロンドンがあまり好きではないだけだ」トーマスは認めた。忘れたい記憶が多すぎるのだ。

そして、トーマスがでっち上げたとルーシーが責めている、幽霊が多すぎるのだ。

「ふうん、私は役立たずの紳士は嫌い。特に、漁村に隠れることで、持っているはずの政治的影響力を無駄遣いするような紳士は」

「僕に政治的影響力はない」

「そう？　自分の考え方がかなり先進的であることには気づいているんでしょう？」トーマスの驚いた表情を見て、ルーシーはいらだたしげにため息をつき、両手を上げた。「あなたにはちゃんと、自分なりの政治観があるじゃない」

トーマスは目をしばたたいた。「ええと……それは……あまり考えたことはなかったな」

なぜなら、成人してからは酒に溺れているか、売春宿で遊んでいるか、あるいは……。

くそっ……コーンウォールに隠れているかだったからだ。

ルーシーは呆《あき》れたように目を動かした。「ブランストン卿、あなたは本気で、植物学の研究が自分の地位の責任を負うことのまともな準備になると思っていたの？」

おそらくルーシーの意図どおり、その言葉はトーマスに突き刺さった。トーマスの選択が身勝手なものだったと非難しているも同然で、問題の一部は、たぶんそれが事実であることだった。そして、自分の不在が妹に与える影響を考えなかったことは、間違いなく身勝手だった。その後大学を卒業してからの数年間、酩酊《めいてい》のもやに包まれた状態でロンドンの社交界を浮遊しているときは、国王からの召喚に一度も応じず、人生にほかに成すべきことがあるのではないかと立ち止まって考えることもしなかった。それは、その地位に求められることをきちんと認識できないまま、若くして両親を失ったせいなのか？

それとも、自分の人生を台なしにしたのと同じように、その地位も台なしにすることが目に見えて、それに気づくことを拒否したせい？

トーマスは咳払《せきばら》いをした。「僕は……ええと……十一歳のときに両親が亡くなったんだ。そのときは父の地位を継げる年齢になっていなくて、その後成人してからも、自分が継ぐことに実感がなかったんじゃないかと思う」

その言葉はいままで何度も自分に言い聞かせてきたことで、もはや事実かどうかもわからなくなっていた。だが、それはいかにも事実らしく聞こえた。

そして、失敗は認めるに越したことはない。

「ご両親のことはお気の毒に」ルーシーは言ったが、その声は気の毒がっているようには聞こえなかった。むしろ、目はトーマスに向かってぎらつき、日光の下ではほとんど銀色に見えた。「でも、アバディーン卿が首相になったいま、ロンドンでは実にさまざまなことが起こっているわ。もし、あなたが貴族院の自分の議席に着いて、その優れた直感をもっと大きな目的のために役立てれば、たった四人だけでなく、何千人もの孤児の生活に影響を与えられるかもしれない。それ以上のことだってできるかもしれないわ。例えば、女性の生活の向上とか。法律を改正して、女性が結婚後も財産を保持できるようにするとか、暴力夫と別れるしかなくなったあとも子供を手元に置けるようにするとか」

　トーマスはすっかり途方に暮れ、ルーシーを見つめた。僕の直感が優れているって？　しかも、いつのまに僕の話になったんだ？

　ルーシーは見つめ返してきた。「でも、だめね、あなたはそうした問題に取り組むには自分のことが大事すぎるみたい。ここに隠れて、一人の少年が学校をさぼらないようにするほうが満足できるんでしょう」視線をそらし、手袋の端を引っ張って、いかにもこれで話は終わりだという仕草をした。「さてと、ブランストン卿、私にはだらだらお喋りしている時間はないので、これで失礼するわね。コテージを捜さなくてはならないので」

　トーマスはルーシーの前に回り込んだ。まったく、なぜこの人は僕の卑怯《ひきよう》な心を見通し、僕を苦しめる方法を知っているんだ？　トーマスが自らに課した隠遁《いんとん》生活の中に――ロンドンでの生活に戻ることを考えたときに襲ってくるパニックの中に、多少の罪悪感が隠されているとすれば、ルーシーはそれを確実に見抜いたのだ。この三年間のトーマスの選択は、よく言って臆病、悪く言えば身勝手だった。

いままで誰にも、あの遠慮のないミス・Eにさえ、それを指摘されたことはなかった。

「いま話しているのは、貴族院に僕が作っている空席についてではない」トーマスは思考を要点に戻そうと、頭を振った。「ヒースモアにたどり着くことへの君の決意についてだ。なぜ、この埃《ほこり》っぽい道をうろうろして、会う人会う人に協力を求めることで時間を無駄にしているんだ？　何度も申し出ているじゃないか、僕は喜んで君を地所に案内する気でいるんだ」

「私も何度も言っているでしょう、あなた以外の人に協力してもらうほうがいいの。さもなくば、私が自力で見つけるまでよ」

トーマスの体が命じる、その行為が間違っているのはわかっていた。ここでルーシーと立ち話をしていることさえ間違っているのだから、彼女に触れるなどもってのほかだった。最後にルーシーに触れたときはキスをしてしまい、それがいまの惨状を引き起こした。だが、トーマスの手はそれ自体が意志と想像力を持っているかのように、勝手に伸びてルーシーの腕をつかんだ。ルーシーの背筋はこわばり、硬いままだったが、肌は……記憶どおり柔らかかった。ソールズベリーの宿でルーシーが親指を火傷《やけど》し、自分がその指を握ったとき、それがいかにしなやかに感じられたかが思い出された。その願いがどれだけ危険なものであろうと、トーマスはあの場所に戻りたくてたまらなかった。

「約束してくれ」トーマスは声を和らげて言った。「案内をつけずに現地に向かおうとはしないって」

「本人の許可なく女性に触れるという習慣をあなたは続けているのね」ルーシーは言ったが、トーマスの手を振り払おうとはしなかった。

「実は、これはまったくもって初めての現象で、君がいるときにしか起こらないようなんだ」トーマスはルーシーが自分にぶつかるまで腕を引っ張り、いまや二人ともが呼吸を荒くしていた。「ルーシー、約束してくれ。崖は危険だ。簡単に死んでしまう」

ルーシーの下唇が歯の間に入り込み、トーマスは息をのんだ。「私があなたに何かを約束する義務はないわ、ブランストン卿」ためらってから言う。「安心して。わざと死にに行くようなことはしないから」唇が引き結ばれた。「そうなれば、あなたは楽々とヒースモアを手に入れることになるもの」

トーマスはルーシーが何か無謀なことをしてうっかり死んでしまわない保証はないと指摘したかったが、なぜか思い止《とど》まった。ルーシーの肌をつかんでいる部分でエネルギーが低く脈打っているのが感じられる。ルーシーは自力で現地に向かおうとはしないかもしれないが、何かをしようとはしている。それは確かだった。

トーマスはたずねた。「どうして君はこのことについてこれほど頑固なんだい？」

「あなたこそ、どうしてそんなにしつこいの？」

ルーシーは言い返してきたが、彼女が自分の手の中から抜けだそうとはしていないことに気づかずにはいられなかった。それどころか、ルーシーの背筋からわずかに力が抜けていくのが感じられる。溶けていくようなその反応に、二人の間のこの奇妙な、電流のような吸引力をルーシーも感じているのがわかった。

「あなたはヒースモアに関する真実の一部を伏せておくつもりだとしか思えないわ」

「僕は嘘は言っていない」そうは言ったが、良心がちくりと痛み、真実の省略と嘘は程度が違うだけでどちらも同種の罪と見なされることが思い出された。トーマスが見つめている形のよい大きめの口は、毒舌な独身主義者についているにもかかわらず、理屈を越えてトーマスを誘惑した。ルーシーからは甘草と日だまりの匂いがしていて、彼女の味も同じなのか知りたくなった。トーマスは唇をなめた。「ルーシー、僕を信じてくれ。君に嘘をつくつもりはないんだ」

ルーシーは腕を引き、トーマスの手から抜け出した。「あなたのことは信じられないわ。私が呼んでと言った名前で呼ぶことさえしてくれないのに」しっかりと一歩後ずさりし、トーマスから離れる。「私の名前はミス・Lよ。ミス・ウェストモアでもないし、もちろんルーシーでもない。それに、私のような女性は慎重になるに越したことはないの」

「〝私のような女性〟とはどういう意味だ？」トーマスはたずねた。

「あなたが私をどう見ているかはわかっているわ。みんなが私をどう見ているかは。いい鴨《かも》よ。ハンサムな紳士に少しでも気にかけてもらえれば、ありがたがるしかない女性」

ルーシーの告白に驚きと、それ以上に困惑を感じ、トーマスは頭を振った。「僕は君のことをそんなふうには見ていない。少しもだ」

むしろ、正反対だ。自分から見たルーシーは自分の足ですっくと立っている。そういったことをありがたがりはしないと、固く決意している。

そして、辛辣なところがあるにもかかわらず、どこまでも女性として魅力的だ。

「ミス・L」トーマスはその呼び名をしっかり強調して言った。「君は〝鴨〟とは最もかけ離れた存在だ。求愛者が矢を放てば、きっとその矢を正反対に退けるだろう。君は自分のためを思ってくれている人さえ遠ざけるようなところがある。ときには他人を信用してみてもいいと思う」

トーマスは、ミス・Eが助けてくれたときのことを思い出し、言葉を切った。自分も最初は協力の申し出を拒んでいた。禁酒を受け入れるための一押しが必要で、ミス・Eはそれを、ちょっとした脅迫という形で喜んで提供してくれた。

「君もそのうちわかる」トーマスは悲しげに言った。「人生はときに、外からの助けを必要とするものだと。それに、僕やほかの誰かが君をどう見ようとも、結局は君が自分をどう見るかが大事なんだと思う」

ルーシーは両手を上げ、ハンドバッグが片方の手首で荒々しく揺れた。「私は自分をどう見るのが正解なの？　鏡をのぞくと、その運命に幸せを感じるのが当然だとされている誰かが――性別で外れくじを引いても不満を言わないのが当然だとされている誰かが見える。社交シーズンというくだらない見せ物に胸躍らせるのが当然の誰か、赤の他人に喜んで持参金を差しだすのが当然の誰かが見える。自分の考えや生きる道を変え、男性に求められるとおりの存在になることが期待されている誰かが見えるの」腕を下ろし、深く息を吸って、うつむきながら息を吐いた。「きっと、それが正解なんでしょう。でも、ブランストン卿、それは私ではないの。私は絶対にそんな女性にはならない」

トーマスはルーシーを見つめ、娘は来《きた》る社交シーズンを楽しみにしているとカードウェル卿が言い張っていたことを思い出した。

あの男は、自分の姉のことをよく知らなかった。どうやら、娘のことも知らないようだ。「ミス・L」トーマスは穏やかに言った。「男性の誰もが、自分のために変わってくれることを女性に望んでいるわけじゃない。そのことでは、僕を信用してくれてかまわない」

ルーシーは笑ったが、その声は悲しげだった。「わからない？」頭を振る。「それこそ、信用できない男性が言いそうなこと。だからブランストン卿、余計なことは言わないで」深く息を吸う。「私も無駄話はやめるから」

イーディス・ルシール・ウェストモアの日記より
一八二〇年七月十五日

〈結婚にまつわるこのような話はいずれ静まることを期待していた。何しろ、いくらウェルズベリー師が説教壇から激しい異議を唱えようとも、私は独身を貫くことを自分で選んだのだから。

だが、ミスター・ジェーミソンの希望を抑え込むことに成功したあとは、ミスター・ベントリーが独自の求愛を始めたようだった。

それは薔薇《ばら》から始まった。その忌ま忌ましい存在は毎朝ヒースモア・コテージの階段の上に、切りたての状態で置かれるようになった。私が薔薇が大嫌いなことはこの際関係ない。この町で家に薔薇の茂みがある男性は一人しかいないし、ミスター・ベントリーは相手が違えばいい夫になるかもしれないが、私は毎週日曜に彼に会うことを思っても胸が高鳴らないし、ペチコートの裾の赤いリボンを見せたい気にもならない。礼拝のあと、私たちはあくまで友達だと言うためにミスター・ベントリーを脇に引っ張っていくと、ウェルズベリー師は私たちに向かってひどいしかめっつらを作り、私がリザード・ベイの郵便局長に毒を盛ろうとしているとでも思っているかのようだった。

それどころか、彼を誘惑しようとしていると。

私にはミスター・ベントリーを誘惑する気はこれっぽっちもない。むしろ、正反対だ。それとなく言ってもミスター・ベントリーは理解してくれなかったので、私はロンドンから爆竹を取り寄せるという手段をとらなくてはならなかった。そして、ある晩待ち伏せし、ミスター・ベントリーが岩の間から忍び込んでくるのを見ると、導火線に点火して両耳に指を突っ込んだ。あのかわいらしくも哀れな男性は、赤ん坊のように泣き叫んだ。あれ以来、ミスター・ベントリーは耳の具合が少々悪くなり、そのことは私も残念だが、これで私たちの関係がどうあるべきかは理解してもらえたと思う。

ありがたいことに、ようやく薔薇の供給は止まった。

あとは、ウェルズベリー師のしかめっつらさえ止まってくれれば……〉

13

金曜の朝、ルーシーは早起きし、太陽が窓のレースカーテンの隙間からもれ入ってくるよりも先に、急いで朝の身支度を終わらせた。またもくたびれた金色の散歩用ドレスを着てボタンを留めながら、スカートの裾が土埃《つちぼこり》まみれになっていることにたじろぐ。このまま滞在するなら、何とかして洗濯しなくてはならない。

だが、どこから始めればいいのか見当もつかなかった。

そこで、しわしわのドレスで階段を勢いよく下り、通り道に猫とヘアピンをばらまいた。自分がこんなに早く起きた動機について考えることは拒否した。

ここはコーンウォールだ。田舎の時間に合わせるまでのこと。

それに、今日任務を成功させることの重要性を思えば、早めに取りかかったほうがいいのは確かだ。

父がいつ現れてもおかしくないのだから、無駄にできる時間はない。いまのところめざましい自制心を発揮し、協力者が見つかるのを待ってきた。今日こそ、この町でヒースモアへの道順を教えてくれる誰かを見つけよう。その誰かというのはもちろん、トーマスではない誰かだ。

だがそれは、一日を始める前に、トーマスの姿をちらりと見て喜んではいけないという意味ではない。

ルーシーはトーマスに惹《ひ》かれるこの奇妙な気持ちをよく理解できずにいた。トーマスのことは嫌っているはずだ。多かれ少なかれ、本人にも嫌いだと言ってきた。なのに、夜明けとともに——必要以上に早い時間に起きたのは、単純に彼の姿を一目見たいからだった。

ルーシーは朝食の混沌《こんとん》の中に、少年と猫が交じり合って卵とバタートーストをむさぼる場に転がり込んだ。

ミセス・ウィルキンズは忙しい羊飼いのようにばたばたと動き回っていたが、ルーシーを見ると顔を輝かせた。「まあ、今日は早起きね」椅子を一脚引きだす。「ここに座って、この子たちをもてなしてあげて。いまダニーが学校をさぼると言っていて、それがよくない理由をブランストン卿《きょう》が説明していたところなの」

トーマスが長いテーブルの反対端に座っているのを見て、ルーシーは息が止まった。昨日と同じく、彼は少しも紳士には見えない。フロックコートと襟のないシャツを着ていて、侯爵というより農民に見える。糊《のり》の利いた襟とネクタイを欠いた姿で朝食の席に着いているところを見られてもかまわない人が、ロンドンにいるだろうか？

そんな人に、これほど早起きしてまで私は会いたいの？

ルーシーは脈のリズムを多少力強い程度に落ち着かせようとしながら、ミセス・ウィルキンズが出してくれた椅子に座った。「学校をさぼりたいの？」鮮やかな赤毛を目の上に垂らし、自分の皿を見下ろしているダニーに笑いかける。いずれ高等教育を受けられる資格を得るチャンスのために、勉強するようトーマスがダニーを説得していることが思い出された。「ブランストン卿は何て？」

ダニーは渋い表情になった。「もっと数字に強くならなきゃいけないって」

ルーシーが笑ったとき、ミセス・ウィルキンズが片手でルーシーの前に皿を置き、反対側の手で猫を抱き上げた。「あなたのように野心的な若者が、早くから数理科学を学んでおくことには得しかないと思うの。盗みもけっこうだけど、戦利品を数えられなければ、その技術が何の役に立つの？」

「あなたのお金を盗んだのは僕じゃない、イーサンだよ」ダニーは口を尖《とが》らせた。「でも、ブランストン卿も同じことを言ってた」

「本当に？」今朝、ばったり会うことへの期待だけで自分をこれほど朝早くベッドから引きずりだした男性を、ルーシーは再び物欲しげにちらりと見た。トーマスは挨拶代わりに片眉を上げてみせた。「まあ、ブランストン卿は学のある人だもの」ルーシーの頬が熱くなる。「学校で植物学を学んでいたし、それは実用的な技能よ。どんな植物でも、有毒植物だって名前を言えるんだから。そういう人の話に、ほかの人は耳を傾けるものよ」

トーマスの笑みはカップの縁越しにゆっくりと、確かに広がった。「それは、君も僕の話に耳を傾けてくれるということかな？」長いテーブル越しに問いかける。

ルーシーは頭を振った。「私はすでに数字には強いのよ、ブランストン卿。あてにしないでちょうだい」

「ああ、あてにはしない」トーマスは目尻にしわを寄せ、それを見たルーシーはあらゆる愚行を働きそうになった。「僕は無謀な賭をするタイプではないからね、ミス・L」

ダニーは椅子の上で身をよじった。「僕は算数が嫌いなんだ。荒れ地を散歩するほうがずっといい。でも、ブランストン卿は今日は連れていってくれないって言うんだ」顔をしかめる。「僕の居場所は教室で、教室なら植物学よりも役に立つことが学べるからって」

ルーシーはトーマスを興味深げに見た。荒れ地の散歩という言葉が妙に引っかかる。昨日よりなぜか薄くなっている革の肩掛けかばんが、トーマスの椅子の背に掛けられて待機していた。昨日トーマスと偶然会ったとき、髪がやたら乱れていて、風に吹かれていたことがうかがえ、彼は日中をどこで過ごしたのかと不思議に思ったことを思い出した。

トーマスは何を企《たくら》んでいるの？　そして、それはヒースモアとどう関係しているのだろうか？

トーマスはルーシーの思考を読んだかのようにカップを置いて立ち上がり、肩掛けかばんの紐《ひも》を広い肩の片側に掛けた。「みんな、そろそろ行こう。遅刻はまずい」

少年たちは残った朝食をかき込み始め、やがてミセス・ウィルキンズが渡してくれたランチボックスを手にした。ダニーが立ち上がり、自分の運命に向かって歩み始めると、ルーシーは手招きして彼を呼び寄せ、色褪《いろあ》せた上着のボタンを留めてやり、それが終わると彼のあごをぽんとたたいた。「ねえ、秘密を聞いてもらっていい?」

ダニーはむっつりとうなずいた。

ルーシーはダニーの耳元に身を乗りだした。「私の弟も算数が大嫌いで、しかもいずれ子爵になるの。だから、あなたたちは気が合うでしょうね」

ダニーはトーマスに向かって人差指を突き立てた。「でも、ブランストン卿は侯爵だ。侯爵の言うことは聞かなきゃいけない。みんなそう言ってるよ」

ルーシーはテーブルの先を見て、あの男性がこれほど快くこちらの胃を攪乱《かくらん》しなければいいのにと思った。協力の申し出に裏の動機がないと思えるほど、彼を信用できればいいのにと。

「でも、私はあの人の言うことを聞く必要はないわ」ダニーに言う。「それに、あなたもいったん数字に強くなれば、やっぱり聞く必要はないのよ」

少年たちとその指導者の一団が一日を始めるためにぞろぞろ出ていくと、ミセス・ウィルキンズが空の食器を回収しようと近づいてきた。「ねえ、さっきの会話はいったい何なの？」いつもの穏やかな口調でたしなめる。「あなたはブランストン卿のことを嫌っているように聞こえたわ。どうしてそんなふうに思うの？　あの人の魅力は、ミス・Eの錆《さ》びついていた鉄の意志を蘇《よみがえ》らせたほどなのよ。伯母さまはブランストン卿の面倒を見ていたの」

ルーシーは肩をすくめ、フォークを手にした。「私はブランストン卿を嫌いなのではありません。信用していないだけです」

「どうして？」ミセス・ウィルキンズは困惑したようにたずねた。「ブランストン卿が何か間違ったことをしたの？」

「あの人のしたことで、間違っていないことがあったかしら？」ルーシーは答え、昨日の街路での会話を思い出した。だが、それ自体には何も間違ったところはなかった。ルーシーの不信感はおもに、裏の動機を持ちながら、ソールズベリーで自分にちょっかいを出したことから生じていた。キスしたあと、その先に進むのをやめたからだと主張するわけにはいかないだろう。それでは、トーマスが信用できないことの裏づけにならない。

ルーシーは身を乗りだし、片手にあごをのせた。「ただ……変だと思いません？　ブランストン卿がここ、リザード・ベイにいることです。あの人は侯爵ですよ？　領地を管理して、法案を可決している――さもなくば、ロンドンを遊び歩いて、賭博場に足繁く通っている人間のはずなんです。なのに、小さな港町の外れに隠れているなんて」

「ブランストン卿が隠れているとは思わないわ。立ち直ろうとしているの。家族の悲劇から」

「妹さんが亡くなったことですか？」ルーシーは列車での会話を思い出して問いかけた。

「それは三年前のことです。嘆き悲しむ時期は終わっているはず――」

「もっと深い事情があるみたいなのよ」ミセス・ウィルキンズは噂《うわさ》好きの人が潜んでいないか怪しむようにあたりを見回したあと、椅子を引きだして座った。「ブランストン卿は初めてリザード・ベイに来たときに、妹さんが亡くなったことを私たちに話してくれたわ。ミス・Eはロンドンのゴシップ紙を定期購読していて、ブランストン卿の妹さんは出産で亡くなったけど、外聞の悪いことに未婚だったという記事を読んだそうよ。でも、ミス・Eはその件には自分なりの考えを持っていたの。妹さんは本当は自ら命を絶ったんじゃないかって。なんだか私もそんな気がしているわ」ミセス・ウィルキンズは悲しげに頭を振った。「真実がどっちだったとしても、何て恐ろしい悲劇かしら。そのような事情があったのなら、普通の死よりも立ち直るのに時間はかかるでしょうね」

ルーシーは自分の狭量な言い分を恥ずかしく思い、唇を噛《か》んだ。きょうだいの一人をそのように恐ろしい形で失うなど、想像もできなかった。トーマスが列車で妹について言っていた言葉を思い出す。〝妹を失った〟――あれはせいいっぱいの婉曲《えんきょく》表現だったのだろう。

「だから、ブランストン卿のことはもっと優しい目で見てあげてくれない？」ミセス・ウィルキンズは立ち上がり、少年たちの汚れた皿をサイドボードに積み上げ始めた。「さてと、一日を始める前に、ミス・Eのお部屋に入って遺品を確認するのはどうかしら？　こまごまとした品が入った箱があるんだけど、あなたのものになるはずだから」

ルーシーはこのテーブルと、ここで告げられた悲しい真実から離れたくて、そそくさと立ち上がった。トーマスを同情の目で見たくなかったし、彼も自分にそんな目を向けてほしくはないだろう。「ありがとうございます、ぜひとも見せてください」

「伯母さまの部屋は、一階の廊下の左側、二番めよ」ミセス・ウィルキンズはあごで方向を示した。「先に行ってて。私はお皿を流しに置いたあとで、その箱を見せに行くから」

ルーシーは廊下を進み、床に転がっていた猫を二匹またいだ。指定されたドアの掛け金を上げたが、そこでためらい、手が止まった。何しろ、ここは伯母が人生最後の二年間を過ごした部屋なのだ。

そして、伯母が亡くなった部屋。

ここリザード・ベイでE伯母のことをたくさん知るようになっていたが、新たな一面を発見するたび、理解が深まるというよりは困惑が広がるばかりだった。だが、廊下に突っ立っていても謎は解けないため、勇気を振り絞って中に入った。

室内には重い沈黙が垂れ込めていた。簡素なベッドにパッチワークのキルトが掛けられ、軽く乱れていて、まるで伯母が一時的にベッドを離れているかのようだった。埃の微片が小さな、目に見えない風の流れに乗っていて、ルーシーが中に入ると、勢いよくかき乱された。こういった場面は予期していたとおりだ。

だが、その散らかりようには不意を突かれた。雑誌や新聞が、床から腰の高さまで積まれていた。それは何百冊もあり、少なくとも二十年間分ものページが積み重なっていた。ルーシーはその場でぐるりと回り、すべてを見ていった。

なるほど。伯母が定期購読していたのは、ゴシップ紙一紙だけではなかったということだ。

ミセス・ウィルキンズが隣に現れ、騒々しくぶつぶつ言い始めた。「あらまあ、ここは埃っぽいわね。ミス・Eが亡くなってからきちんと掃除する時間はなかったし、あの人が住んでいたころは私に掃除させてくれなかったの。プライバシーを重視していると言っていたわ」

「これは全部伯母のものですか？」ルーシーは定期刊行物の山の一つを指さしてたずねた。

「ええそうよ、あの人は活字を読むことが好きだったの」ミセス・ウィルキンズは腰を屈《かが》め、大きな尻を振った。体を起こし、木製の箱を差しだす。「はい、これ。中身は多くないわ。がらくたに見えるけど、あの人にとっては大事なものだったとわかってるわ」悲しげにほほ笑み、出ていこうと向きを変えた。「さてと、あとは任せるわね。終わったらドアを閉めてちょうだい。ここに猫を入れるわけにはいかないから」

そういうわけで、ルーシーはこの部屋で一人きりになり、埃っぽい床に脚を組んで座って、箱の中身を調べることになった。品物を一つずつ取りだし、自分が読んだ日記の書込みと照合しようとする。ふと、押し花が目に留まった。かの有名なミスター・ベントリーの薔薇《ばら》の一つに違いない。すり切れた縄の断片には笑い声がもれ、手で口を覆った。年月で色褪せた長い赤のリボンもあり、それを見たルーシーは顔をしかめた。

最後に、箱の底の、布に包まれた物体に目を引かれた。布の端を慎重にはがしていくと、繊細なガラス製の馬が一式現れた。最初にE伯母の死を知ったとき、ルーシーはまともに泣きはしなかったものの、いまは間違いなく目に涙がこみ上げてきた。泣き声がもれないよう、片手を口に押し当てる。

この馬は記憶にあった。

つかのまでおぼろげながら、伯母の記憶もあった。ぼんやりした記憶ではあるが、伯母がこの繊細な馬の一頭を自分の手にのせてくれた感触がいまも残っている気がした。ルーシーが落としそうになったときも、気をつけなさいとは言ったものの、叱りはしなかった。六歳のときの、あのつかのまの、輝くような訪問の大部分を私は忘れている……。

だが、馬の小像を大事に保管していたことから、伯母がそれらの瞬間を少しも忘れていなかったのは明らかだった。その瞬間、ルーシーはすべてを記憶に残そうと誓った。諦めないと誓った。E伯母は何か理由があって自分にヒースモアを遺《のこ》してくれたのだ。その遺志を尊重しなくてはならない。

午後になると雨雲が出て、東から強い風が吹いてきた。だが、そんな悪天候にも、トーマスの気分が沈むことはなかった。期待に笑みを浮かべながら、ミセス・ウィルキンズの家の玄関の前でブーツについた土を払い落とす。金曜の午後は、町の重要人物がこの家の客間に集まり、紅茶を飲みながら政治の話をする時間だ。トーマスはこの会合を楽しんでいたが、ミス・Eが亡くなって以来、会合の活気は失われていた。

だが、トーマスの気分が高揚しているのは、金曜の午後だからというだけではない。ルーシー……いや、本人の希望どおりの呼び方をするならミス・Lが、いまも町にいるからだ。住民たちは噂話に花を咲かせていた。ルーシーはまたも一日じゅう街路を往復し、耳を傾けてくれる全員に話をしていたらしい。だが、ミスター・ジェーミソンから聞いた話では、ルーシーがあれだけ大見得を切ったわりに、ヒースモア・コテージに案内することに同意してくれた人はまだ一人もいないとのことだった。

ルーシーが成功していないことに驚きはなかった。町はいまや、あの地所をひどく恐れていた。トーマスは今朝、屋根職人に屋根の仕上げを頼もうとして、そのことを思い知ったのだ。どうやらルーシーが若いころのミス・Ｅにあまりに似ているせいで、噂好きの住民がいっそう迷信深くなったらしく、作業の仕上げのためにあの地所に行きたがる人はいなくなった。だが、たとえ職人を雇うのにマーストンまで行かざるをえなくなっても、たとえ最終的に地所を手放すことになっても、それは完了させなくてはならない作業だった。何しろ、コテージに屋根がないのはトーマスのせいだった。トーマスが最初、古くかび臭い屋根を考えなしに撤去してしまったせい……。

自分の過ちのとばっちりを、ルーシーに受けさせるわけにはいかない。

それでも、ルーシーはきっと機嫌が悪いだろうし、それは二日前に耐え抜いた地獄のような馬車旅すらも日曜の散歩に思えるほどひどい状態かもしれなかった。まともな男なら、ルーシーがふくれっつらで紅茶を飲んでいてもそっとしておくだろう。だが、金曜の午後のお茶会は、リザード・ベイでは数少ない社交上の楽しみなのだ。

気性の激しい独身主義者に、自分の町から追いだされるわけにはいかない。

それに、いまトーマスの足が前に動いているのが、ルーシーに会いたいという思いからであっても、それはしっかりと自分の胸に秘めておくつもりだった。

トーマスは中に入り、降りだした雨のしずくを髪から落としながら、客間に向かった。この部屋は前からこれほど狭く見えただろうか？　それとも、ルーシーの存在がその空間を完全に満たしているからそう見えるのか？　その部屋にはウェルズベリー師も、ミスター・ジェーミソンも、郵便局長のミスター・ベントリーもいることはほとんど関係なかった。トーマスに見えるのはルーシーだけだった。

ルーシーの金色の散歩用ドレスは数日分のしわに苛《さいな》まれ、短い金髪は頬のあたりで荒々しい光輪を作っていた。だが、トーマスの口に浮かんでいた笑みがさらに広がったのは、ルーシーのそのありさまを目の当たりにしたからではなかった。彼女が部屋の角に立ち、三毛猫を抱いてミスター・ベントリーと話していたからだ。その様子からは、まるで彼女がこの町の人間であるかのように見えた。

この町に留《とど》まりたがっているかのように見えた。

妙なことに、そう思うとトーマスの胸は希望に締めつけられた。ルーシーはお節介で、迷惑な存在で、極めて理にかなった申し出さえ検討しようとしない。なのに、なぜ自分はそんなことを望んでしまうのだろう？　ルーシーがあの地所を売ってくれることに同意し、ロンドンに帰るほうが、状況はずっと簡単になる。だが、ルーシーが午後のお茶会を待っている様子を見たことで、彼女はリザード・ベイの将来を考えてくれるのではないかと感じた。しかも、ヒースモアの救済をはたから眺めるだけでなく、自らも参加する本物の将来を。

それを実現するには、ルーシーにあの地所の秘密を見せる必要がある。だが、彼女がこちらを信用してくれるまで、行動には移せなかった。

　トーマスが近づくと、ルーシーはちらりと視線を向けてきたあと、郵便局長に注意を戻した。「ミスター・ベントリー」ルーシーは言い、魅惑的な笑みを向けた。「おききしたかったことがあるんです。伯母が亡くなったあと、伯母が差出人になっている小包を発送したことは覚えていますか？」

「ええっ？」郵便局長は片耳に手を当ててきき返した。

「小包です！」ルーシーは片手で猫を落とさないようにしながら、反対側の手でもう一度手ぶりをした。「本《ブック》を重ねたような大きさの！」

　ミスター・ベントリーは困惑した表情になった。「錨《フック》と言ったかい？　それなら波止場を捜すといい」

「いいえ、ブックです」ルーシーの顔は赤く染まり始めた。「茶色の紙《ブラウン・ペーパー》に包まれていました」

「町を憎む人《タウン・ヘイター》？」

「いいえ、ブラウンの、ペーパーです」

　トーマスは笑いをこらえることに失敗したまま近づいていった。「ミスター・ベントリーの聴力はほとんど幽霊状態なんだ」肩掛けかばんを近くのテーブルに置く。「ふだんは少し補足すれば何とか理解してもらえるんだが、君のアクセントに面食らっているんじゃないかな。君の言葉は、ここの人たちにとってはロンドン風に洗練されすぎているから。

もしよければ、僕が通訳をするよ」

ルーシーはますます顔を赤くしながら、トーマスのほうを振り向いた。「幽霊といえば……」三毛猫を床に下ろす。

猫は、この世界には彼女の腕の中以外に行く場所がないのにと言わんばかりに、恨めしげにルーシーを見上げた。猫の気持ちに共感してしまう自分に気づいて、トーマスは気まずさを覚えた。

「町の全員と話したけれど、あなたは目的を達成したようね、ブランストン卿。ヒースモアに幽霊が出るという噂のせいで、私を助けようという人はリザード・ベイに一人もいなかったわ」

「その噂を流したのは僕じゃない。それに、何度も説明しているとおり、僕は君を助ける気でいるんだ」

ルーシーは片手を伸ばして首を掻《か》いた。「あなたに助けてもらうくらいなら、まつげを一本残らず抜いたほうがまし」

トーマスはすました顔でうなずいた。「〝昔々、その女になかったのはまつげ《ラッシュ》……〟」

ミスター・ベントリーはついに自分が聞き取れる言葉に出会ったかのように活気づいた。

「鞭《ラッシュ》？」トーマスとルーシーを見比べ、しょぼついた目を興味深げに見開く。「ブランストン、まさかこのお嬢さんを鞭打《むちう》つつもりじゃないだろうね？」

トーマスは噴きだしたあと、ポケットから小さなブリキ缶を取りだした。それを手のひらにのせ、ルーシーに差しだす。「〝いつもまみれていたのは発疹《ラッシュ》〟」

「私の発疹《ほっしん》はよくなってきているので、おかまいなく」ルーシーは言い返した。そのあと、再びすばやく襟の中を掻いた。

トーマスは落胆した顔を作ったが、そのまま続けた。「〝彼女はときどき嘘をつくことで有名……〟」

「ブランストン卿、嘘を言いふらしているのはあなた――」

「〝我々は彼女に死なないでほしいと表明……〟」

ルーシーは目を細めた。「ポイズン・アイビーは危険ではないと言ってたじゃない！」

「〝でも、彼女が後悔しないために必要なのは、彼のすりつぶし《マッシュ》〟」

「意味が通っていないわ」ルーシーは唇をすぼめた。「文法も変だし」

「もう少しでうまく言えそうだったんだが」ルーシーが意地を張ると決めているのがわかり、トーマスは缶のふたを外してもう一度差しだした。「ゴールデンシールをすりつぶしたものだ。ヒドラスチス・カナデンシス――アメリカ先住民がさまざまな医療目的に使っている植物だ」

「もっと毒の強いアメリカの植物？」ルーシーはそれを受け取ろうとはしなかった。「やめておくわ」

「毒はない」トーマスはその混合物を指でこすり取り、自分の手首に塗った。「ほらね？これを抽出して飲む人もいるくらいだ」

「どこで手に入れたの？」ルーシーは両手を腰に当てた。「ミスター・ジェーミソンが、そういう特殊な品物はマーストンに注文しなくてはならないと言っていたわ」

その瞬間、ミセス・ウィルキンズがお茶の盆を手に慌ただしく入ってきて、彼女が一歩歩くごとに磁器のカップがかたかた鳴った。だが、トーマスは嵐の前触れのような対決に集中しすぎていて、この親切な女性のほうを向いてきちんと挨拶することができなかった。

トーマスはいたずらっぽくたずねた。「必要ないと言い張っている軟膏《なんこう》をミスター・ジェーミソンに頼んだのでなければ、どうして君がそれを知っているんだい？」ルーシーがにらんでくると、くすくす笑った。「君は僕が正しいことを認めたくないだけだろう？僕が御者にマーストンで停《と》まるよう頼んだのには理由があったんだ。リザード・ベイでこういったものは手に入りにくい。幸い、僕の家には小さな温室がある。これは僕が個人で収集している植物から作ったんだ」

「とにかく、けっこうよ」とはいえ、ルーシーの抗議の声は弱々しくなっていた。

トーマスは手のひらをさらに突きだした。「気分がよくなるから」なだめるように言う。

「あなたに助けてもらっていないと思えるほうが、気分はいいの」

トーマスは声を出して笑ったが、その言葉には頭を振らざるをえなかった。「まったく、本当に頑固な人だ。言うことを聞いてもらうために君の機嫌をとること自体、間違っている気がしてならない」

ルーシーはあごを上げた。「やっぱりあなたは私の機嫌をとろうとしていたのね」

それを聞いて、トーマスははっとした。いや、意図的にルーシーの機嫌をとろうとしていたわけではない。ルーシーとやりとりするうちにいつのまにかそんな気分になり、彼女を笑わせるためなら何でもしようと、軽率な戯れに膝まで浸《つ》かっていたのだ。軽率であることはわかっている。だからといって、その道から外れることができるわけではなかったが。

「もしそうだとしたら、僕はみじめにも失敗しているようだね」トーマスはルーシーに近寄った。「たぶん……」小声で言う。「協力を申し出て、君が受け入れてくれるのを待つというやり方は間違いなんだろう。では、またも長々と協力を申し出る代わりに、どんな挑戦《デア》をすれば効果がある？」

二人のそばにいまも立っていたミスター・ベントリーが笑い始め、その高笑いが部屋じゅうに響いた。「君はこの牝馬《メア》に乗りたいのか？」

トーマスはルーシーから視線をそらさず、頭を振った。「いいえ、ミスター・ベントリー、デアです」

「私にはどっちかというと子馬に見えるけどね」ミスター・ベントリーは自分の太腿をぴ

しゃりとたたいたあと、のろのろとお茶のテーブルのほうに向かった。「最近の若い者ときたら……」息を切らしながら言い、いかにも面白そうに頭を振る。「何を言いだすかわかったものじゃない」

イーディス・ルシール・ウェストモアの日記より

一八二三年二月十日

〈リザード・ベイで過ごす時間がどんどん長くなってきた。ようやく町の人々の敬意を得られるようになってきたようだ。町議会に参加するよう誘ってもらえた……私の参加に反対票を投じたのはウェルズベリー師だけで（ああ、ショック！）、女性を政治にかかわらせるのは自然の摂理に反していると主張していた。もちろん、ミセス・ウィルキンズも町議会の一員である時点で、その主張は筋が通っていない。

プディング事件のことで、まだ私を許していないのだろう。

それとも、ボクシング・デーの惨事が原因だろうか？

ウェルズベリー師は私を公然と、厄介者で、罪のない男たちを食い物にし、男たちの死を夜な夜な画策する種類の独身女性だと非難した。罪のないですって……笑ってしまう！

もう少しで赤いリボンを見せてやるところだった。私たちの間のこの奇妙な、一触即発の諍《いさか》いの原因が何であれ、牧師なら許しの方法を見出《みいだ》せるはずだが、この男性は永久に恨みを持ち続けているようだ。幸い、ウェルズベリー師の意見はミスター・ベントリーに却下されたが、それは郵便局長が質問を正確に聞き取れなかったからではないかという疑問も拭えない。

リザード・ベイ町議会の新たな一員として、私はここに住む人々の生活を向上させるために全力を尽くすと誓う。だが、たとえ一晩じゅう眠らず、ウェルズベリー師を困らせる方法を考えたとしても、それは私以外の誰にも関係のないことだ〉

14

ミスター・ベントリーの言葉で頬は急激に熱くなったものの、ルーシーは自分が心惹《ひ》かれていることに気づいた。軟膏《なんこう》にも、協力の申し出にも……。

だが何よりも、ブランストン卿《きょう》に。

いや、〝トーマス〟だ。ルーシーの口はファーストネームを使いたいと主張していたが、思考はそれ以上に慎重さを欠いていた。トーマスと腕一本分の距離をとると決意しているのに、トーマスの存在はポイズン・アイビーのごとく、協力の申し出と、理にかなった実用的な贈り物とともに肌の下へ忍び込んできた。

ルーシーは室内を――自分がヒースモアにたどり着くことへの協力を一人残らず拒んでいるこの町の住民を見回した。いや、ウェルズベリー師は別だ。彼にはまだ頼んでいない。それどころか、ウェルズベリー師のことはあからさまに避けていて、先ほど街路で彼が話しかけようとしてきたときも、真逆の方向へと向きを変えた。ウェルズベリー師と話す必要性は感じなかった。何しろ、独身女性が崖の上で一人暮らしをすることに関して、彼がどんな立場をとっているかはわかっているのだから。

いまも手のひらにブリキ缶をのせ、片頬を歪《ゆが》めたいつもの笑みを浮かべて立っているトーマスに、ルーシーは視線を戻した。どんなリスクがあるのかを忘れてはならない。トーマスのほほ笑みで脈が激しく打つことも、この部屋でトーマスだけが協力を申し出ていることも関係ない。自分がなかなかヒースモアに行けずにいるのは、おそらくこの男性が原因であり、彼が幽霊だの何だのという噂《うわさ》を周到に広めたからなのだ。トーマスのことも、彼が日々をどう過ごしているのかも、こちらはほとんど知らない。孤児たちの面倒を見ていて、心をとろけさせる笑顔を持っているからといって、それが彼を信用していい理由にはならない。

例えば、トーマスの肩掛けかばんだ。今朝は空っぽに見えたが、サイドテーブルに置かれているいまは興味深い形にふくれ上がっていた。そのことは、トーマスのような地位にある人物についてルーシーが持っている認識に完全に反していた。トーマスは侯爵であって、学校の校長ではない。落ち着いて静かにデスクの椅子に座り、書類をめくっているか、若くて遊び好きであれば、両側に娼婦《しようふ》をはべらせて賭博場から千鳥足で出てくるのが普通だ。

トーマスは典型に当てはまらない。そんな人は信用できない……してはいけないのだ。たとえ、ほとんど信用したい気持ちになっていたとしても。

ミセス・ウィルキンズが両手を打ち合わせた。「よろしければ、皆さん席に着いて！」

ルーシーはいちばん近くの椅子に向かい、自分の思考とトーマスの間に距離が置けることをありがたく思った。男性陣もゆっくりと席に着き、年齢と体力に応じてぶらぶら、もしくはのろのろ歩いた。

もちろんトーマスはぶらぶらと歩き、そのように歩いたのは彼一人だけだった。

そして、ルーシーのすぐそばの席を選んだ。

ルーシーは息を吸い、忍耐を保てるよう祈った。あいにく息を吸ったせいで、トーマスがいつも漂わせ、ルーシーが嗅ぐたびに頭がくらくらする独特の香りを吸い込んでしまった。ミセス・ウィルキンズが盆の上の繊細な磁器のカップを手にし始めると、トーマスはルーシーのほうに身を乗りだし、ルーシーは期待に身震いした。

「かぎ爪をむきだす危険を冒してまで、なぜこのお茶会に来たんだい？」トーマスの視線はあまりに長い間留《とど》まっていた。「君は引き続き、自分をヒースモアに連れていってくれる人をあちこち探し回るものだと思っていた」

「ミセス・ウィルキンズに、今日は伯母の記念碑について話し合うと聞いたの」ルーシーは本当らしく聞こえる理由を見つけて言った。「私がこの議論に参加するのは適切な気がして……」ためらってから続ける。「ヒースモアに行くための努力は、お茶会が終わったら再開するわ」

「僕に案内させてくれ。僕は君を安全に送り届け、安全に連れ帰りたいだけだと約束する。伯母さまも僕が君を手助けすることを望んだはずだ」

「残念だけど、お断りするしかないわ」ルーシーは頭を振ったが、顔には笑みが浮かぶままにした。「すでに話し合ったとおり、私はまつげを抜くわけにはいかないのよ、ブランストン卿」

トーマスはとたんに大笑いし、その声はルーシーの内側を快く刺激した。楽しそうな彼が発するぬくもりの中でしばらくひなたぼっこをしたい気分になり、それは自分が嫌っているはずの相手に抱く感情としては不自然だ。残念ながら、ルーシーの足元をうろついていた猫の一匹もひなたぼっこをしたいようだった。猫がルーシーの膝に飛び乗るのと同時に、紅茶がなみなみ注《つ》がれたカップをミセス・ウィルキンズが手渡してきた。

「猫は増え続けているようね」ルーシーはこぼし、猫の背の上でカップのバランスをとろうとした。別の猫がストッキングで爪を研ごうとしているように見えるのは、気のせいだろうか？

ルーシーの言葉に、トーマスはまたも大笑いした。「まあ、猫とはそういうものだから」

「じゃあ、なぜこの町は猫の交尾《ミックス》を放置するの？」ルーシーはたずねた。太腿を小刻みに揺すり続けると、猫はようやく飛び下り、より安定した場所を求めてむっつりと歩きだした。ルーシーが顔を上げると、ミセス・ウィルキンズから郵便局長まで、全員が自分を見つめているのがわかった。

「策略《トリックス》と言ったかい？」ミスター・ベントリーはたずねた。

ミセス・ウィルキンズは興味深そうにルーシーを見た。「ミス・L、私たちはどうすればいいと考えているの？」

「つまり、ロンドン社交界と同じようにすればいいんです」ルーシーは床の上の、一匹は明らかに雄で、一匹は明らかに雌の二匹を手で示した。「性別《セックス》で別々の場所に分けたらどうです？　もしくは、つねに厳しいお目付役をつけるとか……雌は屋内、雄は屋外に。そのほうが面倒は減りますし、身ごもる猫の数もぐっと抑えられます」

「〝性交《セックス》〟と言ったか？」ミスター・ベントリーはたずね、興味深そうに片耳に手を当てた。

「いいえ、〝性別〟よ、ベントリー。性別。雄と雌のこと」ミセス・ウィルキンズは唇を指でたたいた。「あなたの意見、ミス・Eがいろんなアイデアを思いついていたのにそっくりね。問題を解決する方法を考えるのが得意な人だったわ」

ルーシーは顔を赤らめた。「ええと、それが論理的だと思っただけです」

「でも、うまくはいかない」トーマスが穏やかに口を挟んだ。

ルーシーはトーマスをにらんだ。「どうして？　結婚相手が決まるまで女性を閉じ込めておくという古代の制度は、長年続いてきた手順よ。まさに、貴族男性による発明だわ」

トーマスは頭を振った。「男も女も悪さをしようとすれば、必ず面倒を起こす方法を見つける。窓からこっそり出たり、ドアから飛び込んだり。本能が命じる場所に行くためなら何でもするんだ」

「なぜそんなことがわかるの？」ルーシーは言い返した。「ブランストン卿、あなたも窓からこっそり出るのがお好きなのかしら？」

トーマスはにっこりし、その物憂げなゆっくりとした笑みに、ルーシーの内側は忌ま忌ましくもかき乱され、平然としていようという決意はぼろぼろに崩れた。

「いや」トーマスはゆったりと言った。「でも、君は経験があるはずだ」

ルーシーは椅子の上で身をよじり、トーマスにあんなことを話さなければよかったと思った。だが、あの日列車でトーマスはこちらをそそのかし、個人的な話をたっぷり引きだしたのだ。ルーシーはうろたえ、テーブルを丸く囲んでいる寄せ集めの一団を見回した。いまの話題はプライベートに接近しすぎていて、居心地が悪い。つまり、話題の転換が必要ということだ。

「ところで、リザード・ベイで増え続ける猫の問題以外に、午後のお茶会ではふだんどんな話をしているんですか？」ルーシーは無理に明るい口調を作り、一同にたずねた。「二時というのは、ロンドンでお茶を飲む時間より少し早いですが」

「私たちが早めにお茶を飲むのは、ここに三、四時間いることもあるからなの」ミセス・

ウィルキンズはルーシーに言いながら、ミスター・ジェーミソンにカップを渡した。

ルーシーはカップの持ち手をぎゅっと握った。「ええ?」

トーマスがルーシーに身を寄せた。「金曜のお茶会は、この町に関する真剣な議論が行われる場なんだ」手を振って郵便局長を示す。「ミスター・ベントリーが町長だけど、見てのとおり耳が遠くなってきているから、ミスター・ジェーミソンが町長代理になっている。毎月第四金曜には、二人がこの教区の治安判事を務めるんだ。その日はさらに長くなることが多い。先月は鶏の盗難事件が審議され、その裁判は夕食が終わったあと三時間も続いたよ」

ルーシーは一同に向かって目をぱちぱちした。鶏? 夕食?「今日は第何金曜日?」

弱々しくたずねる。

トーマスはにやりとした。「第四金曜だ。少なくとも三、四時間はここにいることになるだろうね」

ルーシーはサイドテーブルにカップをしっかりと置いた。「神《ゴッド》よ、何てことなの」

「いま、鱈《コッド》と言ったか?」ミスター・ベントリーが背筋を伸ばしてたずねた。

「いや、ゴッドだよ」ミスター・ジェーミソンの頬ひげが笑いに震えた。

「ただ……その……今日はヒースモア・コテージに行ければと思っていたものだから」ルーシーは唇を噛《か》み、分別を保って案内役を見つけようとしたせいですでに二日間無駄にしていることを思った。いまごろ、父はソールズベリーに着いているだろう。

つまり、時間切れが近づいてきているということだ。

「話し合いを早めに終わらせることはできませんか?」パニックのせいで大胆になり、ルーシーはまわりを見回した。「もしくは、審議の日を変えるとか……」

「不可能だ」ウェルズベリー師が頭を振った。「いかなる日取りの変更にも、過半数の投票と二週間前の予告が必要だから」顔をしかめる。「規則というのは、相応の理由があって制定されているものだ。ミス・Eもよく規則を曲げようとしていたよ」

ルーシーは教区牧師をにらみつけた。E伯母がこの男性を嫌っていたのも無理はない。ウェルズベリー師は七十歳近くに見え、豊かな白髪交じりの髪をし、口はつねにへの字に結ばれていた。昔はハンサムだったのだろうが、彼を見て思い出すのは伯母の日記にあった忌まわしい言葉だけだった。無理やりほほ笑んでみせたが、我ながら愛嬌《あいきょう》は少しもない。

「それは規則が馬鹿みたいだったからじゃないかしら、ウェルズベリー師」

ミスター・ジェーミソンの脇腹が、押し殺した笑いで震え始めた。「何と、まあ! 実に口の悪いお嬢さんだ! まるでミス・Eが生き返ったみたいじゃないかね?」

とたんに全員が——教区牧師までもが笑いだし、ミス・Eの思い出が狭い室内に生き生きと蘇《よみがえ》った。

ようやく笑い声が収まると、教区牧師はミセス・ウィルキンズのほうを向いた。「さてと、規則は置いておくとして、少し時間をかけて真剣に議論すべきことがあると思う」そう言うと、ミセス・ウィルキンズが渡したカップを受け取った。

「ミス・Eの記念碑のこと？」ミセス・ウィルキンズは別のカップにも一杯注いだ。「町の中心部に薔薇《ばら》の茂みを植えたらどうかと考えていたんだけど」

「伯母は薔薇が嫌いでした」ルーシーは口を挟んだ。

「そうなの？」ミセス・ウィルキンズは困惑してルーシーを見た。「でも、どうしてそれを？　あなたは伯母さまのことをほとんど知らないんじゃなかったかしら」

ルーシーがミスター・ベントリーをちらりと見ると、幸いなことに、気の毒な耳のおかげでその会話は聞こえていない様子だった。どうやら、これはE伯母が墓場まで持っていった秘密のようだ。「ええと……伯母は……その……好き嫌いを書いていたんです。毎年恒例のクリスマスカードに」ルーシーは思いつきで言った。

だが、ウェルズベリー師は頭を振った。「適切な記念碑について話し合うのは、あとからでもかまわない。私が言いたかったのは、町の将来についての話し合いだ」

「ミス・Eがいなくなったいま、どうやって町の将来を話し合うんだ？」ミスター・ジェーミソンが悲しげにたずねた。「壮大な計画を思いつくのは、いつもあの人だった」自分の手元を見下ろす。「ミス・Eがここにいないいま、同じようにはいかないよ」

「そうだね、ミスター・ジェーミソン」教区牧師の声が和らいだ。「でも、正直に言うなら、リザード・ベイの経済は長年衰退を続けていて、ミス・Eは頑張っていたけど、町の問題を解決するには至っていなかった。共同で町の鶏舎を作って卵をマーストンに売るという計画も、志は優れていても、実際にはさんざんな結果に終わった」

「どうしてうまくいかなかったんです？」ルーシーは顔を上げてたずねた。不思議なことに、ウェルズベリー師は伯母の計画に感嘆しているように聞こえた。

「まず一つは、タナー兄弟が鶏を盗んで売るのをやめなかったせいよ」ミセス・ウィルキンズが嘆いた。「それが先月審議した事件。兄弟は一カ月間の算数の補習を言いわたされたわ」

ルーシーは唇を噛んで笑いをこらえた。ダニーが学校をさぼりたがっていたのは、そのせいだったのだ。

「次に、マーストンに卵を運ぼうとすると、全部割れてしまったからだ」ウェルズベリー師は説明した。「道路はわだちだらけで、ならす金もない。でも、漁業がだめになったいま、何か代わりの産業を見つけて、町の住民が食べていけるようにしなくてはならない。それに、このあたりの土壌で農業がほとんどできないことは、みんな知っている」

「海岸を北上したマーストンのあたりでは、錫《すず》の採掘《マイニング》が行われているの」ミセス・ウィルキンズが言い、紅茶がなみなみと入ったカップを郵便局長に渡した。

「輝《シャイニング》いている？」ミスター・ベントリーはたずねた。

「いいえ、マイニングよ」ミセス・ウィルキンズはトーマスのほうを向いた。「あなたはいつも荒れ地をつつき回して、石だの植物だのを集めているわよね。何か町の役に立ちそうなものは見ていないの？　昔は錫が取れたという噂だけど」

「これといったものは見ていません」トーマスはそう言い、言葉を切った。「それに、もしここに錫があったとしても、必ずしも町の発展材料にはならないでしょうね」

「でも、そういう産業があれば、町の経済を大きく押し上げてくれるんじゃないの？」ルーシーは、ミスター・ジェーミソンの店の空っぽに近い棚を思い出しながら指摘した。「鉱山には作業員が来る。食料が必要になるわ。輸送のための新しい道路も」全員が再び自分を見ていることに気づき、頬が熱くなった。「とにかく、鶏や割れた卵よりは持続性があるはずよ」もごもごと言う。

「そんな単純な話ではないんだ」トーマスのまなざしは重々しく見えた。まるで、何かをすばやく計算しているかのように。「私有地で錫が出たら、まずは町がそこを買い取らなくてはならない」

ミセス・ウィルキンズは自分のカップに紅茶を注いだ。「ブランストン卿、あなたは前から、投資できるような持続性のある何かをここリザード・ベイで見つけたいと言っているわよね。豊かな鉱床が見つかれば、あなたがその土地を買って、採掘作業の資金援助もしてくれたらいいじゃない」

ルーシーは顔に意地悪な笑みが浮かぶのを抑えられなかった。「ミセス・ウィルキンズ、何て興味深いお考えでしょう。私の認識では、ブランストン卿はお金を浪費することにとても熱心なんです。だって、ご存じかしら？　七百ポンド近くのお金を一つの地所に投資したくてたまらないんですよ」

トーマスはルーシーをにらみつけた。「錫が出るからといって、持ち主がその土地を売りたがるとは限らない」トーマスの視線はルーシーの肌に熱く感じられた。「そういう問題に関して、反対の立場をとる人もいるから」視線が動き、一同からの注目を受け止めた。「鉱山というのは、世界じゅうのどこにあっても、最低一人のコーンウォール人が底に埋まっていると言われています。鉱業には、貧乏人が搾取され、金持ちが利益を得る傾向があるんです。リザード・ベイが必要としている助けとはとても言えません。それに、マーストン周辺では錫の採掘作業が川を汚染しています。最近沿岸から魚がいなくなったのはそれが原因である可能性が高い。我々は本当に、住民を搾取してリザード・ベイの自然を奪い、この町の美点を破壊してまで小遣い稼ぎをするべきでしょうか？」

「小遣いより得るものは大きいと思うけれど」ルーシーは小声で言ったが、少なくとも内心では、トーマスの主張は筋が通っていると認めることができた。もし採掘が海水を汚し、漁業の機会を破壊したのであれば、この件はもっとよく考える必要がある。それに、小さな町の住民たちがその作業によって傷つけられるかもしれないと思うと、受け入れるのは難しかった。

「ブランストン卿の言うとおりだ」ウェルズベリー師は言った。「リザード・ベイの近辺で錫が見つかるとしても、我々は性急な判断に飛びつかないよう気をつけなくてはならない。何しろ、神はチャンスはもちろんのこと、誘惑をも作り賜《たも》うたのだ。エデンの園にイヴを配置なさったことには理由がある。何が正しい選択であるかを知るには、祈りと慎重な思考が必要だ」

ルーシーは呆《あき》れたように目を動かすのを我慢しなくてはならなかった。教区牧師の演説の前半部分はじゅうぶん論理的だったが、癇《かん》に障ったのは後半部分だ。そのとき、E伯母の日記にあった、ペチコートの裾に縫いつけられた赤いリボンのことを思い出した。実際には迷惑な求愛をかわすはめになっていただけなのに、ウェルズベリー師は伯母が町じゅうの男性を誘惑しているのではと疑っていたのだ。

そう思うと、怒りで頬が熱を帯びるのを感じた。

「アダムが自業自得だったわけじゃないって、どうして言えるんです？」ルーシーはたずね、訳知り顔で紅茶を飲んだ。「何しろ、男性は信用できない存在ですもの。少なくとも、伯母からはそう聞いていています」

今度はウェルズベリー師の顔が赤くなった。

ルーシーのいたずら好きな部分は、教区牧師をからかい続けたかった。彼をとことん苦しめたいわけではないが、伯母から受け継いだものを尊重したかった。だが、そこで口を慎んだ。議論する時間はないのだ。何かが——重要な何かが心に引っかかっていた。町は問題を抱えていて、ふだんの自分なら頭を回転させ、どんな形で力になれるかを考える。だが、これは普通のお茶会ではない。ここにいる人々は本気で何時間もここに座り、錫と鶏と町の猫の多産の被害について話し合うつもりなのだ。

時間は過ぎる一方だというのに、膝の上でカップのバランスをとりながら、私はここで何をしているの？　ロンドンを発《た》ってから三日が経《た》っていて、父は娘を家に連れ戻すために、すでにこちらに向かっている可能性が高い。ルーシーはできる限り忍耐を保ってきたが、伯母を称《たた》える記念碑に関する議論は明らかに、ほかの案件のために省略されてしまった。

もうたくさん。

この人たちはここに座って町の政治について議論しなくてはならないのだろうが、こちらにその必要はない。

ルーシーは立ち上がった。男性陣もマナーとして立ち上がったが、ベントリー老人だけは隣の人につつかれて初めて、ルーシーが立っていることに気づいた。

ミセス・ウィルキンズが自分のカップをテーブルに置いた。「まあ、どこに行くの？

まだ始まったばかりだし、これからウェルズベリー師の導きで短い祈りを捧《ささ》げたあと、さらに町のことを話し合うのよ」得意げにウェルズベリー師を見る。「規則、だものね」

ルーシーはドアに向かって一歩踏みだした。「そのお祈りが私の旅の安全のためでないなら、私は辞退《ディクライン》させていただきます」

「何だって？」ミスター・ベントリーは手を片耳に当てた。「背骨《スパイン》がどうかしたのかい？」

「いいえ、ミスター・ベントリー、私の背骨は大丈夫です。ただ、ヒースモアに行かなくてはならないんです。この部屋にいるどなたもそこを見つける手助けをしてくれないのであれば、私は一人で行くしかなさそうです」ミセス・ウィルキンズに向かってうなずくと、彼女の心配の表情は恐怖に近いものへと変わっていた。「ミセス・ウィルキンズ、親切にしてくださってありがとうございました。お茶もごちそうさま。伯母を偲《しの》んで記念碑を作るのはすばらしいお考えだと思います、薔薇でない限りは」脚に絡みつき始めていた白黒の猫をまたぐ。「皆さんにお会いできてよかったです」

「一人で行かせてはいけないわ」ミセス・ウィルキンズが一同に向かって、小声で鋭く言った。

だが、ルーシーはすでにドアから出ようとしているところで、口元には笑みが浮かんでいた。ついに、自分で事を運び、町の一本きりの街路を行ったり来たりしてブーツの底をすり減らす以外のことをしようとしている。正式な案内役をつけずに試みるのは愚かかもしれないが、分別を保ったままの行動ではうまくいかなかったのだ。いまは行動を起こすべきときだ。それに、父の到着という脅威が迫りつつあるいま、慎重に動いている段階ではなくなった。

そういうわけで、ルーシーは階段を駆け上がり、昨日の朝八時から荷造りし、準備が整った状態で待機させていたかばんをつかんだ。階段を駆け下りていると、全身に高揚感が駆けめぐる。だが、玄関のドアに着いた瞬間、廊下に人影がそびえ立ち、行く手を遮った。その大きさだけでもルーシーは息が止まりそうだったが、肩幅の広さが、その人影が誰のものであるかをはっきり物語っていた。

ルーシーはトーマスを押しのけて進み、そのわずかな接触だけで、肌が目覚めて歌いだしたことにぎょっとした。「私はあなたの助けを必要としないということで、話はついていたはずよ」

「僕は君のあとをつけるだけで、手助けはしないつもりだ」

「あとをつける?」ルーシーはあざ笑った。「忍び寄ると言ったほうがいい気がするけれど。このあたりには危険な崖があるんでしょう」肩越しにトーマスをにらむ。「私を突き落として殺せば、ヒースモアを手に入れるというあなたの計画はじゃまされずにすむんじゃない?」

「とにかく、僕が君を突き落として謎の死を実現する前に、コートを着てくれ」壁の釘《くぎ》から自分のコートを外す。「雨が降っているから」

ルーシーはためらった。少し前、リザード・ベイの埃《ほこり》っぽい街路を歩いて時間を無駄にしていたとき、雨は降っていなかった。だが、トーマスが嘘をついているようには見えなかった。彼のコートは厚手の油布製のものだった。「わかったわよ」ルーシーはかばんの中を漁《あさ》り、ロンドンから持ってきた唯一の羽織り物である薄手のショールを引っ張りだした。

「もっと厚手のものはないのか?」

「ほかに迷惑をかけられる相手はいないの?」その質問が的を射ていることだけでなく、それがトーマスの口から発せられたことに腹が立ち、ルーシーは言い返した。厚手の外套《がいとう》も、パラソルも持ってくるべきだった。ルーシーの鼻はいまも、昨日街路を往復したせいでピンク色に日焼けしたままだ。だが、見つからないようにロンドンを出たときはあまりに急いでいて、荷造りについてまともに考えることができなかったのだ。

かといって、そのようなことを声に出して認めるつもりはない。

ロンドンの応接間ではショールとして通用しても、ここコーンウォールではみじめなほど力不足なレースの一片を肩に羽織り、ドアをぐいと開けて、足音も荒くポーチに出た。たちまち、薄いカーテンのような霧雨が襲ってくる。息を吸うと、ふだんのつんとする潮風の匂いに、降ったばかりの雨と湿った土の匂いが混じっていた。

かったわけだ。

トーマスは下劣で、邪《よこしま》な噂をまき散らしはしても、雨のことを大げさに言ってはいなかったわけだ。

それに同意するかのように雨脚が強まり、狭いポーチの屋根を激しくたたいた。いまさら引き返せないため、ルーシーはショールを肩にきつく巻きつけ、正面階段を下りた。右に曲がり、ぬかるみつつある街路をゆうに百メートルは進んだあと、肩越しに後ろをちらりと見た。

トーマスは街路の真ん中に立ち、腕組みをしていて、何もかぶっていない頭はすでに雨に濡《ぬ》れていた。

「私のあとはつけないことにしたの?」ルーシーは挑発したが、トーマスはこちらが一人きりで雨の中を歩き去る姿を見届けることにしたのだと思うと、どこか落胆した気分になった。

トーマスは頭を振り、辛苦に耐えかねたようなため息が聞こえた。「違う。そもそも、そっちの方向じゃない。ヒースモアは西じゃなく、東にあるんだ」来た道を引き返すよう、身ぶりで示す。「さあ、ついてくるんだ。君を突き落とすのにおあつらえ向きの崖を探しに行こう」

イーディス・ルシール・ウェストモアの日記より
一八二五年九月二日

〈つねに正しくあることは疲れる。いや、つねに正しくはないかもしれない。教区牧師とキスしたあのときがあった……。

その判断ミスは、今日しっかり修正された。マーストンへのまともな道路を建設するというウェルズベリー師の提案に私が反対票を投じると、彼はいかにも男性らしく、派手に憤慨して町の会合を飛びだしていった。私が反対したのは、議論を吹っかけるためにすぎないと思ったのだ。確かに、ウェルズベリー師が出ていったあと、私が彼に対する反論を力強く、みごとな構成で披露したことは否定しない。だが、私には私の理由づけがあり、それはウェルズベリー師を困らせるためだけではなかった。

マーストンは間違った種類の発展を享受していると、私は思っている。最悪の種類の鉱山町として、急速に成長している。街路では頻繁に喧嘩《けんか》が起こり、つい先週は酒場の前で若者が刺された。質のいい道路ができれば、この町の住民はマーストンに働きに出るだろうが、逆はない。町全体でリザード・ベイの将来を考えなくてはならないことにいっさい異論はないが、私の避難所と人生そのものになった、この小さな町の個性と魅力と……そう、無名性を維持できる手段を考える必要はあると思っている。

ウェルズベリー師は私の判断を信頼できるようにならなくてはならない。私は愚かで無力な女性でもなければ、あざとく狡猾《こうかつ》な男たらしでもない。正直に言って、ウェルズベリー師が無数に抱く私のイメージはもはや喜劇的とも呼べるほどで、まるで一人の平凡な独身女性の体に複数の女性がまとめて入っているかのようだ。私はウェルズベリー師と協力する気はじゅうぶんある……。

私が正しいことを、彼が認めてくれるのであれば〉

15

もちろん、崖のことは冗談だ。

それでも、ルーシーがとぼとぼと引き返してくると、トーマスは驚いた。ルーシーが目の前で足を止め、下唇を噛《か》む。その姿を見たトーマスは、彼女に少し優しい気持ちを持てた。ルーシーは少なくとも、頭を使ってはいるということだ。

ふだんは衝動が指し示す方向に身を投じる前に発揮しない分別を、発揮し始めた。

「ブランストン卿《きょう》、私……」ルーシーはためらい、いまにも謝罪しそうに見えたが、そのあと意を決したように言った。「この町にはほかに助けてくれる人がいない以上、私はあなたから逃れられないと思うの。あなたがこの最高の午後にヒースモアを訪ねる気でいるなら、私がついていくことに問題はなさそうね」

自分の間違いを認めるにせよ、礼を言うにせよ、この女性にはこれがせいいっぱいの表現だったのだと思うと、トーマスはこみ上げてくる笑いをこらえた。「ぜひともどうぞ」

ルーシーはトーマスから目をそらした。ルーシーはびっしょりと濡《ぬ》れて、強くなる一方の雨に震え、少し途方に暮れていた。その姿にとてつもなく心をそそられ、彼女を腕の中に引き寄せて、肌にまとわりつく雨粒をキスで追い散らしたいと思った。

だが、実際にはそんなことはしない。ようやく……ようやく、協力の申し出を受け入れてもらえる程度にはルーシーの信用を勝ち取ったのだ。いくらその想像が魅力的でも、またもタイミングの悪いキスをして、信用を台なしにするつもりはなかった。

何よりも、ヒースモアがなぜそれほど特別な場所なのかをルーシーに知ってもらいたかった。隠された秘密を見せ、土地に秘められた可能性を知ったときの、彼女の顔に浮かぶ驚きが見たかった。ルーシーは孤児の救済や野良猫の保護管理に関心があるのだから、この大義も正しい形で示せば理解してくれるはずだ。ここに住み続けるくらいヒースモアとこの町に情を抱くようになるなら、あの土地もルーシーが所有すれば安全だろう。だがまずは、そこに彼女を連れていかなければならない。

トーマスはルーシーとともに東に向かい、町から離れていった。しっかりと力強く土を踏みしめて歩くことは、この女性が投げかけてくるジレンマと、この先二人を待ち受けると経験からわかっているジレンマから気をそらすには最適な方法だった。

リザード・ベイはもともと、ヘルフォード川の河口に小さな漁村として築かれ、三方を崩れやすい崖に守られている。だが、町の地形と、町の建築物の材料となった硬い岩は、街路一本と善良な住民数百人以上に町を大きくすることができなかった。町に通じる一本きりの道路のほかに徒歩と荷車用の小道が一ダースほどあり、岩の間をあちこちに延びていて、数軒の住居やその他の秘密の場所に続いている。

二人はそうした徒歩用の小道の一本を上り始めたが、そのあたりは悪魔のようなジグザグ道が延々と続き、トーマスはいくら体調がいい時でもそこを通る際には息を切らしていた。

晴れた日なら、息が止まるような海の眺めと、崖の表面に巣を作っている黒丸鴉《こくまるがらす》のめまいを誘うような曲芸を楽しむことができるため、その上り坂は壮観だった。だが今日は、黒丸鴉は賢明にも巣に身を潜めていた。小道は霧に包まれ、カーテンのような雨とも闘わなくてはならないため、トーマスは小道から一瞬たりとも目を離す気にはなれなかった。さもないと、濡れた岩やぬかるんだ土ですべってしまう。

「どの道を行けばいいか、どうやってわかるの？」ルーシーはトーマスの背後でかばんを引きずりそうになりながら息を切らしていた。「目印があるようには見えないけれど」

「ああ、目印はない」トーマスは答えた。「いちおう言っておくと、前はあったんだ。三年前に僕がここに来たときは、古い案内標識がまだ残っていた」立ち止まって振り返ると、ルーシーはほとんどずぶ濡れになっていた。そのショールはコーンウォールの雨にふさわしい装備とは言えなかったが、かばんを持とうという申し出が二度も断られたことを考えると、コートを貸そうと言ったところで断られるだけだろう。「潮風で木が劣化するから、標識は数年しかもたない。しばらく経《た》てば、道順はわかるようになるよ」

「じゃあ、それをこの町の新しい産業にするといいわ」ルーシーは言い、トーマスの隣で止まって、濡れた髪を目から払いのけた。「案内標識」かばんを泥の上に下ろす。「完璧だわ。定期的な供給が必要だもの。偉大なるマーストンに売ってもいいし」顔をしかめた。「マーストンは報いを受けるべきよ。本当に、その町がこのあたりの海を汚染したの？」

ミス・Eが隣町に対して同じような考えを持っていて、マーストンが繁栄する一方でリザード・ベイの住民が生活苦にあえいでいることにいつも憤慨していたのを思い出し、トーマスはくすくす笑った。「マーストンの鉱業会社に問い合わせたところで、否定されるだろうね。それに、案内標識はいい案だけど、君は重要なことを一つ忘れている」

「何かしら？」

トーマスは片手を上げて、高い崖の縁を示した。その向こうには草と岩がどこまでも続いている。「木がない。我々は標識用の木材を買わなくてはならないんだ――」

ルーシーは片手を上げた。「それ以上は言わないで」

「マーストンから」トーマスはそう結び、にっこりほほ笑んだ。

ルーシーはうなずき、唇を噛みながら言った。「よくわかったわ。それなら、リザード・ベイの助けになるかもしれないほかの産業について、今後も考え続けないとね」

トーマスは唇のピンクの曲線の上に、白い歯がきれいに並ぶさまを見つめた。ああ、この眺めはキスを誘う。あの唇を再び味わいたくなる。ルーシーが自覚もなく提示している招待をこちらが受けたら、どんな顔をするだろう？　三日前のルーシーとのキスは、頭がくらくらするような初めての経験だった。ルーシーはいままでに知るどんな女性とも違う。人生のあらゆる物事に惜しみない情熱を持って取り組み、まずは行動に出て、質問は後回しにするようだった。トーマスはその種の心意気を賞賛せずにはいられなかった。

どれほど遠くても、どれほどみじめな天候でもヒースモアにたどり着くという決意が、その典型的な例だ。ルーシーは無謀で、自身の平々凡々な孤独とは対照的なその自由さを、トーマスはどこかで羨んでいた。トーマスがしてきたことの中で最も無計画だったのは、三年前にロンドンから逃亡したことだ。それは情熱的でも勇敢でもなく、臆病な行動だった。かつては有望だった人生のぼろぼろの残骸から、慰めを求めて逃げだした……いや、飛びだしたのだ。コーンウォールに着いてからは、悲嘆と孤独というお決まりの哀れなパターンに陥った。どういうわけかこの女性といると、そういった人生の一面がどんどん薄れていく。そして、すべて手放したくなった。

ルーシーは顔を上げ、雨を避けるために手をかざした。「あとどのくらい高くまで上らなきゃいけないの？」

「そうだな、崖自体は標高三百メートルもないくらいだ」

「そう悪くないように聞こえるけれど」

「でも、カーブが多いせいで、あと八百メートルはこの坂を上らなきゃいけないし、そこから大きく右に曲がって二・五キロほど起伏の激しい場所を進み、やっとヒースモアに着くんだ」

ルーシーの顔から笑みが消えた。「あと八百メートル？　この坂を上る？」

トーマスはうなずいた。

「でも……伯母はどうやってそんな道を行き来していたの？」

「ミス・Ｅはたくましい人だったけど、雨の中を行こうとはしなかったんじゃないかな。僕がここに住み始めてから一年間は、問題なく行き来しているようだった。でも、二年前に町に移ったんだ。ウェルズベリー師との日々の口喧嘩《くちげんか》が恋しくて、いつでも彼を苦しめられるようにしたんだと言っていたけど、ここを上るのが膝の負担になっていたんじゃないかと思う」トーマスは油布のコートを脱いでルーシーの肩に掛けた。息をつめ、コートが投げ返されるのを待つ。だが、ルーシーはあごを引いて、長くゆっくりと息を吸った。その金髪の下で、闘いが行われているのが目に見えるようだった。

〝受け入れるべき？　断るべき？〟

トーマスは答えを確かめないことにした。

同じようにさりげない動きで、トーマスはルーシーのかばんを取り、自分の肩掛けかばんと逆側の肩に掛けた。再び小道を歩きながら、かばんの重みと、フロックコートに浸《し》み込み始めた雨の感触を快く思った。それは、ルーシーがこれらの被害から守られることを意味するからだ。しばらくして、ルーシーのブーツが力強く岩をよじ登る音が聞こえた。トーマスは足を止め、ルーシーが追いつくのを待ちながら、濡れたスカートでこのような動きをするのがどれだけ難しいか想像しようとした。自分なら間違いなく、やろうともしないだろう。

「ねえ、あなたが本当にヒースモアを自分のものにしたいなら、私を始末する新たな方法を考えなきゃいけないわよ、ブランストン卿」ルーシーはあえぎながら言った。

「へえ?」トーマスはほほ笑みながら言い、片手を伸ばした。言葉はなく、ただ静かな、曖昧な協力の申し出。ルーシーは気分次第でその手を取っても、放置してもかまわない。

トーマスの忍耐は、手袋をはめたルーシーの手が自分の手をつかんだことで報われた。

「本当よ」ルーシーは言った。「だって、まず崖に上らされることになるなら、そこから突き落とされるわけにはいかないもの」

トーマスは冗談で脅しはしたものの、二人とも崖の上に到着すると、ルーシーを自分のすぐそばから離さないようにし、ルーシーがここまで上がるのを手伝って、引き上げてくれた。

息を切らしていたルーシーにトーマスの助けを断る余裕はなく、首を折らないよう気をつけるという必要な任務に集中することにした。何度も足をすべらせたが、トーマスのしっかりした、励ますような手に助けられた。いまでは、自分の強情さのせいでこんな悪天候の中を歩くはめになったことを後悔していた。二人の身を危険に晒《さら》しているのは明らかだ。だが、トーマスは一言も非難せず、ただ着実に、落ち着いて、ルーシーが行きたいと頼んだ方向へと進み続けた。

やがて、二人は白い煉瓦造《れんがづく》りの灯台を通り過ぎたが、規則的に回転するその光と警笛も、濃くなりゆく霧はほとんど突き通せていなかった。ルーシーは立ち止まって呼吸を整えた。だが、トーマスは速度をゆるめず、ひたすら前に進み続けた。小道はいまやいっそう頼りなくなり、山羊《やぎ》の通り道のように見えた。

とはいえ、山羊の姿を見かけたわけではない。

それどころか、さらに三十分歩いたところで、灯台以降は生の営みの気配が少しもないことに気づいた。霧に包まれたこの景色をどう言い表すべきか考えると、ある言葉が頭に浮かんだ。〝不毛の地〟だ。この異質な風景を眺めたとき、父は少なくとも一つの点においては正しかったのだと悟った。ここには役に立たない荒れ地と沼しかないと、父は言っていた。右手には海があり、左手には石だらけの土地と水浸しの草地が何キロも続いているようで、ときおり霧がとぎれたところには孤独しか見えなかった。

「いちおう説明しておくと、ヒースモアの敷地の端に着いたよ」トーマスは言った。

ルーシーは渦巻く霧を見通そうと目を細めながら、もっと天気のいい日を待てばよかったし、ねじれた小さな木一本でいいから目印にできるようなものがあればいいのにと思った。見覚えのあるものは何一つ見当たらなかった。昔々、六歳児の脚がこの足場の悪い小道を歩いてきたはずなのに、その悲惨な旅路に関する記憶はいっさいなかった。不穏な雰囲気の周囲を眺めていると、心の中に不安が巣くった。

自分はいったい何に身を投じたのだろう？

「がっかりしたように見えるね」

「ただ、〝敷地〟という言葉はもう少し……その……ちゃんとした何かを意味するものでしょう？」ルーシーは小さくくるりと回り、生命の気配を探した。「私の記憶ではまったく違っていたの。野原に花が咲いていて、蝶《ちょう》が飛んでいたわ」とはいえ、自分はまだ六歳だったのだ。一歩踏み間違えれば死に直結する、雨に濡れた危険な小道を、頭に留《と》めておきはしないだろう。「ここに岩以外は何もないの？」

トーマスは肩をすくめた。「それは見方次第だ。ここは不思議な土地でね。リザード・ベイ半島はイングランドで唯一、この種の地形が存在する場所なんだ。ここの海岸沿いの土壌はアルカリ性が強すぎて、従来の作物は育たない。でも、だからといって何も育たないわけじゃないんだ」片手を伸ばし、小道の霧に包まれている側を示す。「いまはよく見えないけど、ここには珍しい植物がたくさん自生している」言葉を切った。「想像もつかないほど多くの、稀有《けう》な美しい植物が。ヒースモアの管理をする人は、それらも管理することになるんだ」

ルーシーは自分の偏見を取り払おうと、再び目を凝らした。ここがどのように管理されているのかさっぱりわからなかった。荒涼としていて、広大で、人間の手は少しも入っていない。いまはこのすべて——岩も草も霧さえも自分のものなのだと思うと、胸にこみ上げるものを感じた。

だが、ここに菜園を作るには、途方もない時間がかかるだろう。

「あと数百メートル行けばコテージがある」トーマスは遠くに見える岩を指さした。「ちょうどあの向こうに」

ルーシーは霧のカーテンに目を凝らした。なぜ胃がざわざわするのだろう？　不安を感じているはずがない。この数週間を食い尽くした聖戦のすえ、あと少しで目的地に着くのだ。小道を駆けだしたくなるのが普通だ。だが、どういうわけか、びくびくしていた。あの岩の向こうに何があるの？　明るく輝く、完璧な自分の未来？　それとも、直面したくない現実？

ルーシーは最後の道をとぼとぼ歩きながら、肩にかかる油布の重みをありがたく感じた。それを貸してくれたトーマスは親切だ。二人がこの天候の中を歩くはめになったのはこちらの強情さのせいなのだから、自分にはもったいないほどの思いやり。だが、トーマスにそうした親切は当たり前のことのようだった。岩や障害物を乗り越えるときにトーマスの肩が収縮して、肌に張りつく濡れたフロックコートが硬い筋肉の輪郭を強調するのがすぐ近くで見えた。きっとE伯母は私の思考の道筋に仰天するだろうけれど、彼の後ろを歩いていることをありがたく思った。

でないと、この眺めは見られない。

やがて、トーマスはルーシーの背後に回り込み、腰にそっと手を置いた。「さあ、着いた」岩の隙間を指さす。「ここで初めてヒースモア・コテージが見えてくる」

ルーシーは前に進みでて、伯母が自分に遺《のこ》してくれた家を見た。白漆喰《しろしっくい》が塗られた石壁と、屋根の上の新しい、濡れた粘板岩を見ていると、ぽっかり開いた穴やたわんだ屋根への不安は脇に押しやられていった。それはかつて農民の住まいだったようで、二階建ての頑丈な造りになっている。薄れゆく光の中、その家は安全で暖かく見え、心惹《ひ》かれた。

ルーシーはトーマスを振り返った。「人は住めないと言ってなかった？　私にはきちんと手入れされているように見えるけれど」

「それは、まあ、伯母さまが亡くなったあとで少し作業をしたから」

「あなたには許可も権利もない作業をね」ルーシーは冗談めかして指摘した。自分のコテージのほうに向き直り、歩いていって、やがて湿った石に――いまや自分のものとなった石に手を這《は》わせた。そこに確かな未来を感じ、胸がつまった。

「修繕はまだ終わっていないんだ」トーマスの声が背後から聞こえた。「あの小道では粘板岩が一度に一束しか運べないから、作業がなかなか進まなくて。君が自分のものにするなら、維持費として費用を追加する必要がある」

ルーシーの中にいらだちが渦巻いた。「何が言いたいのかわからないわ、ブランストン卿。私にこの家は、完全に人が住めるように見えるもの」口をすぼめ、片手を差しだす。「かばんを渡してもらえる？」

トーマスにかばんを渡されると、それは記憶よりも重かった。トーマスがここまで持ってきてくれたことに礼を言うべきなのだろう。だが、トーマスが言っていた家の荒廃状態が嘘に近いことに気づいたせいで、感謝の言葉は舌の上でしなびてしまった。

ルーシーは家の中の状態もやはり嘘なのかどうかを確かめようと、玄関に向かった。濡れたかばんを開け、ロンドンからはるばる持ってきた鍵を取りだす。それを錠に差し込み、回そうとした。何も起こらない。ルーシーは鍵を揺すった。いったん抜いて、また差し込んでみた。「何か仕掛けでもあるの？」

「いや。錠を新しくしたんだ」

ルーシーは両手を握りしめ、トーマスを振り返った。「あなた、私を自分の家から閉めだしたの？」

トーマスは片手を差しだし、その手のひらには別の鍵がのっていた。「最初に中に入るとき、錠を壊さなきゃいけなかったんだ。開けっぱなしにして、どこかのならず者に荒らされるより、錠を取り替えたほうが安全だと思ったから」

ルーシーは新しい鍵を受け取り、いらだちを募らせながらそれを調べた。茶色の紙の小包に入って送られてきた鍵と違い、その鍵は新しく、ぴかぴかしていた。

新たな未来がつまっていた。

ルーシーのお守りとなっていた鍵に、未来は少しもつまっていなかったのだ。

イーディス・ルシール・ウェストモアの日記より
一八二六年四月三日

〈（ウェルズベリー師曰《いわ》く）女心はお天気よりも変わりやすいらしい。では、ほぼたえまなく起こる私たちの諍《いさか》いは、どう説明すればいい？　一八二五年の〝大マーストン道路に関する討論〟のあと、教区牧師と私のバランスは不安定なところで保たれることになった。ウェルズベリー師が何か方策を提案すると、私はそれに反対票を投じる。あるいは、私がすばらしい案を思いつくと、ウェルズベリー師は町の人々が反対意見を持つよう裏で働きかける。恥ずかしながら、私たちは町の政治を著しく停滞させ、二人とも個人的な仲《なか》違《たが》いにかまけて、必ずしも町の改善を考えていなかった。

何かを変えなくてはならない。このままの状態を続ければ、哀れなリザード・ベイがとばっちりを受けることになる。だが、私は出ていくつもりはない。

それに、噂《うわさ》ではマーストンの教区牧師の口に空きが出るそうだ……〉

16

トーマスはコテージの中に入り、ドアのそばのラグで足を拭いた。この二週間、ここで数えきれないほどの時間を過ごし、永遠に終わらない家の修繕リストに追われてきた。三年前、ミス・Eがまだここに住んでいたころはいつも、この小さな客間にトーマスを迎え入れ、古びた軋《きし》む椅子に座らせて、その日の散策で何が見つかったかをたずねてきた。トーマスは気が進むときも進まないときも、秘密を共有した。

だが、ルーシーは秘密を共有することには興味がなさそうに見えた。かばんを下ろして、部屋の中央に立ち、手袋から指を一本ずつ抜いている。彼女はゆっくりと円を描くように動き、その視線は部屋を取り囲むように置かれた三脚の椅子と、古い寝椅子、片側がへこんで日に焼けた寝椅子のクッションに飛んだ。ルーシーが精査を終えるまで、トーマスは片側の肩を壁にもたせかけながら、肩掛けかばんを肩に重く感じていた。見るべきものは多くないだろうが、この客間の清潔さには自信があった。

何しろ、この自分が家具の埃《ほこり》を払ったのだ。

「何も覚えていない」部屋からもらえない答えがすぐそばにあるかのように、ルーシーは下唇を噛《か》んだ。「私の記憶では、ここはもっと……何かしら……大きかった気がするの」ため息をつき、再びあたりを見回す。「そうはいっても、まだ六歳だったものね」

部屋は狭苦しく、家具が老朽化していても、ミス・Eがどれだけこのコテージを愛していたことか。部屋は合計四つあり、一階には客間と台所、二階には寝室が二つある。ロンドンの基準からすれば小さな家だが、ミス・Eにはじゅうぶんな広さだった。

ルーシーの熱意のなさに少し落胆し、トーマスは頭を振った。「もっと頻繁に伯母さまのもとを訪ねていたら、記憶もはっきりしていただろうね」

ルーシーはトーマスをじろりと見た。「私は頻繁な訪問を通じて伯母を知ってはいないけれど、だからといって伯母のことやこの家のことを何も知らないと思わないで。伯母は毎年クリスマスカードを送ってくれたわ」ためらってから続ける。「それに、日記も遺《のこ》してくれた」

「なるほど。ミス・Eが薔薇《ばら》を嫌いなことをどうやって知ったんだろうと思っていたよ」

ルーシーはトーマスに向かって目をぱちくりさせた。「それって……あなたも薔薇について知っていたってこと？　ミスター・ベントリーについても？」

トーマスはうなずいた。年老いていたミス・Eはお喋《しゃべ》りを好み、ときおり認知症のような症状も見せた。ミス・Eと時を過ごした人は、自然と彼女の歴史の断片を集めることになる。ミス・Ｅが日記をつけていたことは知らなかったが、それを聞いても驚かなかった。ミス・Ｅは本の虫だったし、一人で潰さなくてはならない時間はたくさんあった。

「でも、どうして伯母があなたにそんな……そんな……個人的な話をするの？」室内の薄暗い光の中、ルーシーの目が大きく見えた。

「単に誰かと話せる機会が嬉《うれ》しかったんだと思う」トーマスは腕組みをした。「こんな辺《へん》鄙《ぴ》なところに一人きりで暮らしていたから、少し寂しかったんじゃないかな」ためらってから言う。「君も同じようになると思う」

ルーシーは目を細めた。「伯母はここで暮らすことを自分で選んだの。ロンドンの私たちの家を訪ねたいなら、いつでも訪ねられたんだから」暖炉に一歩近づき、空っぽの炉棚を指でなぞった。「それに、私も記憶がまったくないわけじゃないの。伯母がここに置いていたガラスの小像の一式は覚えているわ。それを私に渡して、遊ばせてくれたのよ」ルーシーの声は低くなった。「私はその中の一つを割りそうになったけれど、伯母は叱らなかった」

トーマスの肩から力が抜けた。それはいかにもミス・Ｅらしい。彼女はウェルズベリー師にはすぐに噛みつくが、いたずら好きの幼い子供たちには実に忍耐強かった。

ルーシーはトーマスのほうを向いて、深く息を吸った。「ブランストン卿《きょう》、この家はとても清潔に見えるわ。よくもあんな鼠《ねずみ》の話ができたわね」

トーマスは頭を振った。「あれは嘘じゃない」

「私はこの場所が不潔だと思い込まされていたの。いまにも倒れそうな家だって」

「客間は僕が家具を掃除したんだ」トーマスの自己弁護は、小さな部屋にとぎれがちに響いた。それがどんなふうに聞こえるかは想像がついたが、ルーシーは状況を理解しないまま結論に飛びつこうとしていた。「でも、まともに掃除ができていない部屋もある。最近はここまで来て手伝ってくれる人を見つけるのが難しくてね」

「ここはあなたの家じゃないとみんなが知ってるから?」ルーシーの声は鋭さを増していた。

「いや、ここには幽霊が出ると思っているからだ」

ルーシーは呆《あき》れたように目を動かした。「また幽霊の話」トーマスのほうに一歩近づく。

「ブランストン卿、その話はもうたくさん。ここを見れば一目瞭然よ。あなたは私が自分で見ないままこの家を売るよう仕向けるために、この家の状態を正直に話さなかった」

「違う――」

「しかも、じゃまが入らないように、リザード・ベイの人たちに嘘をついて幽霊話をでっち上げたんだわ」

トーマスも少し腹が立ってきて、両手を広げた。自分がどれほど彼女の力になろうとしているのかもわからないほど、ルーシーには物事を見る目がないのか?「僕はこの家の実際の価値よりも高い価格を提示した――」

「でも、最初は違ったわ。あなたの最初の提示価格は低すぎた」

トーマスは歯ぎしりした。その指摘は図星だった。だが、この地所の本当の価値に気づかれたくなかったのだ。危険に晒《さら》すものが多すぎたし、まだルーシーのことを頭の空っぽな若い淑女だと思い込んでいた。

「君がこの地所の価値だと思う額をいくらでも払うよ」

「それは寛大な申し出ね」そう言うルーシーの声は疑いに満ちていた。トーマスに一歩近づき、首を傾《かし》げる。「でも、その寛大さのせいで、いっそう怪しく思うだけだわ。最初ははした金で買おうとしていたのに、いまでは言い値を受け入れると申し出るなんて、どうしてそこまでしてヒースモアを買いたいの？　あなたにとって、この地所の隠れた価値って何？」

ルーシーの核心を突いた問いかけに、トーマスはごくりと唾をのんだ。だが、ルーシーにはすべてを見せたかった。自分の考えを説明したかった。「君に見せたいものが――」

「何を？」ルーシーは割って入り、頭を振った。「いまから鼠だらけの家をでっち上げられるかしら？　魔法の杖《つえ》をひと振りして、この家をまた汚くできるの？　ブランストン卿、私はあなたを信用できない」一瞬、苦しげにためらったあと、ため息をついた。「私の不信感が根拠のあるものだとわかって、がっかりしていることは認めるわ」油布のコートを脱ぐ。「ここまで案内してくれてありがとう。でも、これ以上あなたの助けはいらない」トーマスに向かってコートを放った。「いますぐ出ていってくれるとありがたいわ」

トーマスはぎこちない手つきでコートを受け取り、水滴があちこちに飛んだ。僕に出ていけと言っているのか？　冗談じゃない。ルーシーはまたも、考えなしに跳ぼうとしている。鋭く上を向いたルーシーのあごが目に留まった。昨日、路上で言い争いをしていたときと同じだ。

トーマスは両足を踏んばった。「冗談じゃない。僕は君をここに一人で置いていくつもりはない」

「その選択権はあなたにはないわ」ルーシーはドアのほうを指さした。「さあ、出ていって」

トーマスは穏やかな声を出そうとした。ルーシーの顔の濃くなっていく赤みを静める言葉を発しようと。「ルーシー。君は冷えていて、濡《ぬ》れていて、まともにものを考えられていない」

トーマスはルーシーをなだめるつもりだった。ところが、その言葉はむしろ、導火線に触れるマッチの役目を果たしたようだった。

「もう、いい加減にして！　みんな私に、まともにものを考えられないと言うのはやめて！」ルーシーは爆発し、両手を宙に放りだした。「まずは父、次に妹のリディア、いまはあなた。どうして自分と意見が違うというだけで、私の頭の中がめちゃくちゃってことになるの？」

トーマスは歯ぎしりした。そうか、わかった。なだめるような口調は、戦略として間違っていたようだ。「じゃあ、馬鹿なまねはするな」次はそう言った。「この小道は昼間でも危険だ。帰りが遅くなってあたりが暗くなれば、命にかかわる」

ルーシーの顔は真っ赤になった。「馬鹿ですって？　胸がふくらんでいるせいで、ときどきちょっとしたヒステリーを起こすというだけのことよ。暗くなるのがそんなに怖いなら、いますぐ帰ったらどうかしら。私は今夜、リザード・ベイには帰らないから」

胸のふくらみに言及されたところで、高まる一方の怒りが静まることはなかった。まったく、この女性は理屈に耳を貸すつもりがないのか？　ルーシーが賢いことはわかっている。あらゆる困難に打ち勝ち、自力でコーンウォールにたどり着く程度には賢く、勇敢だ。案内役を見つけるために二日間待ったことからも、一人になるリスクは少なくとも理解しているはずだ。では、なぜいまはよく考えもせずに、これほど危険なことをすると言い張っている？　この家が自分の記憶にあったほど大きくも立派でもなかったから、傷ついたプライドと闘っているのか？

それとも、こちらがいまも、ルーシーが思いどおりの行動をとるよう画策していると思っているのか？

「こんな状態の家に泊まることはできない」トーマスは抗議した。「危険だ」

「私が女だから？」ルーシーはまたも宙に両手を振り上げた。「あなたってウェルズベリー師みたいね。私は〝こんな状態の家〟に泊まらなきゃいけないの。選択肢はないのよ。もう一晩も町に宿泊するお金はないし、あなたと違って、自由に使える相続遺産も、頼りにできる収入もないんだから」

トーマスはルーシーをにらみつけた。自分が享受している特権に、そんなに無頓着だなんて。「君は簡単に言い訳を口にするけど、お父さんが子爵であることは僕が指摘しなくちゃいけないか？　昨日、君は持参金の話をしていた。金額を予想しようか？　五千ポンド？」ルーシーがいらだたしげに顔をしかめると、トーマスはたたみかけた。「一万ポンド？」ルーシーは唇を噛み始め、トーマスは正解を出したことがわかった。「認めろ、ルーシー。君は自分で主張しているような、困窮した女性とはほど遠い」

ルーシーはスカートの生地を両手でつかみ、歯ぎしりしながら言った。「女性の持参金が本人のものだと思っているなら、それは思い違いよ。持参金は夫の手に渡るだけで、父もそのことははっきり言っているわ。それに、私のぱっとしない容姿と、人生や愛や、その間にあるすべてのものに関する認識の相容《あいい》れなさを思うと、私に結婚を申し込む男性は持参金を手に入れることにしか興味がないに決まっているもの」震える息を吐きだす。

「……私自身じゃなくて」

奇妙な沈黙が流れた。自分がどれだけのことをあらわにしたか、ルーシー自身は気づいているのだろうかとトーマスは思った。出会った日からルーシーは、結婚したくない、伯母のように独身を貫くのだと言い張っていたが、この告白はもっと深い、彼女の根底にある不信感を示唆していた。男性とその意図に対する不信感だけではない。ルーシー自身に対する不信感だ。

トーマスの視線は、動揺からピンクに染まった頬と、美しい胸が上下する動きから離れなかった。彼女は何を言っているんだ。〝ぱっとしない〟？　ルーシーは本当に自分のことをそう思っているのか？　いまこの瞬間、濡れたドレスを曲線美に張りつかせた自分がどう見えているのか、まったく気づいていないのか？

ルーシーはあごをさらに高く上げた。「だから、そういうわけで、ブランストン卿、私はあなたには同意できないし、この地所を売るつもりもないの。ヒースモアが私にとって何を体現するのか、あなたには想像もできないでしょう?」

「じゃあ、教えてくれ」トーマスはさっきよりは静かに言った。「なぜ僕が出ていかなくてはいけないのか、納得できる説明をしてくれ。君にこの家が扱えること、修理と維持ができることを説明してくれ。ここを売らないと約束してくれ。そうすれば僕は出ていって、君をそっとしておく」

「ヒースモアは私の自由を意味しているの。自立を」ルーシーはすすり泣きに声をつまらせ、いきなり両手でトーマスの胸を強く突いた。「結婚しなくていい人生を――自分のやりたいようにできる、両親にも夫にも指図されない人生を」

トーマスは足を踏んばり、ルーシーに突かれるままにした。「僕は君が思っているより、そういう気持ちを理解できる」ルーシーの狼狽《ろうばい》が、決意が、遠い昔の別の女性を思い出させた。「恋しい妹も――」

「あなたには理解できない」ルーシーは再びトーマスの胸を押し、今回トーマスは屈服して、開いたドアに向かってよろよろと後ずさりした。「私は父に期待されているような人生をやり抜くことはできないし、母に言われるとおりの人間になることもできない！」その言葉は叫びとして発せられ、いまにも垂木が震えそうだった。「両親が私のために計画した社交シーズンに立ち向かうこともできないし、非の打ちどころのない、爵位持ちの見知らぬ人と〝そういうものだから〟という理由だけで結婚することもできないの！　私は何年間も努力してきたけれど、それは私の足には合わない靴だった。伯母がヒースモアを私に遺したのは、一度きりの子供時代の訪問から、姪《めい》は変わり者で、ほかの誰かに課された人生には決して収まらないとわかったからよ。だから私は、伯母が私の救済のために遺してくれた家を売るわけにはいかないの」

ようやく、二人は問題の核心に迫りつつあった。ルーシーの決意が固いことは、トーマスにもよくわかる。だが、本当にこのことについてよく考えたのだろうか？　ルーシーは自分が触れたこともない生き方に――慈善家で優しい伯母という、外から想像しているだけにすぎないミス・Eの生き方に固執している。だが、トーマスはミス・Eの中に休まらない心があることに気づく程度には、彼女のことを知っていた。あの女性は決して満たされてはいなかった。人生に開いた底なしの穴を埋めようとするかのように、無謀なものも含め、次々と計画を思いついていた。いつも何かを探していた。仲間を、立派な大義を、その心のうずきを和らげる何かを。

「自分の人生を築きたいという欲求は理解できる」トーマスは言ったが、またも胸を強く突かれ、さらに後ろに押しだされてたじろいだ。「でも、その将来の中で、君は一人きりなのか？」

「ええ」ルーシーはいまやあえぎながら言った。「伯母はそうだったわ。ミセス・ウィルキンズの話だと、あなたも一人暮らしなんでしょう？」

「ああ。一人暮らしだ。だからこそ、計画を考え直すべきだという僕の話に、君は耳を傾けるべきだと言っているんだ」

「そのほうがあなたに都合がいいのよね？」ルーシーは吐き捨てるように言った。「私がヒースモアを売って、尻尾を巻いてロンドンに逃げ帰るよう仕向けたいんだわ」

「いい加減にしろ、今しているのはヒースモアの話じゃない！　君の話だ」

ルーシーは目を丸くして動きを止め、胸を上下させた。「私？　私は関係ないでしょう?」

「僕は本気で言っているんだ、ルーシー」トーマスは頭を振った。「こんなふうに結論に飛びつくな」どうしてもルーシーに理解させたい。濡れた髪を片手でかき上げる。「本当に、完全に一人きりになることがどういうことなのかわかっているか? 部屋に何時間も……何年間も、火が爆《は》ぜる音しか聞こえない中で座っていることが? 自分の思考の重みを感じ、自分が下してきたすべての決断、自分が失望させてきたすべての人について改めて考え、やがてそのことで頭がおかしくなりそうになることが?」トーマスは両手を振り上げた。「ミス・Eは理解していた。僕も理解している。ルーシー、これは心が弱い人には向かない暮らしだ。その点については、僕の言うことを信用してくれてかまわない」

長く、ぎこちない沈黙が流れた。

ルーシーはトーマスを見つめ、トーマスはルーシーを見つめ返した。

「どうやってあなたを信用すればいいの?」ルーシーは目に涙を溜《た》めてささやいた。「あなたは私の名前さえきちんと呼ばないんだから、そんな人が本当のことを言うとは思えない」その言葉は彼女の喉につまり、トーマスはルーシーに手を差し伸べたくなった。「私の名前はミス・Lよ、ルーシーじゃない」

ルーシーはもう一度強く押し、トーマスは気づくとドアの外に立っていた。

「それに、私は誰のことも信用していないの」

ルーシーはドアを押して閉め、錠に差し込んだ新しいぴかぴかの鍵を回した。心臓は感情に激しく脈打っていた。正直に言えば、その感情はヒースモア・コテージとはほぼ無関係だった。ああ、最悪……最悪だ。私は本当にたったいま、夫が自分に触れたがらないであろうことを恐れているとトーマスに告白したの？

そして……それは事実なのだろうか？

あの瞬間まで、この家への自分の執着と社交シーズンへの恐怖が、将来に関する混乱した感情の中でどう結びついているかに気づいていなかった。独身を貫き、伯母のように自分だけのルールに従って生きたいという希望は、声高に、頻繁に主張してきた。だが、トーマスの前ですべてを吐きだしたあのみじめな瞬間、すべてが明らかになったのだ。

私は、夫が欲しくないわけではなかった。夫に自分を求めてほしかったのだ。

それがすべての原因だったのだと悟り、ルーシーはすすり泣いた。口に手を当て、それを封じ込めようとする。そうだったからこそ、シーズンに参加したくなかったし、コーンウォールのコテージを独身主義者の自宅にするという発想がこれほど魅力的に思えたのだ。

だが、愛のない結婚という概念に怯《おび》えているなら、いずれ子供を持ちたくなったり、自分の世界や関心事を重犯罪人や孤児以外の誰かと共有したくなったりする恐れもある。トーマスが仄《ほの》めかしていたとおり、いつかそれらがないことを虚《むな》しく思うのだろうか？　急に、どの道を選ぼうとも、自分は絶対に幸せになれないのではないかという恐怖に襲われた。

隙あらば涙を流す目を拭いて、正面の窓に近づいた。色褪《いろあ》せたカーテンを横にずらし、外をのぞく。トーマスはルーシーが投げつけたコートを羽織るところだった。上り坂の途中でトーマスが肩に掛けてくれたとき、そのコートからは彼の匂いがした。あのとき、ルーシーは目を閉じてその匂いを吸い込み、トーマスは自分のためを思ってくれているのだと考えようとした。

だが、それは希望的観測にすぎなかったようだ。

トーマスを信用できない理由はあまりに多かった。

霧雨の中、トーマスが最後に一度ドアに目をやるのが見えた。ためらいがちに一歩、また一歩踏みだし、やがて褐色の頭は岩の間に消えていった。どれだけの時間、自分がそこに立っていたのかはわからなかったが、やがて気分は落ち着き、涙は乾き始めた。それと同時に、家の寒さが服の中に浸《し》み込んできた。濡れたショールを肩から外し、あれほど激しく闘って勝ち取った部屋に向き直る。すでに影は長くなってきていて、それは陰鬱な天気のせいだけではなかった。

夜が迫りつつあるのだ。そして、寒さも確実に増してくる。

ルーシーは客間の暖炉の前にしゃがみ、どうやって火をおこせばいいか考えた結果、自分がその方法を知らないことに気づいて狼狽した。洗濯と同じで、そういったやり方を身につけることなど考えたこともなかった。自分がこれほど基本的な、原始的な技能でつまずく人間だなんて。

ペンと紙を与えられれば世界を変えられるのに、火のおこし方は……？　まるでわからない。

記憶を探ってみる。カードウェル邸で使用人はどうやって火をおこしていただろう？　いつも燃えさしが入ったバケツを持ち運んでいた気がする。つまり、新しい火は古い火から生まれるということだ。だが、この家には火がない。煙の匂いもせず、かなり長い間火がたかれていなかったことがうかがえた。

最悪だ。たとえマッチが見つかったとしても、薪《まき》があるようには見えなかった。

「慌てないで、ルーシー」この家の不気味な静寂に向かって、ルーシーはつぶやいた。

「家の中を見て回ればいい」

家の隅々までマッチと薪を探そうと決意し、隣の部屋によろよろと入った。だが、この部屋はさらに見込み薄のように見えた。ルーシーが立っているのは台所で、ぐらつく古いテーブルと数脚の椅子が置かれている。テーブルには埃が積もっていて、床はブーツの下で不気味に軋み、二年間の汚れと放置は無視できるものではなかった。コンロらしきものはなかったが、調理用の炉があり、干し草か枯れ草がつまっているように見えた。ルーシーは鼻をくんくんさせ、最近火が入れられた証拠を探そうとしたが、その甲斐《かい》なく、鼻の中がアンモニア臭でいっぱいになっただけだった。

それどころか、草の中で何かががさごそと動いた。

どうしよう、どうしよう、どうしよう。

ルーシーは向きを変えて台所から飛びだし、背後でドアをばたんと閉めてぜいぜいと息をした。

鼠の話を真に受けてはいなかった。子供がふらふらと森の中に入るのを止めるためのお伽話《とぎばなし》のように、父もトーマスもその部分は作り話をしているのだと思っていた。だが、作り話なら草はがさごそ動かないし、炉の中から尿の匂いもしない。

ルーシーは震える手を心臓の上に当てた。

自分はウェストモア姉妹の中の、鼠を怖がる担当ではない。

断じて。

それに、あの恐ろしい小動物たちが家の片側に留《とど》まっている限りは、何も問題はないはずだ。

ルーシーは濡れたスカートを床に引きずり、通り道に泥汚れを残しながら、何とか気を取り直した。体を乾かさなくてはならないのはわかっていたが、じめじめしたこの家で、いったいどうすれば？　ルーシーはスカートと身頃から苦心して体を抜き、それを椅子の背に掛けた。だがすぐに、乾いた服も薪と同じくらい不足していることに気づいた。かばんに入っているものはすべてびしょ濡れだ。ミスター・ジェーミソンから買った嗅ぎ煙草《たばこ》までもが、ブリキ缶の中で固まっていた。

「わかったわよ」そうつぶやき、肩をいからせる。「この家の中に何か、乾いていて羽織れるものがあるはずだわ」毛布とか。カーテンとか。

見つけるのだ。たとえその捜索中に……。ルーシーは身震いした。

いや、たとえその捜索中に鼠に出会っても、冷静さを保ってみせる。

濡れたシュミーズの中で震えながら、ルーシーは蛾《が》に食われた古いほうきで武装し、家の残りの部分をざっと調べたが、新たな発見があるたびに恐怖は高まった。半分しか作業が終わっていない屋根と、その下の雨ですべりやすくなった床。二階の寝室の腐りかけの床板。古い、かび臭いリネンがつまったクローゼットを見た瞬間は心臓が希望に跳ね上がったが、それらの生地がすべて鼠にかじられていることに気づくと、希望は朽ち果てた。

その間じゅう、窓から見える外の光はどんどん弱くなり、やがて視覚よりも手探りを頼りに客間まで戻らなくてはならなくなった。

寒い。冷える。お腹がすいた。

自分は間違っている。

その認識がゆっくりと形作られ、夜とともに牙を伸ばしてきた。それと同時に、痛いほどの羞恥心に襲われた。ルーシーは両手で顔を覆い、床に座り込んだ。トーマスは修繕は終わっていないと警告してくれていた。ルーシー自身による検分がいま、最悪の事態を確認した。トーマスがヒースモアに関して言っていたことは、すべて事実だったのだ。

ああ、すべて自分の頑固なプライドと、衝動的な性格のせいだ。

コテージが町から何キロも離れていることはわかっているし、いまやヒースモアの完全な孤立が迫りつつあった。今夜、行き先を照らす灯《あか》りもなく、あの不安定ですべりやすい小道を引き返すことはできない。たとえ灯りを手にしたところで、それができるとは思えなかった。

いままでの人生で、これほどの孤独を感じたことはなかった。ロンドンにいる家族を、カードウェル邸の慌ただしさと快適さを思った。ああ、私はあの生活を当たり前だと考えていた。私が甘やかされていると指摘したトーマスは正しかった。自分を取り巻く富を憎み、実際にはいかに幸運であるかに気づいていなかった。

これが、私は世間知らずだとリディアが仄めかした日に言いたかったことなのだろうか？　狭い、簡素な家具と火のない暖炉を備えた部屋を見回す。もしリディアがここにいたら、きっと火をおこせただろう。鼠の捕まえ方も、それを夕食に変える方法すら知っていたはずだ。

だが、私が知っていることは、囚人に手紙を書く方法だけ。

ルーシーはロンドンで自分が支持していた大義のことを、父がいつも困惑したように頭を振ってそれらを許容していたことを思い、まばたきで涙を押し戻した。人生の現実と比べればくだらない気晴らしにすぎないと、いまでは思った。自分が大義に没頭していた理由は間違っていた。恵まれた環境への感謝を表すために人助けがしたいというより、自分という存在の重要性を感じたいだけだったのだ。

何の準備もできていないのにコーンウォールに飛んでくるとは、何を考えていたのだろう？　E伯母はどうやってそれを、ここに一人きりで暮らすことを成し遂げたの？　木が生えない場所で、どうやって薪を見つけた？　どうやって水を手に入れ、コンロなしで料理をしたのだろう？　手がかりを求めて伯母の日記を読むにはあたりが暗すぎたし、いままで読んできた中にも、E伯母の日常生活を示す細かい記述は見当たらなかった。

自分が読んできたページを、伯母の冒険の鮮やかな描写を思い出す。実際のところ、伯母はヒースモア・コテージでの生活についてはほとんど書いていなかった。むしろ、ひっきりなしと言えるほどに、リザード・ベイの人々のことを書いていた。

トーマスの言ったとおりなのだろうか？　伯母は日記に書いてあるほどには独身生活に満足していなかった……？

そのとき、不気味なうなり声のような音が、コテージの壁越しにルーシーの耳に届いた。

ふううううう。ふうううううう。

「誰かいるの？」ルーシーは立ち上がったが、心臓が胸に穴を開ける勢いでぶつかっていた。

ふううううう。

ミセス・ウィルキンズが以前、幽霊のことを大げさに警告していたことが頭に浮かんだ。幽霊の存在は信じていないが、暗闇の左側で何かがかさかさと音をたてた。

何ということか、その音はドアの外ではなく、家の中から聞こえてきた。

もし……もし、トーマスが言っていたようなならず者が、ここでずっと寝泊まりしていたら？　とたんに想像力が刺激され、大きく羽ばたいた。

ナイフを振り回すならず者。

もっと最悪なのは……鼠を振り回すならず者。

かさかさという音が再び聞こえ、さっきよりも大きくなった。何かが脚をかすめ、ルーシーは口を開けて長く、恐怖の悲鳴をあげた。

どうしよう、どうしよう、どうしよう。

愚かすぎる自分自身のせいで、今夜はこの家に留まるか、戦って死ぬしかない。

そして、どうやら死ぬほうの可能性が高まってきたようだ。

イーディス・ルシール・ウェストモアの日記より
一八二七年十一月二十二日

〈崖っ縁に一人きりで暮らすのは、心が弱い人には向かない。

ときどき――特に季節の変わり目に風が恐ろしいうなり声をあげると、町に下りればもっと暖かい家が、暖かいベッドがあることが思い出される。次にやってくる冬、小道が凍るせいでしょっちゅうヒースモアに閉じ込められることを思うと、ぞっとする。忌ま忌ましい教区牧師がいまもそこにいるのでなければ、独りよがりのハンサムな顔が説教壇から私をにらみつけないのであれば、いますぐにでもリザード・ベイに移るだろう。だが、冬の間だけ町に引っ越すのは、ウェルズベリー師が正しいことを認めるのと変わらない。

そんなことを認めるくらいなら、死んだほうがましだ〉

17

このままでは彼女は死んでしまう。

悲鳴が聞こえると、トーマスはみじめな、眠れない一夜を覚悟してうずくまっていた岩陰から飛びだした。暗い家に向かって走りながら、声に出して悪態をつく。煙突からは一筋の煙も出ておらず、灯《あか》りがついている窓は一つもない。ランプも持たず、足場の悪い家の中を歩き回っていては、きっと首の骨を折ってしまうだろう。

それは、ルーシーをここに連れてきた自分の責任だ。

うなる風が油布を突き通したが、町の西側にある暖かく乾いた領主邸のことを思っても、ルーシーのもとに走らずにはいられなかった。ルーシーはコテージの中に閉じ込められていて、凍え、怯《おび》えていて、ありえないほど世間知らずなのだ。

つまり、自分はまだここを離れられないということだ。

トーマスは玄関のドアに肩をぶつけ、錠をこれほどきちんと修理していた自分の慎重さを呪った。二度、三度とドアに肩をぶつける。ようやく、風雨に晒《さら》された木材が新しい錠のまわりで砕けると、転がるように家の中に入り、死んでもルーシーを守る気で目をしばたたいた。

またも鋭い悲鳴があがったあと、水夫も赤面するほど汚い罵り言葉が聞こえ、つんと匂うクローブと煙草《たばこ》のもやがトーマスを包み込んだ。体を回転させながら暗闇の奥へと進み、空気と状況の把握を求めてあがく。

この匂いは……嗅ぎ煙草だ。

具体的に言うと、ミス・Eの嗅ぎ煙草の匂い。

ああ、いったい何が起こっているんだ？

トーマスはむせながら膝をつき、喉を落ち着かせようと手を当てた。嗅ぎ煙草の襲撃に続いて、どこからともなく何かが飛んできた。

ばしっ。

頬を藁《わら》で引っかかれ、トーマスの頭は後ろに傾《かし》いだ。「いったい何なんだ？」どうにか声を絞り出した。濃い暗闇の中を探ると、やがて白い女性の人影に視線が留まった。ルーシーが両手にほうきを持って、剣のように振り回している。

そして、彼女の服装はトーマスの夢から抜けだしてきたかのようだった。

トーマスは体を二つ折りにして、長く激しく咳《せ》き込んだあと、両手を上げて降伏の仕草をした。ルーシーの大きな目と青白い顔から視線をそらさず、シュミーズの下の丸く豊かな胸のふくらみは見ないようにした。「ルーシー……」しゃがれ声で言う。「僕だ」

ほうきが下ろされた。「トーマス？」ルーシーの苦しげな声がささやいた。

トーマスはうなずいた。たとえその声は恐怖にこわばっていても、ルーシーの唇が紡ぐ自分の名前は天国からの響きのように感じられた。トーマスはぎこちなく立ち上がった。死んでもルーシーを守るなどとよく思えたものだ。家に入るだけでも命からがらだ。暗い室内を見回し、ルーシーがブリキ缶いっぱいの嗅ぎ煙草とほうきで武装していた理由を探そうとする。

「ええと……その……僕が力になれることはあるかな？」

その質問にルーシーがただちに激怒することを、トーマスは半分覚悟していた。ルーシーに出ていけと命じられたにもかかわらず、ここに残っていたことが明らかになったのだから。

ところが、ルーシーはトーマスの腕の中に飛び込んできた。

トーマスがルーシーを受け止めると、ほうきは大きな音をたてて床に落ちた。トーマスの目と鼻はいまも燃えるように痛かったが、腕はルーシーの震える体をすっぽり包み込むことができた。

この女性が怒っているところは数えきれないほど見てきた。肩をいからせ、どんな兵士より強気なところも見てきた。ろうそくの光で温められた肌も、キスをせがむ魅惑的な唇も見たことがある。だが、彼女がこれほど……無防備なところは見たことがなかった。

「来てくれたのね」ルーシーはすすり泣き、両手でトーマスの油布にしがみついた。

「実はずっといたんだ」トーマスは認めた。ルーシーは震え……激しく身を震わせていて、歯がかちかち鳴るほどだった。トーマスは腕の力をゆるめようとしたが、ルーシーが何も着ていないも同然という明白な事実を思うと、腕に言うことを聞かせるのは困難だった。

「どうして……どうしてあなたが来てくれたのかわからない」ルーシーは息を切らしていて、彼女の熱い涙がフロックコートに浸《し》み込むのが感じられた。「私にそんな資格はないのに。あんなに馬鹿なまねをしたんだから。でも、本当に……本当に嬉《うれ》しい」

目はまだ嗅ぎ煙草でちくちくしていたが、トーマスはルーシーの頭の上でほほ笑んだ。そうか。ようやく、この毒舌の女性から感謝の言葉をかけられたのだ。だが、自己満足に浸るというよりは、罪悪感が忍び寄ってきた。ルーシーはまだ、ヒースモアにまつわるこちらの動機をすべて知らない。

しかも、トーマスの思考が不適切な道筋をたどっていることにも気づいていないようだ。いまも息をするたびに嗅ぎ煙草が匂い、トーマスは咳払《せきばら》いをした。「でも、君の武装はみごとだった。僕はそもそも助けに来なくてよかったのかもしれない。もしならず者が来ても、君は自分で何とかできそうだ」

「ならず者のことはそんなに心配していないわ」ルーシーはトーマスの腕の中で震えなが

ら言った。

トーマスの手はルーシーのうなじに這《は》い上がり、濡《ぬ》れた短い髪を脇に押しやると、やがて肌に指が触れた。ああ、何て冷たいんだ。「じゃあ、何だい？」両手を下ろしながらたずねる。ルーシーの腕を、肩から肘にかけてすばやくさすり始めた。「僕をほうきで殴らなくてはならないほど、君が恐れていたものって？」

ルーシーはトーマスの胸に顔を埋《うず》めたが、離れようとはしなかった。「聞こえなかった？」

「風の音か？」

「幽霊よ」

トーマスの手の動きが止まった。「ルーシー、幽霊なんていないよ。町の人がどんな迷信に囚《とら》われているにせよ、ただの風だ。僕もずっとそう言っているんだが。海岸のこのあたりは風が強い」

ルーシーはトーマスにいっそう強く体を押しつけた。「実は、何かが私の脚の上を走ったの」

「ああ」トーマスはようやく理解した。「鼠《ねずみ》が出たんだよ」

ルーシーは息を吸って吐いたあと、体を引いて、暗闇越しにトーマスと目を合わせた。

「鼠もここに住み続けるつもりなら、私は仲良くできないと思うわ」

トーマスは思わず――腕の中のルーシーの感触はまったく笑えないものでありながらも――笑い声をあげた。「じゃあ、町から猫を何匹か連れてくればいい。雄猫を連れてくれば、二つの問題を一度に解決できるかもしれないよ」

ルーシーは体を引いて、おずおずとトーマスに笑いかけたが、暗闇の中では彼女のシュミーズの、目がくらむような透ける白以外を見るのは難しかった。

「あなたはとても優しいわね。私にはもったいないくらい。でも、この問題を数匹の猫で解決できると思うのは……」ルーシーは暗い部屋を見回した。「あなたの言うとおりだったの。客間は清潔で片づいていたけれど、ヒースモアの残りの部分は私の予想と違っていた。私……私、そもそもここを維持できる自信がないわ」

それを聞いて、トーマスの良心がちくりと痛んだ。そこに懸かっているものを思えば、ルーシーにそう言ってもらえるのは嬉しいはずだ。だが、こちらが追いだされることになるほど激しい喧嘩《けんか》をし、非難の言葉をあれだけ叫ばれたいまでは、ルーシーを駆り立てているものが前より理解できるようになった気がする。ルーシーは足がかりを、自分の将来を吊《つる》せる釘《くぎ》を探しているのだ。社交界が自分に求めるもの以外に、自分を定義する何かを。ルーシーは自由を愛しているが、人生をともにする誰かを求め、その人物を信頼できるようになりたいとも願っているのだ。

その願いは理解できる。そして、理解できるからこそ、力になりたいと思う自分に気づいた。たとえ、それがこの大事な闘いに負けることを意味しても。

トーマスは手を差しだした。「君はこの家にまだ正当なチャンスを与えていない。昼間見れば、このコテージには独特の魅力があるんだ」ルーシーがためらいがちにトーマスの手に手を重ねると、トーマスは彼女を台所へと引っ張った。「さあ、来て。火をおこそう」

台所の戸棚に入っていたブリキ缶の中のマッチを使ってトーマスがろうそくを灯《とも》す様子を、ルーシーは見守った。ちらちら揺れる炎を見ると少しはましな気分になったが、ルーシーの心を何よりも慰めたのは、トーマスの頼もしさと手際のよさだった。トーマスは同じ戸棚からやかんを取りだし、ルーシーがやみくもに台所を調べたときには見落としていた錆《さ》びついたポンプから水を出して、やかんを満たした。

「井戸があるの?」ルーシーはおずおずとたずねた。

「ああ、質のいい、深い井戸だ。君も夏が来たらありがたく思うはずだよ。暑い時期には干上がり、春にはあふれてしまう浅い井戸しか持っていない住民もいるからね」

ルーシーは唇を噛《か》んだ。夏が来たとき、自分がここにいる自信はなかった。正直に言うと、明日もここにいるかどうかわからなかった。ここで自分が直面しているものの現実に、目が覚めたのだ。鼠だけではない。ここでの経験の生々しさに圧倒されていた。自分は火のおこし方を知らない。服の乾かし方も知らないし、洗濯の仕方などもってのほかだ。いままでは、コーンウォールのコテージを相続するのは単純なことだと思っていた。だが、これは普通のコテージではないし、ここで暮らしていくのは考えていたほど簡単でもなかった。

そして、ルーシーのためらいは、自分の面倒を見ることにお粗末なほど備えきれていなかったことだけが原因ではなかった。必要なら、洗濯の仕方は学ぶことができる。火をおこすことも、時間をかけ、ちゃんとした道具が手に入ればできるだろう。だが、この家に響きわたる静寂の中で時を過ごし、自分自身に関するとても重要な事実を、以前はわかっていたとは思えない事実を発見したのだ――私は孤独が好きではない。すでにロンドンを恋しく思っていた。家族も、自分を大事にしてくれる大勢の使用人が手際よく切り盛りする暖かい家も恋しかった。

両親が、あの横柄な父親までもが恋しかった。

そして何よりも、リディアが恋しかった。

ここヒースモアに一人きりで暮らし、家族にも友達にも会えないというのは受け入れがたい。リザード・ベイにいる誰もが、ルーシーは伯母にそっくりだと思い込んでいるが、伯母の勇敢さには少しもかなわないような気がし始めていた。

トーマスは磁器のカップを二つと、茶葉がつまったブリキ缶を持ってきた。「これは別の暖炉でやろう」そう言い、それらの品々を両手でバランスよく持った。「この暖炉はまだ鼠に牛耳られているから」トーマスは淀《よど》みなく、几帳面《きちょうめん》に動いた。まるで侯爵が紅茶をいれるのは普通のことであるかのように。この男性は貴族ではあっても、台所仕事が得意なのは明らかだ。

ろうそくの灯りが部屋の隅まで届き、自分のそばに誰かがいてくれるいま、この家の恐ろしさは少し薄れたように思えたが、相変わらず風はうなり声をあげ、窓枠の下の細い割れ目から吹き込んでいた。

二人で客間に戻る間、ルーシーはトーマスのそばを離れなかった。

「これを持っていて」トーマスはルーシーにろうそくを渡し、やかんを暖炉の脇に置いた。

「僕が戻ってくるまで一人で大丈夫かい？」

「どこに行くの？」ルーシーは身震いした。まさか、火のついたろうそく一本とまだ冷たいやかんだけを与え、自分は町に戻るつもりだろうか？

「家の裏にある納屋だ。ちゃんと掃除ができているのは客間だけだから、二人とも今夜は客間で眠ったほうがいいと思ったんだ。でも、君を温めるためには、火をおこさないと」トーマスの視線がルーシーの全身を眺めた。「それから、服も乾かさないとね」ごくりと唾をのむ。「できるだけ早く」

「納屋があるの？」ルーシーは嘆くようにたずね、それを知らなかったことを恥じた。またも自分が相続したこの地所について――それどころか、ここで自分の面倒を見る方法についても、自分が何も知らないことが思い知らされた。「でも、薪《まき》はないはずよね？　ここから三キロ以内に木はないわ」

「このあたりの暖炉で燃やすのは泥炭だ」トーマスは首を傾げ、ろうそくの灯りの下でその顔はありえないほどハンサムに見えた。「代わりに家具を燃やしたければ、そうするけど？」にっこりする。「まずはダイニングテーブルから手をつけようか。右側がぐらついていて、修理できなかった。でも、それを薪のために解体するのは、朝食を食べるまで待ったほうがいい」

ルーシーの胃は締めつけられた。トーマスはここで自分と一晩過ごすつもりでいるのだ。〝私の安全のためよ〟と自分に言い聞かせる。この悪天候では、今夜じゅうに小道を引き返すのは明らかに危険すぎる。ルーシーは無理に笑みを浮かべた。「どこかに乾いた燃料があるなら、ぜひとも取ってきてほしいわ」

そういうわけで、トーマスは泥炭を腕に二抱え分持ってきたあと、油布のコートとフロックコートを脱ぎ、シャツ姿で暖炉の前にしゃがんだ。ルーシーの見ている前で、彼は火を焚《た》く準備のため火床にひとつかみの藁を敷き、黒い煉瓦《れんが》のような泥炭をピラミッド状に積み上げた。時間をかけてルーシーに手順を教え、ルーシーが自分の手で泥炭を積むのを辛抱強く待つ。

「最初に火をつけるところが難しいんだ」トーマスは説明し、ろうそくを藁に近づけた。

「いったん火がついたら、火が燃えきってしまわないようにして、熱い灰をかき立てて火を蘇《よみがえ》らせ、新たな焚きつけを足す」

炎が上がるまでは少し時間がかかった。泥炭からはいぶされたような鼻を刺す匂いがし、ロンドンでルーシーが慣れていた石炭の火とはまったく違っていた。だが、火は火であり、オレンジ色の炎が暗闇に揺らめき始めると、ルーシーは安堵《あんど》のため息をついた。

「こんなにもいろんなこと、どこで習ったの？」ルーシーはストッキングが早く乾けばいいという儚《はかな》い望みから、脚を組んで火の前に座り、たずねた。

「イートン校ではないね」トーマスは笑いながらやかんを火床に置いたあと、かかとに体重をかけて両手の汚れを払った。「大学でもない。ロンドンでは、この種の作業をしてくれる使用人を大勢置いていた」ルーシーと目を合わせる。「実を言うと、君の伯母さまに教えてもらったんだ」

「伯母さまに？」ルーシーはきき返した。

「コーンウォールに着いたとき、僕はこの環境に少しも適応できなかった。紅茶はいつも使用人が運んできてくれるものだったし、どこからその手順を始めればいいのか見当もつかなかった。ウイスキーを注《つ》ぐほうがはるかに簡単だったから、早い時間から頻繁に酒をやるのが習慣になった」トーマスも座り、片脚を伸ばして、反対側はゆるく膝を曲げた。

「ミス・Eは自分もかつて同じ立場だったから、同じロンドン人の僕がふらふらしていることに気づいたんだ。どんな種類の酒であろうと、飲酒にもいい顔をしなかった。そこで、僕を殴ったあと、紅茶のいれ方を教えてくれたんだ」

ルーシーは驚いてむせた。「伯母はあなたを殴ったの？」

「ミス・Ｅは長年ここで一人暮らしをしていたから、自己防衛の本能が研ぎ澄まされていたんだと思う」トーマスは炎の中を見つめた。「僕は長い散歩の途中でミス・Ｅの敷地に足を踏み入れてしまって、それはまったくの偶然だったけど、ミス・Ｅは不法侵入だと言って僕の目を殴りつけたんだ」

ルーシーはトーマスの力強い横顔に、Ｅ伯母のこぶしがとらえたであろう頬の曲線に視線をさまよわせた。「殴られても仕方なかったんでしょうね」

「だろうね」トーマスは身を乗りだし、粗末な食器一式をあちこち動かしてルーシーのカップをいじったが、ルーシーをまっすぐ見ることはなかった。「かつてを思い出すと、自分自身を殴りたくなるくらいだ。ミス・Ｅが僕の何を見て助けようと思ってくれたのか、いまだにわからない。一緒にいて楽しい相手でもなかったのに。僕は……その、妹の喪失と婚約破棄を乗り越えられずにいたんだ」

「婚約していたの？」あれだけ戯れに似たやりとりをし、言い争いをしても、トーマスに恋人がいないであろうことを疑問に思ったことはなかった。だが、トーマスのように独特な信念を持つ未婚男性は、結婚市場では掘り出し物と見なされるはずだ。ロンドンだろうと、リザード・ベイだろうと。

トーマスはうなずいた。「しばらくはね。妹の葬式の日に、ミス・ハイトンに婚約破棄されたんだ」

ルーシーは息をのんだ。「……ひどい」

「彼女には彼女なりの理由があった」トーマスは火床からやかんを引き上げ、茶葉を加えた。「当時の僕は、誰の夫にも不向きだった」

「あなたはすばらしい夫になると思うけれど」ルーシーは抗議してから、笑って言った。「奥さんは紅茶に困ることはないでしょうし」

トーマスはルーシーに薄くほほ笑みかけた。「でも、当時の僕はだいぶ違ったんだ。本当に役立たずだった。四年間、植物と岩について勉強した結果、その種の知識は僕のような地位にある人間には何の得にもならないとわかった。君に指摘されたように、別のことも勉強しておくべきだった」

ルーシーは顔を赤らめた。「ごめんなさい」

「いや、君の言うとおりだから」トーマスの笑みは消えた。「大学卒業後、僕は身の振り方がわからなくなった。自分は忌ま忌ましくも侯爵であり、望んでいた植物学者にはなれない――それがどうしてなのか、さっぱり理解できなかった。僕はロンドンをふらふらして、間違った種類の仲間と、本ではなく酒瓶に前のめりになるような友人とつるんだ。だから、ミス・ハイトンにふられた日も僕は酔っ払っていた。ミス・Eに出くわした日も」トーマスの頭は左右にゆっくり動いた。「僕は荒れ地をあんなふうに歩き回るべきではなかったんだ。崖から落ちなかったのが不思議なくらいだよ」

トーマスの声ににじむ生々しい苦痛に、ルーシーはたじろいだ。三日前、列車でトーマスがほのかにブランデーの匂いをさせていたことが思い出される。質問したくはなかったが……せずにはいられなかった。

「いまもその悪習に誘惑されることがあるの？」

トーマスはまっすぐ前を見た。「すっかり克服したつもりでいたよ。何しろ三年というのは、酒を飲まずにいるには長い期間だからね。でも、ロンドンに行って、それは間違いだったとわかった。僕はひどく……腹が立った。何を見ても彼女を思い出したんだ」手で顔をこすった。「僕がコーンウォールで暮らしているのはロンドンが嫌いだからだと自分に言い聞かせていたが、自分の恐怖に向き合うのを避けるための言い訳にすぎなかったんだと、いまでは思っている」手を下ろし、再び火の中を見つめた。「彼女にいま僕がどう思われているか、向き合うのを避けるための言い訳に」

ルーシーは胃がむかむかした。トーマスは自分を捨てたそのつまらない女性に冷淡な態度をとられても、まだ少し恋しているようだ。

ああ、まったく男性ときたら。

「私に言わせれば、彼女のことなんて少しも考えなくていいわ」ルーシーはトーマスに言った。「ミス・ハイトンはあなたから離れるんじゃなくて、あなたのそばにいるべきだった。伯母がしたように、あなたを助けるべきだった。本当にその人のことを思っているなら、そばから離れないものよ」自分が命じたにもかかわらず、トーマスが町に戻らなかったことを思い、ルーシーはためらった。「何があろうとも」

トーマスはびくりと顔を上げ、ルーシーは果敢にも彼と視線を合わせた。

二人の間の空間で熱が爆《は》ぜ、その熱は燃える炎とも、熱せられていくやかんとも無関係だった。ルーシーは唾をのみ、トーマスの唇の官能的な曲線に、魅惑的な片側の歪《ゆが》みに視線が釘づけになった。

そのとき、やかんが甲高い音を鳴らし始め、ルーシーは飛び上がった。

先ほどの空気はかき消えた。トーマスはルーシーのカップに紅茶を注いだあと、自分のカップにも注ぎ、それはいかにも紳士的なふるまいだった。ただし、ルーシーは未婚で、トーマスは濡れたシャツとズボンしか身につけていない事実を見過ごせばの話だ。

「砂糖はないと思う」トーマスは言った。

「熱い紅茶が飲めるだけで幸せよ」ルーシーは請け合い、トーマスに差しだされたカップを受け取った。一口飲み、熱い紅茶に舌を焼かれてたじろぐ。あえぎ、空気を求めてむせた。ああ、今度は氷のかけらが欲しい。

トーマスは笑い、自分のカップにそっと息を吹きかけた。「ミス・Eと同じでせっかちなようだね。あの人もいつも舌を火傷《やけど》していたよ」

ルーシーは痛がりながらも笑った。「あら、でも、伯母が今夜の私ほど気の短い行動をとったとはとても思えないわ」手のひらでカップを包み、冷めるのを待った。少し前に自分がどれほどひどい態度をとったかを思う。いま自分に紅茶をくれた男性に食ってかかったのだ。彼を雨の中に追いだした。

お互いの命を危険に晒したのだ。

ルーシーはティーカップを見下ろし、ごくりと唾をのんだ。「伯母なら、火をおこすのに役立つ協力者を確保するために、あなたをここに縛りつけるくらいの先見の明はあったでしょうね」

「なるほど。つまり、伯母さまの日記にはミスター・ジェーミソンとの出来事が書かれていたんだね？」

ルーシーは驚いて顔を上げた。「伯母はあなたに秘密を全部打ち明けていたの？」

トーマスは肩をすくめた。「なぜかはわからないが、僕を信用していたみたいで」

頭に閃《ひらめ》くものがあった。伯母にとってトーマスが秘密を打ち明けられる相手だったのなら、彼が小包のことを知っている可能性もあるのでは？　「トーマス」ルーシーはそう言い、彼のファーストネームがいかに自分の口に心地よく感じられるようになっているかに気づいて驚いた。「もしかして、伯母が亡くなったあと、伯母に頼まれた小包を発送してくれた？」

「いや」トーマスは頭を振った。「もちろん、頼まれればそうしていたよ。ミス・Eにはあれだけのことをしてもらったんだから、せめてそのくらいはできればよかった。でも、その種のことを頼まれたことはない」

「そう」ルーシーはがっかりした。「ただ……その、あなたは伯母のことをあまりにもよく知っているようだから」カップに視線を落とす。「私よりあなたのほうが伯母のことを知っているなんて、何だかずるい気がする」

長い沈黙が流れ、火が爆ぜる音だけが響いた。やがて、トーマスはため息をついた。

「さっき言ったことはすまなかった、君も伯母さまをもっと訪ねればよかったのにって」

ルーシーが顔を上げると、トーマスはこちらを熱心に見ていた。「あれは意地悪な言葉だったよ」

「でも、私も昨日あなたのことをあんなふうに言ったのは間違っていたわ」ルーシーはおずおずとトーマスにほほ笑みかけた。「ただあなたを傷つけたかっただけだし、いまでは後悔してる。自分が準備できていないことを無理強いされればどれだけ悲惨な結果が待っているか、私はちゃんと知っているのに」

「君が言ったことはすべて事実だ」トーマスは言った。彼のあごがこわばる。「僕は貴族院の議席に着くべきなんだ。君のおかげで、僕は自分の責務をないがしろにしているのではないかと思うようになった。ロンドンから長い間離れることは代償を伴うのに、そのことを考えていなかった」

ルーシーは一口飲み、紅茶が少し冷めていることをありがたく思った。「私も伯母がロンドンを訪ねてくるのを待つんじゃなくて、自分から訪ねればよかったわ。でも、父が爵位を継いだあと伯母とのやりとりはとだえてしまって、私はだんだん伯母を情の薄い人だと思うようになっていたの」顔をしかめる。「なぜ伯母がロンドンに来なかったのか、いまでもわからないわ。私をもっと知ってくれればよかったのに。でも、それはしなかった。うちには年に一度、クリスマスにカードが届くだけだったの」

重苦しい沈黙が流れ、火が爆ぜる音だけがときおり聞こえた。

「僕にもその理由はわからないが、ミス・Eが君を気にかけていたことは知っているよ」トーマスはゆっくり言った。「何度も、君のことをもっと知れたらいいのにと僕に言っていたから。でも、伯母さまのことで僕が知っていることがあるとすれば」一呼吸置いてから続けた。「あの人にはあの人なりに、リザード・ベイで暮らす理由も、君から離れている理由もあったってことだ」

「そうなんでしょうね。でも、その理由が何であれ、まだ日記からは読み取れていない」

トーマスは暖炉に向き直り、炎を見つめた。「君が言っているその日記……その中には僕について何か書かれていた？　ヒースモア・コテージについては？」

「まだ最後まで読めていないの」ルーシーは認めた。「いまはまだ……」目を閉じて思い出そうとする。「一八二七年のところよ」目を開けると、トーマスが自分を見つめているのがわかった。「どうしたの？　あなたが公衆の面前で泥酔していたいきさつを、伯母が私に話すことを心配しているの？　それとも、婚約者がいかに愚かだったかについて？」

ルーシーはからかった。「それならもう全部知ってるわ」

トーマスは頭を振り、口元に悲しげな笑みを浮かべた。「いや。僕が恐れているのは、伯母さまがそれ以外のすべてを話すことだ」

イーディス・ルシール・ウェストモアの日記より
一八二八年五月二日

〈今日、私は考えられないようなことをした。教区牧師の意見に反対せず、賛成票を投じたのだ。

わかっている……それは、決してしないと誓った行為だった。だが、あの人はすばらしい提案をし、私は自分を貫くためだけに、彼のじゃまをすることはできなかった。

ウェルズベリー師はリザード・ベイに貸し出し図書館を作ることを提案したのだ。

私は長い間、気晴らし用の読み物をロンドンから取り寄せていた。一人暮らしは寂しく、読書はヒースモアの孤独を和らげられる数少ない娯楽だった。自分が読み終えたものはリザード・ベイの女性に貸すことにしていて、それが狭くなりがちな彼女たちの視野を広げるのに役立つことを願っていた。ウェルズベリー師が私の気前のよさを、あろうことか人前で褒め、正式に制度化して、ロンドンの新聞など新たに加えるべき定期刊行物を挙げたとき、私は床に倒れて一生起き上がれないかと思った。

感謝しているかって？　この気持ちをどう呼べばいいのかわからない。だが、ウェルズベリー師に対して、雪解けのような不思議な気持ちを抱いているのは確かだ〉

18

紅茶はたちまちなくなり、会話は心地よいぽつぽつとしたリズムになっていった。トーマスは炉棚にカップを置いた。自分の人生のいきさつをこの女性にここまで話したことが、いまも信じられなかった。

話すつもりのなかったことをずいぶん話したが、あの箇所はうまく守れたと思った。ルーシーはほとんど神秘的にも思える方法で話を引きだした。ミス・Eも似たような技能を持っていて、おそらく本人以外でただ一人、トーマスの人生のあれこれを知っている人だった。ミス・Eはまさにこの客間で、酔っ払い、もごもご喋《しゃべ》るトーマスから、手練《てだ》れのスパイのように秘密を聞きだしたあと、〝絶対に他言しない……ただし、トーマスが酒瓶を捨て、品行方正な生活を貫くなら〟と約束した。

トーマスはそれもやってのけた。脅迫ではあったが、ミス・Eの条件に従わなければ、ロンドンで危険に晒《さら》されるものが多すぎた。これらの秘密はミス・Eが墓場まで持っていったと思っていた、いや、そう望んでいた。だが、もしルーシーが持っている日記にすべてが書かれているのなら、事態はこちらが思っていたほど単純なものではなくなる。

トーマスは立ち上がって、ズボンで両手を拭き、自分がいまだにこれほど濡《ぬ》れていることに気づいてたじろいだ。「できるだけ体を乾かせるようにしたほうがよさそうだ」火に新たな泥炭を足し、灰をかき立てると、やがて炎は高く上がった。それから、ルーシーに身ぶりで協力を頼み、二人で古いソファを火床のほうに押して、放たれる熱の大部分を受け止められる角度に据えた。「これでいい」トーマスは両手をこすり合わせながら言った。

「お嬢さま、ベッドの準備ができました」

当然ながらルーシーは下唇を噛《か》んだ。もっと分別があるはずのトーマスの体のさまざまな部分が、そこに注目したがる。

「あなたはどこで寝るの？」ルーシーはたずねた。

ルーシーが考えていることはわかった。自分たちは二人きりなのだ。

トーマスも冷え、濡れている。そして二人はこの一時間で、さほど堅固なものではなくとも、休戦協定にこぎつけた。

さらにトーマスの意識は、ルーシーの思考がそれにとらわれることを求めていた。乾きつつあるシュミーズはさほど透けなくなっていたが、ルーシーが立ち上がってソファに肩をもたせかけると、トーマスの熱心すぎる視線の前に魅惑的な曲線があらわになった。

ああ、ルーシーは完璧だ。みずみずしく豊かな丸い胸と、甘美な放物線を描く腰が、その薄く白い綿生地の下で誘うように動いている。かつて彼女を少年だと思い込んだ自分がいまでも信じられなかった。だが、ソールズベリーの宿でキスに応じ、今夜震えながら腕の中に飛び込んできたからといって、彼女は礼儀をすべて投げ捨てたわけではない。

ルーシーは歩くスキャンダルかもしれないが、無垢《むく》でもある。いくらルーシーが自分に視線を絡ませてきても、暖炉の前で話しているとき身を寄せてきても、いま彼女が自分との間に空けているわずかな距離が、言葉よりはるかに雄弁にその事実を告げていた。

トーマスはソファに座り、その硬さを試すように押してみた。少なくとも、この家具はきちんと掃除がされている。「これはかなり大きなソファだ」トーマスは冗談めかして言った。「正当な理由がある場合に、二人の人間が不快感なく眠れるのは間違いない」ルーシーの頰が赤くなったので、からかうのをやめた。「でも、僕はまごうことなき紳士だから、喜んで床で寝るつもりだ」ルーシーにほほ笑みかける。「心配しないで。君を鼠《ねずみ》から守らなきゃいけないときに備えて、腕一本離れただけの場所にいるから」

ルーシーはソファの反対端に座って、二人の間に距離を保っていた。だが、クッションは傾いていて、トーマスはルーシーのほうにすべっていきたくなった。

「君が寝支度をする間、僕は外に出ていたほうがいいかな?」トーマスは立ち上がり、濡れたシャツを脱いで、朝までに乾く見込みが少しはありそうなソファの背に掛けた。コート類もその横に掛け、ズボンははいたままにする。慎みのためであって、正気を保つためではない。

「私、乾いた服を持っていないの」ルーシーは認め、手元に視線を落とした。「かばんに入っていたものは全部びしょ濡れになってしまって」

「君がそんな格好をしていたのは、僕を歓迎するためではなかったということか？」トーマスは冗談を言い、床に座った。ルーシーの頬の赤みが濃くなる。ルーシーが苦心して髪を二本の短いおさげにするのを見守ったが、左側はすぐにほどけた。ルーシーはその作業をやめ、首を掻《か》いた。

「まだ発疹《ほっしん》がかゆいのか？」トーマスはたずねるまでもないことをたずねた。ルーシーの耳の下の皮膚は頬と同じくらい赤く、真っ白なシュミーズを背に、ほとんど覆われていないほかの部分と同じくらい視線を引いた。だが、トーマスがその質問をしたのは、二人が少なくとも正直に話せる関係になったかどうかを確かめたかったからだ。

「ええ」ルーシーはため息をついた。「この大災難はいつまで続くの？」

「あと数日だ。もう終わりに近づいている」

「終わりが近いとは思えないわ」

トーマスはズボンのポケットをたたいた。「頼んでくれさえすればいいんだよ」

「ブランストン卿《きょう》――」

「おっと」トーマスは指を振った。「よければ、トーマスと呼んでくれ」

ルーシーの唇が引き結ばれた。「じゃあ、トーマス。まだ持っているなら、あの軟膏《なんこう》が少し欲しいわ」

「お願いします、がないな」

返答代わりに、ルーシーが歯ぎしりする音が聞こえた。

「でも、君がお行儀よくするのが苦手なのは知っているから、その単語は僕が想像で補った。自分で言う必要はないよ」トーマスは立ち上がり、ルーシーの隣に座って、ブリキ缶を引っ張りだした。「さあ、どうぞ。横になったらどうかな」

ルーシーはソファにうつ伏せになり、短い髪を片側に寄せて、長く美しい首をあらわにした。その魅惑的な姿を見つめ、トーマスは唾をのんだ。

おい、何を考えている？　何をしようとしているんだ？　ルーシーに自分で軟膏を塗らせればいい。そのほうが安全な選択だ。だが、トーマスの中の頑固な一部が、その栄誉を受け入れろ……つかみ取れと主張していた。何しろ、これは激しい闘いのすえに勝ち取った特権なのだ。

だが、トーマスがルーシーの肌に触れ、低い声が彼女の唇からもれると、この考えがどれほど愚かだったかを悟った。この軟膏が和平の贈り物のようになると、無邪気にも想像していたのか？　気安い友情への道に続くと？

実際には、それは導火線にマッチを近づけるようなものだった。

ルーシーがしているペンダントの細いリボンの下に指を入れると、蛇紋石のチャームが約束するようにきらめいた。ルーシーに触れる単純な仕草だけで火花を散らせるなら、誰が火を必要とする？　軟膏がルーシーの肌で温められ、指の上でぬめると、トーマスは〝進むも地獄、退くも地獄〟という言葉の真の意味がわかるようになった。この女性がどうしても欲しい。人生でこれほど何かを、誰かを求めたことがないというくらい、彼女を求めていた。

ヒースモアを救うよりも、ルーシーが欲しかった。

ウイスキーを飲むよりも。

それはいままでしてきた中でもあまり高潔な行為とは言えなかったが、トーマスの指はそこに留《とど》まり、非常に念入りな仕事を行おうとした。何しろ、いまはルーシーの肌に触れても咎《とが》められないのだ。とはいえその動きも、この指が本当に彼女にしたいこととは比べものにならなかった。

これが最後の……唯一のチャンスになるかもしれない。

やがてルーシーはソファの上で身動きし、両膝を引き上げて、両手で耳の下をそっと触った。「ありがとう」トーマスにそう告げ、目をふわりと閉じる。

トーマスはブリキ缶にふたをし、ルーシーの脇に置いた。「夜、またかゆくなったときのために」ソファの背から油布のコートを引き上げ、ルーシーの体を覆って、手のひらを頬に当てた。「いい夢を、ルーシー」

ルーシーは片目を開けた。「それは無理だと思う」

「心配はいらない。幽霊は中に入ってこないし、火を焚《た》いているから鼠も寄りつかない」

両まぶたが震えながら開いた。「その心配はしていないわ」ささやき声で言う。「あなたが私を守ってくれることはわかってるもの」

トーマスはルーシーの頬の柔らかな曲線の上に手のひらをかざしたまま、ためらった。

ああ、何てかわいいんだ。かわいい、かわいい、かわいい。

僕は教養のある男だ。コーンウォールではいとも簡単に忘れてしまうが、世襲貴族だ。千以上の植物の名前を知っている……英語でも、ラテン語でも。なのに、ルーシーの前では、頭の中でたった一語の、短い単語を繰り返し唱えることしかできなかった。

「僕が君を守るとわかっているなら、何が心配なんだ?」トーマスはたずねた。

ルーシーはため息をつき、穏やかに胸が上がるその動きには、トーマス自身が感じているのと同じ、絡みつくような欲求不満が感じられた。ルーシーは勇気を奮い立たせるかのように、目を閉じた。「私からあなたを守る人がいないわ」

ルーシーはなぜ自分がそんなことを言ったのかわからなかった。

それ以上に最悪なのは、自分の言葉をトーマスがどう思ったのかがわからないことだった。

恥知らずだ。決して上品な淑女が言うべき言葉ではない。

でも、私は上品な淑女ではないでしょう？　その役を演じようとすらしていない。私は私で、それ以外の何者でもない。

それに、私がどんな人間だとしても、トーマスは認めてくれるはず。

ルーシーは目を固くつぶり、自分の告白にトーマスがどう反応するか見守った。二人の関係の大部分が根拠のない不信感の上に築かれていたせいで、いままでは地を揺るがしそうなむきだしの真実を口にしてしまった。自分は最初からトーマスに対して最悪の見方をしていて、それは彼がせいいっぱい説明しようとしても変わらなかった。ヒースモア――それに自分への関心は、身勝手な動機に基づくものでしかないと思い込んでいた。おそらく、E伯母の日記に駆り立てられ、男性と自分の相続に関する事柄に強い不信感を持つようになっていた。

だが、トーマスがあれだけの事実を知っていることを思えば、伯母が彼を信頼していたのは明らかだ。トーマスが紳士であること……しかも、忍耐強い紳士であることも、本人が証明してくれた。

トーマスがしてくれたすべてを思い、ルーシーは感謝で喉がつまった。

ああ、なのに、自分はこの男性を誤解していたのだ。それどころか、自分自身をも誤解していた。自分は男性の恋愛対象にはならないと思い込んでいた。自分にそういう性質はなく、孤児の生活の向上のような問題解決に向いているのだと思っていた。あるいは、重犯罪人の。

あるいは、猫の。

だが、それらの性質は、互いに相容《あいい》れないものだろうか？　いまこの瞬間、トーマスの目に映る自分はぱっとしない短髪の女というだけではないと、信じる気持ちが生まれてきた。

きいきい叫ぶ、無遠慮で怒りっぽい女というだけではないと。

孤独な、愛されない独り身の女というだけではないと。

「つまり、君は僕に何をしようと思っているんだ？」トーマスの声はかすれ、聞いたことがないほど低かった。その声に、ルーシーの頭の中は喜びで満ちあふれた。

ルーシーは目を開け、二人の間の距離が数センチになるまで、ソファの上に体を押し上げた。いままでトーマスに触れられるたびに、その回数を数えていた。親指を火傷《やけど》し、トーマスがそれを調べるために手を取った、宿でのあの晩。とてつもない不信感を生んだ、あの悲惨なキス。路上で腕をつかんだトーマスの手から電流が走った昨日。そして、トーマスが首に、甘く誘惑するように触れてきたついさっき。

だが、それはささやかな瞬間の寄せ集めであり、まるで不十分だった。

トーマスが塗ってくれた軟膏の匂いがする。それはすでに奇跡的な効能を発揮し始めていて、不快感は和らいでいた。その甘い、ぴりっとする匂いとともに、嗅ぎ煙草《たばこ》の刺激臭を吸い込むと、熱い紅茶とも泥炭の火とも関係のない熱がお腹の中に広がるのを感じた。

今回ルーシーは、自分からトーマスの唇に唇を押し当てた。求めるキスが訪れるのを待つのではなく、奪いに行ったのだ。トーマスは息を吸ったまま動きを止め、ルーシーが何をしようとしているのかはわからないながらも、この魔法が解けることを恐れているかのようだった。

だが今回、その魔法は確固たるものだった。ルーシーの欲望も。

ルーシーはいまでは、この男性をよく知っていた。彼の歴史も、失敗も、腹立たしいほどの内なる善良さも。この人は私を傷つけない。

でも、いい加減キスを返してきてもいいのに……。

トーマスはじっとしたままで、積極的な参加者というより、用心深い受け手となっていた。不器用なキスは不意打ちで行われ、そのあと進む方向はルーシーに五つほど想定できた。だが、それはこの男性が選ばなければならない。

ルーシーは選択を手助けするため、抵抗できるものならしなさいと言わんばかりに、両手を伸ばしてトーマスの首の後ろで組んだ。唇の合わせ目に舌を潜り込ませ、自分がいままで想像してきたようなキスに耽《ふけ》るようせがんだ。

いままで夢見てきたようなキスに。

ついに、トーマスは選んだ。彼が唇を開いて舌をルーシーの中に差し入れると、紅茶と情熱の味がした。何もかもが正しく感じられた。トーマスは喉の奥で低くうなり、ルーシーは彼の自制がほどけるのを感じた。とたんに、二人は約束された道を、互いに引っ張り合いながら転がり落ちていった。

ルーシーは二人の唇が重なった快楽の一点以外、何も考えられなかった。これがどこに向かっているのかわからず、トーマスの口を自分の口に感じたいという欲求以外はすべて消えた。だが、やみくもにトーマスに体を押しつけ、その先を求めていると、自分が想像していたキスは、彼が見せてくる現実には遠く及ばなかったことがわかった。

ルーシーは体じゅうにトーマスを感じた。トーマスの舌が自分の舌を我が物にしている口に。彼を近くに引き寄せ、肌と肌の触れ合いを求める腕に。

そして、トーマスの口が自分の口の上で動く間、ゆっくり、とろけそうに渦巻く体の芯に。

しかし、道筋は予想していたものからそれていった。トーマスはルーシーをゆっくりソファに横たわらせたが、キスはやめず、ルーシーの隣に寝そべって手足を絡め、息を混じり合わせた。「ルーシー……君は僕に何てことをしてくれたんだ」トーマスはルーシーの唇の上でつぶやき、ルーシーの心臓は喜びに弾んだ。自分もトーマスに対してまさに同じようなことを思っていたからだ。

二人の初めてのキスは忘れたほうがいいものだったが、このキスは忘れられないものになるに違いなかった。ルーシーはいまやあえいでいて、トーマスの肌の内側に入り込みたくなるほどだった。トーマスの手が這《は》い上がってきて、胸のふくらみを揉《も》むと、ごく薄い綿だけを挟んで指がそこに触れるみだらな感覚に、ルーシーの体は震えた。

トーマスはささやいた。「君の胸は……完璧だ」

その瞬間、ルーシーはそれが真実だとほとんど信じそうになった。

トーマスの唇が唇を離れると、ルーシーは一瞬抗議の言葉を叫びそうになったが、すぐに唇を噛んだ。トーマスが熱く濡れたキスであごに火をつけ、胸まで転がるように下りたあと、ついに……そう……固くなった胸の頂を口で覆って、綿に包まれたルーシーの一部を吸ったのだ。ルーシーは衝撃に震えながら、ソファに背中を沈め、トーマスに向かって身を投じた。彼が何を欲しがっていようと、それを与えたかった。

それが自分の体でも、家でもかまわない。トーマスがやめずにいてくれるなら。

「触って」ルーシーは懇願した。「私……もっと欲しいの」

トーマスの体が押し殺した笑いに震えるのが感じられた。ルーシーの息に触れる彼の息は熱く、心地よかった。かつての自分なら腹を立てていたかもしれないが、いまは違う。トーマスがユーモアを求める男性であることがもうわかっていて、この笑いは彼自身の快感の証《あかし》なのだ。私は何らかの形でトーマスを喜ばせている――そう思うと、この先を求める気持ちがいっそう強まった。

　顔を上げたトーマスは唇をいたずらっぽく歪《ゆが》め、目は輝く嵐のようだった。冷たい空気がルーシーの太腿に押し寄せ、シュミーズが手際よく引き上げられていくのがごくかすかに感じられる。やがて、新たに露出した肌をトーマスの手がかすめ、焼きつくようでありながらもあまりに優しい感触が太腿の内側に感じられた。

「ここか?」トーマスはたずね、その言葉はうなり声に近かった。

「ええ」ルーシーはあえいだ。「そこよ」

　トーマスはしばらくそこに留まり、ルーシーの震える脚を指でなでた。だが、やがて頭を振った。「いや、ここだけでいいとは思っていないはずだ」彼の喉の奥から低い笑い声が聞こえたかと思うと、手は上へと動き、物憂げな円を描いた。その道筋の先でルーシーの肌は期待に熱くなり、指が触れたところは彼に賛同するように炎を上げた。

　それでもなお、トーマスの手は上を目指し続ける。

「トーマス」最も親密にうずく部分を彼の手がかすめると、ルーシーはあえいだ。「たぶん……そう……そこ」反射的にヒップがソファから跳ね上がり、太腿に力が入った。トーマスの指は、彼がどういうわけか知っているその部分に円を描いたが、ルーシー自身にはその一点が特別である理由がわからなかった。トーマスの指はそこに留まり、その快楽の核を熱心に、確実にこすり続けた。驚くべき感覚が体の中にとぐろを巻いていく。それは雷雲の前兆のようで、それでいて……直後、熱せられた空気がいっきに爆《は》ぜた。脚はそのみだらな熱に反応し、もっと求めるように大きく開く。

ルーシーが差しだした招待状をトーマスが見落とすはずがなかったが、ルーシーは自分でそれを理解してはいなかった。

わかっているのはただ、トーマスにやめないでほしいということだけだった。

それなのに……トーマスが退き始めるのが感じられた。体の芯を刺激する動きは穏やかになり、顔からは笑みが消えた。

次の瞬間、トーマスは体を離し、起き上がって、震える手でシュミーズを伸ばしてもとの位置へと引き下げた。「すまなかった……君はこんなことをしてはいけない」

ルーシーは苦心して肘をつき、おなじみの燃えるような羞恥に襲われたが、宿屋で感じた鋭くささくれた羞恥に比べれば、ずっと穏やかなものだった。

「私はしたいの。本当に」

だが、トーマスは頭を振った。「こんなふうに情欲に身を任せれば、起こりうる結果というものがある。結婚もしていないのに、君にそのリスクを冒させるわけにはいかない。それに、独身を貫くという君の意志は固いようだから……」その声はとぎれ、トーマスはルーシーに薄い、張りつめた笑みを向けた。彼のあごは、問いかけ方がわからずにいる疑問にこわばっている。「ヒースモアを買いたいという以外、僕からの申し出は検討してもらえないんだろうね？」

ルーシーは息をのんだ。「それって……プロポーズしてるの？」

「ああ」ルーシーが仰天して黙り込むと、トーマスは頭を振った。「たぶん」ソファの側面に脚を投げだし、両手で頭を抱えた。「僕にもわからない」彼の頭の中で行われている闘いが、力の入った肩の線にはっきり表れていた。

トーマスがいま結婚を申し込まなければいけないと思ったことに、ルーシーは腹を立てるべきだった。トーマスにとって求婚がとても難しいことなのは明白だし、彼はついさっき婚約者にまつわる後悔を口にしたばかりなのだ。それはプロポーズのぎこちないまねごとのようだったが、お粗末な伝え方にもかかわらず、トーマスの言葉にルーシーは逡巡《しゅんじゅん》し、実際に可能性を考えた。おそらく、何よりも驚いたのはそのことだった。それはプロポーズそのものへの驚きよりも強かった。

ルーシーは大っぴらに、自分は結婚しないと宣言してきた。婚姻制度は女性を束縛し、制限するだけだといまも思っている。不幸な結婚が生みだすものを直接、両親の不誠実な手本から見てきた。もっと悲惨な例も、自分の子を孤児院に預けることになる女性たちの怯《おび》えた目と痣《あざ》のある顔に見てきた。E伯母も、男性が当たり前のように妻に振るう暴力を防ぐために、友人の夫に毒を盛るという手段に訴えていた。

だが、いままで生きてきて少なくとも一つは、前向きな結婚の例も見ている。姉のクレアは結婚し、とても幸せな生活を送っている。結婚から受けられる恩恵があることも、いまではわかるようになった。

例えば、もっとキスができること。ルーシーはもう少しキスがしたかった。

それどころか、自分はこの男性に求められていると、ほとんど……ほとんど信じることができた。社交界でよしとされる種類の女性としてではなく、ありのままの自分が求められていると。トーマスにこんなことをする義務はないのに、それでも、彼はうずくような快楽を、じれったいほどゆっくり与えてくれた。崇《あが》めるように、まるで自分たちの間には倒壊寸前のコテージや一万ポンドの持参金以上の何かがあるかのように、私に触れた。

だが、その印象は真実なのだろうか？　真実だと信じるには不安を振り切って信頼するしかなく、それができる自信はなかった。胸がざわめく。怯えてさえいるのかもしれない。トーマスの求婚を受け入れるということは、自分の体も、持参金も、魂も、ほかの誰かに――こちらの肌の下に快楽の火をつけたとはいえ、結局は持参金にしか興味がないかもしれない人間に差しだすことを意味する。最悪、興味があるのはこの地所だけかもしれないのだ。

トーマスにまたちゃんとキスしてもらうためだけに払う犠牲としては、それはあまりにも大きすぎる……。

「トーマス」ルーシーは言い、片手を伸ばしてトーマスの顔を包んだ。「いまのは単なるキスよ」

だが、それは決して〝単なるキス〟ではなかった。いまもトーマスの感触が、湿った綿地の下で肌が燃えている部分に感じられる気がした。トーマスの紳士としての一面が勝っていなかったなら、彼は私をどこに連れていっていたのだろう？「今回は私が始めたキス、ただそれだけ。嘆いたり、悔やんだりするようなことではないわ」

「僕にとっては単なるキスじゃなかった」

しゃがれたその声がルーシーの決意を引き裂き、弱らせたが、完全に破壊はしなかった。トーマスの求婚と、それに伴うあらゆる不安に、息がつまる。

つまり、プロポーズを受けるのは間違った決断だということ……そのはずだ。

そうでしょう？

ルーシーは手を伸ばし、再びトーマスにそっと、一度だけ、唇を閉じたままキスをした。それから体を引き、トーマスの薄茶色の目と視線を合わせた。「それでも、別の種類の申し出については考えられないわ。ずっと言っているとおり、私は結婚する気がないから」彼の額に自分の額を軽くつける。「でも、だからといって、あなたを大事に思っていないわけじゃない」

トーマスはうなずき、唾をごくりとのんだ。

ルーシーはトーマスを隣に引き寄せ、油布を引っ張って自分たちを覆った。「あなたの言ったとおりだと思うわ。正当な理由がある場合、このソファには二人が眠れる空間がある」目を閉じ、あくびをする。これ以上キスをしなければ、これ以上息を切らしてうめかなければ、少なくとも二人の体は乾くだろう。「それに、この状況にはちゃんと理由があるわよね?」眠気に襲われながら、もごもごと言う。

トーマスは答えなかった。

だが、ありがたいことに、ルーシーのそばを離れはしなかった。

イーディス・ルシール・ウェストモアの日記より
一八二九年七月二十日

〈目を覚まし、新たな一日に思いを馳《は》せることには、世界が正しく思えるような何かがある。ヒースモアは孤独ではあるが、夏の朝はすばらしく、荒れ地が色彩と鳥ではちきれんばかりになる。この季節は朝の散歩に出かけることが多く、ここに咲くような花々はイングランドのほかの場所ではいっさい見たことがない。

きっと、ヒースモアは誤解されているのだ。隠された秘密と、わずかにたわんだ屋根、こわばって上を向いたあごを備え、風に勇敢に立ち向かう、独身女性のようなコテージ。

私と同じく、少し老け込み、がたが来始めている。

だが、私と同じく、その気難しい見かけの下には強さがあると信じるしかない〉

19

トーマスは飛び起き、腕の中が柔らかい女性の体で満たされていることに気づいた。ルーシーは体を押しつけ、トーマスの胸の上に片腕を投げ出して、穏やかなリズムで胸を上下させている。この発見に、トーマスの体は多少どころではない熱を帯びた。

だが、心は葛藤していた。

ルーシーは求婚を断ったが、そのあと僕を引き寄せて自分の隣で眠らせた。ルーシーのほうがもっと、さまざまに混じり合った感情に困惑しているということなのだろうか？

トーマスは片手で顔をこすった。どのくらいの時間、眠っていたのだろう？　泥炭の火は燃え尽きてほとんど灰と化し、ほのかな、灰色がかったピンクの光が窓から部屋に差し込んでいて、夜明けの到来と荒天の終わりを告げていた。トーマスは自分の裸の胸に寄り添うルーシーの頬を見下ろし、夜明けの暗がりの中、その繊細な曲線と窪《くぼ》みを目で追った。

油布は夜の間にすべり落ちていて、なめらかな白い肌が目の前であらわになっている。ルーシーの姿はしどけなく、穏やかな顔のまわりで金髪が乱れていた。起きなければならない。燃料を取ってきて、朝食の準備もしなくては。

　だが、この魔法を壊したくなかった。

　ああ、ルーシーは何と美しいのか。男が毎朝目覚めた瞬間に姿を見たくなるような女性だ。トーマスは息を吸い、ルーシーの甘い、慣れ親しんだ匂いを吸い込んだ。女性の隣で目覚めることの目新しさを意識せずにはいられない。

　この女性の隣で目覚めることの現実みのなさを。

　すべてが……しごく正しいことに思えた。

　これを表すのに、それ以上的確な言葉はなかった。このまま何時間も横になっていたかった。ルーシーをキスで起こし、シュミーズを再び引き上げて、さらなる宝物にたどり着きたかった。ルーシーを守りたかった。プロポーズについて考え直すよう説得したかった。この結婚で得られるはずの利点を示したかった。

　だが、すべてが幻想であることはわかっていた。ぎりぎり手の届かないところにぶら下がっている、人生最高の夢。

　昨夜、自分はこの女性にのぼせ上がり、彼女はいまにも処女を失うところだった。無謀な道の途中で立ち止まるには、体の中にある意志の力をすべてかき集め、神の介入により供給されたであろう分も足さなくてはならなかった。トーマスはルーシーに結婚を申し込んだが、社交界の規則から無理にそうしたわけではなかった。何しろ、ルーシーが汚されたところは誰も見ていないし、本当に後悔するようなことが起きる前にトーマスは思い止《とど》まったのだ。

ルーシーに結婚を申し込んだのは、もっと欲しかったからだ。

吐息をもっと、心が奪われるキスをもっと。もっと、もっと……。

それに、トーマスも人並みに人生の汚点を持つ男だ。自分の歴史、そして妹の悲劇的な事例が、トーマスをいまのような男に作り上げていた。純潔を奪ったあと、その後処理を本人に押しつけるようなことができる人間ではない。自分の責務を顧みず、クラブや売春宿をうろつく、身持ちの悪い若い貴族であることもすでに卒業していた。

トーマスもルーシーも、〝もっと〟のためには結婚するしかない。

だが、昨夜ルーシーは〝私は結婚する気がない〟とはっきり告げた。

つまり、ルーシーは二人のキスは楽しんだが、正しい道筋をたどってそのキスが導く場所にたどり着く気はないということだ。そして、トーマスがルーシーと知り合ってからの短い間に彼女について学んだことがあるとすれば、ルーシーを自分の、そして世間の都合のいいように動かそうとするなら、危険を覚悟しなくてはならないということだ。

トーマスはルーシーを起こさないようにしながら身動きした。だが、ルーシーは死んだように眠っていて、二人が絡み合って眠っていた体勢からトーマスが抜けだすにはかなりの柔軟性が必要だったため、それは都合がよかった。やがてトーマスは、眠ったままじがみつくルーシーから離れ、乾いたシャツを着た。カフスを留めながらルーシーを見ていると、その姿に、保護欲求と自身の無力さを同時に感じた。白い片脚は曲線を描き、シュミーズは腰のまわりでしわになっていて、ガーターのつなぎめと、コーンウォールの崖の上を動き回るにはまるで不向きな絹の高級ストッキングがちらりと見える。

ルーシーは二人がしている危険なゲームを理解しているのだろうか？　欲望に気軽に身を任せることが招く結果を？

それでも……トーマスのルーシーに対する思いは、肉欲以上のものだった。気軽なものでもなかった。このような人間同士の触れ合いを感じたのはいつ以来だろう？　いままでの人生ずっと、これを待っていたような気がした。だが、本人が望まないなら、ルーシーは自分のものにはならないし、守るべき相手でもない。

実際のところ、ヒースモア・コテージも同じだ。

資金の問題を別とすれば、ルーシーはヒースモアの女主人を完璧に務め上げられるだろう。この数日間で、トーマスはルーシーにたぐいまれな強さを、リザード・ベイの風変わりな住民たちへの優しさと忍耐強さを見てきた。ルーシーはこちらにしゃにむにキスをしたが、それと同じ奔放な情熱から、自分のまわりの問題を解決しようとするのも見てきた。

トーマスはひそかにほほ笑んだ。ミス・Eは最初から、自分の姪《めい》こそヒースモアを守るのにふさわしい人物だとわかっていたのだろうか？　トーマスはミス・Eもルーシーも、相手の考えを読めるほどには互いを知らないと思っていた。その間違いは修正しなくてはならない。

トーマスは肩掛けかばんから取りだした紙にルーシーへの走り書きをし、眠るルーシーの肩に油布を掛けて、その手紙を彼女が確実に見つける場所に押し込んだ。

それからドアのほうを向き、肩掛けかばんを取って片方の肩に掛けた。ヒースモアの未来はきっと、心優しき彼女の手で守られるだろう。トーマスは、ヒースモアの真の姿をルーシーに見せるところから始めればいいのだ。


ルーシーはゆっくり目覚め、冷たい暖炉に顔を向けた。一瞬、自分がどこにいるのかわからず、不安を覚える。

息を吸い、かび臭い空気と嗅ぎ煙草《たばこ》の相容《あいい》れない匂いを嗅いだ。火は消え、日光が客間の床板に降り注いでいる。自分はヒースモア・コテージにいるのだと気づくと、心臓は跳ね、喜びの小さなリズムを刻んだ。

だが、ヒースモアで自分が何をしているかについては、まだ整理する余地があった。

ルーシーは伸びをし、手足の調子を試しながら、この家の耳が痛くなるような静寂について考えた。鼠《ねずみ》は自分の寝場所に急いで戻ったようだ。幽霊もいなくなり、この世のものと思えないうめき声は夜明けとともに収まっていた。どちらもよいことだと言っていい。

でも、トーマスはいったいどこにいるのだろう？　ルーシーは傍らのクッションに手を置いた。生地にぬくもりはなく、トーマスが出ていってから時間が経《た》っていることがうかがえた。昨夜のキスと、それに伴うプロポーズを思い出し、ルーシーの頬は熱くなった。

目覚めたトーマスは後悔し、私に拒絶されたことで出ていったのだろうか？　だが、どうすればそれ以外の反応ができただろう？　結婚生活とその中にいる自分を思うと、監獄以外の何も想像できなかった。精神病院ですら、女性の自由を、選択権を、結婚より効果的に奪うことはできないだろう。それに、まぎれもなく高潔な求婚をしてくれたとはいえ、トーマスがいまも元婚約者のことで苦しんでいるのは明らかだった。

そう思うと、燃えるような嫉妬を覚えてしまう。

ルーシーは目を閉じ、小さく困惑のため息をついたところ、何かが首を刺していることに気づいた。体を起こし、首筋を探る。その手に折りたたまれた紙片が当たった。

ルーシーはソファに座り、それを広げた。

〈君を起こすのはほぼ不可能だったから、よく眠れたことと思う。僕はすぐに戻る。もしよければ、そのまま中にいてくれ。戻ったときに、君に見せたい大事なものがある。

——ブランストン〉

体じゅうにぬくもりが広がった。トーマスは出ていってなどいなかったのだ。それに、彼が自分に見せたい大事なものがあると知って、ルーシーの好奇心は燃え上がった。でも、そのまま中にいてくれですって?!

まったく、私が命令に従うような女性だと思っているなんて。

ルーシーは急いで服を着たが、昨夜トーマスの唇が胸につけられたことを思うと、慎みを気にするのは少し妙な気がした。次に、ソファを正しい位置に戻したが、その重い家具をもとの場所に移動させるには、上品な淑女らしからぬ悪態とうなり声を発さずにはいられなかった。

「さてと、これで無分別な行動の証拠は消せたわ」ルーシーは言い、炉棚からカップを回収して台所に運んでいった。

それでも記憶は残っていた。顔に浮かんだ笑みも。

だが、台所に入り、日の光の下で室内をまともに見ると、その笑みは消えた。客間は整頓されていたが、台所は乱雑なままだった。戸棚はがらんとしていて、何枚もの扉が蝶《ちょう》番《つがい》から垂れ下がっている。ポンプは機能しているが、錆《さ》びていて、ルーシーがカップを洗うための水を出そうとしてもびくともしなかった。

ルーシーは汚れたカップを置いて、現実と向き合った。ポケットが空っぽであることは確かに無視できない問題だったが、それは序の口なのだ。倒壊しかけている家の所有者になるという現実をどう処理するのかは見当もつかないし、自分の面倒をどう見るのかという最も基本的な問題すら答えがわからなかった。

例えば、この散歩用ドレスだ。ロンドンを発《た》ったときからこのドレスを着ているが、それは洗濯という恐るべき仕事の手順がわからないのはもちろん、まともな荷造りの仕方すら知らなかったからだ。昨夜、火のおこし方も紅茶用の湯を沸かす方法もわからなかったことを思い出し、顔が赤くなる。そのうえ、ぐうぐう鳴るお腹が、今朝のお腹を満たす方法も見当がつかないことを思い出させた。

きっと、この地所を買い取るというトーマスの申し出を受け入れ、ロンドンに戻るべきなのだろう。

それが本当に、私にとれる最善の――いや、唯一の選択肢なのかもしれない。

ヒースモアと、伯母とのつながりを失うのはつらかった。日記の書き込みとリザード・ベイの住民の記憶を通じて、E伯母の人となりを少しずつ知ってきている気がしていたのだ。とはいえ、たとえ地所を売ったとしても、その記憶は残る。ロンドンに戻り、母や、自分がずたずたにした社交シーズンの切れ端に直面するのはつらいだろうけれど、伯母が愛したコテージを破壊する当事者になることは、もっとつらい気がした。

財政難による放置と無知から、自分がそれを破壊するのは間違いないのだ。

少なくとも、トーマスならヒースモアを維持する資金を出せる。だが、彼がなぜここをそれほど欲しがっているのかは、いまも理解できずにいた。

ルーシーは客間に戻り、垂木の隙間からのぞく新しい粘板岩を見上げた。トーマスがここを欲しがる理由はさほど問題ではなく、大事なのは欲しがっているという事実だけなのだと、ふと思った。トーマスの動機を疑うのをやめ、彼がその人となりを示してくれた男性を信頼すればいい。

私が協力の申し出を受ける気になるのを辛抱強く待ってくれた男性。

昨夜、私が衝動的に身を投じた奔放な行為から、身を引いてくれた男性。

傷心の身なのに、私に結婚を申し込んでくれた男性。

トーマスがこの家を愛しているのは、はっきりしている。客間はぴかぴかに磨き上げられ、外観の修理過程にも感心させられる。粘板岩代だけでも何百ポンドもかかったはずだ。やりかけの屋根をよく見て、自分でそれを修繕できる見込みがあるかどうか確かめるために、ルーシーは玄関のドアを開けて外に出た。だが、きらめく緑の海を目にして、自分が外に出てきた理由をすっかり忘れてしまった。

ルーシーは思わず声をあげた。これ……これだ、ようやく思い出した。

記憶が押し寄せてきた。伯母と手をつないで外に出たときに、すばらしい朝の風景を目にしたのだ。口をぽかんと開けて海を眺めていると、伯母に手をぎゅっと握られ、〝しっかりつかまって、崖の縁から転がり落ちないように〟と注意されたことが思い出された。伯母と卵を探して雑木林を歩いたことも。二人の宝探しのせいで雌鶏《めんどり》は散り散りになり、うろたえて騒々しく鳴いていた。その半分野生の雌鶏たちの子孫がいま、草と葦《あし》の細いカーテンの隙間から顔をのぞかせ、ルーシーを用心深く見ていた。

朝食を見つけるべき場所はわかったが、実際の調理方法はやはり見当がつかなかった。眼下の水面に反射する日差しがまぶしく、目の上に手をかざして、崖っ縁に近づいた。縁の手前で足を止め、あたりを見回すと、畏怖の念で口が利けなくなり、卵のことは頭から吹き飛んだ。

すごい……。たったいま、トーマスがこのコテージをこれほど欲しがる理由を不思議がっていたが、彼がこの眺望のために地所を熱望していてもおかしくはなかった。

熱望しない人がいるだろうか？

霧は夜の間に晴れ、水平線は外科医の刃ほどに鋭く見えた。青緑の水と泡立つ波が、その水平線まで続いている。空は目をぱちぱちさせてしまうような青色で、見たことがないほど澄みきっていた。ロンドンに住んでいる自分は六歳のとき以来、このような空をきっと見ていないだろう。

ルーシーは深く息を吸い、トーマスがそばにいてこの瞬間を共有できたらいいのにと思った。この朝の美しさと、記憶が蘇《よみがえ》った喜びに、トーマスに手を伸ばしたくなった。あの男性の何が私の心を、いままで向いたことのない方向に向かせるのだろう?

そのとき、何か妙な感覚を、足の下の地面のわずかな動きを感じた。ルーシーは一歩後ずさりした。心臓がふくれ上がり、肋骨《ろっこつ》にぶつかる。崖は危険だと警告されていたし、そのときは半信半疑の反応をしたものの、その警告を完全に無視したわけではなかった。警戒していたからこそ、崖っ縁から数メートル手前で足を止めたのだ。

どうやら、崖っ縁には別の思惑があったようだ。

足元で地面が崩れる中、ルーシーは両手を伸ばし、悲鳴をあげながら、手を掛けられる何かを探した。何でもよかった。だが、爪が引っかくのは土と石ばかり。地面は崩れてルーシーも同じ道をたどり、スカートは足首にまとわりついて、腕は宙で振り回された。

そして、崖下の尖《とが》った岩だらけの場所に向かってすべり落ちていった。

イーディス・ルシール・ウェストモアの日記より
一八三〇年一月五日

〈ときどき、自分こそが自分の最大の敵になる。

コーンウォールに来た当初、私は孤立を守ろうと決めていた。町に続く道路を草ぼうぼうのまま放置するのは、そのときはいい考えに思えたが、いまは自分の腕を切り落とすことで、生命を維持する血流自体、断ち切ってしまった気がしている。今年の冬は長く、孤独で、まだ半分も終わっていない。一週間ぶっ続けで雪が降り、小道が凍っているせいで家から出られず、町のぬくもりや話し相手から切り離されている。

今朝、私は崖っ縁に立って、出せる限りの大声で叫び、自分の声が町まで届くかどうか試した。だが、誰も来なかった。

私の声が届かないのか……。

あるいは、私が自分で、薄情な人間だと思われるような行動をとってきたせいなのか〉

20

コテージが視界に入ってきたとき、トーマスはルーシーの悲鳴を聞いた。すぐさま、自分に責任がある誰かを守れなかったと知ったとき特有のパニックが押し寄せる。

この感覚に襲われたのは、いままで二度きりだ。一度めは、妹が怯《おび》え、目立つお腹を抱えて戸口に現れたときだ。次は妹の葬式で、葬儀を行わざるをえない理由である妹の選択を、酔っ払いつつも疑問視しながら、想像もつかなかったほどの喪失感に向き合っていたときだった。

崖の側面が不安定なことは知っていたし、昨夜あれだけ雨が降ったとあってはなおさらだった。もしそれを放置したことでルーシーが傷を負うなら、一生自分を許せないだろう。

トーマスは家に向かって走り、肩掛けかばんが太腿に何度も当たった。むきだしの地表、ぎざぎざになった崖の縁が見えると、直感的に何が起こったかを悟り、ルーシーの冒険心を呪った。ルーシーは水浸しになった崖っ縁に近寄りすぎ、地面が崩れたのだろう。トーマスはこの三年間、自分の懇願をほとんど聞き入れてくれなかった神に、奇跡を祈った。

くそっ、なぜ置き手紙にもっと具体的なことを書かなかった？

〝中にいてくれ〟とは指示した。しかし、なぜその警告を守るべきなのかを、ルーシーに伝えなかったとは。大馬鹿野郎だ。

「ルーシー！」トーマスは濡《ぬ》れた地面の上で足をすべらせながら叫び、その声は恐怖にこわばってしゃがれていた。「聞こえるか？」

弱々しい声が下から聞こえた。「だ……大丈夫よ」彼女は息を切らし、怯えていた。

だが、生きていた。

今回、トーマスが神につぶやいたのは、感謝の言葉だった。残っている地面が再びゆるむことを恐れ、崖っ縁から数メートル手前ですべりながら足を止める。少しずつ這《は》って前に進み、体重を分散させて、脆《もろ》い地面に過度に圧力がかかる点を作らないようにした。崖の縁の向こうをのぞくと、六メートルほど下の岩棚にルーシーが見え、安堵《あんど》のため息をついた。

ルーシーはヤマネのようにすくみ上がり、両腕でしっかり体を抱いていて、彼女がいまもどれだけ危険な状況にあるかを思い出させた。

「けがは？」トーマスは下に向かって叫んだ。

見上げたルーシーはシーツのように真っ白な顔をし、土汚れのついた頬のまわりで金髪を躍らせていた。「たいしたことはないわ。すり傷が何箇所か。明日痛くなるのは間違いないけれど」手を振って、足元の岩棚を示す。「ここから引き上げられる？」

「そこで待っていろ。動くんじゃないぞ、一センチたりとも」

ルーシーは口を尖《とが》らせた。「そんなに怒らなくても——」

「いい加減にしろ、ルーシー！　僕が君に中にいろと言ったことには相応の理由があったし、いま一センチも動くなと言っていることにも相応の理由があるんだ！」

ルーシーが一センチでも……それ以下でも動くと、崖全体が眼下の磯波《いそなみ》の中に崩れ落ち、彼女の不屈の首が折れる危険があった。

トーマスはパニックを抑え込んでコテージに向かって走り、泥炭置き場から長い縄を取ってきた。息をつめ、縄を下に投げる。粗い繊維が土のぎざぎざの部分に引っかかったが、縄はずるずるとルーシーの足元まで落ちていった。ありがたいことに、その岩棚は崖の上のほうに近い。「それを腰に巻いて結んで」トーマスは指示した。そうすれば、最悪の事態が起こっても、少なくとも転落死する前にルーシーを捕まえることができる。

ルーシーは言われたとおりにし、彼女が縄の結び方は知っているのがわかって、トーマスはほっとした。

〝ミス・Eも誇りに思うよ〟という言葉が頭の中で響いたが、そもそも、ミス・Eは崖の縁の近くに行きすぎるほど無分別ではない。

トーマスは用心深く立ち上がり、足を踏んばった。地面は持ちこたえているように見える。安堵のため息をつき、ルーシーを引き上げようとした。だが、ルーシーの骨格はしっかりしているため、地表の端にこすれた縄が、新しくできた脆い崖っ縁を崩すことが心配された。土のかけらがぱらぱら降り、トーマスは声を殺して悪態をついた。残りの地表がどれほど脆いかわからず、新たな地すべりを起こす危険は冒したくなかった。

「登れるかどうかやってみてくれ」トーマスは片方の肩に縄を結び、縄を崖の縁から離すようにしながら、下に向かって叫んだ。「水夫がやるように、縄に足を絡めながら登るんだ。体は崖から離して」

ルーシーが頑張っているのは見てとれたが、うまくいきそうになかった。スカートがたえず足首に絡みついてじゃまをしていて、三、四回試してはみたものの、一メートルも登らないうちに手の力がゆるんですべり落ちた。それどころか、落ちてくる石と土の量が増え、トーマスのみぞおちが締めつけられた。

「スカートとコルセットを脱いで」トーマスは命じ、声を殺して毒づいた。

ルーシーは顔をしかめた。「私を誘惑しようとしているなら――」

「ルーシー！」トーマスはどなった。

「わかってる」ルーシーはにっこりし、その表情は青ざめた顔の中でちぐはぐに見えた。

「大声を出さないで」笑顔はトーマスを安心させるためだったのだろうが、声は少し震えていて、その効果は完全に損なわれていた。

ルーシーが縄をほどくと、無防備な状態が三十秒間続き、トーマスは胃が痛くなった。

ルーシーは重いドレスとコルセットを脱ぎ、地面にそのまま落とした。それから、再び縄を結んで、大量の布地の負荷が消えたことで、さっきよりは上まで行けたが、やはり一メートルほど上がったところですべり落ちた。「たぶん……これは無理だわ」ルーシーは頭を振った。「私、ずば抜けて運動神経がいいわけじゃないから」青ざめた顔がぼんやりとトーマスを見上げる。「ボール投げも下手だってことも言っておくわね」

トーマスは恐怖を感じながらも、虚《うつ》ろな笑い声を絞り出した。「いや、それはどうかな。昨夜の君の狙撃はかなり有望に見えたよ」いまも髪と服に嗅ぎ煙草《たばこ》の匂いが残っている。「それに、コーンウォールに来るのに、窓をよじ登ったと言っていなかったか?」

ルーシーは顔をしかめた。「でも、あれもそんなに優雅にはできなかったの。そういうことはふだん、ズボンをはいてやっているから」

それを聞いて、トーマスの顔にようやく本物の笑みが浮かんだ。「僕がズボンを脱いで、君に放り投げたらいいかな?」冗談を言いながらも、ルーシーを引き上げる別の方法を考えようとする。自分があそこに下りれば、下からルーシーを押し上げられる。必要なら、片手で彼女を運び上げてもいいだろう。

下りるのはいっこうにかまわないが、岩棚が二人分の体重を支えられるだろうか？　ルーシーは体に縄を結んでいる。最悪の事態になっても、少なくともルーシーは助かるだろう。

「けっこうよ」ルーシーがぷっと噴きだす声が聞こえた。「私が崖から身投げしたいきさつをあなたが当局に説明するとき、ズボンをはいてなきゃいけないでしょう」

ルーシーは笑わせようとしながらも、トーマスを見上げる目は頻繁にまばたきをし、下唇は震えていた。トーマスは恐怖の小さな証《あかし》に目を留め、少しだけほっとした。ルーシーが怯えているということは、少なくともこの状況の危険性を理解しているということだ。

「町に戻って、助けてくれそうな人を連れてきたらどうかしら？」

トーマスは頭を振った。「危険すぎる」いまもリザード・ベイに住んでいるのは、生え抜きの頑固な年寄りだけだと言い添えるのはやめておいた。まだまともな賃金を稼げる人々は、漁業が崩壊したときにマーストンに移ってしまった。縄を引っ張る力のある人は、この町には残っていない。だが、そんな説明をすれば、ルーシーはいっそう怖がるだけだろう。数十メートル下には岩だらけの海岸が広がっている。斧《おの》の刃のように鋭い、上から落ちてくるものを歓迎したがっている岩が待ち受けているのが見えた。

どんな状況だろうと、これほどの危険の中にルーシーを残し、町に引き返そうとは思わなかった。

トーマスは選択肢を検討した結果、わずかでも成功の見込みがある方法に着手した。縄の上端を、崖の新たな縁から三メートルほど手前に突きでた大きな岩に巻きつけた。地質学の知識から、その岩は地下の花崗岩群《かこうがん》の一部であると推測され、この土壌の不毛さから考えると、ここで得られる中で最も錨《いかり》に近いもののはずだった。

だが、崖全体が崩れ落ちれば、それが間違いだったことが証明されるかもしれない。

縄をできるだけしっかり結びつけると、トーマスは一回一回注意深く手を掛けながら崖を下りていき、やがて片足ずつ慎重に地面につけた。岩棚は持ちこたえてくれたので、ゆっくり息を吐く。たちまちルーシーが身を寄せてきて、トーマスの手の中は柔らかな震える肌でいっぱいになり、鼻孔に彼女の匂いが飛び込んできた。

「信じられない……あなたが私のために下りてきてくれたなんて」ルーシーはあえいだ。

「どうして?」トーマスはルーシーの髪の野性的な光輪に唇を寄せた。ああ、この女性はまったく……。トーマスをきつく縛り上げたあと、すぐさま優しくほどくのだ。「ルーシー、僕は君のためなら何でもする」

ルーシーは体を引き、目をぱちぱちさせながらトーマスを見上げ、おずおずとほほ笑んだ。「そうね。これで、あなたが私を殺す計画を立てていなかったことが証明されたわ」

トーマスは顔をしかめた。「まさか、僕が君を崖から投げ落とすとかいう戯言《たわごと》、本気で言っていたわけじゃないだろうね?」

ルーシーは頭を振った。「あれはあなたを困らせたかっただけ」

「そうか」トーマスの唇はぴくりと上がったが、頭の中ではここからどうやって抜け出すかという問題について考えていた。「その任務は今朝みごと達成されたよ」

ルーシーは凍りついた。「ごめんなさい」

「気にしないでくれ、ミス・ウェストモア。謝る必要もない。君らしくないよ」トーマスは上を見て、自分たちを待ち受ける六メートルの道のりを値踏みした。距離は短く、自分一人なら楽々と登れる。だが、ルーシーを抱えてとなると、少し難しいだろう。念のために片手は縄を、反対側の手はルーシーをつかんでいるが、地面は足の下でしっかりと安定しているように思えた。それに、この低い地点から見てみると、土はきれいに崖からすべり落ち、新たに岩の壁が露出しているのがわかった。

「足場はしっかりしていると思うの」ルーシーが隣で、トーマスが考えているのと同じことを言った。

「ああ、花崗岩のように見える」トーマスは言ったが、基盤の中を走る太い、はっきりとした白い脈は、まったく別の何かだった。トーマスはこの土地の地質にはとても詳しいため、それが何かわかるとたじろいだ。

そう――ヒースモアの秘密の一つが、いまやその姿をあらわにしているのだ。

だが、その問題にはあとで対処しよう。いまは救わねばならない独身主義者がいる。

トーマスはルーシーを胸に引き寄せ、片腕をしっかり回して、もう片方の手は縄を握ったままにした。崖の残った部分は岩でできているようだから、二人がこれ以上の惨事に見舞われることはおそらくないだろう。

だが、だからといって、ルーシーを自分の肌から少しでも離していいことにはならない。〝念のため〟とトーマスの脳はささやこうとしたが、それは完全な真実ではなかった。トーマスがルーシーを離したくないのは、彼女の身の安全のためよりも身勝手な理由からだった。

「トーマス」ルーシーはささやき、目をしばたたきながらトーマスを見上げたが、腕の中から抜けだそうとはしなかった。むしろ、さらに身を寄せてきたように感じられた。「何を待っているの？　二人で上まで戻る方法を考えださなきゃいけないわ」

「そのうちね」トーマスはうなり、顔を近づけた。「まずは記念に。僕は今日、英雄役を演じた。キスをするのがならわしだ」

トーマスはルーシーの唇を激しく奪い、彼女の口からもれた驚きと喜びの小さなあえぎ声を堪能した。ほてった体を引き寄せ、自分の胸の上で彼女の胸が上下する感触を歓迎する。社交辞令や許可の言葉をささやく時間も、勘ぐったり誘惑を企《たくら》んだりする時間もなかった。トーマスは、自分に縄を下りるよう命じたのと同じ悪魔に駆り立てられていた。ルーシーが許してくれる限り、つかめるだけ彼女のかけらをつかみ、後ろは振り返らなかった。混沌《こんとん》とした欲望のもやの中でも、ルーシーが少しも抵抗していないのはわかった。やがて、息が肺の中でこんがらがってしまうと、トーマスは体を引いた。だが、手の力はゆるめなかった。二人の体が重なった部分で、こちらの心臓が打っているのがルーシーに感じられるだろうか？　大災難の瀬戸際で海の音を聞き、コーンウォールの太陽に焼かれる中、この女性にキスするのは極めて正しいことのように感じられる。土で汚れたルーシーの顔を見つめると、ある直感が頭に染み通ってきた。

自分はこの女性と結婚する――いままでの人生で、これほど何かを確信したことはなかった。

だが、正しいと感じることと、実際に正しくあることは、まったく別物だ。

そして、持ち前の頑固さで、ルーシーがなおも抵抗することへの不安は拭いきれなかった。

ルーシーは呼吸を整えようと無駄な努力をしながら、目を開けた。

何てこと。たったいま、何が起こったの？

ルーシーは肺いっぱいに息を吸ったが、トーマスからは離れなかった。唇はいまも、彼の唇が重なったときの、傷つけると同時に約束するような感触に燃えていた。これもまた、いままでの二度のキスとはまったく違った種類のキスだった。そして、キスだけに留《とど》まらず、まごうことなきトーマスの隆起がお腹に硬く押しつけられているのが感じられた。

　自分がこのような、いわば騎士道精神を駆り立てる種類の女性だと思ったことはなかった。

　ルーシーはトーマスに身を寄せ、彼の欲望の証を歓迎した。婚約破棄のことではいまも苦しんでいるのだろうが、トーマスが自分を求めているのは明らかだった。

　自分を、短い髪のルーシー・ウェストモアを。騒々しい、木登りの得意な独身主義者を。

　そう思うとぞくぞくして脈が跳ね上がり、二人が立っている場所を思って頭がくらくらしながらも、恐怖を感じていない自分に気づいて驚いた。互いの足が再び固い地面を踏むまでは決して放さないと言わんばかりにトーマスの腕が自分を抱きしめ、揺るぎない誠実さを感じた。そこから生まれる事実が、トーマスがついさっきしてくれたうっとりするようなキスの喜びの中に浸透し始めた。

〝私はトーマスを信頼している〟

　それは、トーマスが自分の滑落を防いでくれることへの信頼だけではなかった。トーマスがここにいるのには正しい理由がある——彼は私の、ヒースモアの利益を最優先に考えていると信じられたのだ。

　ルーシーは驚嘆の目でトーマスを見上げた。彼の目は土のような深い茶と緑を帯びていて、その目がルーシーを手招きしていた。「トーマス」両手で彼の顔を挟み、指であごをなぞって、そのちくちくする感触を堪能する。「あなたを疑ってしまって、本当に、本当にごめんなさい」

「ルーシー――」

トーマスの唇に指を一本当てた。「あなたは最初から誠実に接してくれたのに、私はそのありがたみに気づけなかった。私があんなふうにあなたを疑ったことに、理由なんてこれっぽっちもなかったの。私はあまのじゃくで、無遠慮で、世間知らずだけれど、いまはあなたに正直になる。あなたは高潔な人よ。命を賭けて私を救ってくれたんだもの」そこでルーシーはためらった。「だから……もし伯母のコテージをきちんと手入れすると約束してくれるなら、ヒースモアを売る相手はあなた以外に考えられないわ」

トーマスは身をこわばらせた。「急いで決断する必要はないよ。君はまだ地所の残りの部分を日中見ていない。そもそも売る必要がないという決断も下せるんだ」

ルーシーはそれが事実であることはわかっていながら、頭を振った。「私にはこの地所を維持する資金がないの。どれだけここが欲しくても、あなたが始めた修繕を続けることはできない。あなたなら、いい管理人になってくれると信じられるわ」

ルーシーを抱くトーマスの腕に力が入った。「二人で修繕を続けることもできる」

「トーマス。真剣に考えて」ルーシーはトーマスの腕をたたいた。「ほかの誰かが所有している家に、お金を払い続けることはできないわ」

「僕は真剣だよ。ルーシー、僕と結婚してくれ。そうすれば、すべてが解決する」

ルーシーは息をのみ、いまにも後先考えず承諾しそうになった。それは、トーマスの腕の中で一夜を過ごしたからでも、ヒースモアをどうすればいいのかというジレンマに容易な解決策が提示されたからでもなかった。

トーマスといるときの自分の気持ちが、その理由のすべてだった。

トーマスに出会う前は、こんな感情を抱くとは思ってもいなかった。この人生が二人一組の人生の片割れとして形成されるとは、一度も想像したことがなかった。

自分が思いを寄せる誰かが結婚を申し込んでくるなど、一度も想像したことがなかった。

昨夜、トーマスにひどくぎこちないプロポーズをされたとき、彼は何か間違ったユーモアセンスからそう申し出たのではないかと心配になった。それ以上に、その求婚を真剣に検討している自分が怖くなった。片方だけが真剣な感情を持つ結婚に縛られるなんて、それ以上ひどいシナリオはない。

今朝、トーマスが自分を救うために下りてきたのを見たあとでは、困惑はさらに大きくなった。トーマスは自分を思ってくれている。そのはずだ。だが、またも呼吸が肺の中に絡みついていた。

それは何を意味するのだろう？　自分はまた別の道に縛りつけられるのか、それとも、想像力が欠けているせいで、トーマスが示してくれた道の可能性が見えないだけだろうか？　E伯母の言葉……日記の最初の書き込みにあった言葉が、頭の中にこだました。〝妻は夫の所有物だ〟〝だが、独り身の女性は、彼女自身が自分を所有している〟

ルーシーはずっと、自分の人生は大義の追求のために、世間の不当な慣習を一つずつ変えていくことのために費やされるのだと思ってきた。だが、誰かとの結婚に体が縛られていれば、それはできない。ルーシーは両手をトーマスの胸に当て、少しだけ押して、呼吸と思考ができるだけの空間を作った。

トーマスはあごをこわばらせた。「この件も新たに交渉しなきゃいけないってことか？」

ルーシーは頭を振った。混乱していて、胴に回されたトーマスの腕の誘惑は、その問題を解きほぐすことに少しも役立っていなかった。「ただ……よく考えたいの」

それは、トーマスの腕の中で満ち足りた吐息をもらしている間はできないことだった。

ルーシーはさらに一歩、また一歩下がった。なぜ、いままた完全に間違った方向に向かっているような気分になるのだろう？

「ルーシー、気をつけて」トーマスは注意した。

急にルーシーの足はふらついた。恐怖に声がもれる。

だが、トーマスが隣にいて、腕をつかんでくれた。ルーシーを自分の胸へと引き戻し、強く抱きしめる。ルーシーはトーマスのシャツに顔を押しつけ、クローブと煙草の匂いを嗅ぎ、頬の下に心臓が確かに脈打つ音と、筋肉と、約束を感じた。

「わからないか？」トーマスはルーシーの耳元でうなった。「君を面倒から遠ざける役になれなければ、僕は死んでしまいそうなんだ」

ルーシーは目を閉じ、トーマスの感触を味わいながらも、その言葉が奥深くにある不安に火をつけた。

ああ、これでトーマスに二度も命を救われたのだ。その恩に、失望で報いることがどうしてできるだろう？

「ルーシー！」

その声は、六メートル上から降ってきた。ルーシーがぱちりと目を開けると、崖っ縁からのぞく父の顔が見えた。

もちろん、父が来ることは予期していた。父が現れることへの恐怖が、この数日間、できるだけ早くヒースモアにたどり着こうとする原動力になっていた。だが、まだ答えを出せていない問題が、どっちつかずの状態でぶら下がっている。

あと数分間だけ、考える時間が欲しいと思わずにいられなかった。

「けがをしてるのか？」父の声音が変《か》わった。淡々とした口調の奥に怒りが渦巻いている。父はひどい姿をしていて、帽子は歪《ゆが》んでいるし、目の下には疲労の隈《くま》があった。長年の間に父を怒らせることは山ほどしてきたため、父が怒っているところは見慣れていた。だが、これほど激怒している様子は見たことがなかった。

「私は大丈夫よ、お父さま」ルーシーは上に向かって叫び、自分をつかむトーマスの手から抜けだそうとした。だが、父の長々とした説教に備えて気を引き締めながらも、何かがおかしいことに気づいた。自分は父ににらまれてもおかしくないことをしたのに、父は娘をにらんではいなかった。

父は隣に立っている男性をにらんでいた。自分と娘を隔てる、ただ一人の男性を。

「ブランストン卿《きょう》、娘から手を離してもらえるとありがたいんだが」父はどなった。

ルーシーの腕をつかむトーマスの手に力が入るのが感じられた。「お言葉を返すようですが、カードウェル卿、それはあまりいい考えとは思えません」

撃鉄が起こされる音が、宙を切り裂いた。父の手の中で金属がぎらりと光るのが、拳銃の銃身がトーマスの胸をまっすぐ狙っているのが見えた。

「やめて！」ルーシーは叫び、突然、この場面がどういう種類のものに映っているのかに気づいた。

自分はシュミーズ姿だ。ドレスは地面に落ちている。そして縄で縛られ、トーマスの胸に押しつけられているのだ。

ああ、まずい。

「ルーシー」父はしゃがれた声で言った。銃身が下げられ、今度はトーマスのズボンの上部あたりを狙った。「そのくそ野郎に触られたのか？」

保護本能を猛々《たけだけ》しく示す父にショックを受け、ルーシーはためらった。あいにく、その質問への答えは、揺るぎない〝いいえ〟ではない。だが、数秒間もごもご喋《しゃべ》ったくらいでは説明できないし、いまルーシーの舌は恐怖と驚きに固まっていて、まともに動かせる自信がなかった。

「では、ブランストン卿、この町にあなたの介添人を務めてくれる人間がいることを願うよ」父は銃身を再び上げて、今度はトーマスの頭を狙った。「なぜなら、これから必要になるからだ」

イーディス・ルシール・ウェストモアの日記より
一八三〇年十一月十四日

〈秘密だけで築かれた人生以上に孤独なものがあるだろうか？

ここにいる誰も、本当の意味では私を知らない。いまの私は知っていても、かつての私は知らない。私がリザード・ベイに来たその日から注意深く伏せてきた本名も知らない。長年の間、町の誰もロンドンでの私の身元を疑わないよう、慎重に行動してきた。私がカードウェル卿《きょう》の娘だと知られれば、何が起こるかわかったものではない。

それどころか、ヒースモアも秘密を隠している。実を言うと、持ち金が尽きてきたため、この地所を利用して利益を得ることを考えたほうがいいのだろうかと思っている。善意と新鮮な空気だけでは生きていけないし、売れる宝石ももう残っていない。だが、そのような選択は、私が築いてきた人生そのものを破壊する。そのうえ、事業の契約書には本名で署名せねばならず、事務弁護士がかかわってくる。そうなると、私の身元を隠すことはできなくなるだろう。

それからもちろん、何よりも大きな秘密——私が町にこれほど頻繁に、特に毎週金曜と日曜に行く理由となっている秘密がある。日記の中でさえ告白したくない秘密だ。なぜなら、紙に言葉を記せば、自分はいままでずっと間違っていたと認めることになるからだ。そして、淑女は決して、自分が間違っていると認めてはいけないのだ〉

21

トーマスは両手を上げたが、ルーシーを放すのはいやでたまらなかった。

手を離してもいいことはない。何しろ、二人が直面している危険は二つあるのだ。一つは明白で、崖の上から二人を狙っている。もう一つは眼下で待ち受ける、最初の犠牲者を求めてやまない尖《とが》った岩だ。

「お父さま、説明させてちょうだい」ルーシーはトーマスのそばで体を引きつらせ、動揺をあらわにした。「決闘なんて行われない。私が絶対に許さないわ。だから、そのくそ忌ま忌ましい銃を置いて！」

銃身はゆっくりと下げられた。撃鉄が戻される音で、トーマスの呼吸は安堵《あんど》のため息に変わった。ルーシーは父親を前にしても言葉遣いが悪く、その事実にいつもなら笑みを浮かべていたところだ。だが、いまはそんな衝動に身を任せるときではない。説明すると言っているルーシーが、何を頭に思い浮かべているのかが気になる。真実を告げれば、あの銃身は再びこちらの頭に突きつけられるだろうから。

「娘さんの安全を確保しなくてはいけません」トーマスはカードウェル卿《きょう》に向かって叫んだ。「私が下から押し上げますから、あなたが縄をたぐり寄せてくれませんか？」

ルーシーはトーマスのほうを向いて頭を振った。「あなたが先に行ってちょうだい。私は腰に縄を結んであるから、じゅうぶん安全よ」

「だめだ！」トーマスはどなった。その瞬間、カードウェル卿がほぼ同時に同じことを叫ぶのが聞こえた。トーマスはルーシーの父親を見上げ、いらだちが少し和らぐのを感じた。カードウェル卿が娘を愛し、身の安全を心配していることが明らかなのに、彼に腹を立てるのは難しかった。

「ルーシー、お前が先に上がってくるんだ」カードウェル卿の声は心配にしゃがれていた。

「それは譲れない」

ルーシーは腰に両手を当てた。「私が上がったとたんこの人を撃たないって、約束してくれる？」

カードウェル卿は口をへの字に曲げ、顔をしかめた。「それは……ううむ……」

かわいらしい唇から、いらだたしげなどなり声が飛びだした。「銃を崖の縁から落として」

カードウェル卿の顔は赤くなった。「おい、ルーシー、道理をわきまえてくれ……」

トーマスはたじろいだ。ルーシーに出会ってからの一週間で学んだことが一つあるとすれば、この女性に道理をわきまえろと言うのは、どこまでも愚かな所業だということだ。

「いいえ、お父さまこそ道理をわきまえてちょうだい」ルーシーは縁に向かって一歩踏みだし、その向こうの空間を指さした。「お父さま、私は本気よ。ここで芝居をするつもりはないわ。これはジェフリーのいたずらではないの。それに、お父さまがさっさと動いてくれないと、私の説明もなかなか聞けないわよ」

悪態をつぶやく声が聞こえたあと、拳銃が落ちてきた。金属が石に当たる音が下から聞こえる。

「やっぱりうまくいった」ルーシーは小声で言い、トーマスに生意気そうにほほ笑んでみせた。肩をいからせてうなずく。「これでいいわ。じゃあ、上がるわね」

今回、ルーシーの足取りはしっかりしていた。トーマスが下で動き、肩でルーシーのヒップを押し上げる。父親が上から縄をたぐり寄せる間、ルーシーは半分は登り、半分はぶら下がりながら、やがて崖っ縁を越え、父親の顔と並んで上から顔をのぞかせた。

トーマスはルーシーの安全が確認できてほっとし、笑顔を向けた。次は自分の番だったので、確かな足取りですばやく縄を登り、手を交互に上に出して、縄の繊維が汗ばむ手のひらを焼く感触を歓迎した。ある明白な事実に気づいたのは、頂上に着いてからだった。

くそっ、ルーシーのドレスとコルセットが、いまも岩棚に残っている。

「それで？」カードウェル卿は腕組みをし、顔をしかめて二人を見比べた。「我ながら我慢強いなんてものじゃなかったと思うが」トーマスをにらみつける。「いちおう言っておくが、銃はなくなってもナイフをまだ持っているからな」

ルーシーは宙で片手を振った。「脅迫に頼る必要なんてないわ。本当に、やましいことは何もないんだから」

父親の目が鋭くなった。「やましいことがないようには見えない」

ルーシーは手を振ってコテージを示した。「そもそもの始まりは鼠《ねずみ》よ」

「鼠?」父親は信じられないというふうに繰り返した。「じゃあ、スカートは鼠にかじられたのか?」

「実際には、もっと前から始まっている話なの」ルーシーは縄をたぐり寄せ、自分の腕と肩に巻きつけ始めた。表面上は落ち着いて見えるが、この数日間でトーマスはルーシーをよく知るようになっている。歯が下唇を噛《か》んでいるところから、頭の中は激しく、速く回転していることがわかった。「ブランストン卿が昨日、ヒースモアを見せるために私をここに連れてきてくれて、私は……その……地所を検分しているときに崖から落ちてしまったの」

「それでは、この男が今日お前と下にいたことの説明にはならない」カードウェル卿の視線はトーマスに戻り、トーマスは父親の怒りが燃えているのを感じた。「お前のスカートが脱げていたことの説明にも」

「それはごく単純な話よ」ルーシーは縄の先端までたどり着いた。「スカートがじゃまになったの」

「何のじゃまになったんだ？」

父親の激昂《げっこう》したどなり声を聞いたルーシーは、縄がいまも結びつけられている岩のほうに一歩踏みだし、縄を引っ張り始めた。「これ、かなりしっかりと結ばれているわね。何か切るものはある？」

父親はいらだたしげにうなり、凶悪な外観のナイフを上着のポケットから出して差しだした。

「ありがとう」ルーシーは縄を切ったあと、すぐさまナイフも崖っ縁から投げた。

「ルーシー！」いまや父親の声は絶叫に近かった。

ルーシーの態度に多少はあった従順さは、ナイフとともに消えた。「だって、お父さまが大声を出して武器を振り回していたら、私はまともな説明ができないんだもの！」

「振り回してなどいない！」

「でも、脅してたじゃない！　しかも、かなりのまぬけっぷりを晒《さら》しながら」

「お嬢さん、私にそんな口の利き方は――」

「お嬢さんなんて呼ばないで！　私は二十一歳なのよ！」

トーマスは二人の間に割って入り、両手を上げ、和平を勝ち取ろうとした。もしくは、静寂を。とにかく、叫び声と非難以外の何かを。二人とも急に黙り込んだ。

「私に説明させてもらえませんか？」トーマスはきびきびとたずねた。二人とも同じような赤色に顔を染めたまま、うなずいた。

トーマスはカードウェル卿のほうを向き、この男の顔ににじむ非難の色を消そうと決意した。自分がルーシーに向けているのと同じ視線を向けさせ、娘は不屈の意志を持つ勇敢な女性で、物事を正したいという欲求に妥協しない性格であることを理解させなければ。

「カードウェル卿、あなたは娘さんを誇りに思うべきです」

カードウェル卿は納得できないようだった。「何だって？」

「ミス・ウェストモアは、ご自分が抜け目ない交渉人であることを証明しました。最初から、この地所に対する私の申し出は何かがおかしいことに気づいていたんです」

「何かがおかしい？」カードウェル卿は復唱し、いまでは怒りよりも困惑をあらわにしていた。

「私はミス・ウェストモアにヒースモアを実際の価値より低い値段で売ってもらおうとしましたが、彼女は地所の正式な検分を行うことでその真価を判断したいと主張したんです」

カードウェル卿は目をしばたたいた。「娘が……そんなことを？」

「商談もご自分が有利になるよう進めました。最終的には千ポンドという価格までつり上がったのです」

　カードウェル卿の目は顔から飛びださんばかりだった。驚いて口を開け、娘を見る。

「そうなのか？」

　だが、ルーシーはソールズベリーでその途方もない金額を口にしたときのことを思い出したらしく、トーマスをにらみつけた。「よく思い出して」硬い口調で言う。「それはたとえばの話にすぎなかったでしょう？」

「僕は喜んで君にこの名を差しだそう」トーマスは唐突に言った。

「あなたの名前なんていらない。私にはちゃんとした名前があるんだから」ルーシーは押し殺したような声で答えた。「どうして男はいつも、女が新しい名前を欲しがると思うの？」

「カードウェル卿」トーマスは向きを変え、この男性に娘との結婚を申し込もうとした。正式な手順に則《のっと》ってプロポーズするのだ。ルーシーが自分を思ってくれていることはわかっている。二人が一緒になることの正当性も、骨身に浸《し》みて感じられる。

　だが、カードウェル卿はその呼びかけを聞いていなかった。さっきまで縄が結びつけられていた岩の脇に立ち、頭を掻《か》いていた。その白いマーブル模様の表面を片手でなでるのが見え、声を殺してぶつぶつ言うのが聞こえた。

「カードウェル卿？」トーマスは彼の注意を目下の問題に引き戻す必要を感じ、声をかけた。

だが、カードウェル卿は頭を振りながら、大股に歩きだしていた。崖の残った縁から下をのぞいたあと振り向いたが、その顔は怒りで真っ赤になっていた。「よくやった、ルーシー」

ルーシーは口を開けて父親を見つめた。「え……そう……？　あ、ありがとう」

「私は最初、わかっていなかった」カードウェル卿はトーマスを指さした。「でも、お前にはわかったんだな。賢い子だよ。こいつは我々をだまそうとしたんだ！」

トーマスはみぞおちがぎゅっと硬くなるのを感じた。

「私をだまそうとした、でしょう？」ルーシーは冗談めかしてたずねた。

カードウェル卿はルーシーの意図を察することなく、新たに露出した崖の表面を指さした。「ここに最初に来たときには見落としていた。イーディスの死に動揺していたし、まるで無価値に見えるヒースモアをなぜお前に遺《のこ》そうとしたのかわからなかったんだ。でも、くそっ、この地所からは錫《すず》が出るんだろう？」カードウェル卿の声は大きくなり、その指は再びトーマスに向かって宙を突いた。「お前は娘の相続財産を盗もうとしたんだ！」

トーマスのみぞおちにできた結び目はきつくなり始めた。それどころか、その縄はいつのまにか首吊《くびつ》りの縄に変わっており、ルーシーに不安げな青い目を向けられると呼吸が難しくなっていった。

「ルーシー、説明させてくれ」

「これが……あなたのメモに書いてあったことの意味？　今朝、私に見せたかったのはそれ？」ルーシーは苦しげな声でささやいた。「この地所から錫が出るってこと？」

トーマスはためらった。嘘をつくのは簡単だ。うなずいて、話を合わせることは。だが、ルーシーに対してはすでに、真実の一部を伏せることを何度もしすぎている。だから、トーマスは頭を振った。「違う。君に見せようとしていたのは別のものだ」むしろ、それ以外のすべてだ。トーマスは手を振って、荒れ地を、コテージの上方に広がる未開の不毛の地を示した。「あの土地に何があるかを見せたかったんだ」ルーシーの困惑した表情を見てトーマスは身を屈《かが》め、地面の上の肩掛けかばんを探って、ひとつかみのヒースを取りだした。この騒ぎと時間の経過のせいで、いまはしおれている。「これを見せたかった」

つかのま、張りつめたような沈黙が流れ、風と海の音だけが聞こえる中、ルーシーはトーマスの手元を見下ろした。「あなたは私に……この草を見せたかったの？」しばらくして、小声で言った。

トーマスはうなり声を押し殺し、このぎこちない会話にとてつもなくいらだったが、いますぐそれを修復できる見込みはなかった。「草じゃない。ヒースだ。もっと言うと、これは花だ」

「花には見えないわ」

「このあと、夏には花が咲くんだ。重要なのは、これはものすごく珍しい品種だってことだ」肩掛けかばんから、今朝掘ってきた石を取りだす。土がこびりついた緑と灰色のその表面は、秘められた美しさを巧みに隠しすぎていた。「これもある」

ルーシーの唇が引き結ばれた。

「単なる石じゃない。リザード石だ」トーマスはルーシーの首を手で示した。「蛇紋石の一種で、君が首に掛けているペンダントのように加工もできる」

ルーシーは眉間にしわを寄せ、手をペンダントに近づけた。

「同じに見えないのはわかっている」トーマスは急いで言った。「いまは、まだ。まずは磨かないといけないんだ。でも、この石は半島特有の地質の一部で、イングランドのほかのどこにも見られない。それに、君が見てくれるなら、ほかにもたくさんある」

ルーシーのしかめっつらが消えないことから、彼女が理解していないのがわかった。もしくは、理解しようともしていないか。問題は、このような事柄は人に説明できるようなものではないということだ。実際にその目で見てもらわなくてはならないし、それがいかに稀少《きしよう》であるか、いかに重要であるか、時間をかけて説明しなくてはならない。

だが、ルーシーはそのような時間をこちらに与えるつもりはなさそうだった。

「あなたは私に花と石を見せたかったのね」ルーシーは淡々と言った。背筋を伸ばし、トーマスの目を見て、土で汚れた顔を失望にこわばらせる。「それなら、私が父の拳銃とナイフを崖から投げてしまったのは、とても残念だったと言わざるをえないわ、ブランストン卿」

ルーシーの思考は頭の中でぶざまに転げ回っていた。

錫。その貴重な鉱石は採掘しなくてはならない。精錬しなくてはならない。おそらく、崖全体が掘り返されることになるだろう。地所全体かもしれない。ルーシーにその価値は見当がつかなかったが、きっと千ポンド以上の利益が出るのだろう。

自分が処女を差しだそうと、差しだすまいと。

父はルーシーの隣に立ち、ルーシーと同じくらい獰猛《どうもう》な目つきでトーマスをにらんでいた。まるで、娘を誇りに思っているかのように。父にそのような感情を向けられたことはほとんどなかったが、トーマスの裏切りに相対しているいまは、それに寄りかかりたくなった。そこから離れれば自分はばらばらになって、すべてが崩壊してしまいそうだ。

「ブランストン卿……いますぐここから去ってちょうだい」

ルーシーは意識して彼のファーストネームを呼ばないようにするはめになりながらも、何とかそう言った。宿でのあの日――トーマスが自分に興味を示したのはヒースモアを売らせるための芝居だったと最初に思ったとき、それを侮辱だと感じたのだっただろうか？

あの経験もいま感じている屈辱とは比べ物にならない。

「ルーシー――」トーマスは言いかけた。

「私に嘘をついたのね」ルーシーは歯ぎしりしながら言った。「町の人にも嘘をついた。ここには錫があって、たぶんリザード・ベイがゆっくり虚無へずり落ちていくことから救えるくらいある」

トーマスはそれを盗もうとしたのだ、何のために？　それを隠し、決して暴かれないように？　もしくは、この地所を手に入れることでほかの全員を犠牲にし、自分だけが利益を得られるようにするつもり？

結局のところ、トーマスが求めている結婚から得られるものはそれだった。

私の体。私の魂。

私の忌まわしい地所。

「ルーシー、お願いだ」トーマスの声は引きつっていた。「僕が何の話をしているのか、それを君に教えるチャンスをくれ。ヒースとリザード石はそのごく一部だ。ヒースモアには、君が思っている以上の価値がある。それに、採掘作業は君が想像しているほどこの町に恩恵を与えない。海岸のこの部分を特別なものにしている源を破壊するだけだ」

トーマスの唇から発せられた自分の名前と、しゃがれた声の懇願に、ルーシーの決意はいまにも崩れそうになった。ほとんど……ほとんど、トーマスの誠実さを信じられそうになった。

だが、ルーシーは頭を振った。「それを私に教えるチャンスは、いままでにもたっぷりあったでしょう」そう指摘し、あの狭い岩棚に立っていた長い時間を、トーマスが崖の表面全体に錫の鉱脈が走っている事実について話すのではなく、心臓が止まりそうなキスで自分の気をそらした時間を思った。「それに、もし私があなたなら、さっさとここを出ていくわ」片腕を上げる。「だって、私はいまも縄を持っているのよ」

トーマスのあごがこわばった。「君は頑固すぎる、わかってるか?」

ルーシーはあごを上げた。「よく言われる」

トーマスは父のほうを、まるで助けを求めるように見た。父から優しく受け入れてもらえると思うなんて、なんて愚かな男。十分前、父の拳銃からその空っぽな頭を遮っていたのは、私の存在だけだったというのに。

「ブランストン、娘はお前に去れと言ったはずだが」父は腕組みをして言った。「私が治安判事を呼ばずにいるだけで運がいいと思え」

ルーシーは思わず、呆《あき》れたように目を動かした。町の治安判事であり町長であるベントリー老人が錫《ティン》にまつわるこのような説明を聞けば、〝罪《シン》〟の話だと思い込むに決まっている。

トーマスの視線がルーシーに戻ってきた。「僕はこれを諦めない」彼はそう言い、ずっしりしたおもりのようなその言葉を、ルーシー目がけてまっすぐ発した。「ルーシー、僕は僕たちのことを諦めない。もし、君がこのことをよく考えて、残りの真実を知りたいという結論に達したなら、僕にそう言ってくれればいい」言い終えるとそっけなくうなずき、町に戻る道を大股に歩いていった。

ルーシーは黙って立ち尽くし、トーマスの後ろ姿を見つめた。

「さてと。いい厄介払いができたじゃないか」父がルーシーの隣にやってきて、肩に手を置いた。「我々はほかにヒースモアの買い手を探したほうがよさそうだ」

ルーシーはうなずき、父が〝お前〟ではなく〝我々〟と言い続けることは気にしないようにした。

「ロンドンに帰る前に、マーストンで少し話を聞いてみてもいいな」

ルーシーは顔をしかめた。〝ロンドン〟。その言葉は耳になじみのないもののように響いた。そこで待ち受けているのは……舞踏会とドレス、延々と続く無意味なパーティ。母と、やむことのないしかめっつら。

「そうね」ほかにどう言えばいいかわからず、それだけ口にした。

ルーシーはとてつもなく混乱していた。ふだんはどんな問題が起ころうとも、それを修正するための行動に即座に飛びつくが、この件に関してはどう進めればいいのかわからなかった。

「でも、どんな選択肢があるのか全部知るまでは、ヒースモアを売る気はないわ」

肩に置かれた父の指に力が入ったが、娘に向かってうなずく表情は和らいでいた。「もちろんだよ。ルーシー、最初はお前の判断を信じてやれなくてすまなかった。お前が家を飛びだして、書き置きすら残さず行ってしまったことが許せなかったが、いまはお前がここに来たことには理由があったのだとわかる。お前はとんでもない過ちから我々を救ってくれたんだ」

その褒め言葉は耳にぎこちなく感じられ、ルーシーはため息をついた。〝我々〟という言葉もそうだ。過ちから救ったのはこの私なのに。トーマスは少なくとも、これは私が下す決断であるという事実を尊重してくれた。たとえ、彼自身はいくつかの事実を隠していても。

「お父さまが話をしに行っている間、私はこのままリザード・ベイにいたいわ」ルーシーはためらいがちに言った。「ミセス・ウィルキンズからE伯母さまの話をいろいろとうかがっていたの」それに、伯母があれほど嫌っていたマーストンに行くことを思うと、トーマスの裏切りのことを考えるのと同じくらい気分が悪くなった。父が口を開こうとしたので、ルーシーは片手を上げた。「それから、私にはお目付役が必要だと言う前に、私はここに一人で来たんだということを思い出してほしいわ」

しばらくして、父はうなずいた。「それでいいよ。ミセス・ウィルキンズのところに滞在して、ふらふらと遠くまで行かないのなら」ためらってから言う。「ルーシー、私はお前を誇りに思っていることをわかってほしい。しっかりした頭がのっている。弟もお前から一つ二つ、学ぶべきことがあるはずだ」お前の肩には、

「ありがとう」ルーシーは地面を見下ろし、嬉《うれ》しいというよりみじめな気分になっていた。どれだけ長い間、こんなふうに認めてもらいたいと思ってきた？　生まれてこのかた、ずっとのような気がする。

だが、それを達成するのにどれほどの犠牲を払っただろう？

ルーシーはトーマスが置いていった肩掛けかばんに視線を落とした。これを忘れていくなんて、彼がいかに動揺していたかがわかる。ふくらんだ側面を見て、中にはこの地所から集め、分析のために隠してある錫や石の標本が入っているのだろうかと考えた。だが、かばんを取り上げ、中をのぞき込むと、そこに見えたのは妙な取り合わせの植物だけで、それらの根は布とより糸でていねいに包まれていた。リザード石がさらに数個あり、その緑の斑点の色合いは、喉元のペンダントと同じ石だとかろうじてわかった。そして、底の近くにあったのは分厚い紙束の入った封筒で、ロンドン・リンネ協会宛てになっていた。トーマスの悪事の証拠がまったくないことに、ルーシーは息をのんだ。

植物と、石だけ。

ああ、何てこと。あの人は自然に取りつかれているのだ。二人の短くも忘れがたい交流

の間に、トーマスは何度意味不明の学名を口にしただろう？　それだけでなく、いまこの肩掛けかばんを持っていると、彼が昨夜、自分のかばんとルーシーのかばんの両方を持って、濡《ぬ》れた小道を上った様子が思い出された。そしてさっき、しおれてうなだれたヒースを取りだしたときの様子も……。

あれほど優しくしてくれる人が次の瞬間には悪だくみをしているなんて、ありうる話だろうか？　ルーシーにはわからなかったが、答えは空から降ってこない。

だが、もしかすると、伯母の日記からは降ってくるかもしれない。

ルーシーは日記が押し込まれたかばんが――トーマスが自分のためにここまで持ってきてくれたまさにそのかばんが、いまも置かれているコテージに視線を戻した。E伯母はこの地所に錫が埋まっていることを知っていて、その正しい扱い方について自分の意見を持っていたのだろうか？　日記はまだ三冊めの半分も読んでいない。手がかりがあるなら、もっとあとの部分に埋もれているのだろう。今朝は一つの劇的な秘密が、もっと早くに知りたかった秘密が明らかになった。

それ以上の真実が待っているなど、ありうる話だろうか？

「私、行く前にかばんを取ってこないと」ルーシーは言い、視線を落とすと、自分がシュミーズとストッキングだけで屋外に立っていることに気づいてぞっとした。「それに、予備のドレスを着なくちゃ。家の中にあるの」急いで言い、この状況が父の目にどう映っているかを考えてたじろいだ。自分は外聞の悪い独身主義者かもしれないが、こんな格好でリザード・ベイに帰りたいとは思えなかった。

「昨夜はここに泊まったのか？」父は急に娘への誇りが薄れたような顔でたずねた。「あの男と？」

「不適切なことは何も起こらなかったわ。悪天候のせいで足止めされただけよ」

半分は真実だ。ルーシーはため息をつき、トーマスをたったいまのみ込んでいった小道を見つめた。

〝教区牧師という存在をいっさい信用してはならない〟とE伯母は書いていた。

どうやら、侯爵も信用してはならないようだ。

だが、どの時点で、自分を信用することを始めなくてはならないのだろう？

イーディス・ルシール・ウェストモアの日記より
一八三二年三月十六日

〈声に出して認めるのは難しいが、ときには家族が恋しくなることもある。人の声が、人が大勢いる家が恋しくなる。弟が、そして、女性の立場について偉そうで押しつけがましいことを言う父でさえも恋しくなる。

きっと、郷愁が強まっているだけなのだ。後悔しているわけではない。だが、よかれ悪《あ》しかれ、貸し出し図書館とそこに並ぶ新しい定期刊行物によって、ロンドンと、自分があの街に置いてきたものに対する意識は変わった。私はロンドンの新聞から慰めと絶望を見《み》出《いだ》すようになり、自分の家族に関する記述を熱心に探すようになった。そして昨日、それを発見した。

ミス・ルシール・ウェストモア誕生の知らせ。弟の子供だ。

しかも、私から名前を取ったようだ。

二十年近く、私は父に手紙を送る勇気が出ず、これだけ時が経《た》ったというのに、いまも父がコーンウォールに攻め込んできて、私を精神病院に押し込もうとするのではないかと思ってしまう。でも、弟に対してなら……いままでは考えてこなかったが、許しを得るための道がある。姪《めい》の誕生への祝いの手紙を送るのは、常軌を逸した行動ではないはずだ。

それに、ああ、いずれ姪に会うことができて、この腕に抱くことができたなら……非現実的な夢の中でもそれほど甘美なものはあるまい〉

22

「ミス・L、あなたに手紙を持ってきたよ」

男の子の声が戸口から聞こえ、ルーシーは伯母の日記から顔を上げた。気晴らしの会話と目を休めるチャンスが得られたことがありがたく、少年に向かってほほ笑み、中に入るよう手招きした。ダニーはミセス・ウィルキンズの客間にスキップで入ってきながら、すでに手のひらを差しだして駄賃を求めていた。痩せた猫が二匹、ダニーの脚にまとわりつき、歓迎するように鳴いている。ダニーの左手に握られた手紙を見たとき、ルーシーの肌の下で脈が力強く打ち始めた。

もしかして、トーマスからだろうか?

崖の上でのあのおぞましい対決から、二日が経《た》っていた。父がマーストンに発《た》ってから二日。ルーシーは今朝、伯母の日記の四冊めに突入したところで、伯母の関節炎により読みづらさを増していく文字を解読する苦労で目がちくちくしていた。この二日間は、みじめで長い、気の休まらない時間だった。そして、赤褐色の髪のハンサムな侯爵のことを考え、自分たちの間で交わされたすべての言葉、すべての触れ合いの記憶と闘うことにも時間を費やしすぎていた。

これほど混乱したことはいままでになかった。

求めている手がかりを得られるどころか、日記の三冊めは三百ページにもわたってとりとめのない話が続き、日常生活の断片と、老いてゆく意識が郷愁にさまよう様子がつまっていた。伯母と父が用心深く和解するいきさつを読んだ。自分の子供のころの訪問について、父から伯母への三カ月ごとの仕送りについて読んだ。父のその気遣いにより、伯母は地所を売却するという過酷な決断を先送りにできたようだった。父がついに爵位を継いだこと、ロンドンに来て自分たちと暮らすよう伯母を誘ったこと、ただし子供たちを守るために伯母が過去を〝隠す〟手間をとってくれるなら、という条件をつけたことを読んだ。そして、家族とまともな関係を再構築するには、愛する町を離れること、それどころか自分ではない人間のふりをすることが条件なのだと知って伯母が絶望したことを読んだ。

町に残ることを選んだE伯母を、ルーシーはもう責める気にはなれなかった。伯母が書いた言葉を通じて、その選択が難しいものだったこと――それが愛情と、姪《めい》と甥《おい》を無視するどころか守りたいという欲求から出た決断だったとわかった。これで伯母の選択をはるかによく理解できるようになった気はしながらも、ヒースモアをどうするべきかという問題に対する伯母の回答はまだ少しも出てこなかった。

そして、残念ながら、トーマスに関する記述もまだ出てきていない。トーマスについて書かれたことを読みたいと思うのが間違った感情なのはわかっていた。トーマスのことを考えたいと思うのも間違っていた。

だが、ほとんど四六時中、考えてしまう。

当然だ。リザード・ベイの誰もがヒースモアと錫《すず》の発見の話をしていて、自分がトーマスのことを考えてしまうのもそのせいなのだ。町の興奮は熱狂の域にまでふくれ上がり、幽霊問題は忘れ去られた。ミスター・ジェーミソンの店は、噂《うわさ》が本当かどうかを知りたがる地元住民でにぎわっていた。気の毒なベントリー老人は、この話を四回も説明してもらわなくてはならなかった。そして日曜には、ウェルズベリー師が誘惑の危険について皆に説教した。またしても、エデンの園のイヴの例を用いて。

まるで、あのひどい物語ですべてを失った被害者がイヴではないかのように。

ルーシーは自分自身にトーマスの裏切りを思い出させようと、無駄な努力をした。だが実際には、トーマスの動機について性急に出した結論が正しいのか、確信が持てなくなっていた。トーマスは私を救出した。命を救ってくれた。手が首へと上がり、敏感な皮膚を押した。トーマスは私に毒を盛るどころか、それとは正反対のことをしてくれた。発疹《ほっしん》はもう完治していた。トーマスの肩掛けかばんの中身を、金銭的利益を得ようと画策している男性と結びつけることもできなかった。彼が自分の富を増やすことに精を出す人生を送っているようには思えない。

かばんの中で見た、ロンドン・リンネ協会宛ての封筒が思い出される。トーマスが集めていたのはあろうことか植物であり、錫の標本ではなかった。トーマスはリザード・ベイで誰よりもはっきりと錫採掘に反対していたし、手に負えない孤児の四人組が世話を受け、安寧な生活ができるよう気遣いながら日々を送っている。外から見ていても、ダニーとその兄たちはトーマスの保護下で順調に生活できているようだ。

ほとんど礼儀正しい姿勢で傍らに立つダニーに、ルーシーはほほ笑みかけた。E伯母も鼻が高いことだろう。ルーシーは日記を閉じ、ソファの隣を手でたたいた。

ダニーは甘草の匂いを漂わせながら、スキップで近づいてきた。

ルーシーはその匂いを嗅いだことで、今日はもう学校が終わったのだと気づいた。思った以上に長い時間、日記を読んでいたようだ。この小さな町の日常をいかによく知っているか、たった数日間でいかに自分が溶け込んでいるかに気づいて驚く。思わずドアのほうに目をやり、肩幅の広い人影が見えないか、廊下から彼の声がかすかに聞こえないかと期待した。だが、そこに見えるのは無人の戸口だけだ。

「この手紙が誰からかわかる？」ダニーが隣に座り、嬉《うれ》しそうに足を蹴りだすと、ルーシーはたずねた。日記をスカートのひだに押し込む。タナー兄弟の誰かがこれを盗むと本気で思っているわけではないが、リスクは冒さないほうがいいだろう。

ダニーは甘草で頬をふくらませたまま、頭を振った。「ううん。ミスター・ベントリーにすぐ届けるよう言われただけなんだ。郵便馬車で来たんだって」

お腹の中に落胆が広がった。トーマスならダニーに直接手紙を渡せるのだから、郵送はしないだろう。ルーシーはわずかに残った硬貨の一枚をポケットから出し、ダニーに渡したあと、手紙を取り上げてまじまじと見た。文字は父のもので、赤い封蝋《ふうろう》に押された印は一家の紋章だった。地所の価値に関する知らせが書かれているだろうから、それを見れば胸が躍るはずだった。

だが、ルーシーの指はためらった。

「読まないの？」ダニーは飴《あめ》をしゃぶりながらたずねた。「校長先生によく、声に出して読めって言われるんだ。ブランストン卿《きょう》にもだよ」顔をしかめる。「読み書きは算数よりも大事なんだってさ」

ルーシーは不安ながらも、ダニーにほほ笑みかけた。「認めたくないけれど、読み書きのことに関してはブランストン卿の言うとおりだと思うわ」ダニーはため息をつき、口の中で甘草の飴を転がした。ルーシーはダニーに手紙を渡した。「私の代わりに読んでくれない？」少年の渋い表情に、ルーシーは笑った。「読んでくれたら、お駄賃を倍にしてもいいわよ」

それを聞いて、ダニーは背筋を伸ばした。飴をのみ込み、封蝋を破って、いたずら好きの八歳児しかしないような咳払《せきばら》いをしたが、ルーシーは、母には自分の咳払いもまったく同じように聞こえるのだろうと思い、たじろいだ。

「〝親愛なるルーシー〟」ダニーは目を丸くしてルーシーを見上げた。「わあ！　ミス・L、これがあなたの本名なの？」

ルーシーはうなずいた。「続けて」

「〝私はマーストンですばらしい……〟」ダニーの鼻にしわが寄った。「この言葉は何？」手紙を指さす。

ルーシーは手紙をのぞいた。「〝成功〟よ」

「〝私はマーストンですばらしい成功を収めた。マーストン鉱業会社で話を聞いてもらったところ、あの地所を検分しに行きたいと言われた。少なくとも、ブランストン卿が提示した金額の十倍の価値はありそうだから、お前は重要な決断を下すことになるだろう。私はまずは……〟」ダニーは再び指さした。

「〝事務弁護士〟」ルーシーは促した。「ダニー、あなたは本当に読むのが上手だわ」しかも、この少年はわずか八歳なのだ。おそらく、このいたずらっ子に抱くトーマスの大学進学の夢は、まったく根拠がないわけではないのだろう。

「〝私はまずは事務弁護士に相談しなくてはならないが、火曜にはマーストン鉱業会社の視察員を連れてそっちに行くから、それが終わればー緒にロンドンに帰ろう〟」ダニーは手紙を下ろし、目を丸くした。「ブランストン卿が提示した金額って何？」声を潜めてたずねる。

ルーシーはどう答えようかと考えた。千ポンドの提示には触れないほうがいいだろう。それを伝えると、八歳児に聞かせられる範囲を超えた説明が必要になる。「ブランストン卿は私に、ヒースモア・コテージを七百ポンドで買い取りたいと申し出たの」最後にトーマスからまともな形で提示された金額を思い出し、ルーシーは認めた。

ダニーの目が丸くなった。「わあ！　じゃあ……それって……」再び鼻にしわが寄る。「七千ポンドになるってこと？」

ルーシーはうなずき、その金額に嬉しくなるどころか気分が悪くなった。提示価格が数百ポンドだったときは、判断を誤ることの危険性はさほど大きくは思えなかった。でも、マーストン鉱業会社がこれから地所を検分しに来る？　それはリザード・ベイの魚を汚染した会社では？

ルーシーはつぶやいた。「わかった？　算数は何かと便利なのよ」だが、意識は算数には向いていなかった。明日ロンドンに帰ることになるなんて、冗談じゃない。

心の一部はそれを喜んでいた。リディアに会いたくてたまらず、この数日間に起こった騒動のすべてを彼女に話したかった。それでも、心の中の別の部分……頑固でしつこい部分は、リザード・ベイに残りたがっていた。

から」

「確かに！　大金を数えなきゃいけないもんね！」ダニーはぴょんと立ち上がり、ルーシーが見たことのない満面の笑みを浮かべた。手のひらを差しだす。「ミス・L、お駄賃は二倍よりたくさんくれてもいいよ」得意げに言った。「あなたはお金持ちになるみたいだから」

ルーシーはにっこりして、ウィルソンが貸してくれたお金から最後に一枚残った硬貨をダニーにあげた。ダニーは、両手にお茶の一式を持って入ってきたミセス・ウィルキンズの脇ですべりながら足を止め、ドアへと勢いよく突進した。

「二時よ！」ミセス・ウィルキンズは言い、盆を下ろした。「お茶の時間ですよ」ドアのほうを振り返る。「ダニーが持ってきた手紙を受け取った？」

ルーシーはうなずき、湯気を立てるティーポットを見つめた。ありがたいことに、今日は金曜ではなく月曜だった。町じゅうの人がミセス・ウィルキンズの客間に集まり、錫とリザード・ベイの将来をどうするか話し合うことを思うと、自分がそれに向き合える自信はなかった。

戸口にまた別の人影が現れると、裏切り者の心臓がまたも希望に跳ねた。だが、トーマスではなかった。そこにいたのは、目が痛くなりそうなほど真っ白なカラーをつけた教区牧師だった。伯母の日記でトーマスのことはまだほとんど読んでいないが、ウェルズベリー師に関してはかなりの量を読んでいた。強情な羊飼い二人が同じ羊の群れを率いようとすることから生じる、たえまない口論について読むのは疲れるものだった。

　故人であるE伯母はもう反論することができないのに、昨日、教区牧師は説教壇に立ち、イヴだけが世界の災いの元凶であるかのように話した。ルーシーは信徒席の最前列に座り、怒りを煮えたぎらせていた。だが、今日のウェルズベリー師は説教をしそうには見えない。戸口に静かに立ち、体の前で両手を握り合わせていた。

「私もお茶に交ぜてもらっていいかな?」

「お茶には誘惑されない自信がおありですか?」ルーシーは言い返した。

「やめなさい」ミセス・ウィルキンズが叱り、教区牧師のほうに笑顔を向ける。「ウェルズベリー師、ぜひとも参加なさって。昔みたいじゃない。ミス・Eがまだ私たちと一緒にいてくれたころ」ミセス・ウィルキンズは腰を下ろし、一つめのカップに紅茶を注《つ》ぎ始めたが、猫に膝に飛び乗られ、怒ったように喉を鳴らした。

「さあ、こっちにおいで」ルーシーはそのトラ猫を抱き上げ、自分の膝に座らせた。お茶の間じゅう、教区牧師の同席に耐えるはめになるよりは、猫の爪研ぎに利用されたほうがましだ。猫の背中をなで、落ち着かせようとする。この数日間で猫にはすっかり慣れたが、リザード・ベイで猫がいまも解決すべき問題であるのは明らかだった。

　そして、ルーシーは自分の問題を解決する腕はお粗末でも、ほかの人々が直面する問題を解決することは得意だった。

「考えていたんですが」ルーシーはカップを受け取り、喉を鳴らす猫の背中の上でバランスをとりながら言った。「雄猫はみんなヒースモアに来てもらってかまいません。前にお話ししたとおり、雄雌を分けるんです」喉を鳴らしている猫を見下ろす。「あそこには猫の餌がたくさんあります。自分の目で現地を見たいま、ヒースモアには鼠《ねずみ》駆除が必要だと認めざるをえないんです」

「それはいい考えね」ミセス・ウィルキンズは教区牧師にカップを渡した。「でも、採掘が始まれば、鼠のことは心配しなくていいんじゃないかしら。本格的な掘削が始まったら、コテージは取り壊さなくてはならないだろうし」

ルーシーは口に含んだばかりの紅茶にむせそうになった。E伯母の家を取り壊す？

「何ですって？」

「だって、あのかわいそうな家を支えているのは、あの崖だけだもの」ミセス・ウィルキンズは肩をすくめた。「崖がなくなるなら、その上にあるものも全部なくなるわ。実際のところ、地所全体が機械と馬に踏み荒らされるでしょうね。奥に、町に続く道路も作らなくてはならないと思う」自分のカップに紅茶を注ぐ。「私たちがあの地所の価値を知らなかったのは不思議ね。ミス・Eは錫のことは一言も言わなかったの。まあ、あの人はプライバシーを重視していたし、あの土地を愛していた。町の人々のことも愛していたわ。秘密にしておくのが最善だと思ったのかもしれないわね」

「あの人はいつも、自分は誰よりも賢いと思っていた」ウェルズベリー師は頭を振った。「少なくとも、教区委員会の議題にはしてもよかったんじゃないかな」

ルーシーはソファの脇のテーブルにカップを置いたあと、思考するには膝を空けることが必要だと感じ、猫を床に下ろした。「伯母はリザード・ベイの全員を愛していたわけではありません」そう指摘する。「あそこは伯母の地所でした。伯母が決めることです。誰かと話し合う必要はなかったんです」

ウェルズベリー師はあごをこわばらせた。ルーシーはこんなふうに彼を攻撃することに、罪悪感に近いものを感じた。だが、ウェルズベリー師が日曜礼拝をE伯母の思い出を汚すことに利用し続けるなら、明白な事実を指摘することに道義上のジレンマを感じるつもりはない。

教区牧師はゆっくり言った。「ミス・Eが独身を貫くことにあれほどこだわっていなければ、そのように重大な決断を共有できる夫がいたかもしれない」

ルーシーは歯ぎしりした。「伯母は結婚したくなかったんです」

「それでも、あの人はリザード・ベイの何人かを振り回していたよ」

「嘘です」ルーシーはスカートのひだに入れていた日記を取りだし、振り動かした。「ウェルズベリー師、私は伯母の日記を読んでいるんです。伯母に求婚した男性は何人かいましたが、伯母は誰一人誘惑していません。確かに伯母は率直な人でしたが、率直さは罪ではありません。だから、あなたも町の人々にイヴについて説く代わりに、一、二回の説教を利用して、これほど長い間伯母を疑い続けたことの許しを神に求めたらどうでしょうか」

ウェルズベリー師はルーシーの餌には飛びつかず、深いため息をついた。「ミス・L、私はあの人が誰かを誘惑したとは言っていないよ。振り回したと言ったんだ。私のことも振り回した。そこには重大な違いがある」カップを置き、忍耐を保てるよう祈るかのごとく言葉を切った。「私があの人の頼みで送った日記を、きちんと受け取れたようでよかった」

ルーシーはソファの上で後ずさりし、仰天して黙り込んだ。最後の日記の縁を指でつかむ。聞き間違いに決まっている。「あなたが？　あなたが小包を送ったんですか？」

ウェルズベリー師はうなずいた。「亡くなった日に、あの人に頼まれたんだ」

ルーシーは震える手を口に当てた。「り……理解できません」解説を求めるようにミセス・ウィルキンズのほうを見たが、彼女もルーシーと同じように唖然《あぜん》としていた。ルーシーは教区牧師に視線を戻した。町じゅうの誰もが、二人はお互いに嫌い合っていたと言っていた。

私は何か聞き間違いをしたのだろうか？

教区牧師はルーシーの喉元のペンダントを見つめ、悲しげにほほ笑んで頭を振った。

「私はあなたがここに来た日から、あなたを捜し、伯母さんのことで話をしようとしたんだが、あなたは明らかに私を避けていた。日曜の説教は、金の誘惑を思い出させるためにしたもので、愛の誘惑についてではない。町の誰もが、我々の問題に神が与えてくれた唯一の解決策だとばかりに錫の話をし続けている。でも、この混乱の中で意見を聞き入れてもらえるなら、リザード・ベイに必要なのはもっと穏やかな形態の産業ではないかと私は言いたい。この町は、あのような見苦しい産業の重みに屈しなくとも、すでにじゅうぶん脆《もろ》いんだ」ウェルズベリー師は首を傾《かし》げた。「ミス・Eも同じ考えだった」

ルーシーは下から誰かに蹴り飛ばされたかのような気分で、口をぽかんと開けて教区牧師を見つめた。「でも、伯母はあなたを憎んでいました。あなたがたはお互いに憎み合っていました。どんなことでも意見が衝突していたんだもの」困惑が視界も、おそらく判断力も曇らせている気がして、ウェルズベリー師に向かって目をしばたたく。「違うんですか?」

「確かに、意見が合わない問題はいくつかあった。でも、それは憎しみと同じではない」ウェルズベリー師は顔をしかめて立ち上がった。「すまない。私がここにいるせいで、あなたを困惑させているね。あなたをもっと知ることができればと思っていたんだが。あなたに伯母さんと同じ強さがあるのはよくわかったよ」

ウェルズベリー師はドアへと一歩踏みだしたが、戸口で足を止め、口をへの字にした。

「私とは話したくないのかもしれないが、これだけは聞いてくれ、ミス・L。伯母さんは神に召されるとき、自分の選択のいくつかを後悔していたから、日記にはその一部が書かれているんじゃないかと思う。神は我々に、人生をほかの誰かと分かち合う力を与え賜《たま》い、それは軽視してはならない贈り物だ。それを軽視すると、人生が終わるときに、自分が選んだ道を後悔することになるかもしれない」そう言うと、ミセス・ウィルキンズに向かって最後に一度うなずいてから歩き去り、白いカラーは廊下の向こうに消えていった。

「まあ」ミセス・ウィルキンズは困惑して目をしばたたきながら言った。「いまのは間違いなく……変だわ。ウェルズベリー師がミス・Eについてあんなふうに言うのは聞いたことがない。あれではまるで、ミス・Eを評価していたみたい。まるで……」その言葉は、驚きを含んだまままとぎれた。

助け船を出すように、ルーシーの頭の中で続きが補足された。〝まるで、ミス・Eを愛していたみたい〟

長年の間に、ウェルズベリー師は伯母にとって、目の上のこぶ以上の存在になっていたのだろうか？　このいらだたしいパズルには、ピースがいくつか欠けているように思えた。

それはつまり、問題の日記を最後まで読まなくてはならないということだ。

イーディス・ルシール・ウェストモアの日記より
一八五〇年八月十六日

〈年をとり知恵がつくにつれ、私は問題を見ればすぐに、どう力を貸せばいいのか見極めることがうまくなってきた。あるいは、ウェルズベリー師がよくぼやいているように、自分と関係のない問題に首を突っ込むことが。

だが、ブランストン卿《きよう》がリザード・ベイに現れると、私はこれまでにないほど困難な事例に直面していることがわかった。ブランストン卿が私たちにした説明によると、彼の自滅の中心には婚約破棄があるようだった。だが昨夜、酔っ払ったブランストン卿は私の客間で足を揺らしながら、その真相を告白した。妹さんの死は、普通の死ではないようだった。その事実が公になれば、醜聞は破滅的なものになるだろう。そのような手段に頼るなんて、妹さんは自暴自棄になっていたに違いない。ブランストン卿は救う価値のある男性だと思える。彼は妹がそのような決断を下すのを見過ごしてしまったけれど、それを隠し通すことに悩まされているのは明らかなのだ。

そういうわけで、私には守るべき秘密ができた。この秘密は墓場まで持っていくつもりだ……。

だがそれは、ブランストン卿が酒を断つことに同意してくれた場合に限ろうと思う〉

23

ルーシーは伯母の日記を閉じ、片手を上げて、凝った首をさすった。一晩かけて読み進めてきたが、最後の一冊はまだ読み終わっていなかった。ようやくトーマスに関する部分にはたどり着いたが、ヒースモアをどうするべきかという問題はぽっかりと口を開けたままのようだった。

ベッド脇のろうそくの炎は弱まり、溶けたろうがろうそくのまわりに溜《た》まっていて、消耗した灯心を取り替える必要があった。今日は、父がマーストン鉱業会社の視察員を連れてやってくる。だが不運なことに、ルーシーはいつになく混乱していた。

寝具を引き上げ、窓の外を見たが、コーンウォールの夜特有の真っ暗闇しか見えなかった。伯母の日記がパズルなのだとしたら、はまるのを拒んでいるピースがまだいくつかある。ミセス・ウィルキンズはトーマスの妹が自ら命を絶ったと考えていたし、E伯母の日記の記述もそれを裏づけているように見えた。

これこそがトーマスを悩ませ、彼がコーンウォールに引きこもり、貴族院の議席を空席のままにしている理由なのだろうか？　妹がそのような行動をとることを止められなかったのだとして、トーマスは結果に罪悪感を覚えているのだろうか？

そのことが、ヒースモアとあの地所に対するトーマスの興味とどう結びつくのだろう？ルーシーはいまだにトーマスの申し出の真意も、彼がすべての事実を明かさないことを選んだ理由も理解できなかったが、トーマスのほうは説明したいことがあるのにルーシーが聞くのを拒んだと言っている。

その答えが、伯母の最後の日記の中に待ち受けているとは思えなかった。つまり、手遅れになる前に私はトーマスに会い、彼の話を聞かなければならない。

ルーシーは急いでブーツを履き、ストッキングをつける手間は惜しんだ。ねまきの上にショールを羽織り、トーマスの肩掛けかばんをつかんだが、その途中で中身の一部がこぼれた。だが、心が決まったいま、それを片づける時間はとれなかった。転げ落ちるように階段を下り、急いでいたせいで眠っている猫につまずきそうになった。

脈はパニックに陥ったように打っていたが、玄関のドアの錠を回し、ポーチに出たとき、動きがぴたりと止まった。ねまきで夜の中に飛びだして、自分は何をするつもりなのだろう？　トーマスの住まいについては、町での最初の晩に彼が姿を消したおおよその方角以外、何も知らない。またも考える時間をとらず、未知の中に飛びだしてしまったのだ。

ただ……正確に言えば、今回の問題は、自分がこの件について考えすぎてしまったことだ。すべてを間違った方向に解釈し、その結果、トーマスを信頼するチャンスが何度も手からすべり落ちてしまった。伯母の日記は従うべき助言に、指南に満ちていると勘違いしていた。その間ずっと、自分自身の直感は無視していたのだ。

たとえ証拠は逆のことを指し示していても、直感は自分に、トーマスは高潔な人だと告げていた。そこに問題があったのだ。

私はトーマスを信頼しなくてはならないだけではなかった。自分自身を信頼しなくてはいけなかったのだ。もっと言えば、母やE伯母にどう思われるかではなく、自分に正直にならなくてはいけなかった。私はくすくす笑うばかりの若い淑女でも、しかめっつらの独身主義者でもない。

私は私。ほかの誰かになろうとするのはやめなくてはならない。

ルーシーは夜の闇を見つめ、運命と神と、自分が置かれた状況に責任がありそうなそれ以外のすべてを呪った。だが何よりも自分自身を――自分の信念のなさを呪った。いま屋外に立って、目に涙を浮かべ、将来を必死につかもうとしても手からすり抜けていくのは、自分自身の責任だった。

そのとき、それが見えた。遠くに見える光が夜を直進しながらも、どんどん大きく、刻々と近づいてくるのが。ルーシーは手を伸ばし、それに触れようとした。口を開いて叫ぼうともした。ふくれ上がっていくその光の向こう側に、何があるのか見当もつかなかったのだ。だが、実際には魅了されたようにただ見守るうちに、それは高く掲げられた手提げランプの形を帯びた。トーマスが暗がりから現れ、その顔のあまりの愛《いと》おしさに、ルーシーは膝から力が抜けるのを感じた。

「来てくれたのね」ルーシーはささやいた。また、来てくれた。

トーマスはいつでも私を救いに来てくれるみたいだ。私自身からも。

「ああ、来たよ」トーマスはしゃがれた声で肯定した。灯《あか》りがトーマスの顔に陰を作っていたが、ルーシーには彼の目の下の窪《くぼ》みしか、彼もまた眠れない夜を過ごしていたことの証《あかし》しか見えなかった。

「どうして？」ルーシーはささやいた。

トーマスはためらった。「ダニーから、昨日来た手紙のことを聞いたんだ」

一週間前の不安を抱えたルーシーなら、父の手紙に書かれていた申し出に先んじるために、ヒースモア・コテージを七千と一ポンドで買い取ると言いに来たのかと、トーマスを責めたかもしれない。だが、いまは違った。

「私がロンドンに戻ることを聞いたのね」ルーシーはそっと言った。

トーマスはうなずいた。「本当か？」

「ええ。今日発《た》つわ」葛藤しながら答える。心の中には、ぜひともロンドンに戻って家族に再会したい気持ちもあった。かばんは二階のベッドの足元に、すでに荷造りされた状態で置かれている。

だが、心のほかの部分は……夜に向かってルーシーを押しだしたのと同じ部分は、このままここにいたい、この暗い街路に、この男性と一緒にいたいと思っていた。

「君を待っていた」トーマスは言った。「僕のところに来るのを。〝ピースモアは君が知っているよりも価値がある〟と僕が言ったことの意味を教えてほしいと言いに来るのを。でも、夜が明けそうになっても君が来る気配はなくて……これ以上待つのは愚かなことじゃないかと思ったんだ」

ルーシーは笑みを隠して頭を振った。「トーマス、愚かなのはあなたじゃない。私よ。それを教えるチャンスをあなたに与えなかったんだから」

トーマスはルーシーに手提げランプを差しだした。「僕を信じてくれる？」

何かを予感させるような問いかけだった。その問いかけに、ルーシーはようやく答えを見つけていた。「ええ」手提げランプを受け取り、代わりにトーマスに肩掛けかばんを差しだす。「心の底から」

トーマスの笑顔は、まだ少なくとも二時間は先の夜明けのようだった。「じゃあ、ついてきて」彼は言い、自分に従うよう手で示した。

二人は手をつなぎ、脈を触れ合わせながら、沈黙の中でひたすら上っていった。

ルーシーはついてくることに満足しているように見え、そのことのすばらしさに、トーマスは岩だらけの小道をしっかりと踏みしめて進んだ。

この三日間はつらかった。自分がいくつもの点でルーシーを失望させたことはわかっていて、その申し開きをするために、十回以上はルーシーに会いに行きかけていた。

トーマスは錫《すず》のことは知っていたが、崖の下にどれほど豊かな鉱脈が走っているかは、土が崩れてそれが露出するまで知らなかった。だが、きっとそうなのだろうとは思っていた。崖の上方の岩には蛇紋石と花崗岩《かこうがん》が交じっていて、白い錫の筋がちりばめられている。科学の嗜《たしな》みのある人間であれば見落としようのない、わかりやすい地質だった。

だが、ルーシーには最初から錫を見せ、彼女にはその地所の処理方法を自分で決める度量があると信じるべきだった。

二人は灯台の光が広く放たれる中を通り過ぎ、トーマスは地平線から何本も伸びるごく細い夜明けの光に気づいた。ルーシーを引く手の力を強め、足取りを速めさせる。灯台にこれほど近くては、きちんとやり遂げることはできない。

明るすぎるし、うるさすぎる。

さらに二十分歩いたあと、ついにトーマスは足を止めた。耳をそばだて、集中する。少し時間がかかったが、やがて風の端にそれを、草の中の生命のざわめきを、鳥の鳴き声のかすかな震えをとらえた。これだ。ルーシーに見せるのに完璧な場所、完璧な時間帯だ。

トーマスは地面に座り込んだ。

「ここで止まるの？」ルーシーは暗闇越しにたずねたが、自分もトーマスの脇に膝をついた。「コテージまではあと一キロ近くあるんじゃない？」

「コテージはすでに見てもらった。僕が君に見せたいのは、君の土地の別の要素なんだ」

トーマスはブーツを脱いだ。「くつろいでくれ。ここに一時間はいることになるから」

トーマスは質問を覚悟した。断固として発せられる異議を。

結局、そのようなやりとりこそ、いままでの二人の交流の大部分だったのだから。

だが、ルーシーは反論する代わりに、手提げランプをトーマスに渡し、ブーツを脱ぎ始めた。トーマスは肘をついて体を倒し、ルーシーが動く様子を眺め、ランプの光に照らされた短い髪が荒々しく揺れるさまに見とれた。ルーシーは薄く白い何かを着ていて、首から爪先まで体を覆っていたが、その純白は手提げランプの光を受け、暗闇に向かって喧嘩《けんか》腰《ごし》に跳ね返していた。トーマスはルーシーから目が離せなかった。

やがて、ルーシーのはだしの足が体の下にたくし込まれ、ブーツがトーマスのブーツの隣にきちんと置かれると、トーマスはにっこりした。「準備はいい？」

ルーシーはうなずいた。目を閉じ、トーマスに身を寄せる。

まるで、キスを期待しているかのように。

トーマスは心惹《ひ》かれた。いや、心惹かれたどころではなかった。ルーシーはランプの灯りの下であまりに可憐で、あまりに期待しているように見え、彼女を柔らかな草の上に押し倒して何かまったく別のものを見せたくなった。ルーシーと愛の行為をし、綿地に包まれた断片を一つずつあらわにしていき、彼女が自分の下で柔らかくなり、吐息をもらすまでキスしたかった。だが、次の機会はもう来ない。ルーシーは今日ロンドンに帰るのだ。

よってトーマスは、ルーシーが差しだしてくれたすてきな招待状からは距離を置き、手提げランプの扉を開けて炎を吹き消した。二人は一瞬にして闇に包まれ、地平線のかすかな輝きはランプの力強さの代役を果たすにはお粗末だった。

「ここがどれだけ暗いかを見せるつもりなの？」ルーシーはそっけなくたずねた。

「しいっ」トーマスはささやいた。傍らにルーシーの存在が感じられ、二人の間の空気が欲望と、ほかの力強い何かに細かく震えるのがわかった。茂みに身を隠している鳥のさえずりがだんだん激しくなり、熱っぽさを増していく。

「今度は私に指図するつもり？」ルーシーは茶化すようにたずねたが、その言葉には面白がる響きがにじんでいた。

「僕は自分にそんな権利があると思い込むような愚かなまねはしないよ。ただ、頼みを聞いてほしいと思っているだけだ。日の出を見てほしいんだよ」

「でも……それなら海のほうを向くべきじゃないの？」

トーマスは唇に一本指を当てたが、自分の目も暗闇に慣れる途中だったため、ルーシーにもその仕草はまだ見えない気がした。「君は僕を信じると言ってくれた。いまはそれを証明してほしい。目を凝らして、耳をすまして。見て……聞いてほしいんだ」

　ルーシーは黙り込んだが、おそらくぬくもりを求めてトーマスに寄りかかった。いま二人はじっとしているため、夜の肌寒さが浸《し》み入ってきて、トーマスはルーシーを抱き寄せ、薄いショールで肩をきちんと包んだ。そのときルーシーの手が暗闇を探るのが感じられ、トーマスの手に潜り込み、ぎゅっと握った。

　あたり一面で、鳥の鳴き声の交響曲は大きくなり、百羽もの鳥がそれぞれ一日の始まりを告げていた。暗闇は姿を変え、荒れ地はピンク、金、暗褐色と、さまざまな色を見せ始めた。ルーシーの手が自分の手を強く握るのが感じられ、彼女が驚いて息をのむ音が聞こえた。

「何が起こってるの？」ルーシーはささやき声でたずねた。

「日の出だ」トーマスは簡潔に言った。

「ロンドンでも日は昇るわ」ルーシーが唾をのむのが聞こえた。「でも、こんなふうには見えないし、こんな音も聞こえない」

「ああ」トーマスは黙っていようとする決意とは裏腹に、笑い声をあげた。「これは夜明けの合唱として知られている。鳥は世界じゅうで歌っているんだ。でも、文明が破壊してしまうんだよ。さあ、静かにして」

二人はゆうに三十分はそこに座っていた。やがて光が闇を上回り、周囲の空気は暖かさを帯びてきた。いつのまにかトーマスは草地を眺めるのをやめ、ルーシーを見つめ始めた。このような日の出は数えきれないほど見てきたが、ルーシーの出発が迫っていることを考えると、一緒に見られる最後の日の出になるかもしれなかった。

トーマスにとってルーシーは、日の出以上に魅力的な観察対象だった。

ルーシーの目は見たこともないほど大きく見開かれ、朝の薄暗い光の中で興奮に輝いていた。大きめの口は開いていて、驚きで全身をいっぱいにしている。ルーシーは草地を、これほど美しいものは見たことがないというふうに見ていたが、目の前にあるのは美しさだけではない。

この地には、数えきれないほどの命があるのだ。命は豊かであるのと同じくらい脆《もろ》いものだ。トーマスはこの野原にいる鳥の種をすべて、この半島を原産地とする植物の種をすべて知っている。海岸全体を歩き回り、時間をかけて観察記録をつけ、この土地を保存すべきだという主張を詳細に記してきた。一度失われれば、再生する術《すべ》はないと知っているからだ。

いまいる場所から一メートル半も離れていない低木に一羽の鳥がとまると、ルーシーが嬉《うれ》しそうに息をのむのが聞こえた。気まぐれな鳥たちは太陽に興味を失い、朝食を見つける作業に着手し始めたため、合唱はさっきより静かになっていた。特にこの鳥は、二人から朝食をせしめることができるかもしれないと思っているようだった。つやつやした黒い頭を振りながら二人を観察したあと、飛び下りて、跳ねながら近づいてきた。

「これはどういう種類の鳥なの？」沈黙を破って、ルーシーはささやいた。彼女が片手を伸ばすと、鳥はその手が十五センチほど手前まで近づくのを許したあと、赤いくちばしから不満げな金切り声をあげ、安全な場所へと飛び去っていった。

「ピュロコーラックス・ピュロコーラックスだ」

ルーシーはトーマスのほうに顔を向けた。「あなた、本当に侯爵なの？　正直、あなたの言うことってジェフリーの渋面のラテン語教師みたいなんだもの」

トーマスは思わず笑った。「ラテン語の学名は有機体を分類する言葉で、リンネが作り上げた体系に基づいているんだ」

「そう、それなら仕方ないけれど」ルーシーは笑った。「でも、リンネはここにいないわ。普通の人はあの鳥をどう呼ぶの？」

「コーニッシュ・ベニハシガラスだ」

「もっと教えて」トーマスがためらうと、ルーシーはトーマスの手から手を引き抜き、体ごとトーマスのほうを向いて、あごを上げた。「私をここに連れてきたのは、これが理由なのよね？」片手を上げ、いまははっきり見えない景色を示した。「だから、全部説明できるでしょう？」

トーマスはうなずき、ルーシーにすべて教えてやりたいと望みながら、この時間を台なしにしたくないとも思った。ルーシーは理解してくれるだろうか？　ルーシーがこれを自分と同じように評価するかどうかはわからなかったが、その決断を彼女から奪おうとする間違いを最初から犯してきたのだ。

「コーニッシュ・ベニハシガラスはリザード・ベイ半島を原産とする鳥だ。でも、数が減ってきていて、その原因の一つが海岸沿いで行われている採掘作業なんだ」

「魚と同じ運命をたどるということ？」ルーシーは顔をしかめてたずねた。

「そうなると思う」

ルーシーはいらだたしげにため息をついた。「ああ、忌ま忌ましいマーストン鉱業会社」トーマスの肩掛けかばんに視線を向ける。「じゃあ、前に私にくれようとした花は？　あれも危機に瀕《ひん》しているの？」

「コーニッシュ・ヒースだ」

「ラテン語の名前はないの？」

「誰も存在を知らないから、まだ学名はついていない。あれは独特の変種で、僕がいままで見てきたどれとも違う。そして……そう、あの花も危機に瀕している。イギリス全土で――僕の推測が正しければこの地球上で、ここにしか自生していないんだ」日の光が降り注ぐ草地を、手を振って示した。「ルーシー、君が所有している土地の稀少性《きしょうせい》は想像もできないほどだ。ヒースモアはその独特の土壌と珍しい地質で、ほかにはない世界を築いている。僕は、この海岸のこの部分にしか分布しない種だけで、二ダース以上の動植物の目録を作っている。ほかにどれだけ未発見の種があるかわからない。何百もあるんじゃないかな」自分が下絵を描き進めている提案のことを思い、息を吸い込む。「ロンドン・リンネ協会に提出する論文に、僕の発見の概要を記している。それだけでリザード・ベイを救うのに必要な種類の関心を集められるかどうかはわからない。でも、この土地がマーストン鉱業会社の手に渡ってしまえば、財産が永遠に失われることはよくわかっているんだ」

「ああ、最悪だわ」ルーシーは低い声でささやいた。

「世界各地の博物学者や愛好家がはるばるやってくることは想像できる。貧困に追いやられたリザード・ベイの住民が恩恵を受け、ミセス・ウィルキンズの下宿屋も助かるような種類の産業が生まれることも。僕はその計画に投資するつもりでいた。ヒースモア・コテージを博物学者の憩いの場にして、海岸の研究をしに来る科学者に無償か有償で貸しだそうと考えていたんだ。それが、僕がコテージの修繕にあれほど労力を注いでいた理由だ」

ルーシーは目をしばたたきながらトーマスを見上げた。「あなたはここに投資するつもりだけど、採掘のためではないってこと?」

「リザード・ベイは僕にとって大事な場所だ。僕たち全員にとって。この町の繁栄につながりそうなことであれば、進んで自分の資金を注《つ》ぎ込みたい。でも、それは僕が選べることじゃないとわかっている。君がそれを望まない限り、リンネ協会のために書いた論文を提出するつもりはない。この地所は君のものだ。決定権も君にある」

トーマスは強く胸を締めつけられながら、自分の提案に対するルーシーの答えを待った。

「どうしてあなたには、このことがそれほど重要なの？」ルーシーは苦しげにささやいた。「ここを見ても、醜く役に立たない土地で、草と岩の塊にすぎないと思う人もいるわ。でも、あなたは……あなたはここに美しさを見出《みいだ》している。可能性を」

トーマスは首を傾《かし》げ、その視線はルーシーの頬の美しい曲線に留《とど》まりたがった。「なぜ自分がここを特別に思っているのかはわからない。ただ……そう思うだけなんだ」片手を伸ばしてルーシーの目から金髪を一筋払い、耳にかけた。ある意味、自分がルーシーを見るのと同じなのだろう。ルーシーは自分をぱっとしない独身女性だと思っているが、トーマスがルーシーを見ると、そのよさも、可能性も――そう、美しさも見える。

ルーシーはあまりに美しく、息が止まりそうなほどだ。

「でも、僕が何を見出しているかは問題じゃない。ヒースモアをどうするかは僕が選ぶことではないし、君にこのことを教えずにここを買おうとしたのは間違っていた。ルーシー、決めるのは君だ。ずっとそうだった。君がどんな決断を下そうとも、僕はそれを尊重するよ」

ルーシーの口は驚きに大きく開いた。「ここを失ってもいいと？」

「僕が人生で学んだことが一つあるとすれば、得がたいものを失うのは、軽視できるようなことじゃないということだ。愛するものを守ることに……失敗するのは」トーマスは少しためらってから続けた。「でも、ときにその選択権が、自分にはないことがある」

一瞬、沈黙が流れた。

ルーシーの声は消え入りそうになっていた。「だからあなたは、この土地をそんなに一生懸命守ろうとしているの？　妹さんのことがあったから？」

トーマスは息を吸い込んだ。「知ってたのか？」

ルーシーはうなずいた。「やっとE伯母の日記の一八五〇年までたどり着いたの」

トーマスは再び手を伸ばし、ルーシーの手を取って、自分の手の中でひっくり返した。

ルーシーが知っているのなら、それについてはもうどうしようもない。それに、心のどこかで、ルーシーが知ってくれていてよかったとも思った。

ルーシーには自分のことを知ってもらいたい。自分のすべてを知ってもらいたい。

そして、ルーシーのこともすべて知りたかった。

だが、そのためには、ルーシーの秘密の扉を開けるだけでは足りない。彼女の心の扉を開けなくてはならないのだ。

24

すばらしい朝がかすんでしまうほど、自分にとってどうしようもなく大切な存在となった男性を、ルーシーは見つめた。

この横顔にこれほど慣れ親しんだのはいつからだろう？　顔の角度もパーツの位置も、寸分たがわず知っているような気がした。トーマスは今朝、驚くべき世界を――彼が守ることを夢見ている、彼の世界を見せてくれた。だが、それよりも重要なことに、トーマスはその未来に対する自身の希望を話し、手の内をすべて見せてくれた。二人の間ではもはや虚勢の張りようがなくなったのだ。

そのうえで、こちらの手に選択権を残してくれた。

「トーマス」ルーシーはささやいた。

「何だい？」

「キスしてくれる？」

トーマスはセクシーにほほ笑んだ。口角の片側が反対側よりも高く上がり、ルーシーの胸を喜びに締めつける、その笑顔……。

「お願い、は？」トーマスは促したが、その声はしゃがれ、低くなっていた。

「お願い」正直になったおかげで、ルーシーはトーマスの唇が自分の唇に近づくのを見ることができた。二人が最後にしたキスとは違い、今回トーマスは罰するようにゆっくりと動いた。苛《さいな》むようにほんの少しずつ、余裕たっぷりに二人の間の空間をつめていく。

だが、ルーシーは待つのが得意ではなかった。

ルーシーがトーマスの首に両腕を巻きつけ、自分のほうに引き寄せると、二人の鼻はぶつかり、唇同士が重なる感触にルーシーの期待は加速した。思わずもらした喜びの声が、紳士的な顔の下に潜んでいる捕食者をついに解き放ったようだった。優しかったトーマスのキスは強引になり、ルーシーはその変貌を歓迎した。

ルーシーはトーマスにしゃにむにキスした。心をさらけだして。この世界はもうすぐ終わり、二度めのチャンスはないのだと言わんばかりに。キスしながら、トーマスはルーシーを草の上に横たわらせて、自分も隣に寝そべった。二人の舌が踊るリズムにルーシーの背筋には震えが駆け上がり、思考はもっと危うい方向へと突っ走った。

ルーシーはキスに没頭し、自分自身ではわかっていない願いをもトーマスは見抜いていると信じた。ルーシーの信頼は報われ、キスはもてあそぶような調子になり、その強烈さに尻込みしそうだ。トーマスの口は穏やかになったが、歯はルーシーの下唇を軽く噛《か》み、彼の快楽のうめき声はルーシーの欲求を完璧に反映していた。

「トーマス……」彼の唇が唇を離れ、熱く濡《ぬ》れたまま首筋に下りると、ルーシーはあえぎ声をもらした。背を弓なりにし、頭をのけぞらせ、目を開けてピンク色の空を見上げる。

「わ……私、服を着込みすぎていると思うの」

トーマスは我が物顔でルーシーの体をなで下ろし、そのゆっくりとした、容赦ない道筋がルーシーを苛んだ。「その不運を、僕はどうやって正せばいい？」手はどんどん下りていき、片方のふくらはぎをなで下ろしたあと、指でねまきの裾をもてあそんだ。

ルーシーは期待に息をつめた。

「こうしたほうがいい？」トーマスはたずね、裾を数センチ引き上げた。顔を近づけて、片方のむきだしのふくらはぎにキスをする。その唇は熱く、約束に満ちていた。「それとも、こっちのほうがいい？」裾をさらに高く上げ、太腿をかすめた。そこにも顔を近づけ、口と舌で肌の上に円を描き、その部分はルーシーの体と想像力が来てほしいと叫んでいる箇所に危険なほど近く、それでいてかなり遠かった。

トーマスがいっそうゆっくり裾を引き上げ、ルーシーの最深に隠れた秘密を暴くと、ルーシーは頭を激しく振り、肺がつまって息ができなくなった。トーマスはそこでためらい、彼が息を吸う音はルーシーの心臓の鼓動よりも大きかった。

「すごい」トーマスはささやいた。「君は本当に……本当にきれいだ」片手を伸ばしてルーシーに触れ、二人がヒースモアで過ごした晩に彼が見つけたあの一点に指で円を描いた。トーマスに愛撫《あいぶ》され、神経が喜びによじれて、ルーシーは声を出してあえぎ、トーマスに次に行ってほしいと思いながらも、その部分に留《とど》まってほしいと願った。

トーマスはねまきをさらに高く引き上げ、いまやお腹にキスをしていて、ゆっくりとした、みだらな意図とともに上がっていった。やがてルーシーは両腕を頭上に掲げ、トーマスはそのじゃまな綿地を脇に押しやり、放り捨てた。トーマスはルーシーを上から見下ろし、激しく息を切らしていた。頭の後ろで太陽はピンクから金色になり、トーマスの顔には陰が落ちている。そのせいで一瞬ほとんど見知らぬ人のように見えたが、彼への絶対の信頼により、自分が裸であることの衝撃は和らいだ。

ルーシーはトーマスが服を脱ぐのを、ゆったりとした気持ちで待った。

ところが、トーマスは飢えた男のようにルーシーの体にのしかかってきた。「きれいだ」うなるように言い、唇をルーシーの胸につけると、先端を口に含んで優しく吸い始めた。ルーシーは目を閉じたが、トーマスの舌が胸をもてあそぶ感触はほとんど耐えがたいほどだった。トーマスは反対側の胸に移動して、両手で肌をなで回し、揉《も》んだ。その間じゅうルーシーにささやき続け、自分もルーシーから快感を得ているかのようにうめいた。

だが、それがどんなにすばらしくとも、まだ足りなかった。トーマスの体を自分の体に、ウールと綿にじゃまされることなく感じたかった。

トーマスの唇がルーシーの唇に戻り、長く熱烈なキスで歓迎する間、ルーシーは彼の上着のボタンをむしり取った。「次はあなたよ」トーマスの唇の上であえぎながら言う。

トーマスは体を起こし、ゆっくりと、片腕ずつフロックコートを脱いだ。まったく、この人は急ぐということを知らないの？　ルーシーは自分も起き上がり、ベストのボタンを外すのを手伝ったあと、首からスカーフを抜き、頭からシャツを引き抜いた。「もう、もたもたして」だが、まだ脱がさなければならないウールの下着があり、そのせいであと数秒間も身動きがとれなかった。「まったくもう、どうして男性はこんなにも厚着なの？」ルーシーがぶつぶつ言うと、トーマスは笑った。ようやく彼の素肌にたどり着いたときは安堵《あんど》のうなり声をあげそうになった。

しばらくの間、ルーシーはただトーマスの姿を、むきだしの胸が朝日に輝くさまを見つめた。コテージでの晩はシャツを脱いだ彼の姿から目をそらしていたが、今朝は一組の馬が引っ張ってもルーシーの視線をはがすことはできなかっただろう。トーマスはたくましい体つきをしていて、胸にはいくつもの筋肉の畝があり、ルーシーの柔らかな曲線とは正反対で、自分たちは同じ種なのかと不思議に思うほどだった。赤っぽくきらめく茂みがうっすら模様を作っていたが、それは下に向かうにつれて細くなり、濃い色になって、ズボンのウエストの中へと消えていた。

ルーシーは指先でトーマスの胸郭をなぞり下ろし、彼が驚いて息を吸い込み、筋肉がいっそうくっきり浮き上がると、自分たちの立場の逆転を楽しんだ。身を乗りだし、胸板に唇を押し当てる。トーマスからは石鹸《せっけん》の味がした。塩の味が。トーマスの味が。

だから、もう一度その部分にキスをした。畝を舌でなぞり、肌の下に感じる張りつめた力強さに驚嘆した。手のひらを硬いお腹にぺたりとつけ、筋肉が震えるのも楽しんだ。

ルーシーは快楽をただ受け取るだけでなく、与えることに野性的で奔放な喜びを見出《みいだ》した。トーマスがこれを楽しんでいるのとまったく同じように、自分も楽しんでいるのは間違いなかった。彼とまったく同じように、息遣いは速く、手足はとろけてしまいそうだ。あまりの驚異に、ルーシーはペースを落としてこの時間を楽しみたくなった。

トーマスがゆっくりだったのも、思うところがあったのだろう。

ルーシーは口を開いて再びトーマスとキスしながら、両手をだんだんと下ろしていって、ズボンのウエストを通り過ぎた。「次はこれ」トーマスの唇に向かってもごもご言う。

トーマスは動きを止め、頭を振った。「ルーシー、それは賢明な考えではないと思う」手はそのまますべり下りていき、ウール地に包まれた長く硬いものに触れた。「じゃあ、そう思うのをやめてちょうだい」

トーマスの手はルーシーの手の上で静止し、動きを止めようとした。「ルーシー」自分を抑えようと息を切らし、警告する。「僕を信じてる？」

ルーシーは驚いて目をしばたたいた。「わかってるでしょう、信じてるわ」命賭けでトーマスを信じていなければ、いまここで裸になって、彼をこれほど親密に触っているはずがない。

「じゃあ、僕たちはこれをしてはいけないという僕の言い分も信じてくれ。こんな形ではだめだ」トーマスの声はいまにもひび割れそうだった。「君にその種の堕落をさせるわけにはいかない」そう続け、頭を振る。「いまこの瞬間にどれほど君が欲しくても、僕は君を守ることができないような男にはならない」

「でも……私もあなたが欲しいの」ルーシーは抗議した。隣に寝そべるトーマスを感じ、素肌を触れ合わせ、やがて二人とも息を切らし、後先のことなど考えられないくらい没頭したかった。

だが、トーマスの言いたいことは何となく理解できた。トーマスの歴史のこの部分を知るところまでは、伯母の日記を読み進めていたから。トーマスは妹の堕落を目の当たりにしていて、彼の拒絶の陰には拒否感ではなく高潔さがあるのだとわかっていた。トーマスは保護欲求が強い。折に触れ、こちらの誘いから身を引いてきた。下劣な男性なら、私を宿の壁に押しつけて奪っていただろうに。

あるいは、コテージのソファで。

あるいは、この美しい野生の草地で、朝日に笑われながら。

「一度だけでも……だめ？」ルーシーはたずね、唇を噛んだ。

「一度だけでもリスクが大きすぎる」トーマスは身を引いて、片手で髪をかき上げた。ルーシーが不満げにうなると、トーマスの薄茶色の目はルーシーの目に戻ってきた。その唇の片側が上がったかと思うと、彼は一瞬にして庇護者《ひごしゃ》から悪党へと姿を変えた。「でも、もしかすると、ほかの方法が――」

「ほかの方法?」そうたずねながらも、ルーシーの中の悪魔は〝いいえ、けっこうよ。私は本気であなたのズボンを脱がせたいの〟と言っていた。

「横になって」トーマスはルーシーに言った。「それから、目を閉じるんだ」

ルーシーは言われたとおりにした。トーマスの両手が自分の体を端から端までなでるのを感じる。次は彼の唇が、胸の下側に熱く感じられるのだと想像した。

だが今回、トーマスの唇は別の箇所に触れた。

ありえない箇所に。

ルーシーは固く目をつぶっていても、それが唇の感触であることは確信できた。頬ひげが優しく太腿にこすれ、彼がそこにキスする間、息の熱いぬくもりを感じた。ルーシーは大きくあえぎ、こぶしを唇に持っていって、まともに息をしようとした。このような行為は聞いたことがなかったし、トーマスがそれをしようとしていることが信じられなかった。

それでも、トーマスにやめさせる言葉は思いつかなかった。

その衝撃に背を弓なりにし、体も思考も、トーマスが極めて異質な場所に火をつけている快感には無力だった。あんな小さな一点に口をつけられるだけで、なぜ火花が全身に走るのだろう？　トーマスを全身に感じているかのようだ。芯に、肌の下に。まるで、トーマスが私の内側に火をつけ、辛抱強く煉瓦《れんが》を積み、炎が高くしっかりと上がるまで火をかき立てているかのようだ。最も無防備な部分を優しく愛撫され、その確かな熱に骨が溶けて、みだらな水溜《みずた》まりができていく……。

その瞬間、ルーシーは飛び立った。

足元で地面が崩れたときに感じたのによく似た衝撃だった。変えようのない何かがいまから起こるという確信が走った。崖の縁からすべり落ち、肺に血液が押し寄せてくる。ただし今回、その落下には恐怖ではなく、圧倒されるような衝撃が伴い、体の隅々が破裂寸前まで脈打った。

そして……ルーシーは羽ばたいた。長く、すばらしい、痺《しび》れるような時間が続いた。

そのあとは背中から無事着地し、頭上には雲が、頭の中には疑問が渦巻いていた。

何ということだろう、いま、何が起きたの？

だが、これが一度と言わず何度も起こってほしくなるであろうことだけは、心から確信していた。

トーマスはルーシーの隣に寝そべり、彼女を腕に抱いた。

ルーシーのあんな姿を――太陽の下で手足を伸ばし、髪を顔のまわりに荒々しく広げ、肌を快楽でピンクに上気させた姿を見た経験は、実に得がたい贈り物だ。だがいま、ルーシーは満ち足りて眠そうで、彼女にこの表情をさせたのは自分なのだと思うと、トーマスは刺すような独占欲を感じた。

ルーシーの頭はトーマスの裸の胸にもたれかかり、息遣いが徐々に安定したリズムへと落ち着くと、片手が這《は》い上がってきてトーマスの手に絡みついた。どれだけの時間、ここに横たわっているのかはわからなかった。二人は長い間、昆虫や鳥がそれぞれの日常を送り、草地が低く幸せなざわめきの音をたてる中、極めて重大なことがたったいま起こったのが嘘のように、この場所にぼんやりと漂っていた。

トーマスはここにずっといたかった。ああ、さっきのことをもう一度したかった。だが、太陽は空に昇りつつあり、二人はすでにトーマスが意図していたよりも長くここにいる。トーマスはルーシーの髪にキスをした。ルーシーのことは満足させたものの、自身はなだめられていないせいで、体は激しく抗議していた。心は穏やかに続く時間を楽しんでいても、一糸まとわぬ奔放な女性が自分の腕の中にいるという認識は、体に自制を取り戻すための闘いに少しも役立たなかった。

「もう遅い。そろそろ戻ったほうがいい」トーマスは言い、脚の間のこわばりをなだめようと体をずらした。

「あと少しだけ」ルーシーはため息をつき、裸の体をトーマスの腕の中にさらに深く潜り込ませた。「まだロンドンには戻りたくないの」

トーマスの指がこわばった。二人の間にこれだけのことがあったというのに、ルーシーはまだロンドンに戻るつもりでいるのか？　息が止まりそうだった。

ルーシーはここで心底くつろいでいるように見えるし、あらわになった首には蛇紋石がきらめき、体はこちらに寄り添っている。ルーシーはここに留まりたがると思っていたのに。いや、想像していただけか……。

現実が勝利を収めたせいで失望させられることは、あまりに多い。

トーマスは身勝手にも、ルーシーの気が変わることを期待していた。身勝手にも、ここに長居し、ルーシーを腕に抱きしめ、さまざまなものが潜む世界を寄せつけないようにしていた。だが、いくら身勝手な男でも、ルーシーの代わりにその決断をする権利が自分にあると思い込むほどではなかった。

「肌が日に焼けてきている」トーマスは指摘した。すでに、ルーシーの体が部分的にピンクになり始めているのが見える。しぶしぶ起き上がって、ねまきをルーシーの頭からかぶせ、自分がさっき徹底的に喜ばせた体に引き下ろした。白い肌の最後の一センチが裾の下に消えると、トーマスは唾をのんだ。さて、これでおしまいだ。ルーシーは元どおり覆われ、隠された。二度と触れることはできなくなった。

だが、ああ……何と幸せな幕間劇《まくあいげき》だったことか。

彼女の髪から草や小枝のかけらを取り除こうとしていると、ルーシーがたずねた。「いま何時だと思う？」

「八時くらいだろう。君は朝食を食べ損なったんじゃないかな」トーマスは言った。「それに、お父さんがもうすぐここに来るはずだ。リザード・ベイはマーストンから馬車でたった一時間だ。お父さんが今日ソールズベリーに向かうつもりなら、早めに出発したいだろう」

ルーシーはそれを聞いて眠そうな顔で口を尖《とが》らせたが、トーマスに促されるままにブーツを履き、立ち上がった。トーマスはルーシーのねまきを手で払った。白い綿生地には海草がくっついていたが、自分こそルーシーにそんなふうにくっつきたかった。彼女があんなにもかわいらしく差しだしてくれたものを受け取らずにいるには、体じゅうから自制をかき集めなくてはならなかった。だが、ヒースモアと同じように、ルーシーにこのことを強いてはいけない。選ぶときが来るとしたら、彼女自身が選ばなくてはならないのだ。

トーマスはルーシーに情熱の味を教えたが、貞節は無傷のまま守られた。その面においては、トーマスは自分を誇りに思った。ルーシーの安全は守られたのだ。ルーシーの将来に、悲惨な展開は訪れない。

自分の将来についても、その半分でいいから確信が持てればいいのだが。

歩いてリザード・ベイに戻るのにかかった時間は、実際の半分にしか感じられなかった。きっと自分が戻ることを恐れていたせいだ。二人は暗闇にまぎれて出発したが、いまは太陽が頭上高くまで昇っているため、トーマスは町の入り口でルーシーを立ち止まらせた。

「ここで別れたほうがいいと思う」トーマスは言い、ルーシーのショールの端を引っ張って肩に巻きつけた。「僕がねまき姿の君と一緒に町に入って、ミセス・ウィルキンズの下宿屋の正面階段まで君を送っていくのを避けたほうが、お互いのためになるはずだ」

ルーシーは片眉を上げた。「町の人は噂話《うわさばなし》が大好きだから？」

トーマスはほほ笑んで頭を振った。「いや、お父さんが君を愛しているからだ」

自分がこの女性にどんな気持ちを抱いているかを、リザード・ベイじゅうに知られるのはかまわなかった。だが、カードウェル卿《きょう》は拳銃の銃身越しに、考えを実にはっきりと表明した。娘がこのような格好で自分と手をつなぎ、顔にうっとりした笑みを浮かべて、髪に草をつけたまま現れれば、あの子爵が何をしでかすか……。

「父のことは私が何とかするわ」

「ああ。でも、僕たちが一緒に現れることで、お父さんにこの件に口出しさせたくないんだ。それはお父さんの選択ではなく、君の選択であってほしいから」

「ヒースモアに関する私の選択のことを言っているの？」ルーシーは困惑したように目をしばたたいてたずねた。

　トーマスはルーシーの日に焼けた頬を見つめ、まだ立ち去りたくないと思った。事実はすべて伝えたが、ルーシーがどうするつもりかは知らない。自分はそれをたずねる立場になかった。ルーシーは地所を売ると決断するかもしれない。あるいは、ヒースモアをそのまま手元に置くと決めるかもしれない。どちらの選択でもルーシーがリザード・ベイに留まる結果を——そこから生じる結果を望むほどには、トーマスは身勝手だった。たとえ、その選択の一方が町の破壊を意味していようとも。だが、それ以上につらいのは、ルーシーがやはり今日、父親とともにここを出ていくことを選び、ロンドンに向かう彼女の馬車を見送るはめになることだった。

「いや、僕たちに関する選択だ。ヒースモアに関しても、結婚に関しても、正しい答えも間違った答えもないと僕は思っている。決めるのは君だし、君に無理やりどちらかの答えを出させる権利は誰にもない」そこでトーマスはためらった。「僕が結婚の申し込みに関して真剣なのは、いまも変わらない。ヒースモアのことで君がどんな決断を下そうとも、それに左右されることはない」

　ルーシーは目を丸くした。「トーマス——」

「たとえ君が地所を売ると決めても、僕は君と結婚したいんだ」

「でも……どうしてそんなことが言えるの？　もし私があそこを売って……あの自然の美しさを破壊したら？　ヒースモアはあなたにとって大事な存在なのに……」

トーマスは片手を伸ばし、ルーシーの頬を包んだ。「わからないか?」頭上には太陽が高く昇っていて、ルーシーの父親がいつ到着してもおかしくないことを思えば、賢明とは言えないほど長い時間、トーマスの指はそこに留まりたがった。「僕にとってはその何よりも、君のほうが大事なんだ。ルーシー、愛してる。僕の心は列車で会った日以来、君のものだ。お父さんの応接間での、あの日以来かもしれない。僕は君に心底驚かされた。いまも驚かされ続けている」

「トーマス」ルーシーは頭を振った。「あなたはどこまでも善良で、強くて、正しい人よ。でも、これが理由でそんなことをする義務はないの。さっき私たちが……あなたが……要するに、私が言いたいのは――」

トーマスはルーシーの唇に指を一本当て、声を押し留めた。「僕はそれが理由でこういうことを言っているんじゃない。僕たちの間で、正式な堕落に分類されるようなことは何も起こらなかった。医者に診察してもらえば、君が処女であることは証明できる」ルーシーの頬がピンクに染まるのを見て、トーマスはほほ笑んだ。「特に、君のように野心を持った独身主義者にとっては、たいした醜聞ですらない。それに、僕はいますぐ答えが欲しいと言っているわけではないんだ」ためらってから続ける。「君が結婚自体を望んでいないことも、独身を貫くことがある種の名誉だと思っていることもわかっている。でも、僕は舞踏室のフロアで出会うような持参金目当ての、名前も顔もないどこかの男じゃない。

僕は君を愛している。そのままの君を。だから、もし君が結婚のことを考える気になったら……」

トーマスはロンドンの応接間でのあの日、二人が交わした会話を思い出した。〝買い手の第一候補として検討してほしい〟という自分の言葉を。

「……ただ、僕を結婚相手の第一候補として検討してほしいんだ」

その問いかけにルーシーは激しくまばたきをした。トーマスは一瞬、ルーシーが最初のとき言い返してきたように、辛辣な言葉を投げつけてくるのではないかと心配になった。

〝私はそれをあてにするつもりはありません〟

だが、ルーシーは深く息を吸い、にっこりした。「それは約束できると思うわ」

もちろんそれは承諾ではなかった――承諾との間にはずいぶん距離がある。トーマスはルーシーにきちんと思いの丈を伝えたというのに、ルーシーは愛しているとは言ってくれなかった。

だが、それは拒否でもない。

自分たちがいた場所からは、明らかな前進だった。トーマスの胸のつかえはとれた。

そこでトーマスは身を屈《かが》め、ルーシーにキスした。ルーシーも両手をトーマスの上着に絡めてキスを返し、やがて顔が離れると、ルーシーは息を切らし、目を見開いてトーマスを見上げた。

「それでは、ルーシー」トーマスは向きを変え、立ち去ろうとした。

「待って！」

トーマスの足は即座に止まり、脈は血管の中で荒れくるった。プロポーズを受け入れてくれるのだろうか？　だが、違った。トーマスが振り向くと、ルーシーが唇を噛んでいるのが見えた。ルーシーは街路の先を見やり、遠くで待っている下宿屋に視線を向けた。

「今日、一緒に来てくれない？」

「お父さんと話をするために？」トーマスは笑った。「正式に婚約するまでは、それは賢明な考えとは言えないと思うよ」

「違うの、一緒にロンドンに帰ってほしいの」ルーシーは前に進みでて、トーマスの手を取り、ぎゅっと握った。「私と一緒に来て。私たちと」

トーマスはその頼みに驚き、頭を振った。「僕にそれができないのはわかっているだろう」

「もちろんできるわ」ルーシーは傷ついたように見えた。「父には私から説明する。父のことは心配しないで。どなり散らすでしょうけれど、噛みつきはしないわ」

「そういうことじゃないんだ」トーマスは胸におもしが下りるのを感じながら、手を引き抜いた。「ルーシー、僕にはできない。リスクがありすぎる」

「いまはロンドンに来られないということ？」理解が徐々に、痛みを伴って根を張りつつあるかのように、ルーシーはゆっくりたずねた。「それとも、永久に?」

トーマスの沈黙は、答えとしてじゅうぶんだったようだ。

ルーシーは口を引き結んだ。「あなたのプロポーズは、ヒースモアに関する私の決断は条件にしないけれど、私たちがずっとリザード・ベイに住まなくてはいけないことは条件にするということ?」目が細くなる。「それはかなり身勝手な考えに思えるわ。貴族院にあるあなたの議席はどうなるの? 私の家族は? 私はここに来るとき虚勢を張っていたけれど、本当は家族をとても愛しているの。そんなにも長い間、家族と離れているなんて想像できない」

トーマスはいらだち、うなり声をあげそうになった。いまこの話をするとは思ってもいなかったし、それにふさわしい場所だともまったく思えない。まったく、リザード・ベイの一本きりの街路の真ん中という人目につく場所に立って、結婚後はどこに住むべきかを議論しているなんて。

とはいえ、それについて二人が議論しているということは、ルーシーが求婚を現実的に検討しているということでもある。

トーマスは反論を抑えて頭を振った。「リスクは冒せない。理由は君もわかっているはずだ」

「いいえ。正直に言って、まったくわからない」ルーシーは両手を腰に当てたため、ショールが片方の肩からすべり落ちた。「だって、三年経《た》ったのよ、トーマス。妹さんの件はもう落ち着いているはずだわ。本当よ、人ってすぐ噂話を忘れるの。五年前、姉のクレアは人前で恥をかいて、その醜聞を隠さなきゃいけないことになった。それもあって、私の社交界デビューはここまで遅れたの。でも世間はすでにその醜聞を忘れているし、姉はいま幸せな結婚生活を送ってる」

トーマスは頭を振った。「いい加減にしてくれ、ルーシー、この話はもっと複雑なんだ。君は伯母さまの日記を読んだんだし、妹の事情も知っているんだから、僕がロンドンに住めない理由は理解できるはず。妹は強い女性だ。ほかの人が何と言おうとも、善良な女性なんだ。僕は二度と妹を傷つけたくないんだよ」

ルーシーは唖然《あぜん》としてトーマスを見た。「二度と?」

このときになってトーマスは、彼女がそもそも事情をすべて知っているわけではないのだと気づいた。

イーディス・ルシール・ウェストモアの日記より

一八五一年三月四日

〈立派な大義が必ずしも幸せな結果を生むわけではないが、この件に関しては、私は成功したと言っていいと思う。ブランストン卿《きょう》は断酒に向かってすばらしい前進を遂げているのだ。もちろん私はミスター・ジェーミソンを、店にウィスキーを置くのをやめないと身体的危害を加えると脅した。ウェルズベリー師までもが、教区の聖餐《せいさん》のカップに注《つ》ぐワインを水で薄めることで、この大義に参加してくれた。

二人とも、私の成功にひとかけらの貢献をしてくれたと言っていいだろう。

だが何よりも、それはブランストン卿自身の力によるものだと思う。

ブランストン卿は善良な人で、妹さんの選択に折り合いをつけようとあがく様子を見ていると、何となく自分の状況を思い出すのだ。愛する家族と距離を置くという決断をした事実と、私はほぼ毎日闘っている。私は家族が期待するような種類の伯母ではないし、無《む》垢《く》な姪《めい》と甥《おい》を私の醜聞の重みで汚したくもなかった。私は正しい選択をしたのだろうか？

その答えはなかなか出ない。

だがいつか、私がこうしたのは愛情からであったことを、家族に理解してもらえればと思う。

ブランストン卿が似たような保護欲求を妹さんに抱いていると知ったことで、私の男性不信はいまにも修復されそうだ〉

25

ルーシーは震える手を口に当てた。「妹さんは……生きているの？」トーマスを見つめながら、彼の妹に関してトーマスと交わした会話をすべて思い返した。

トーマスは妹を〝失った〟と言っていた。妹が恋しいと。

そして、実際の言い回しを吟味すると、妹が亡くなったと言ったことは一度もないと気づいた。

トーマスは顔をしかめた。「日記ではその部分は明かされていなかったのか？」

ルーシーは頭を振った。「守るべき秘密とだけ書かれていたわ」街路が足の下でぐるぐる回っている気がした。「伯母が言っているのはたぶん、妹さんは命を絶ったとあなたが告白したということだと思ったの」

いままでは、あの書き込みはそれ以上のことを意味していたのだと理解できた。E伯母は日記の中でさえ、大事な信頼を裏切りたくはなかったのだろう。

トーマスはあごをこわばらせた。「違う。妹は……命を絶ったふりをしただけなんだ」

ルーシーは目をしばたたき、混乱の霧を追い散らそうとした。伯母がトーマスをあれほど強く信じ、あれほど絶対的に信頼していたのも無理はない。トーマスは自分の婚約を犠牲にしてまでも、自分がロンドンから遠く離れるはめになっても、妹の秘密を守ったのだ。

「君に知ってもらえてよかった」トーマスの声は低くなった。「でも、それを知ったからには、君はその真実をどうする?」

ルーシーは驚いて顔を上げた。またもトーマスはこちらの手に選択権を残した。圧力をかけようとも、特定の方向に操ろうともしない。喉にこみ上げた感謝の塊をのみ下し、頭にすぐさま浮かんだ答えを言った。「私はそんな秘密を人に言う立場にないわ」

「ありがとう」トーマスの声はルーシーの声とほとんど変わらない大きさだったが、その言葉はまるで叫び声のように、力強く発せられた。「もしそれが公になったら……ジョセフィーヌはこの三年間にわずかでも得た敬意をすべて失うだろうから」

ルーシーはいまもこの事実に驚いて混乱したまま、腹に手を当てた。「きいてもいいかしら……妹さんはなぜそんなことを? どういういきさつだったの?」

「いきさつに関しては、よくある話なんだろうと思う。妹を田舎に置いてロンドンに行ったとき、それでも妹は平穏に暮らしていくと思ったし、永遠に十五歳のままのような気がしていた。妹が妊娠に気づいたのはたった十八歳のときで、まだ社交界デビューもしていなかった。そこで、妹は僕に助けてもらえるものと思ってロンドンに来た。でも、そこにいたのは、妹の記憶にあった有能な兄じゃなく……僕だったんだ」

ルーシーは目をぱちぱちさせてトーマスを見た。「意味がわからないわ」

「妹が来たとき、僕は酔っ払っていて、その後もほぼずっと酔っ払っていた。自分の世話さえろくにできていなかったんだ。ジョセフィーヌはほかに選択肢がないと思ったんだろう」

「でも……それであなたがどんな影響を受けるかということは考えなかったの？」

「妹は僕のためにそうしたような気もするんだ」トーマスは頭を振った。「その醜聞が破滅的なものになるとわかると、自分が死んでしまったと皆に思わせたほうが僕は楽になると妹は考えたんだよ」息を吐き、手をこぶしにする。「妹は自分が選んだ道に固い信念を持っていた。恐ろしい選択に聞こえるのはわかっている。でも、噂話《うわさばなし》がどれほど残酷なものだったか、君には想像もつかないだろうね」

ルーシーは姉クレアの経験と、上流社会の残酷さを示す数えきれないほどの事例に思いを馳《は》せた。自分が逃げだした社交シーズンに感じていた恐怖のことも思った。

淡々と言う。「想像はできるような気がする」

「母が死んだとき、ジョセフィーヌはまだ三歳だった。妹の決断は、そのこととも関係があるんじゃないかと思う。自分の子供にはもっといい人生を与えてやりたかったんだ。少なくともいまは未亡人のふりをすることで、ある程度の敬意の中で生活できている」

ルーシーはうなずいた。トーマスの妹の選択は理解できる。何はなくとも、人生の選択が運命と社交界によって制限され、自分の手で事を運ぶことを選んだ女性の苦境には共感できるのだ。ある意味で、それはすばらしい生き方だ。隠れる必要がなくなるのだから。トーマスの妹は、自分ではない人間のふりをする必要がなくなった。

だが、それでもトーマスの問題は残っている。彼自身はいまも隠れているように見えた。

そう思うと、ルーシーはこの男性を助けたくなった。

「私が思うに」ルーシーはゆっくり言った。「妹さんはやるべきことをやったし、そこに恥ずべきことは何もない」片手を上げ、静かに待っている小さな町のほうを示す。「でも、どうしてあなたがこのリザード・ベイに住むことになったの？」その続きはのみ込んだ。

〝そして、どうしていまもここにいるの？〟

「家族の保有資産にリザード・ベイの家も含まれていたんだ。一度も訪れたことのない土地だったから、誰も僕たちのことは知らなかった。僕は最初、ジョセフィーヌがこの家に来て子供を育てればいいと思っていた。でも、妹はロンドンを離れたがらなかったんだ」トーマスは陰気にほほ笑んだ。「だから、代わりに僕が出ていった。もし僕がロンドンに残れば、妹に会いたくなるだろうし、そうなれば妹のことがばれてしまう。僕がここに来ることで……そして、ここに留《とど》まることで、いまのところは妹を守ることができている」

トーマスの声ににじむ痛みは、彼の言葉そのものよりはるかに多くを伝えていた。トーマスは妹を愛していた。いまも妹を愛しているのだ。

ルーシーは身を乗り出し、トーマスの頬に片手を当てた。「トーマス」ささやくように言う。「この三年間、あなたが自分に何を言い聞かせてきたにせよ、あなたは妹さんを守ってきたわ。ある意味では、しっかりした兄を演じ、妹さんに世間でよしとされる道をたどるよう諭すよりも、妹さんをちゃんと守ったの。自分が犠牲を払ってでも、妹さんの選択を尊重したんだもの」もう一方の手もトーマスの反対側の頬に当て、顔を挟んで、自分の目に映る真実を読み取ってもらえるよう願った。「伯母があなたを救う価値のある人だと思った理由がわかるわ」

トーマスはルーシーのまなざしを、そこに見える約束を、彼女の声から聞こえる希望を、自分の錨《いかり》にしたいと思った。三年という長い間、自分は溺れかけている気がしていて、水から顔を出しておくための苦闘に肺は疲れきっていた。

「僕は妹に悪いことをした」トーマスは言い、頭を振った。ルーシーの両手を引いて頬から離す。そのような優しい愛撫《あいぶ》を受ける権利は自分にはない。「君はあのころの僕を知らない。妹は僕のところに来て助けを求めたのに、僕は妹が頼れるような人間じゃなかったんだ」

ジョセフィーヌの涙ながらの告白に、自分がどれほど恥知らずな反応をしたかはいまでも覚えている。誰がお前にそんなことをしたのか教えろと迫り、その男を殺してやると脅したのだ。妹が戸口に現れた時点でトーマスは酔っていたが、状況がそれを悪化させた。妹は何もかも洗いざらい話してくれたのに、自分はグラスにお代わりを注《つ》ぐことしかできなかった。

「妹は相手の男が誰なのかは決して言わず、自分にも同じだけ責任はあるからと言うばかりだった。僕は都合のいい結婚相手を、妹の状況を見過ごしてくれるほどせっぱつまったどこかの次男を探すよう、妹を説得した。そんな相手が見つかるなら誰でもいいと思った。でも、そんなことを妹に提案したのは間違っていた」

いまではトーマスにもそれがわかった。当時は妹の芯の強さを考えに入れていなかった。妹が自分の子供を守るためにどれほど手を尽くすつもりでいるかということも。

トーマスの腕に、静かに手が触れた。「トーマス、妹さんはあなたを許してくれるわ」

トーマスはこの女性を――どんな理屈をも超えて、自分を信じてくれる人を見た。「そんなはずないだろう？　君はあのころの僕を知らない。酔っ払うとどれだけ頑《かたく》なに、無情になれるかを知らないんだ」

長年の間に膨大な量のウィスキーが自分から奪ったものを思うと、胃がひどくむかついた。ああ、あの男は本当にいまの自分と同一人物なのか？

「あなたはその後、いい方向に変わったわ」ルーシーは言った。「自分と自分が愛する人を傷つけるものから距離を置けるくらい、あなたは強い。いまなら妹さんに会いに戻ってもいいと思う」トーマスの腕をぎゅっと握り、言い添えた。「三年は、家族から離れているには長い時間よ」そして、ためらってから続けた。「それに、今日あなたが私たちと一緒に来るための馬車の空席はたっぷりあるわ」

トーマスには、ルーシーが何をしようとしているのかがわかった。その目の輝きを見れば、彼女が涙ながらのきょうだいの再会を画策していることはわかった。ルーシーはこの問題を解決しようとしている、いや、解決したがっているが、彼女は実際わかっていないのだ。こちらは心の準備ができていない。

準備からはほど遠いところにいるのだ。

トーマスは頭を振った。「僕は妹の期待に応えられなかった兄だ。妹が僕に会いたがるはずがない」

「弟は私に毒を盛ろうとしたけれど、私は弟に会いたいわ」

この会話の重苦しさにもかかわらず、トーマスの口角は上がった。ルーシーの弟はいずれ報いを受けさせられるだろう。「ルーシー、君の提案はありがたい、本当にそう思う。でも、これはそう簡単に実現できるような大義の一つではないんだ。実を言うと……僕は先週ロンドンで妹に会おうとした。辻馬車《つじばしゃ》に妹のタウンハウスまで行ってもらって、窓越しにちらりとその姿を見たんだ」トーマスは空を見上げた。「妹は……幸せそうだった。

ようやく幸せを見つけたように見えたよ」トーマスの視線は再び落ち、ルーシーの視線をとらえた。「妹の家のドアをノックして、その幸せを壊す危険は冒したくない」

「それは、妹さんが決めることではないの？」

トーマスはゆっくりと息を吐いた。「それを安全に行う方法がわからない。もし、誰かが僕に気づいたら？　もし、点と点を結びつけて、妹の存在に気づいたら？」

「そうね、旗を振ったり、看板を掲げたりして突撃するのはお勧めしないわ。変装するか、家族の友達のふりをしたらいいと思う」ルーシーはほほ笑んだが、その表情はこわばっていて、トーマスが見慣れている顔いっぱいに広がる笑みではなかった。「妹さんの家を買おうとするふりをしてもいいんじゃないかしら。何しろ、それなら少しは経験があるんだし」

トーマスはそれについて考えた。驚いたことに、実際に考えたのだ。ロンドンに行って、あのドアをノックし、ジョセフィーヌに面と向かってすまなかったと言えるだろうか？　妹と幼い姪《めい》を見て、自分は二人に悪いことをしたと思わずにいられるだろうか？

ルーシーは手を伸ばし、トーマスの両手を取って握った。「トーマス、これはあなたが一人でいるときに決めるべきことなんでしょうね。でも、これだけはわかってちょうだい。あなたは妹さんの子供が自分を知ることなく育つほうが幸せだと思い込んでいる。私はそれが真実だとは思えないの。いまは適切なときではないかもしれないけれど、その子はいつか、自分が何者なのか、どこから来たのか知る権利を持つんじゃないかしら？　自分の祖父母と、すばらしくて愚かな伯父の真実を知る権利を」

トーマスは顔をしかめた。「すばらしくて愚かな伯父？」

「その二つは必ずしも矛盾する性質ではないのよ」ルーシーはため息をついた。「要するに、この決断にあなたが葛藤しているのは、私も理解できるの。E伯母はロンドンに寄りつかなくて、それは私を守るためだったようだけれど、伯母が別の選択をしてくれていたらとどんなに願ってしまうか。私に遺《のこ》された伯母の形見は、日記しかないんだから」手がふわりと上がり、蛇紋石のペンダントに触れる。「あとは、宝石が一つと、ガラスの馬が一組。あまりにも少ない思い出よ。伯母が私に、伯母自身を知るかどうかの選択権を与えてくれていたらと思わずにいられない。だって私は、伯母が実際にどれほどすばらしい人だったかを、リザード・ベイのみんなが話してくれる以上に知ることはできないんだから」

トーマスはごくりと唾をのんだ。「ルーシー、僕はロンドンには行けない……いますぐには」

「じゃあ、私はあなたを恋しく思うことになるわね」ルーシーは悲しげに言い、前に踏みだして、トーマスの唇にすばやく、優しくキスをした。

そして、町のほうを向いた。

イーディス・ルシール・ウェストモアの日記より
一八五二年八月十五日

〈後悔は、人生が見せる厳しい顔の一つだ。

私の人生は長く、まぎれもなく充実していた。友人がいて、大義があって、毎日忙しく過ごしてきた。自分の冒険を記録する日記があり、ロンドンには離れているとはいえ、すてきな家族がいる。だが、私には勇敢さが足りなかった。

それが、私が何よりも後悔していることだ。

最近、体が弱り、意識が四十年分の決断をふるいにかけるにつれ、その多くを疑問視するようになった。家族の評判を守るためにコーンウォールに自分を隔離するという選択は正しかったのか？　わからない。わかるのはただ、定期的に『ロンドン・タイムズ』紙を精読し、どんなに些細《ささい》な知らせでもないか、目を光らせてしまうことだ。

そして、独身を貫いたことに関しては……それは私にとって正しい選択だったのだろうか？　この問題も、私にはわからない。わかるのは、この町に移ってきて以来、私の人生は充実し、豊かになったということだけだ。いまではほぼ毎日ウェルズベリー師と会っているが、これも、いつまでも悔やむ損失の一つに数えられるのだろうか？　だが、淑女は決して自分の間違いを認めてはいけない。

〈頭を高く上げ、すべて計画どおりだというふりをするのだ〉

26

下宿屋の玄関に忍び込んだルーシーは、父が客間で叫んでいる声を聞いた。

「娘がどこにいるのかわからないって、どういう意味だ？　ミセス・ウィルキンズ、あなたがしっかり見張っていてくれると確信したからこそ、私は娘をここに置いていったんだ。ルーシーはすでに評判が危機に瀕《ひん》している若い女性だ。お目付役が必要なんだ！」

ルーシーはたじろぎ、草の染みがついたねまきを見下ろした。父が来たのが早すぎた。あるいは、自分が戻るのが遅すぎた。トーマスの言うとおりだったようだ。

すでに、ルーシーはトーマスが恋しかった。すでに、トーマスのもとに駆け戻り、首に腕を巻きつけて彼を引き寄せ、また骨が溶けるようなキスをしたかった。トーマスに〝ええ、お願い、あなたと結婚させて〟と告げ、二人で急いで次の日曜、丘の上の小さな教会に結婚予告を掲げたかった。

だが、もう手遅れだ。トーマスはロンドンには行けないと言ったし、これだけのことが起こったにもかかわらず、自分が少なくとも人生の一部をロンドンで過ごす必要があることはわかっていた。リディアはロンドンにいる。姉のクレアも、大きくなっていく子供たちも。姪《めい》と甥《おい》と家族。トーマスは別れを告げ、私は自分の考えを告げた。

こちらにできることは何もなく、トーマスの心が決まるのを待つのみだ。

そして、これ以上父を怒らせないようにするのみ。

「私は予定がつまっているんです」知らない男性の声が言った。「マーストン鉱業会社はたくさんの問い合わせを受けていて、時間を無駄にできない」

「あと十分待ってみましょう」父の張りつめた声が聞こえた。「必要とあらば、娘抜きで私が地所を案内します」

ルーシーは声に出してあえいだ。ああ、どうしよう。最悪だ。

視察員のことが頭からすっぽり抜けていた。

ルーシーは忍び足で客間を通り過ぎ、恐怖のあまり階段を走るように上って、数えきれないほどの猫をまたいだ。部屋に入ると、ねまきを脱ぎ、残っているドレスを着て、貝ボタンを急いで留めた。鏡をすばやくのぞいて、事態を確認する。髪は小枝と草だらけで、鼻は絶望的なピンク色に焼けていた。まあ、見た目などどうでもいい。自分の将来が危機に瀕しているのだ。

ドアのほうを向いたとき、ブーツの爪先が何か硬いものを蹴った。それは絨毯《じゅうたん》の上を転がり、硬材の床の上でかたかたと音をたてた。ルーシーはしゃがんでそれを拾い上げ、手のひらの上でひっくり返した。それはトーマスの肩掛けかばんに入っていたリザード石で、今朝急いで支度しているときに落ちたようだった。視線を前に向けると、床の上に散乱した紙が目に入った。ロンドン・リンネ協会へのトーマスの提案書だ。それらのページにはたくさんの希望が、たくさんの努力がつまっている。だが、ルーシーにはいまそれを片づける時間はなかった。

このあとは、ロンドンに帰るだけだ。たぶん、このあとなら……。

ルーシーは全身に押し寄せるパニックの波に耐え、リザード石を手に握ったまま、階段を駆け下りた。客間に飛び込むと、ちょうど父がドアのほうに近づいてくるところだった。

「待って！」

「ルーシー、帰ってきたのか！　大丈夫か？」父は叫び、ルーシーのほうに大股で向かってきた。ミセス・ウィルキンズは片側に立ち、心配そうに揉《も》み手《で》をしている。遠くの炉棚の脇にあごひげを生やした紳士が立ち、懐中時計を見ていた。

「ああ、よかった、戻ってきたのね」ミセス・ウィルキンズは甲高い声で言い、節くれだった手を胸に当てた。「幽霊に連れ去られたのかもしれないと思っていたのよ」

父の額には汗の粒が噴きだしていて、父はそれをハンカチで拭った。「まったく。今朝ここに着いて、ミセス・ウィルキンズにお前がどこに行ったのかわからないと言われたときは、心配でおかしくなりそうだったよ」顔をしかめ、片手を伸ばして、ルーシーの髪から草のかけらをつまみ上げた。「これは何だ?」

ルーシーの頬は熱くなった。「荒れ地の草よ。私、最後にもう一度、地所を検分しに行ったの」ルーシーはマーストン鉱業会社の男性に目を向けた。「ごめんなさい。誰にもご迷惑はかけたくなかったんですが……」手で石をぎゅっと握り、その確固たる力強さを借りようとする。「でも、もう戻ってきたので、ここに座ってこの問題について話し合いませんか?」

「お嬢さん」あごひげの紳士が言い、懐中時計をぱちんと閉じて上着のポケットに入れた。「予定時刻からもう一時間近く遅れているんだ。さっさと地所を見に行きましょう」

ルーシーはその男性をにらみつけた。自分がだらしない身なりをしていることへの気まずさも、この男性の見かけに感じる嫌悪感とは比べ物にならなかった。男のスーツは梳毛《そもう》製で、銀の懐中時計は彫刻が施されている。高給取りなのは明らかで、さぞかし仕事ができるのだろうと思えた。今朝トーマスが見せてくれた手つかずの美と、マーストン鉱業会社が何も考えずそのすべてを喜んで破壊するであろうことを思った。

視察員はルーシーの手の中にある選択の重大さには興味がなさそうだった。

少なくともこちらは、その決断に苦しんでいるのに。

トーマスは決定権のすべてを私のものだと感じさせてくれた。目指すべき方向に関して、良心以外からは何のプレッシャーも受けなかった。七千ポンドというのは、受け流すには大きすぎる金額だ。自立するのに必要な額よりはるかに多い。女性が自力で生きる将来を確保するのに必要な額よりも多いのだ。

だが、ルーシーという人間は欲深さとは無縁だった。

ルーシーはあごを上げ、視察員に向かって言った。「ここまでわざわざ来てくださって、本当に申し訳なく思っています。でも、今日あなたに地所を見せるつもりはありません」

視察員の表情が険しくなった。あてつけがましくルーシーの父を見る。「カードウェル卿《きょう》、よくわからないのですが。石の標本を見せてくださるというお話でしたよね」

「なあ、ルーシー」父はなだめにかかった。「とりあえず視察だけしてもらっても不都合はないだろう。我々が適切な決断を下すには、地所の価値を知る必要があるんだから」

ルーシーはゆっくりと息を吐いた。「お父さま、〝我々〟ではないわ。〝私〟よ。これは私の考え。私の決断、私の地所なの」

父は目をしばたたいた。「それは……別に……そういう意味では……」

「お父さまはこの前、私の肩にはしっかりした頭がのっていると言ってくれたわ。私がいまそれを使うことに信頼を置いてほしいの」ルーシーは穏やかに警告した。

視察員のほうを向く。この地所をどうすべきかという問題にはいまも答えは出ていなかったが、たとえ七千ポンドと引き換えでも、ヒースモアをマーストン鉱業会社に売ることに耐えられないのは確かだった。伯母は日記に自分の希望を記してはいなかったが、リザード・ベイを愛していて、この小さな町が立ち直るためのあらゆるチャンスを模索していた。

あらゆるチャンス――ただし、この町を破壊するかもしれない一つのチャンスを除いて。ルーシーは緑色の石がのった手のひらを差しだした。「今日ヒースモアを訪ねる必要がないのは、問題の石の標本を持って帰ってきたからです」

視察員はルーシーの手からその石をつまみ上げた。「これは何だ？」顔をしかめる。「ただのリザード石のかけらじゃないか」

「え？」ルーシーはとぼけて言った。「つまり、これは錫《すず》ではなかったということでしょうか？」片手を胸に当てる。「でも、私はこれが錫に違いないと思ったんです。あの地所にはこの石がたくさんあります。それで、てっきり――」

「あなたはこんなもののために、こんなところまで私を連れてきたんですか？」視察員は父に向かって顔をしかめてみせた。「この石は役立たずだ。役立たずどころではない」

父も顔をしかめたが、奇跡的に口は慎んだ。

ルーシーは視察員の手から石を取り戻し、そのぎざぎざした縁を守るように握った。これは、自分にとっては役立たずな石なんかじゃない。それに、マーストン鉱業会社からヒースモアの秘密を守るのは、査定では値がつけられないほどの価値ある大義になる。

「残念です」大げさにため息をつく。「あなたのお時間を無駄にしてしまって、私って本当に馬鹿みたい」

「そのとおりですよ」視察員はすでにドアに向かいながら、ぴしゃりと言った。

時間を無駄にしただの、人騒がせな女だの、視察員がぶつくさ言う声が聞こえなくなり、さらに玄関のドアがたたきつけられる音を聞くまで、ルーシーは待った。そのあと、父の目に浮かぶ疑問と相対することができず、そっけなくうなずいた。「すぐに二階に行って、荷造りをしてくるわ」

ルーシーは階段を上り、涙をこらえながら、借りている部屋に入った。草の染みがついたねまきをかばんに押し込んだあと、小さな石と伯母の日記を注意深くその上に置く。それから膝をついて、トーマスのかばんから落ちていた紙をきちんと揃《そろ》え始めた。

それらに触れることは、トーマスに触れることをあまりに強く思い出させた。

階段の途中からこみ上げていた涙は、いまやぽたぽたとこぼれ、ページを濡《ぬ》らしそうになった。その薄い紙をだめにしたくなくて、袖で目をこする。それは丹精込めて書かれ、トーマスのきれいな文字が彼の発見を説明していて、言葉遣いは堅苦しく形式ばっていた。ルーシーは、この地域に持っていたトーマスの希望について、ヒースモア・コテージを博物学者の憩いの場にするという計画について考えた。いい考えではあるが、それだけでこの死にかけた町全体を救えるのかどうかはわからなかった。そう、リザード・ベイは死にかけている。

コーニッシュ・ベニハシガラスと同じくらい、危機に瀕しているのだ。

自分はたったいま、ヒースモアのありのままの美を無節操な採掘作業から救ったかもしれないが、この町を救う方法自体はまだ思いついていない。何かもっと、確固たるものが必要だ。持続性のあるものが。何しろ、自然は移ろいやすい。町全体の未来を託せるようなものではない。

そのとき、ドアがノックされた。「ルーシー？」

ルーシーはきちんと涙を拭った。「入って、お父さま」

ドアが開き、父が両手に帽子を持って入ってきた。ルーシーは自分が膝をついている位置から父を観察した。父は緊張しているようだったが、その理由はわからなかった。いま自分の行動を説明できずにいるのは、ルーシーのほうだった。あれほどの大金を諦めた理由をどう正当化すればいい？　あんな決断をしたせいで父は娘の正気を疑うのではないかと思い、ルーシーははっとした。そもそも私がここに来たのは、父がそのような恐ろしい考えを抱くかもしれないと思ったからだ。

だが、恐怖を感じたところで、ルーシーの決意は少しも揺るがなかった。

「荷造りをしているようだね」父はうなずき、娘は正気なのだと自分に言い聞かせているかのように見えた。「マーストンで雇った馬車が外で待っている。あの視察員が帰ったいま、我々がロンドンに戻ることを先送りしても仕方ない」父は手を伸ばし、ルーシーの旅行かばんを手に取って、盾のように体の前で持った。「お母さまもリディアも、お前がいなくなってひどく寂しがっていたよ」

ルーシーはそれが自分を守ってくれるかのように、紙束を体の前で抱いて立ち上がった。なぜいつも父と争っている気がするのだろう？　かつては父に認められることを何よりも望んでいたが、月日が経《た》つにつれ、それはどんどん難しくなっていった。もしかすると父の期待に応えることより、自分らしくあることを強く望むようになったからだろうか？

ルーシーはそのことについて少し考えた。トーマスがありのままの私を、壮大な大義も何もかも含めて無条件に受け入れてくれたことで、ようやく自分は矯正の必要がある社会不適合者ではないと理解できるようになった。

トーマスはそのままの私を好きだと……愛していると言ってくれる。

それに……ああ、どうしよう。その瞬間ルーシーには、胸にぽっかり開いた恐ろしい穴の正体がわかった。あの馬車にトーマス抜きで乗ることがなぜこんなにもつらいのかが。

それは……私もトーマスを愛しているから。

だが、私とまともな人生を歩むためにトーマスが乗り越えなくてはならないものがあんなにあるのに、愛だけで足りるのだろうか？

「準備はできたわ」ルーシーはささやき、片手で紙束をつかんだ。

父は片側によけ、ルーシーは父をかすめて通り過ぎた。「ルーシー」父がため息をつくのが聞こえた。「少しは立ち止まって、私と話してくれないか？　なぜ私たちはずっとこんなに折り合いが悪いのかわからないよ」

ルーシーは片手を階段の手すりに置き、肩越しに振り返った。「お父さま、私は喧嘩《けんか》を売っているわけじゃないの。ただ……その、自分自身であろうとしているだけなのよ」

「そうか」父の声音は和らいだ。「ヒースモアに関してお前が下した決断は……あれで本当によかったのか？」

「ええ」

「それはブランストン卿と何か関係があるのか？」父は顔をしかめた。「あるいは、お前の髪に草が大量についているという事実と？」

ルーシーは頬が熱くなるのを感じた。もつれた髪に手をやる。心安らぐと同時に忌ま忌ましい、小枝やその他もろもろのかけらの上で指を躍らせた。「たぶん」

「私からあの男と話をしたほうがいいか？　馬車に予備の拳銃を積んである」

「やめて。それに、もし私の髪に草がついていても、それは私自身の選択だということをわかって」ルーシーは薄く笑みを浮かべた。「ヒースモアを売ることについて私の気が変わったのは、ブランストン卿が真実を教えてくれて、その選択を私の手に委ねてくれたからよ」

「あいつがその手を引っ込めているうちはいいが」父はがみがみと続けた。

ルーシーはため息をついた。いいえ、トーマスは手を引っ込めてはいない。それに、自分も彼にそうしてほしいとは思わなかった。

「理由を教えてくれ」父はたたみかけた。「なぜあれほどの大金を諦めた？」

「それは、人生にはお金よりも大事なものがあるからよ」ルーシーは日の出を、トーマスが見せてくれたすべてを思った。「あの地所をどうすればいいのかはわからないけれど、あんな会社にあそこを搾取されたくないことだけははっきりしているの。E伯母さまはこの町を守ることを自分の大義の一つだと考えていたし、私も同じよ。私があそこをどうするか考えている間、あのコテージと地所を手つかずのまま放っておいても、何の害もないわ」

「このことにはイーディスがかかわっているのか？」父は顔をしかめた。「やっぱりそうだったのか。お前は姉にあまりによく似ていて、ときどき怖くなるくらいだ。イーディスが何を望み、何に幸せを感じ、何のためにここに留《とど》まったのか、私はいまだにわからない」その声は感情にひび割れた。「それなのに、お前はイーディスそっくりに育ってしまった」

ルーシーはくるりと振り向き、父と正面から向き合って、いまも手にしている紙束をしっかり握った。「私たちがそれほどよく似ていることは、そんなにおぞましいことなの？」

もしそうであっても、修正するにはとっくに手遅れだ。

「いや……それは……」父の声はとぎれ、どう答えていいのかわからないようだった。

「E伯母さまがここに留まることを選んだのは、自分のせいで流れるであろう噂《うわさ》から私たち家族を守りたかったからよ」ルーシーはためらってから続けた。「伯母さまは私を愛していたわ。お父さまのことも、伯母さまなりの変わった形で愛していた。伯母さまは家族を大事に思っていたけれど、必ずしもその思いを表に出さなかったの。自分の外聞の悪さが私たちに与える危険を思ってロンドンに来ることはできなかったけれど、お父さまも二度と伯母さまを訪ねなかったわ。どうして？　私が伯母さまと親しくなることに、どんな害があったの？」ルーシーは父のほうに近づいた。「どうして私を伯母さまのところに行かせてくれなかったの？　それにどうして、伯母さまが私にヒースモアを遺《のこ》してくれたと知ったとき、私が地所を見に行くことにさえ猛反対したの？」

父はごくりと唾をのみ、喉がひくついた。「お前もイーディスのように、ここに留まると言いだすことが……怖かったんだと思う。長い間、姉からは何の便りもなく、何があったのかも、あの人が生きているのかさえもわからなかった。その後、姉はここにいるとわかったが、それからもほとんど会うことはなかった……。ルーシー、わからないか？　私はお前を失いたくないんだ。毎年クリスマスにカードを一枚受け取るだけになったら、心が張り裂けてしまう」

ルーシーは父を見つめた。

何てこと……ああ、何ということなの。

これが、私たちの気まずい諍《いさか》いの原因だったの？　お父さまが私を失いたくなかったから？

ルーシーは小さく叫び声をあげ、父の腕の中に飛び込んだ。「お父さまが私を失うことにはならないわ」感情に喉をつまらせて抗議する。「私、ロンドンに戻るつもりだもの」

そのことを思うと、泣きじゃくりたくなったとしても。

父の腕はルーシーを強く抱きしめ、ルーシーはおなじみの煙草《たばこ》と薄荷の匂い、子供時代を思い出させる匂いを吸い込んだ。頭上で父が震える息を吐きだした。「愛してるよ、ルーシー。私はお前に幸せになってほしいだけなんだ。だから、もしヒースモア・コテージを維持することがお前の幸せなら、それを受け入れるための方法を探さなくてはと思っている。ただ……いなくならないでくれ。イーディスみたいに、何も言わずに」

「いなくならないわ」ルーシーは約束し、体を引いてにっこり笑った。「私、E伯母さまとまったく同じではないもの。コーンウォールの崩れかけたコテージに住む自信はないわ。この旅を通じて、自分がこれまでの人生で当然のように思ってきたいくつかの事柄が、価値あるものだとわかるようになったのよ」

洗濯や、消えてしまわない暖かい火。ルーシー自身が目を配ることを忘れているときにも、自分に目を配ってくれる優しい、年輩の使用人たち。

そして、キスも。ルーシーは間違いなく、キスの価値を理解するようになっていた。トーマスの求婚と、それを承諾したくなっている自分へ意識が向かった。そう、私は伯母とは違う。E伯母は結婚の可能性を考えるより先に、誰かを縛り上げたり、爆竹に火をつけたりした。だが、伯母の日記が何ページにもわたって結婚はしないほうがいいと警告していても、ルーシーの頭の中で結婚は現実みを帯びたものとなりつつあった。

「でも、これは言っておくわ」ルーシーはゆっくりとほほ笑みながら言った。「私、ときにはリザード・ベイに戻ってきたくなることはあると思うの」

父もほほ笑み返した。「そうか。お前は自分で自分のことを決められる年齢だものな」

「あら、二人ともそこにいたのね」ミセス・ウィルキンズの声が聞こえた。階段の下に来て、二人に下りてくるよう手招きしている。「行きましょう。ミスター・ジェーミソンとミスター・ベントリーを急《せ》かして、あなたたちをロンドンにお見送りできるようにしたから」

ルーシーは父と腕を組んだが、それは愛情を示すためだけでなく、支えになるものが欲しかったからだ。だが、明るい日の光に照らされた玄関ポーチに出て、自分たちを見送るためにできた小さな人だかりを見ると、膝の力が抜けそうになった。

ロンドンには帰りたかったが、帰りたくなかった。

リザード・ベイはこの数日間でとても大事な場所になっていて、この人だかりの中の一つ一つの顔を毎日思い返すことになりそうだった。もしトーマスがここにいて、片頬を歪《ゆが》めたあの魅力的な笑顔でこちらを見ていたら、この足が自分をあの馬車へ運んでいかないのは間違いなかった。

トーマスが馬車に乗り込むのを手伝い、私に続いて自分も乗り込んでくれない限り。

ルーシーは首を伸ばして捜したが、トーマスの姿は見当たらなかった。そのとき、濡れた重い毛布のように、ある認識がルーシーに覆いかぶさった。トーマスは止めに来るつもりはない。私と一緒に行くつもりもないのだ。目に涙があふれてきた。

「泣かないで、ミス・L」ミセス・ウィルキンズが言い、ルーシーの背中を軽くたたいた。「私たちもあなたが恋しくなる」

ルーシーが洟《はな》をすすったとき、ミスター・ジェーミソンがひとつかみの飴《あめ》をルーシーの手にすべり込ませた。「これだけあれば、家に着くまでもつよ」そう言って、頬ひげをひくつかせた。

ルーシーは、少し途方に暮れているように見える郵便局長に近づいた。涙を拭きながら言う。「さようなら、ミスター・ベントリー」

「あなたは苦悩《アグリーヴド》していると皆が言うんだ」ミスター・ベントリーは困惑した顔で言った。

その背後で、ミセス・ウィルキンズが大声を出した。「いいえ、私が言ったのは、ミス・Lは出ていく《リーヴ》ってことよ、ベントリー」

ルーシーは涙目で笑い、自分がこの町をどれほど恋しく思うことになるか、急に悟った。心が二つの場所に分かれているのに、どうやって人生をまともに生きられるだろう？　紙束が入った封筒を差しだすと、その縁を握る指が震えた。「ミスター・ベントリー、お願いしてもいいですか？　これをブランストン卿に渡してほしいんです。これは私が所有し《ビロン》ているものではないので《グ》」

「え？」ミスター・ベントリーは片手を耳に当てた。「歌《ソング》？」

ルーシーは頭を振った。「いいえ、ビロングです」封筒を郵便局長の手に押しつける。「お願いです、ブランストン卿に渡してください。これをいちばん必要としているのは、あの人だから」

自分のこの行動によって、すべての決断をトーマスの手に返したと彼が読み取ってくれるよう、ルーシーは願った。

トーマスはうら寂しい自宅に戻り、うら寂しい肩掛けかばんをうら寂しいテーブルに置いた。

かばんの感触はどこか不自然で、すぐに傾き中身がこぼれ落ちていった。一つかみのしおれた植物と、リザード石が数個落ち、石は音をたててテーブルの上を転がった。トーマスがその惨状を見つめていると、脳がゆっくりと明白な事実を認識した。

提案書がない。だが、もうどうでもよかった。

すべては自分が決めることではない。最初からそうだったのだ。

トーマスの視線が、炉棚に置かれた時計をとらえた。十二時十五分。ルーシーをこの腕に抱いてから、本当にまだ数時間しか経っていないのか？　あの大きなよく笑う口とそれ以外の密《ひそ》やかな部分にキスして、ルーシーを愛する行為そのものがあまりに正しく、あまりに心と直結しているように思え、目の前に未来が広がっている気がしていたときから？

だが、いまルーシーはソールズベリー行きの馬車の中にいて、大急ぎでロンドンに向かっているのだ。

ああ、僕は彼女に何をした？　むしろ、何をしなかったのだろう？

ルーシーは一緒に来るよう誘ってくれたが、自分は躊躇《ちゆうちよ》した。いや、それは正確な事実ではない。彼女を拒絶したのだ。それは反射的な、三年間の習慣から生じた反応だった。

だが、そうしたのは妹を守るためなのか、それとも、ロンドンでの自分がルーシーにどう見られるかを恐れたからなのか……。

何しろ、トーマスはロンドンに行ったのだ。つい一週間前に。

だが、問題はそこにあるような気がした。

前回のロンドン行きは悲惨だった。酒の誘惑にあまりにも簡単に負け、妹の姿を一目見たあとは安心するよりも苦悩に取りつかれた。だが、いま心をがんじがらめにしているのは、妹への思いではなかった。

ルーシーへの思いだ。

かつての自分を——自制の利かない、世界に怒りを抱えた自分をルーシーが見たら、いったいどうなるだろう？　自分がルーシーを愛していると気づいたいま、危険に晒《さら》されるものはあまりに多かった。

玄関のドアがノックされ、トーマスは驚いて我に返った。きっと聞き間違いだ。このドアがノックされる音は……そう、一度も聞いたことがない。町の住民は全員、トーマスが孤独を必要としていることを理解し、その線引きを尊重してくれているのだ。

ただし……ルーシーは例外だ。ルーシーは線引きを尊重するような女性ではない。

そして、ルーシーのそんなところをどれほど愛していることか。

玄関広間に走っていき、ドアを引き開けたところ、戸口に立っているのが教区牧師であることがわかり、トーマスは落胆のうなり声を押し殺した。

「やあ、ブランストン卿」

「ウェルズベリー師。間の悪いときにいらっしゃいましたね」

「ああ、そうだろうとも。私が君とある非常に重大な問題について話し合わなくてはと思うのは、まさにそれが理由だ」

トーマスはうんざりしながら手で顔をこすり、自分が無礼な態度をとっていることはわかっていながら、それを修正するほどの気遣いも持てなかった。やがて、しぶしぶうなずいた。「わかりました。では、入ってください」脇によけ、教区牧師を中に招き入れる。

「何のご用でここに？」

なぜ、ここにいるのがルーシーではないんです？

「私の勘違いならいいんだが」教区牧師はトーマスに言い、玄関広間に入った。まわりを見回す。「おい、かばんはどこだ？　すべて捨てちまうつもりか？」

トーマスは口をぽかんと開けてウェルズベリー師を見た。「いま何とおっしゃいました？」

教区牧師は背筋を伸ばした。「ミス・Lを一人でロンドンに帰すのか」

ようやく意味がわかった。「ルーシーは帰りたがっていましたから」

「そんなのは……くそみたいな戯言《たわごと》だ」

トーマスはウェルズベリー師を見つめた。教区牧師はいま何と言った？

「もう一度言う。くそだ」ウェルズベリー師はあたりをうろつき始めた。「君のプライドも、彼女のプライドも、すべてくそったれだ。プライドは恐ろしい罪であり、それが愛を窒息させるならなおさらだ。ミス・Lが何をしたのかも、どこに行ったのかも興味はない。いま重要なのは、君がこれからどうするかということだけだ。君は愛がそんなにもありあまっていて、そんなにも簡単なものだと思っているのか？　自分が彼女を愛するのと同じように、別の誰かを愛することもあると思えるほどに？」

「でも……どうしてあなたが知っているんです？」

「君が彼女を愛していることを？　私の顔には目がついているだろう。君がミス・Lにどんな視線を向けているか、彼女が君にどんな視線を向けているか、私には見えるんだ。私も過去を振り返れば、自分にもそれがあったとわかるから、その兆候に気づく。君は彼女を愛している。なのに、彼女を行かせるのか？」ウェルズベリー師はうんざりしたように頭を振った。「私は四十年間も幸せになれる機会がありながら、プライドがじゃました。最初に少し譲歩する気になりさえすれば、分かち合えたかもしれない人生があったのに。それと同じことがまた起こっているのがわかる。だから、くそったれだと言っているんだ」

「ええと……どうしてもその言葉を言わなきゃだめですか？」トーマスはそわそわしながらたずねた。

「私が神に仕える身だからか？」ウェルズベリー師は呆《あき》れたように目を動かした。「その前に私は一人の人間だし、これはミス・Eの代わりに言っているんだ。あの人ならこう表現していただろうからね。それから、ミス・Eは私にこうも言ってもらいたがっている。この決断を下すことを先送りにしすぎてはいけない、と。私たちがそうだったように」

トーマスはようやく理解し始め、目をしばたたいた。本人たちがどれほど否定しているように見えても、二人は惹《ひ》かれ合っているのではないかと、ずっと疑っていた。二人のやりとりには情熱がこもりすぎていた。ミス・Eは毎週日曜に教会に行くことを楽しみにしているように見え、それは彼女が決まって説教を妨害することを思えば妙な反応だった。

「ウェルズベリー師」トーマスはため息をついた。「あなたが来てくださったのはありがたいですし、僕もルーシーを追いかけたいんだということはわかってください。それに、ええ、僕は彼女を愛しています。彼女のそばで息をすることさえ胸が痛むくらいに。でも……もし僕がロンドンに行けば、僕は自分がルーシーにふさわしい男ではないことを証明しかねない。そうなれば、ルーシーの気が変わるチャンスはいっそう遠のいてしまうんです」

「それもくそみたいな話だ。ミス・Eは君を信じていたじゃないか。君がしらふを守り抜くことだけでなく、君が善良な男であることも信じていた。でも、もし君がここに残れば、ミス・Eは間違っていたということになる」教区牧師の口元がようやくゆるみ、笑みが浮かび始めた。「でも、君も私も知ってのとおり、ミス・Eが間違うことは決してない」

イーディス・ルシール・ウェストモアの日記より

一八五三年四月二日

〈認めよう、頑固さは私の重大な欠点の一つだ。いまも私は弱った体に頑固に抗《あらが》い続けている。死期が近づくと、いままでの人生が走馬灯のように頭の中を駆けめぐると言う人もいるが、本当のところは、自分に勇気がなくて送れなかった人生が見えるだけだ。

後悔は一つもないと言いたい。

だが、淑女は嘘をついてはいけない……自分に対しても。

ウェルズベリー師は私が病気だと聞くと、私の告白を聞くために来たが、ああ、それは何という告白だったことか。私ではなく、彼の告白が。ウェルズベリー師は私の手を取り、四十年近くの間、私を愛し続けていると告げた。それどころか、結婚してほしいとまで言い、愛の証《あかし》としてとてもきれいな蛇紋石のペンダントをくれた。体調不良がこの休戦を実現させる鍵だったのなら、何十年も前にいまにも死にそうなふりをしておけばよかった。

けれど、私はもう〝ふり〟はしない。私たちに残されたのが、あと数日なのか数時間なのかはわからないが、私はそれを大切にするつもりだ。私は彼のプロポーズを喜んで受け入れた。もし若いころの自分と接触し、助言することができるなら……プライドより自分の心にもう少し耳を傾けなさいと言うだろう。

愛される人生は、充実した人生だ。

そのことに気づいたのが、いまにも手遅れになりそうなときだったとしても〉

27

ルーシーは最後の日記のひび割れた革表紙を閉じ、鉄道駅から自宅へと運んでくれるカードウェル邸の馬車の座席にもたれた。涙で視界がぼやけ、まだ首からぶら下がっている蛇紋石のペンダントを握る。いまにも失われそうだった愛の証《あかし》を。

少なくとも、それがいかに大事なものか、理解できていた。

どれだけ願っても、これ以上読めるページは残っていない。最後の書き込みの日付は、伯母が亡くなった日のものだった。

外はロンドンの混沌《こんとん》とした街路から、秩序あるメイフェアの景色に変わりつつあり、それはやがてカードウェル邸が見えてくることを意味した。だが、ルーシーは伯母の最後の言葉に気をとられすぎていて、帰宅に意識を向けられなかった。伯母のいまわのきわの告白を読むことは、ひどく悪趣味な冗談のように感じられた。これが、E伯母がウェルズベリー師に、姪《めい》宛てに日記を送るよう頼んだ理由なのだろうか？　結局のところ、伯母は実際に時をさかのぼり、若いころの自分にしたいと切に願った助言をすることはできなかった。

だが、その助言を姪にはできると気づいたのかもしれない。

最後のページに書かれていた助言がすべてを変えた。ルーシーは伯母の指南に従っているつもりで、愛から距離を置き、最後まで独身を貫こうと考えていた。だが実際には、馬車の車輪がリザード・ベイを離れる方向に回り始めた瞬間から、トーマスが恋しかった。

ロンドンに来るよう、もう一度トーマスを説得すればよかった。

プロポーズを承諾し、どこであろうと運命が導く場所で暮らせばよかった。

私もあなたを愛していると、トーマスに告げればよかった。

すればよかった、すればよかった、すればよかった……。

E伯母の人生全体が、後悔に満ちたその言葉の繰り返しから成っていたように思える。

だが、私自身の人生は、どんな言葉で形容するのがふさわしいだろう？

そして、それを変えるにはもう手遅れなのだろうか？

「お前が帰ってきたら、お母さまは喜ぶはずだよ」父は会話の糸口を作ろうと、ルーシーの隣で言った。「お母さまは心配のあまり取り乱していて、お前のささやかな冒険がロンドンじゅうの噂《うわさ》の種にならないよう、何とか手を打とうとしていた」

ルーシーは手ですばやく目を拭い、ため息をついた。〝心配〟していたのは娘の無事なのか、娘が姿を消したという恥なのか……。何しろ、社交シーズンはすでに始まっていて、各自の印象が最も深く刻まれ、男女の戯れが始まる重大な一週めをルーシーは逃したのだ。父が言うように母は取り乱し、顔は土気色になっていることだろう。

やがて馬車は速度をゆるめ、ルーシーは従僕の手を借りて馬車を降りた。カードウェル邸の磨かれた大理石の階段は、何キロも続いているように見えた。だが、ルーシーが階段を上るより前に、玄関のドアが勢いよく開き、リディアが駆け下りてきた。

「もう、馬鹿、馬鹿！」リディアは泣き、感情に体を震わせながら、ルーシーに腕を回した。「何も言わずに出ていくなんて信じられない！　でも、戻ってきて本当によかった。私、あなたに会いたくてたまらなかったんだから」体を引いて、青い目を輝かせる。「あなたの冒険のこと、全部話してちょうだい。本当にリザード・ベイという名前の町に行ったの？　とても妙な響きだけれど」

ルーシーはほほ笑みながら頭を振った。「妙じゃないわ。すてきな町よ」

ああ、あの町が恋しくてたまらない。だが、説明する前に、まずは謝らなくてはならないだろう。

「出ていくってあなたに言わなかったこと、許してくれる？」リディアの肩の向こうに、正面階段に足を踏みだす母の姿が見えた。母のこわばった姿勢、顔に貼りつけた笑みを見て、ルーシーはたじろいだ。「二人とも、私を許してくれる？」今回は声を大きくして言う。「本当に……ごめんなさい、お母さま。私のためにあんなに頑張ってくれたシーズンを台なしにしてしまって」

「許すことなんて何もないわ」リディアはきっぱりと言い、肩越しに振り返ってルーシーの母を見た。「それに、何も失われてはいないの。私たち、共謀してあなたの埋め合わせをしてきたから」ルーシーに向き直り、頬をかすかに赤く染めた。「私……私、あなたのふりをして、今週は舞踏会に一度、音楽会に一度行ったの」

「え?」ルーシーはあえいだ。驚いてリディアと母を見比べる。リディアがそうすることに同意した理由は想像できた。リディアは華やかな社交界デビューをずっと夢見てきたのだから。しかし、母がそんなことを企《たくら》むとは……。

淑女はつねに正直であらねばならないのでは?

「だって、あなたたちはとてもよく似ているんだもの」母は言い、笑みは薄れて、謝るような表情になった。「リディアは応接時間にも本当によくやってくれていたし――」

「それに、私もそうしたかったの」頬をピンクに染めたまま、リディアが口を挟んだ。

「私、ほとんど毎回ダンスを踊って、ラタフィアとレモネードを飲んで、最高にハンサムな紳士と出会ったの」うっとりとため息をつく。「その経験をさせてもらえてありがたく思っているくらいよ」

「あなたがいなくなる前に、すでに招待状を受け取っていた催しだったのよ」母は続け、階段を下りてきて、自分もルーシーを抱きしめた。「噂が立っていればひどいことになっていたわ。あなたが見つかるまでは、これがいちばん理にかなっていて、恥をかかずにすむ方法だと思ったの」

「つまり……私のシーズンは台なしになっていないの？」ルーシーは母の抱擁の中で、何とかささやき声を発した。胃に恐怖が溜《た》まっていく。

母は体を起こし、リディアに感謝の笑みを向けた。「ええ、リディアが立派にやってくれたもの。あなたにお似合いのすてきな子爵の気も引いてくれたのよ。あなたがシーズンの残りを続けやすくなるためのお膳立てができたと思うわ。ペンブローク公爵夫人の舞踏会が明日あるから、すぐ、人に気づかれる前に入れ替わったほうがいいわ」母の手が上がり、ルーシーの髪に触れた。「もちろん、これが何とかできればの話だけど」

ルーシーは顔をしかめた。すてきな子爵など求めていない。求めているのは、赤褐色の髪の侯爵だ。トーマスといると自分は美しいと思えるし、その空間にたった一人しか女性がいないような気になれる。世界にたった一人しかいないような気に。だが、ロンドンの舞踏場では、自分が悪い意味で目立つことはわかっていた。

母の手が落ちた。「顔をしかめているわね。やり方が気になっているの？　仮病を使う以外にやり過ごす方法が思いつかなかったけど、世間にあなたの体が弱いような印象も与えたくなかったの」頭を振る。「あれだけ長い間、あなたが部屋にこもっているとウィルソンが思い込んだ理由がいまだにわからないわ。その後、リディアが最初に表に出たときあまりにうまくいったものだから、それを続けるのはごく自然なことに思えて……」母の声はとぎれ、それがルーシーの表情のせいなのは明らかだった。母は咳払《せきばら》いをし、実に淑女らしからぬ音をたてた。「もしあなたがその続きをしないことを選ぶのなら、シーズンから抜けだすのにふさわしい方法を考えましょう」母の口がへの字になる。「足首を捻挫したことにすればいいかもしれないわね。ドクター・メリアルを呼んで噂を広めてもらう？　クレアのときはそれでうまくいったんだし」

ルーシーはこれ以上嘘をつきたくはなかったため、頭を振った。すべてにおいて正直であることは、すでに難しくなりつつあった。「とりあえず、明日は行くわ」

すでに心がリザード・ベイに戻るよう促しているいま、自分がいつまでロンドンにいられるのかはわからない。だが、いまはこの罪滅ぼしをしたところで、何の害があるだろう？　ぎこちないワルツを一度か二度耐え抜き、数日間従順な娘を演じるくらいはできる。ただし、それは自分と踊りたい人がいればの話だ。

急に、足首の捻挫がすばらしい考えのように思えてきた。

母の視線が落ち、ルーシーの首をとらえた。「あら、すてきなペンダント」歓声をあげ、首を傾《かし》げる。「いままで見たことがないわね」手を伸ばしてペンダントに触れ、考え込みながらひっくり返した。「本当にきれい、特にあなたの金髪に映えるわ」

ルーシーの手が上がり、その石をそっと押さえた。「E伯母さまのものだったの」

うね」

「あら」母の手が離れた。「あの人は変わっていたけど、宝石の趣味は抜群によかったよ

　それを聞いて、ルーシーは母がE伯母にどんな印象を持っていたかを思い出した。自分も以前は同じ勘違いをしていた。だが、E伯母は変わり者だったわけでも、軽率なわけでも、薄情なわけでもない。ただ自分らしくあっただけで、私はいつまでも、伯母の人生について学んだ断片のすべてを心の宝物にするだろう。

「明日の晩はこのペンダントをつけたいわ」衝動的に言い、あごを上げる。「幸運のお守りとして」

　無言の圧力があたりに漂った。私は舞踏会には行く……だが、自分の流儀は守る。

　母はしばらくそのことを考えた。「特に問題ないと思うわ。ただ、その出所は人に言わないようにね。あなたがこの一週間、コーンウォールにいたんじゃないかと誰かに思われるのは困るから」

　ちょうどその時、ジェフリーが玄関のドアから出てきて、階段を転がり落ちるように下りてきた。金髪は乱れ、もうすぐ夕食時だというのに、たったいまベッドから出てきたように見える。葉巻とジンのむっとする匂いが、瘴気《しょうき》のようにまとわりついていた。何ということだろう……この子はまだ十七歳なのに。ジンと葉巻と夕方まで眠ることが、いつジェフリーの日常の一部になったの？

ジェフリーがにやにや笑いながら口を開いた。「帰ってきたんだね！　お姉さまのせいで、僕が大学での楽しみをかなり逃したことは知っておいてくれよな」

ルーシーは目を細めた。発疹《ほっしん》は治ったかもしれないが、機嫌は少しも直っていない。「ここで何をしてるの？」両手を腰に当てる。「私たち全員のベッドにポイズン・アイビーを入れに来た？」

ジェフリーは目尻にしわを寄せた。「もう、そんなにどならないでくれよ、あれはちょっとしたお遊びじゃないか。かわいいもんだよ。それに、リディアお姉さまが社交界デビューして、世間をあっと言わせるのを誰かが手伝わなきゃいけなかったからね。いや、ルーシーお姉さまが、と言ったほうがよかったかな」肩をすくめる。「僕以上に、そんなお芝居がうまくできるやつがいる？」

「ジェフリーはとても役に立ってくれたわ」リディアが口を挟んだ。「たくさんのお友達に私を紹介してくれたの」

「お母さまに呼ばれて、できるだけ本当らしくしてほしいと言われたんだ。自分で言うのも何だけど、最高にうまくやったよ」ルーシーの外見に視線を走らせ、ジェフリーはいっそう顔に笑みを広げた。「驚いたな。ずいぶんがさつななりをしているね。まあ、鼠《ねずみ》に食われたコテージに泊まってたんだもんな。お土産に何匹か持って帰ってきてくれた？」

ルーシーは息を吐きだした。自分は酒場に入り浸っていることを声高に主張しているような外見をしているのに、姉をがさつ呼ばわりするとは、さすがジェフリーだ。

「実を言うと……」ルーシーはスカートのポケットに手を入れた。「コーンウォールのお土産ならあるわよ」

ジェフリーの顔から生意気な笑みが消えた。

ルーシーが何かを投げつけるような動きをすると、ジェフリーは少女じみた金切り声こそあげなかったが、青ざめた顔で自分の胸に手を当てた。

「馬鹿ね」ルーシーは笑った。「私、鼠なんて怖くないわ。それに、私は淑女なのよ」

「ミス・ルーシー、無事にお戻りになってよかったです」

ルーシーは応接間の絨毯《じゅうたん》の上をうろつくという自分に課した役目から顔を上げ、おなじみの大きなウィルソンの顔を見た。執事は気をつけの姿勢をし、手袋をはめた手で銀の盆をバランスよく持っている。心配でいっぱいだった心も、ウィルソンを見ると温かくなった。

「私も帰ってこられてよかったわ」ルーシーは嘘をついた。「こんなにも長い間、私の秘密を守ってくれてありがとう。お金を貸してくれて本当に助かったわ」そこで言葉を切り、自分がどれだけの借りを作ったかに思いを馳《は》せた。この執事から受けた恩は、とうてい返せるようなものではない。ウィルソンがくれたあの猶予は、ヒースモア・コテージに到着し、激しい恋に落ちるのにじゅうぶんな時間だった。「お父さまがまたお小遣いをくれるようになったら、必ず返すと約束する」

「ミス・ルーシー、あれは贈り物です、貸したのではありません」ウィルソンは穏やかに頭を振った。「あれを渡せて本当によかったと思っていますよ」

ルーシーは唾をのみ、感謝の思いに声がかすれた。「私がいなくなったことにお母さまが気づいていなかった期間が、三日はあったようね」

「レディ・カードウェルがついにお嬢さまがいらっしゃらないことに気づかれたとき、ものすごい金切り声が聞こえました」ウィルソンは口角をひくつかせ、笑みを浮かべた。「大きな、淑女らしからぬ金切り声でした。お嬢さまもあの叫び声を聞けば楽しまれたことでしょう。でも、確かめたいことが……お嬢さまはあと数時間後には舞踏会に参加なさるご予定だと聞いています。なのに、なぜ絨毯に穴が開くほど歩き回っていらっしゃるのですか？」

ルーシーはうつむいた。「今夜の舞踏会に気が乗らないの」

その次の舞踏会も、次の次の舞踏会にも。

今夜の舞踏会とそこにかけられたあらゆる期待を思うと、ルーシーは手近な鉢植えの中に昼食を戻しそうになった。母にはとりあえず今夜の舞踏会には参加すると約束してある。笑顔を作り、ダンスをし、何も問題がないふりをすると。リディアは懸命に努力して自分にこのチャンスを与えてくれたのだから、その妹をがっかりさせたくなかった。だが、心は明らかにトーマスのものだというのに、誰のものになってもいいようなふるまいをしなくてはいけないのは間違っている気がした。

「そうですか」執事は顔をしかめた。「では、お客さまに応対するのもやめておかれますか？」

ルーシーはたじろいだ。「もし〝リディアの子爵〟なら、やめておくわ」実際、今夜その男性に会うことを思うと、胃は力いっぱい抗議するようにうねった。

「子爵ではありません」ウィルソンは芝居がかった調子で言葉を切り、前に進みでて、銀の盆を差しだした。「何と、侯爵なのです」

執事の言葉の意味を理解するのに少し時間がかかったが、ルーシーの視線はそこに置かれた名刺に飛び、白い上質皮紙に黒いインクで記された文字をとらえた。

〈ブランストン侯爵〉

ルーシーは突然、オックスフォード・ストリートを端から端まで走って往復したときのように心臓が激しく打ち、顔がかっと熱くなった。

トーマスが来てくれた。ロンドンに。

私のために。

ルーシーは小さく叫びをあげ、スカートを持ち上げた。

「あの……ミス・ルーシー……」ウィルソンの声音に気になるものがあり、ルーシーは動きを止めた。「お客さまは玄関にはいらっしゃいません。勝手口にいらっしゃっています」

それを聞いてルーシーは目をしばたたいたが、それも一瞬だった。父は拳銃を振り回す癖があるから、トーマスはそれを警戒しているのだろう。

ルーシーは廊下を駆け抜け、厨房《ちゆうぼう》のドアの中に突進した。勝手口を引き開けると、いまにもトーマスの腕の中に飛び込みそうになった。

ところが……そこにいたのは、ルーシーの記憶にあったコーンウォールのトーマスとまったく同じではなかった。

もちろん、重要な部分はすべてそこにあった。見慣れた薄茶色の目はルーシーの肌をえぐりそうなほど光を放っている。そこににじむ生々しい欲望は、ルーシーの体にもまったく同じ感情が駆けめぐっているため、あまりによく理解できた。その唇はいまも片側が高く上がり、遊び人風の左右非対称の笑みを形作っていて、それにつられてルーシーの心も引っ張り上げられた。だが、服装はというと……それは話がまったく別だった。ルーシーはトーマスをきちんと見ようと一歩下がり、チェックのウールのズボンと、刺繍《ししゆう》入りのベスト、きらめく山高帽に視線を走らせた。トーマスは再びロンドン風の衣装に身を包み、心がうずくほど見慣れたコーンウォールの服装は脱ぎ捨てていた。

そのせいで、勝手口に立つ姿がいっそう異様に見える。

「どうして勝手口に来たの？」ルーシーは疑わしげにたずねた。「なんだか……ここにいると馬鹿みたいに見えるわ」

「馬鹿みたいだって？」トーマスは片眉を上げ、銀の持ち手がついたステッキをくるりと回した。「最初に僕に会ったときは男の格好をしていた淑女から聞くには、妙な言葉だな」

ルーシーは目を細めて空気を嗅いだ。「あなた、酔っ払ってる？」

「いや」トーマスの目は、極めて真剣にルーシーの目を見つめた。「列車が到着してから、飲みたい気分にさえなっていない。そのこと自体が僕にとってはすごく意味があるんだ」

自分の服装を見下ろし、弱々しく笑みを浮かべる。「でも、しらふでこんな服装をするには、愚か者か、やけになっているかのどちらかじゃないといけない気がしてきたよ。列車からここに直行したんだ。勝手口に来たのは、僕が来たことを世間に知られたくなかったから」トーマスは少しだけためらった。「妹に会いに来たんだ」

ルーシーは、自分が喜ぶべきだとわかっていた。だが、心は喜びに小躍りするのではなく、どうしても傷ついた気分になりたがった。

トーマスはロンドンに、妹に会いに来た。私に会いに来たのではなく。

それでも、トーマスはここにいる。自宅の勝手口に。望んでいた劇的な、決定的な愛の宣言は存在せずとも、その事実には何かがあった。

「君も一緒に来てくれるか？」トーマスはたずねた。

ルーシーは息をのんだ。「私……私、今夜は……」ああ、本当は行きたい。だが、タイミングが最悪だった。「あと数時間後に、ペンブローク公爵夫人の毎年恒例の舞踏会に出ることになっているの。母にそう約束したし、私はかなり迷惑をかけてしまったから、その埋め合わせをしなくちゃならなくて」しかも、その任務をきっちり遂行しなくてはならない。さもないと家族全員の評判が地に落ちてしまう。

「こっちは一、二時間で終わるよ。じゅうぶん余裕を持って戻ってこられる」

ルーシーは唇を噛《か》んだ。承諾したかった。何もかもを承諾したかった。だが、自分はこの途方もない冒険の松葉杖《まつばづえ》役として駆りだされるのだろうか？　それとも、もっと高潔な理由から誘われているのだろうか？

「どうして？」ルーシーはささやいた。「どうして私も一緒に行ってほしいの？」

「妹に紹介したいからだ。最初から君に妹を引き合わせたかった」

ルーシーは決心が揺らぐのを感じた。この男性と一緒なら、私はどこにでも行くだろう……。「トーマス、私も妹さんに会いたい、それは本当。でも、ききたいのだけれど……どうしてあなたはこういう服装をしているの？」

トーマスは自分の体を見下ろした。「さりげなくしたかったんだ。コーンウォールで着ていた服だと、ロンドンの街では人目を引きそうな気がして」

「さりげなく？」ルーシーは思わず笑った。「そのベストの模様に、さりげなさなんてかけらもないわ。それってまさか智天使の刺繍？」

トーマスの笑みが顔じゅうに広がった。「ああ。以前ロンドンにいたときの罠《わな》だな。紳士は酔っ払っているときに仕立屋に行ってはいけない」そこでトーマスはためらい、笑みは消えた。「この格好は少し馬鹿げて見えるようだね。じゃあ、どうすればいいと思う？僕はジョセフィーヌに会いたいけど、自分の外見が過度に人目を引くことを心配しているんだ。僕が妹の家のドアをノックしているところを人に見られて、この計略に気づかれたくないから」

「それなら、智天使がついたベストじゃなくて、まともな変装をしなきゃいけないわ」

ルーシーは、トーマスがヒースモアの買値を増額しに来たあの運命の日、応接間で初めて会ったときのことを思い出した。男性の服装をしている自分の正体を、トーマスは一目見た程度では見抜けなかった。

ルーシーはトーマスを中に招き入れた。「さあ、来て。使用人に見られないよう、あなたを二階に連れていかなきゃいけないわ」

「おいおい、ミス・ウェストモア」トーマスの視線はルーシーの体を熱く這《は》い下り、その視線を受けてうなじの毛が歌いだした。「君は僕をいいようにするつもりか?」

思わず笑い声が飛びだした。「だって、あなたには私の服を着せるつもりだもの」笑顔でトーマスを見上げる。「それに、誰かがあなたに、スカートをはいてきちんと歩く方法を教えなきゃいけないでしょう?」

28

　トーマスはノッカーから手を下ろし、赤煉瓦造《あかれんがづく》りのタウンハウスの正面を見上げた。背後では丸石の上で蹄鉄《ていてつ》が鳴る音が聞こえ、メイフェアで雇った貸し馬車が走り去ったことを――そして、この喜劇が中止できなくなったことを告げていた。トーマスは締めつけてくるレースの高い襟の中を指で掻《か》いた。ルーシーは果敢にも服の山を漁《あさ》り、トーマスを磁器の人形のように仕立て上げた。ペチコート、コルセット、身頃、スカート。ストッキングまではかされ、薄い絹がすでに足首のまわりでたるみがちなことを考えれば、今後も快適だとは思えなかった。

　いったいぜんたい、女性はどうやってこれに耐えているんだ？

　ルーシーは隣に、力まずゆったりと立っていた。男物の服を着た彼女は、ドレスを着た自分よりもはるかに快適そうだ。ルーシーは笑いながら、トーマスにはお目付役が必要だと言い張ったあと、ズボンに足を突っ込んだのだ。

　スカートをはくのは心が弱い人間には向いていないと、トーマスはつくづく思った。

トーマスの手の中に、手がすべり込んできた。視線を落とすと、ルーシーが指を絡めているのが見え、胸がつまった。ああ、この女性を愛している。ルーシーは勇ましく、度胸があり、大胆で、どうかしていて……そのすべてがトーマスの中で結びつき、愛情と欲望の奔流が生まれていた。

それにしても、自分たちは何て二人組だろう。ルーシーはズボンをはき、こちらは……。とりあえず、ヘッセン・ブーツはレースの襟には合わないとだけ言っておこう。

「緊張してる?」ルーシーはたずね、トーマスの手を握った。青い目がトーマスの目を、目深にかぶった帽子の下からまっすぐ、誠実に見つめた。ルーシーの髪は百もの別々の角度に突きだしていて、まるで金髪のヤマアラシのようだ。これほど美しいものを見たことはない。

トーマスはほほ笑んだ。「いや」心からそう言った。それは、頭が暴力的なほどに冴《さ》えわたっていて、酒ではなく手元の任務に集中できていたからかもしれない。あるいは、隣に立っている女性に妹を紹介することへの期待からかもしれない。トーマスはこのことに、澄んだ意識と希望に満ちた心で立ち向かおうとしていた。結果がどうなろうとも、少なくとも挑戦はするつもりだった。

ドアが開き、モブキャップをかぶったメイドが顔をのぞかせた。「何かご用でしょうか?」

メイドの背後に感じのいい広間が見え、家の奥からは、でたらめに弾かれているような、ぎこちないピアノの音が聞こえた。誰かがピアノを殺そうとしているのに、実際には重傷を負わせることしかできていないかのようだ。

トーマスは名刺を取りだした。「奥さまに、ブランストン卿《きょう》が来ているとお伝えください。ミセス・スマイスにお会いしたいのです」

メイドの視線がトーマスの服装を這《は》い下りた。「いま……ブランストン〝卿〟とおっしゃいました？」

くそっ。自分がスカートをはいていることを忘れていた。別の誰かのふりをしていることも。

ありがたいことに、ルーシーがただちに対処してくれた。「ブランストン卿は私だ」わざとしゃがれた声を出し、訂正する。「ミセス・スマイスはきっと我々にお会いになるはずです」

メイドは疑わしげな様子だったが、二人を中に招き入れた。廊下を進むにつれ、ちぐはぐなピアノの音は大きくなり、やがて二人は風通しのいい応接間に通された。その一角でピアノが弾かれていて、廊下に聞こえていた騒音の理由が明らかになった。小さな女の子……ついこの間までよちよち歩きだったような子が、大きすぎるピアノのベンチに座り、脚をせっせと宙に蹴りだしながら、鍵盤を押していた。女性が片側に座り、あごに片手を当て、目を閉じてはっきり顔をしかめていた。

メイドは戸口に立っているトーマスのもとを離れ、女主人の耳元に何かをささやきに行った。顔を上げた女性の美しい顔は驚きに青ざめていた。

彼女はすばやく手を動かし、子供の手を押さえた。「お兄さま？」ピアノの最後の一音が不自然にとぎれると、そうささやいた。困惑したように、トーマスのほうに視線を向ける。

トーマスは肩をこわばらせ、うなずいた。

ジョセフィーヌは兄に会えて喜ぶだろうか？　怒るだろうか？　何しろ、三年も経《た》っているのだ。

だがそのとき、ジョセフィーヌは重い絹とともに勢いよく立ち上がり、よろめく足でトーマスのほうに向かってきた。その目は涙に輝いている。次の瞬間、信じられないことに、トーマスは妹の腕に抱かれていた。

長い、すばらしい時間が過ぎたあと、妹は体を引き、両手でトーマスの顔を挟んだ。

「ああ、何ておかしな人なの、どうしてこんな格好をしているの？　どうして来るって言ってくれなかったの？」ジョセフィーヌは問いただし、笑い、泣き、それらをすべて同時に行った。

「僕であることを誰にも気づかれたくなかったんだ。お前が会ってくれるかどうかもわからなかったし」

「お兄さまはいつだってここに来てくれていいのよ」ジョセフィーヌは激しいとも呼べる口調で言った。両手でしっかりとトーマスの顔を挟み、まるでそのようなことを考えた兄を罰しているかのようだった。

その沈黙の時間を利用して、トーマスは妹を観察した。年月がもたらした変化にはかなり驚かされた。丸くなった頬にも、笑ったときに目尻に寄るしわにも。ジョセフィーヌはかつてとはほとんど別人に見えた。髪の色は出産前より暗くなり、体型はふっくらしている。それでも、いまも美しかった。いまも、隅々までジョセフィーヌだった。ただ……年齢を重ねていた。おそらく、聡明《そうめい》さも増している。それを目の当たりにできて、トーマスは驚きながらも嬉《うれ》しく思った。

ジョセフィーヌは手を下ろした。「それで、ここに来た理由は？」唇の端にかすかに困惑の色が浮かんだ。「三年も来なかったんだから、単なるご機嫌うかがいではないと思うんだけど」

「ついに分別をたたき込まれたんだ」トーマスは片側で辛抱強く待っているルーシーを振り返った。いまは男の服装をしているが、その下に潜む優しい、広い心を自分は知っていて、この女性を妹に紹介できることを誇りに思った。「ジョセフィーヌ、ミス・ルーシー・ウェストモアを紹介させてくれ」

「まあ」ジョセフィーヌは面白がるような声を出した。妹の視線はルーシーの服装をすばやく眺めたあと、彼女の顔に戻った。「なるほど、そういうことね」

ルーシーは前に進みでた。「ご心配なく。私はあなたの秘密を守ります」頰をピンクに染め、自分のズボンを手で示した。「ご覧のとおり、私自身にもいくつか秘密がありますから」

ジョセフィーヌは首を傾《かし》げ、興味深そうにルーシーを観察した。「どうやって兄がようやく私を訪ねるよう仕向けてくれたのかはわからないけど、方法はどうあれ、あなたには感謝してもしきれないわ。私、兄に会いたくてたまらなかったから」

「私だけの手柄ではないんですよ。私はただ、男性は愚かであると同時にすばらしくもなれるって指摘しただけで」ルーシーは笑った。「あとは、トーマスが自分で決めたことです」ためらったあと、こう続けた。「恐ろしく時間はかかってしまったけれど」

ジョセフィーヌの顔にいっそう笑みが広がった。「私たち、とっても気が合いそうね、ミス・ウェストモア」

トーマスの上着が引っ張られた。下を向くと、生き生きとした顔が自分を見上げていた。その目は薄茶色で、顔を縁取る髪は明るい赤褐色だ。「あなたはだあれ?」か細い声が、その小さな、美しい生き物から発せられた。

トーマスの喉にこみ上げるものがあった。ああ、姪《めい》っ子は昔のジョセフィーヌにそっくりじゃないか。意識はみるみる過去へとさかのぼった。両親が死んだとき、妹はこの子とほとんど変わらない年齢だった。

「ええと……」トーマスはためらい、途方に暮れて妹に視線を戻した。ジョセフィーヌが自分のことを娘に何と話していたのか、そもそも話していたのかもわからなかった。

「エリー、この人はあなたの伯父さまよ」ジョセフィーヌは子供の頭に手を置き、巻き毛をなでた。「ほら見て？　おめめがあなたと同じ色でしょう」

少女は鼻にしわを寄せた。「あんまり美人じゃない」

トーマスはそれを聞いて、笑い声をあげた。「ああ、たぶんそうだね」

少女はそんな宣言をしながらも、目を輝かせ、興味津々だった。長い間不在だった伯父がスカートをはいて現れるのはごく自然なことだといわんばかりに、トーマスを見上げていた。まあ、この子はまだお伽話《とぎばなし》の世界に生きているのだ。自分が羽のついた馬に乗って現れたとしても、同じように受け入れてくれていただろう。

姪は首を傾げた。「お隣のエディの伯父さまは、ハイド・パークのお池にボートに乗りに連れていってくれるんだって。あなたは私を連れていってくれないのね」責めるように言う。

ジョセフィーヌはひっそり笑った。「伯父さまはコーンウォールに住んでいるのよ、かわいこちゃん。あなたは生まれてすぐに会ってからは一度も会っていないから、伯父さまのことを覚えていないの」

トーマスの喉にこみ上げたものは大きくなり、それをのみ下す機会は訪れなかった。そうだ。この子は自分を覚えていないし、自分はその事実を恥じるべきなのだ。「でも、僕は君を覚えている」重々しく言い、姪としっかりと目を合わせられるよう、片膝をついた。「君のことを、ほとんど毎日考えているよ」

当然だろう? この子も世間もそう認識しているかどうかは別として、僕はこの子に責任がある。

それは、事務弁護士を通じて毎月お金を送っているからではなく、ずっと前にこのタウンハウスを買ったからでもない。喉にこみ上げたものはふくれ上がり、ロンドン塔ほども大きく感じられるようになった。トーマスはこの子の人生の一部になりたかった。二人の人生の一部になりたかった。

そしてそれは、もっと長い時間をロンドンで過ごさなくてはならないことを意味した。

姪の目が丸くなった。「本当に?」

トーマスはうなずいた。「もしお母さまがいいって言うなら、喜んで君を公園に連れていくよ」もちろん、もっとましな変装を思いつくことができればの話だ。ハイド・パークをスカートで歩き回りたくはない。「でも、それは僕たちだけの秘密だ」自分の唇に一本指を当てる。「約束できる?」

エリーは母親に期待のこもった目を向けた。

ジョセフィーヌはうなずき、同意を示した。「ええ、かわいこちゃん。これは私たちだけの秘密よ。この人はあなたの伯父さまだけど、誰にも言ってはだめ」

「わかった」姪はにっこりした。「ただし、伯父さまがボートに乗せてくれるって約束してくれたらね」

ルーシーはそっと家を出て、オックスフォード・ストリート行きの乗合馬車に乗ってからもずっと、顔の笑みが消えなかった。あのままゴールデン・スクエアにいたかった。美しく謎めいたミセス・スマイスにも、ピアノでその腕前を披露してくれた少女にも、トーマスの顔に浮かんだ驚き混じりの笑みにも心惹《ひ》かれた。トーマスの目元の緊張がかすかに和らいだのがわかり、まるで三年分の心配がはぎ取られ、喜ばしい驚嘆に置き換わったかのようだった。

ずっとあそこにいて、見守っていたかった。だが、あそこは自分の居場所ではない。私は部外者だ。トーマスと妹は三年分の近況報告をしなくてはならない。それに、母とリディアとした約束のせいで、あのようにすてきな再会に水を差したくなかった。

帰宅したころには、カードウェル邸の影は長く伸びていたため、ルーシーは勝手口から忍び込み、帽子のつばを目の上に引き下げてうつむいた。誰にも気づかれず戻ってこられたことに胸をなで下ろし、二階で自分を待ち受けるきついコルセットを恐れながら、忍び足で廊下を歩いた。ああ、すでにアイロンをかけられ、広げられ、その圧政を始めようと待っているドレスに収まるため、今夜は体をぎゅうぎゅうに締めつけなくてはならないのだ。

突然、何の前触れもなく応接間から手が伸びてきて、ルーシーは手荒く中に引きずり込まれた。

「ルーシー・ウェストモア」リディアが小声で鋭く言った。「そんな格好をして、いったい何をするつもり？」リディアの片手は鳥が羽ばたくように動き、反対側の手は背中に回されていた。「今夜の舞踏会をすっぽかそうとしているの？」

ルーシーはリディアを見つめ、ぎょっとして口ごもった。「ええと……その……違うの。実を言うと、こっそり入ってくるところだったのよ。こっそり出ていこうとしていたのではなくて」震える手を伸ばし、肩の長さに切られたリディアの髪に触れた。「ちょっと、リディア――」ルーシーはうめいた。「あなた、何をしたの？」

リディアはしぶとく目にかかる髪を吹き飛ばした。「馬鹿ね、切ったのよ」

「でも……どうして？」

リディアは背中から手を出し、それをもらうに値しない子供に花束を渡すように、切った長い髪を差しだした。「今夜の舞踏会のためには、私よりもあなたにこれが必要だから。

髪をピンで後ろに留めて、部分かつらを足すの。その髪があなたのものじゃないなんて、誰も気づかないはずよ」

ルーシーは目を刺す熱い涙をまばたきで押し戻しながら、リディアの手の中にある金髪を見つめた。「ここまでしてくれたの……私のために？」

リディアはいらだたしげにため息をついた。「いい加減にして、ルーシー。私はあなたのためならたいていのことはするの。あなたの評判を守るために死ぬほど頑張ってきたんだから、そんなことはもうわかっていてほしかったわ」

ルーシーは唖然《あぜん》としてリディアを見つめた。「いま〝死ぬほど〟って言った？」

「今夜淑女でいなくてはならないのは、私じゃない。あなたよ」ルーシーの目とそっくりな青い目がきらりと光った。「いますぐ二階でお風呂に入って、私たちが髪をセットする間じっと立っていてくれないと、すべてが台なしになるわ」

29

騒音がルーシーに向かって押し寄せてきた。楽団が奏でる渦巻くような音色と、会話の低いざわめきが溶け合い、音の混沌《こんとん》が生まれている。そこへ、今度は匂いが襲ってきた。燭台《しょくだい》で炎を揺らす、千本もの蜜蝋《みつろう》のろうそく。群衆の上に立ちのぼり、混じり合って、上流社会の水《オー・デ・トン》と呼ぶしかない匂いを作りだしている、香水の集合体。

ペンブローク公爵夫人の舞踏会は、今シーズンきっての人出のようだった。ルーシーの心がこれほど中に押し込められ、すくみ上がっているのは、きっとそのせいなのだろう。

ルーシーは母に続いて開いたドアを通り抜け、息を止め、自分たちの名前が告げられるのを聞いた。この人ごみに、デビューしたての緊張した淑女が一人加わったところで、何だというのだろう？　ほとんど無意味な存在だ。だから、部屋の隅から動かず、壁に張りついていれば、何の害もなくこの一夜をやりすごせるかもしれない。

息をするのよ、と自分に思い出させた。だが、おじぎをすることを思い出させたほうがよかったかもしれない。

やがて二人はペンブローク公爵夫人の前に立ち、母が優雅に膝を曲げた。ルーシーも同じようにしたが、胃は足元付近に落ちたまま戻ってきたくなさそうだった。

「お近づきになれて光栄です、公爵夫人」ルーシーは言った。

〝静かに、上品に〟

そうであることを願った。

公爵夫人の熱を帯びたまなざしに、ルーシーは深いネックラインの前から熱い石炭を落とされた気がした。手袋をはめた手を胸に当てて蛇紋石のペンダントを握り、気分を落ち着かせようとする。今夜は黒いリボンをほっそりした金の鎖に替えたため、ペンダントはふだんよりも下まで垂れ、盛り上がりすぎている胸のふくらみの前に収まっていた。恐ろしいことに、ペンブローク公爵夫人が見つめているのはその部分だ。

公爵夫人が片眼鏡を上げると、ルーシーは身がまえた。寝室を出たとき、自分が最高の身なりをしていたことはわかっている。何時間にも思える間座り続け、メイドとリディアがまわりをうろちょろし、あちこちをつつき回した。部分かつらと大量のヘアピン、恐ろしいほどたっぷりつけたポマードのおかげで、ルーシーの髪はていねいに頭頂へ結い上げられているように見えた。

だが、最高の身なりをしていても、この室内で最も魅力的な顔とはほど遠い。公爵夫人はいったい何に注意を引かれているのだろう？　部分かつらが落ちてきている？　完璧な動きで膝を曲げたせいで、胸の先端がドレスから飛びだした？

「何てすてきなペンダント！」公爵夫人は歓声をあげた。片眼鏡が下げられる。「教えて、こんなにかわいらしくて珍しいペンダント、どこで見つけたの？」

ルーシーは頭をすばやく回転させた……が、さほどうまく回ったとは思えなかった。

「それは……その……蛇紋石の宝飾品を売りにした宝石商がロンドンにあるんです。この石自体はコーンウォールのもので……」母の肘がルーシーの背中を突き、鋭く警告した。

「といっても、私がコーンウォールに行ったわけではありません」ルーシーは口ごもった。

「ただ、宝石商がそう説明してくれただけです。とても珍しい石で、その地域でしか採れないらしくて……」自分が無意味な台詞《せりふ》をぺらぺら喋《しゃべ》っていると気づき、強く唇を噛《か》んだ。

自分にもう一度、息をすることを思い出させなければ。

「美しいデザインね」公爵夫人は愛想よくほほ笑んで言った。「何という宝石商とおっしゃったかしら？」

ルーシーはいまや、自分が息をしすぎている危険があることに気づいた。あえいでいると言ってもいいくらいだ。このペンダントをつけたのは、幸運のお守りにしたかったからだ。自分が大事にしているもの、きらびやかな舞踏室にはないものを思い出すために。だが、それは気分を鎮めるどころか、その珍しい見かけのせいでいっそう面倒を起こしているようだった。

「ええと……スマイス宝石商です」ルーシーは口ごもりながら言ったあと、すぐに自分を蹴飛ばしたくなった。

なぜこんなことを言ったの？　トーマスとその妹のことが頭の中に引っかかっていたのだろう。これで、さらなる説明を、さらなる嘘をでっち上げなくてはならなくなった。蜘蛛《くも》の巣は複雑によじれ、いっそうこんがらがってきた。

「私も似たようなものが欲しいわ」公爵夫人はにっこりした。「その宝石商はほかにもそういうのを扱っているかしら？」

駆けめぐる思考と熱を帯びた頬から、雷が落ちたように閃《ひらめ》くものがあった。ルーシーはぼうっとしたままうなずいた。「たくさん扱っています」

ああ、なぜもっと早く気づかなかったのだろう？　それは単純明快すぎて、ほとんど笑えるほどだった。リザード・ベイは、住民を破滅から救える産業を必要としている。

あの町のリザード石の供給は、無尽蔵とも呼べるほどだ。

ペンブローク公爵夫人が蛇紋石のチャームに心惹《ひ》かれるのなら、ロンドンのほかの人々も同じなのではないか？

舞踏室に足を踏み入れたトーマスは、かつては自分も華やかな社交シーズンの渦に積極的に参加していたにもかかわらず、あたりに響く不協和音に何の懐かしさも感じなかった。とはいえ、最後に舞踏室に入ったときは、いちばん近くの酒のありかのことしか頭になかったのだが。

今夜は違うように感じるのは、実際に違うからだ。トーマスがここにいるのは、自分の地位に課せられた義務や期待からではない。軽食のテーブルを探して、パンチにまともな量の酒が混ぜられているかどうか確かめたい衝動もなかった。

自分がここにいるのは、ここにいたいからだ。

彼女が欲しいから。

ルーシーが妹の家を抜けだしたことに最初に気づいたときは、彼女を追いかけたいと思った。言わなくてはならないこと、伝えなくてはならない発見があった。いまでは妹の秘密が暴かれることも、酒の誘惑を不安に思うこともなく、ロンドンにいられると気づいたのだ。ロンドンがルーシーの家族のいる場所なら、彼女のために喜んでここに住もうと思った。だが、ジョセフィーヌへの謝罪を口にし、近いうちにまた来ると約束し始めたときに、ルーシーがどういうつもりだったのかを悟った。ルーシーは妹とのこの時間を与えるために、兄妹が長く一緒にいられるために、今夜自分にも贖罪《しょくざい》が待ち受けていることをわかっていながら出ていったのだ。

今夜が、ルーシーの尊厳をどのくらい犠牲にするかはわかっていた。両親の期待は足に合わない靴のようなものだとルーシーが言っていたのをよく覚えている。だが、ルーシーが家族に抱く恩義は、それを打ち負かすほど深いようだ。自分のためにゴールデン・スクエアに来てくれただけで、ルーシーはじゅうぶんリスクを冒している。だから、今度は自分が、喜んでルーシーのために同じことをするつもりだった。

上流社会の重要人物で、かつては両親とも仲がよかったペンブローク公爵夫人の近くに、ルーシーが立っているのが見えた。断固たる決意を胸に、その方向に歩いていく。人ごみが左右に分かれ、ぎょっとしたささやき声が群衆にさざ波をたてるのがうっすらと意識された。

〝ブランストン侯爵よ〟

〝三年も姿を見せなかったんでしょう?〟

〝かわいそうな妹の話は聞いた?〟

トーマスはそのすべてを無視した。口を開けて見物を気どるがいい。勝手に噂《うわさ》していてくれ。

そんなことは、もうどうでもよかった。

トーマスは足を止め、つかのま視線をルーシーから女主人へと移した。おじぎをしたが、古めかしい音楽の旋律と同じく、その動作には何の懐かしさも感じなかった。

「公爵夫人、招かれてもいないのに来てしまい、申し訳ございません」

ペンブローク公爵夫人はにっこりした。「何を言っているの、ブランストン卿《きょう》、あなたはいつだって歓迎しますよ。ロンドンにいると知っていたら、招待状を送っていたのに」首を傾《かし》げる。「もう何年も、誰もあなたの姿を見ていなかったのよね。これからはロンドンに住むために戻ってきたの？」

トーマスはためらった。「それはまだです。でも、召喚状に応えて、次期は貴族院の議席に着こうと考えています」

隣で小さなあえぎ声が聞こえた。それでようやく、トーマスの視線は向きたがっているほうへと向くことができた。

体が命じているほうへと。

視線はいったんルーシーをとらえると、二度と離れたがらなかった。今夜のルーシーはトーマスの夢の中に出てくる、野性的な妖精以上の美しさだった。淡い黄色の絹に包まれ、ドレスの縁ではピンクの薔薇《ばら》のつぼみが渦巻いている。指はそわそわと、首に巻いた蛇紋石のペンダントをつかんでいた。

そして、その髪……これはいったいどこから来たんだ？

トーマスはルーシーを人ごみから連れ去り、暗いテラスに引っ張りだしたかった。胸のふくらみに唇を押し当て、その肌が記憶どおり甘いかどうかを確かめたかった。それから……。

「ブランストン卿」公爵夫人は言い、トーマスの一連の思考を、頭蓋骨に斧《おの》を振り下ろしたかのようにばっさり断ち切った。「レディ・カードウェルと、娘さんのミス・ルシール・ウェストモアをご紹介していいかしら？　ミス・ウェストモアは今シーズンにデビューしたばかりなのよ」

「お会いできて嬉《うれ》しいです」トーマスは何とか体勢を立て直し、ぼそぼそ言った。

自分はこの女性を知らないことになっていると思い出したおかげで、わがままな思考はつかのまおとなしくなった。だが、体は、彼女を非常に親密に知っていることから生じる熱にどくどくと脈打っていた。不意打ちのキスをしたとき、その喉の奥でたてる音も知っているし、最も密《ひそ》やかな部分がどんな味なのかも知っている。とはいえ、自分が口をすべらせればルーシーはこの件に関する選択肢を失ってしまうため、手袋をはめた彼女の手の上に身を屈《かが》めた。

「ミス・ウェストモア」そうつぶやき、深々とおじぎする。「次のダンスのお相手になる栄誉を私に与えていただけないでしょうか？」

ルーシーは妙にためらいがちにほほ笑んだ。隣に立っている女性に体を向けてから、目をぱちぱちしばたたかせる。「あの……お母さま、私、ブランストン侯爵と踊ってもいいかしら？」

母親の目が驚きに丸くなった。「あなたいま……〝侯爵〟と言った？」その目に賞賛の色を浮かべ、ルーシーをトーマスのほうに押しださんばかりになった。「もちろんですよ、ルーシー」

トーマスは笑みを隠し、ルーシーをフロアに連れだした。新たな曲が始まり、渦巻くような旋律は、しっかりした三拍子のリズムに変わった。トーマスの手は、部屋の反対側にルーシーを認めたときから行きたがっていた位置に置かれ、彼女のウエストの甘美な曲線に我が物顔で収まった。トーマスは二人を大胆なワルツへと導き、動き自体ははっきりと覚えていたものの、これほど激しい切望を覚えた記憶はなかった。

百回以上もワルツを踊ってきたはずなのに。

だが、外聞の悪い独身主義者と踊ったことはなかったようだ。

トーマスは笑顔でルーシーを見下ろし、コーンウォールの柔らかな朝日の中での姿を、喜びにほてる肌を思い出した。ルーシーの頬はいまもあのときに似た輝きを帯びていたが、手の中の彼女の手はとらえられた鳥のようだった。そのとき初めて、トーマスはルーシーが震えていることに気づいた。

「緊張してるのか？」

「あなたはしていないの？」ルーシーは言い返した。「部屋じゅうの貴族連中が見ているのよ」

その言い方はいかにも自分が知り、愛しているルーシーらしく聞こえ、トーマスは上流社会の人々の目の前で笑いたくなった。「緊張するのが普通なんだろうね」トーマスは認めた。「でも、僕がこの部屋の中で気にするのは、君がどう思うかということだけだから」ルーシーの口角がほんの少しだけ上がった。「あなたの芝居がかったお戯れは、人に聞こえない範囲でお願いしたいわ」声を潜め、ささやくように言う。「だって、私はあなたを知らないことになっているのよ。適切とは言えないでしょう」

トーマスは咳払《せきばら》いをした。「〝昔々、ある女性がなりゆきで独身を貫いていた〟」

「私の胸について詩を詠むのはやめたほうがいいわよ」ルーシーは警告したが、その声は低く、官能的に響いた。一瞬にして、トーマスの視線はその場所に――黄色い絹から盛り上がり、キスをせがんでいるように見える乳白色の肌に向かった。

トーマスは唾をごくりとのみ、決められたリズムを足が維持できるよう願った。「〝彼女は一度きりならとダンスに同意した〟」

ルーシーは頭を下げた。「〝でも、彼女が踏んだのは彼の爪先……〟」

トーマスはうなずいたが、実際の彼女はこちらの爪先を一度も踏んでいなかった。「〝そして、殴るしかなくなった、彼の鼻先……〟」芝居がかった調子で言葉を切り、数ステップ踏んだあと、身を屈めてルーシーの耳元にささやいた。「〝……何しろ、彼女はズボンを脱がされそうになっていた〟」

ルーシーは笑いに体を震わせ始めた。「今夜はドレスを着ているわ。ズボンじゃなくて」

トーマスは再び身を乗りだし、ささやいた。「でも僕は、今日の昼間に君が何を着ていたか知っている」

30

ルーシーはこれをやり通せる自信がなかった。混雑した舞踏室に入った当初の気まずい時間と、ペンブローク公爵夫人との大惨事とも呼べる会話で、神経がずたずたになっていた。だがどういうわけか、トーマスの腕の中にいると、ほとんど何でもできそうな気分になる。

必要なら、男女の戯れの会話も。トーマスが促してくれるなら、ほほ笑むことも。トーマスが〝君ならできる〟と言ってくれさえすれば、飛ぶことも。

ワルツはあまりに早く終わった。今夜、もう一度トーマスと踊ることは許されるだろうか？　不適切かもしれないが、リールやカドリールは何だかおとなしすぎる気がした。規則も礼儀も関係なく、この時間が終わってほしくないことだけが確かだった。

「私……ちょっと、息が切れたみたい」最後の旋律が終わると、ルーシーは口実を考えようともせず、そう言った。「少し新鮮な空気を吸いたいわ」

トーマスの目は約束するように陰を帯びた。「レディ・ペンブロークの庭を散歩でもする？」

ルーシーは母から――自分を見ているか待っているかしている全員から逃れたくて、開いた両開きのガラス扉のほうにトーマスを連れていった。どこかで〝リディアの子爵〟が自分を捜し、飛びかかるチャンスを待っているに違いないのだ。いまは獲物の役を演じる気にはなれなかった。侯爵を罠《わな》にかけるためなら話は別だけれど。

外のひんやりとした夜気は、舞踏室の暑すぎる空気に比べると、快い鎮静剤のようだった。トーマスに寄り添い、彼から放たれるぬくもりを歓迎する。トーマスに抱きつきたい気分だったが、それができないのはわかっていた。少なくとも、いまここでは。だが、あと数歩進んで、あの暗がりの中に入りさえすれば、二人は面倒に巻き込まれないはず……。

「妹さんのことはうまくいった？」ルーシーはトーマスを庭の奥へと引き入れながらたずねた。

「思っていたよりもずっとうまくいった」トーマスは言い、その声はルーシーのお腹に甘やかに響いた。「そのことでは、君に感謝している」ルーシーをそっと引き寄せて自分と向かい合わせにし、舞踏室が見える景色の悪い場所に立ち止まる。「何もかも君のおかげだと思っているよ、ルーシー。君は僕が背を向けていた世界へと目を開かせてくれた。人は自分の地位に伴う責務を果たしながらも、幸せを見つけることができる。僕はロンドンに住んでもいいし、コーンウォールに住んでもいいんだ」

「もしくは、両方を行き来してもいいわね」ルーシーはトーマスに近づいた。「私と一緒に」

トーマスは表情を抑えてしかめっつらをしたが、心臓が胸から飛びだしたがっているせいで、それはなかなか難しかった。「でも、君は夫を求めていないだろう」ルーシーに思い出させるように言う。

ルーシーにはずっと結婚を申し込んできた……いままでに三度だっただろうか？　彼女は、それは自分に選ばせてほしいとはっきり言っていたのだ。

トーマスは今回の立場の逆転を楽しんでいた。

ルーシーは唾をのみ、その姿は暗闇の中で信じられないほど無防備に見えた。「そうかしら？」

トーマスは返答を引き延ばした。ルーシーの希望に満ちた表情がこわばってくると、ゆっくり動き始め、よく手入れされた二本のベニバスモモの木がカーテンのように投げかける影のほうへとルーシーを引っ張っていった。春になって咲いた花が、甘い香りを漂わせている。

プラナス・セラシフェラ。

ありがたいことに、レディ・ペンブロークは植物が生い茂る美しい庭園を所有していた。

「もしそうなら、いろんなことが変わると思うんだ。どうだろう――？」トーマスは問いかけ、ルーシーを暗闇の奥へと引き入れていった。「夫を求めているなら、君はうってつけの場所にいる。若い淑女がこういう催しに来るのは、優れた結婚相手を見つけるためだ。気になる男はいたか？　例えば、太った年寄りの子爵という選択肢もある。でも、僕に言わせれば、君は従順なタイプの妻を探していない相手を見つけなくてはならないだろうね」

ルーシーはうなり声に限りなく近い声を発した。

トーマスはルーシーを自分のほうに引き寄せた。ルーシーは一歩、また一歩と踏みだし、やがてトーマスの広げた脚の間に立ち、トーマスはスモモの木の幹に背中をつけて、ルーシーとまともにキスするチャンスを歓迎した。

たとえ、トーマスが望んでいるほどまともなキスではなかったとしても。

ルーシーはトーマスに引き寄せられ、キスされた。唇にそっと唇が押し当てられた感触は、ほとんど上品と言ってもよかった。だが、トーマスの騎士道精神を受け入れるつもりなどない。口を開き、執拗《しつよう》にトーマスの唇に押しつけた。その喜びにため息が出たが、思考は檻《おり》の柵をがたがた揺さぶっていた。まったく、腹立たしい人。プロポーズするのではなく、こんなふうにキスするなんて。私は仄《ほの》めかした。誘いかけた。

いまにも懇願するところだった。

なぜトーマスはもう一度、結婚してほしいと言ってくれないのだろうか？

それに、彼がそう言ってくれさえすれば、こちらはこれ以上退屈な舞踏会に出る必要がなくなり、義務に近い期待からも解放される。シーズンの目的そのものを果たすことになるのだ。手に負えない、ぼさぼさ髪の無作法な娘が、子爵ではなく侯爵を射止めたと知ったとき、母はどんな顔をするだろう。

だが、トーマスが互いの命がかかっているかのように……だが、評判はかかっていないかのように私にキスするだけで満足しているように見える以上、〝射止めた〟という表現は少々大げさだ。

何しろ、自分たちが物陰に入ったと確信できるまでトーマスが待ったことに、ちゃんと気づいていたから。

キスに酔いながら、ルーシーは突然思い至った。トーマスが舞踏室から丸見えの場所で自分の評判を危険に晒《さら》すのではなく、暗がりに引きずり込んだ理由に。トーマスはこちらの決断を待つと言い、もし気が変わったら自分を検討してくれと頼んでいた。私に強制したくなかったのだ。

今回は、私からトーマスにプロポーズするのを待っている。

ルーシーはキスを中断し、必要な空気を求めてあえいだあと、トーマスの耳目がけて唇を押し当てた。自分の決断に何のためらいも、何の不安もなかった。

決断を下すのは簡単だった。

その決断は、E伯母の日記の、最後の書き込みを読んだ瞬間から下されていた。

「トーマス」ルーシーは欲望にかすれた声で言った。「あなたを愛してる。キスするときのあなたも、口喧嘩《くちげんか》するときのあなたも。あなたの悪趣味な詩ですら愛しているわ」

いままでずっと自分を抑え、希望を抱きながら待っていたかのように、トーマスの中を変化がさざ波のように駆けめぐるのが感じられた。「ルーシー、僕も君を愛してる」

「じゃあ、やるべきことは一つだけね」

ルーシーはトーマスの額に額をつけ、息が止まりそうになりながらも、人生を決めるその言葉を口にした。

「あなたを夫にするという栄誉を私に与えてくれる？」

トーマスは何も言わず、ルーシーを身悶《みもだ》えさせられるチャンスを楽しんだ。

だが、その策略は長くは続けられなかった。唇に答えは一つしかなく、それは早く外に飛びだしたがっていた。

「ミス・ウェストモア、あなたを僕の侯爵夫人にする栄誉に与《あずか》らせてください」

ルーシーはほとんどトーマスに身を投げだすようにして、首に腕をきつく絡めた。「ありがとう」息を切らして言う。「私、いまにも〝お願い〟と言うところだったわ。私がどんなにその言葉を言いたくないかは、お互いにわかっているでしょう」

唇に降ってきたルーシーのキスは熱っぽく、希望に満ち、あまりに正しく感じられた。トーマスは彼女に差しだされたものを受け取り、賛同の低いうなり声をあげて口に攻め込むことしかできなかった。いままで自分の欲望にはめていた枷《かせ》は、これほどまでに甘美な攻撃を受けたことですべて崩れ去った。体が反応し、脚の間は暴力的なほどにふくれ上がって、この時間をあまり長引かせすぎないよう警告していた。ルーシーの曲線はトーマスの欲深い手のひらにみずみずしく収まり、トーマスは恥知らずにも自身の手になで回す許可を与え、永遠に失われかねなかった場所に再び自分をなじませていった。

トーマスには地図が必要だと判断したかのように、ルーシーは身頃の端を引き下げた。丸みを帯びた胸のふくらみがこぼれだして、その生意気そうな珊瑚《さんご》色の先端で誘ってくると、トーマスはいまにもうなり声をあげそうになった。

「いつ?」トーマスはルーシーの喉元でうなり、舌で小さな円を描きながら、ルーシーの味に溺れた。「いつ実行すればいい?」

ああ、ルーシーに待たされるのだとしたら、正気を失ってしまうだろう。

「今日」ルーシーはあえいだ。「できれば昨日がよかったけれど。明日、結婚予告を掲示しましょう」片手をすべり下ろし、トーマスの長いものを手のひらで包むと、トーマスは歯の間から息をもらした。「お願いだから、これ以上私を待たせないで」

これが不適切な行いであることはわかっていた。百メートルも離れていないところに、ろうそくに照らされた楽団と既婚婦人たち、そして、リディアをそこらじゅう捜し回っているであろう子爵のいる舞踏室が待っているのだ。でも、私は婚約している。

私はこの男性を愛している。二人は舞踏室からは見えないし、トーマスは結婚を承諾してくれたのだから、今夜ここを純潔のまま出ていくつもりはなかった。もし必要なら、トーマスに千ポンド払ってもかまわない。

ありがたいことにトーマスも同じ気持ちらしく、柔らかい草の上に座り込み、一緒にルーシーも引き下ろして、自分の上にのせるようにした。ルーシーはトーマスに長く激しくキスしながら、彼の脚の下敷きになっているスカートを何とか引っ張りだそうとし、その高価な絹地に、どんな大胆な告白よりも二人のことを雄弁に語るであろう草の染みとスモモの花の一片が付着するのは気にしなかった。自分はこの先二度と舞踏会用ドレスを着るはめになる機会はないだろうが、愛する男性との初めてはたった一度で、いまがそのときなのだ。

ルーシーはズボンのボタンと格闘し、それが自分の欲深い指に屈してくれないことにいらだちを募らせた。だがそのとき、トーマスの手が伸びてきて、ルーシーを手伝った。

トーマスの長いものがルーシーの手の中にこぼれだし、その驚きにルーシーは声をもらした。「こんなに……ぷにぷにしたものだとは思ってなかったわ」そう告白し、爪で軽くなぞる。

「信じてくれ、これはぷにぷにはしていない」トーマスはむせながら言った。

ルーシーはそれの端から端まで指をすべらせたあと、動きを止めて先端を親指でこすった。コーンウォールでトーマスにひどく親密なキスをされたときのことを思い出しながら、顔を近づけ、舌を彼自身に押し当てて、その大胆な行為にトーマスが反応して震えるのを感じると、一人ほほ笑んだ。

「ルーシー……」トーマスは抗議の声をあげたが、ルーシーはそれを無視し、積極的な口でトーマスを含んで、ぴんと張った皮膚に熱く濡《ぬ》れた円を描き、トーマスが鋭く息を吐くと満足した。そこからトーマスの息遣いは言葉を紡げないほど苦しげになったため、まともな抗議は発せられなくなった。

ルーシーはこのまま続けたかったし、ここまで待たせたことでトーマスを罰したいとまで思ったが、やがてトーマスに乱暴に引きはがされた。導きに従って、彼をまたぐ。なぜなら、自分もこれを求めていたから。トーマスがもっと欲しかったし、彼が体の内側に渦を作るこの感覚がもっと欲しかった。それに、トーマスは今回、前回のように中途半端な経験で落胆させはしないと信じられた。

ルーシーがトーマスに乗り、ゆっくり体を落としていくと、あの張りつめたものが、想像しうる最も完璧な箇所に押し当てられるのを感じた。ルーシーは目を閉じ、それをのみ込んでいく不慣れな感覚に慣れようとした。

「唇を噛《か》んでるね」トーマスの声が聞こえた。「何を考えてる？」

ルーシーは目を開けた。「本当に？」ささやき声で言う。トーマスがうなずくと、頬が熱くなるのを感じた。「いろいろ言っても、スカートをはくことに利点はあったんだ、と思っていたの」ルーシーは体をずらし、その動きにトーマスがうめくさまを楽しんだ。

「例えば、私たちが二人ともズボンをはいていたら、これはできなかったわ」

「お願いだから、じっとしていてくれ、ルーシー」

ルーシーはそのとおりにした。そして、それは肌の触れ合いを追い求めるのと同じくらい楽しいことがわかった。

しばらくして、トーマスは備えるように、あごの力をゆるめた。「準備はできてる？」ほとんどうめくようにたずねる。

ルーシーは目をしばたたいた。「それって……これで終わりじゃないってこと？」

トーマスはゆっくりと、いたずらな笑みを浮かべた。「まだまだ先がある」

「ええ……大丈夫。お願い」

どうやら、それだけ言えばじゅうぶんだったようだ。トーマスの体が甘美に、ゆっくりすべり込んでくる動きが、鋭い痛みに変わった。いままでは自分がトーマスの上に座り、体と体が結びついている。ルーシーは大きく息を吸った。

「大丈夫か？」トーマスは食いしばった歯の隙間からたずねた。

ルーシーは息を吐いた。「いまならあなたを信じられるわ。これは……少しもぷにぷにしてない」

トーマスの笑い声が二人の体に響きわたった。「そのうちよくなる、約束する」

ルーシーが恐る恐る動くと、確かによくなっていくのがわかった。トーマスが自分の中で動いていることが、何とも甘美な侵略が感じられる。トーマスは体の奥深くまで入り込み、彼に心臓にまで触れられている気がするほどだった。体を引き寄せられ、物欲しげな胸が彼の唇に押し当てられると、それはさらによくなった。胸の頂を口に含み、優しく吸って、舌の上で転がすと、ルーシーは快感に身をよじった。

確かに、さっきよりははるかによくなった。

ルーシーは頭をのけぞらせ、トーマスの唇の強烈な責め苦を楽しんだ。いつのまにか、トーマスは二人を快いリズムへと導いていて、両手でルーシーの腰をつかみ、動き方を教えた。二人の体が結びついている部分に、トーマスがあの朝草地で教えてくれた、高まりゆく波を感じる。だが、あのときとは何かが違っていた。

おそらく、今回は一方通行の贈り物ではなく、二人で共有する経験だからだろう。

トーマスは胸への愛撫《あいぶ》を中断し、ルーシーを持ち上げて唇を重ねて、小さな叫び声をキスで黙らせた。「しいっ。向こうから僕たちの姿は見えないけど」かすれた声でささやく。「油断すると、声を聞かれるかもしれない」

ルーシーは静かにしようと努力した。ああ、どれだけ努力したことか。だが、いまでは螺旋《らせん》を描くように自制を失いつつあり、こすれ合う肌と徐々に高まりゆく快感には抗《あらが》えなかった。

「トーマス！」その名が喉から絞り出されると、トーマスの口がそれを閉じ込め、ルーシーを堕落から守りながらも天国へ放り投げていった。絶頂が体いっぱいに波をたて、それはどうしようもなく甘美な夏の嵐のようだった。

トーマスもすぐに達し、すっかり打ちのめされたかのように、ルーシーの胸に向かってあえいだ。

その後、二人は同時に舞い戻ってきて、腕を絡め合い、息を混じり合わせた。

膝が地面にこすれている感覚が少しずつ忍び寄り、遠くの舞踏室の音と、スモモの花の甘い匂いが否応《いやおう》なしに割り込んできた。そしてルーシーは自分たちがどこにいて、いま何をしたのかを思い出した。

でも、相手はトーマスで、自分はついに来るべきところに来たのだから、何を気にすることがあるだろう？

ルーシーは体を押し上げてトーマスを見下ろし、唇の片側が少しだけ高く上がる彼の笑顔をじっと見た。「愛してる」もう一度つぶやく。

それを認める勇気が得られたいま、その言葉は何度言っても言い足りなかった。

「僕も愛してる」トーマスは言い、伸び上がってルーシーのこめかみにキスをした。そのあと笑い声が飛びだし、二人の体はまだしっかり結びついていたため、その声はルーシーを力強く震わせた。「でも、よくよく考えてみると、結婚特別許可証を取ったほうがいい気がしてきた」

エピローグ

「危うく花を見逃すところだったよ」トーマスは馬車の窓から向き直り、片眉を上げて妻を見た。「七月のいまは、四月とはまったく違う景色になっている。ヒースの花が咲き始めているんだ」

郵便馬車の向かい側の席で、ルーシーは本を読み続けていた。「それを見る時間はたっぷりあると思うわ」ぼんやりと言い、ページをめくる。「だって、こっちには十月までいて、宝石事業の立ち上げをするんだもの。ジョセフィーヌも早く始めたくてうずうずしているんでしょう？」

トーマスは顔をしかめた。確かに、妹は新しい宝石事業を始めることに乗り気で、人気のある蛇紋石のペンダントや飾りピンを、ミセス・スマイスの正体を誰一人疑っていない上流社会の面々に売ろうとしている。事業はまず控えめな数から始めることにし、ルーシーがロンドンに持ち帰っていたリザード石をカットして磨いた。最初の一点は、スマイス宝石商からの贈り物として、ペンブローク公爵夫人に届けられた。

それは……言うなれば、魔法《チャーム》のようにうまくいった。名のある人物は誰もがそれを欲しがり、もっと供給しなくてはならなくなった。

ジョセフィーヌがこの新たな役を演じることで正体がばれるリスクをトーマスは少し心配していたが、この数年間で妹の外見はかなり変わっているため、きっと問題はないだろう。それに、ジョセフィーヌが経済的に自立できるようになることと、かつて自分を締めだした社交界に一杯食わせることを楽しみにしているのもわかっていた。

ジョセフィーヌがそのリスクを引き受けるつもりなら、それを止めようとするのは自分の役目ではない。

だが、これからリザード・ベイで過ごす数カ月は忙しくなることだろう。孤児のタナー兄弟は、海岸に散らばったリザード石を勉強の合間に一生懸命集めてくれるだろうが、石を磨いてくれる住民も見つけなくてはならないし、金属細工の腕や芸術的センスのある人材も探さなくてはならない。それに加え、ヒースモア・コテージの修繕を終わらせなくてはいけないし、タナー兄弟のすべての足にきちんと靴を履かせなくてはならない。荒れ地をぶらぶら散歩するような時間はあまりないだろう。

さらに重要なのは、来週の景色は今日の景色とは違うということだ。トーマスがこの半島を愛する理由の一つがそれだった。景色はほぼ毎日のように変わり、新たな植物の一群が急速に、驚くほど続けざまに花を咲かせるのだ。

「もうすぐリザード・ベイだ」トーマスは言った。「そろそろ日が暮れる。一、二分ほど窓の外を見てみたらどうだ？」

「その前にこの数ページを読み終わりたいの」

トーマスが再び窓の外を見ると、ちょうどその小さな町が地平線から顔を出した。ここに戻ってくるのはいいものだったが、正式に結婚したルーシーを連れてくるのはさらにいいものだった。ときにはお決まりの議論をすることもあったが、これで三カ月になる結婚生活はトーマスにしっくりなじんでいた。人生の大半を孤独の中で過ごしてきたトーマスは、にぎやかで騒がしいウェストモア家の徹底的な洗礼を受けたが、カードウェル卿《きょう》に関しては結婚式当日まで上着の中に拳銃を隠し持っているのではないかと半分疑っていた。宝石事業という口実ができたいま、投資家のふりをしてジョセフィーヌと姪《めい》を好きなだけ訪ねることもできた。

それからもちろん、毎朝目覚めるたびに、顔に笑みを浮かべ、腕の中でぐっすり眠る妻が絡みついていた。

そんなのどかな生活を送っていたはずなのに、二人の関係はこの一時間で少し後退したようだ。新妻はトーマスよりも本のほうに、はるかに注意を払っていた。

「それはそうと、何を読んでいるんだ？」トーマスはぶつぶつ言った。「それがコーニッシュ・ヒースよりも胸躍るものだとは思えないんだが」

「それは見方によるわ」ルーシーは次のページをめくった。「私はE伯母の日記を読み直していて、伯母の書き込みには、女性が男性をどう扱うべきかという問題に関する助言がつまっているのよ」

トーマスはその簡素な表紙を興味深く眺めた。これこそが、あの外聞の悪い独身主義者、ミス・Eが自分の秘密をしまっていた場所なのだ。「何か新しい発見はあった？」それにしても、なぜ新妻の頬はこれほどピンクに染まっているのだろう？

ルーシーは日記を下ろし、そのとき初めてトーマスは、妻が自分を無視などしていないことに気づいた。「それは、捉え方によるわね」ルーシーの大きな口の端が上がった。「例えば、あなたは縄についてどう思う？」

トーマスはそれを聞いて、妻はもう独身主義者ではないにしても、いまも外聞は少し悪く、これからもずっとそうであろうことを思い出した。だが、そんなことは少しも気にならなかった。「僕は探求心はあるほうだ」そう言って、ズボンの中で急に張りつめたものを和らげるために姿勢をずらす。「それから……ええと……崖でのあの日、君が縄を結ぶのがうまかったことも覚えているよ」

「よかった」ルーシーがほほ笑んで日記を閉じ、トーマスに投げキスをしたところで、郵便馬車は土埃《つちぼこり》をあげながらゆっくり停《と》まった。「だって、あなたで縄の結び方を練習しようと思っているから」

ルーシーはトーマスの手を取り、一本きりの街路に降り立った。それはどこか、ふるさとに帰ったような気分だった。

もちろん、ロンドンにも魅力はある。トーマスが来年の貴族院の議席に着くことを正式に決めたため、二人は少なくとも一年の半分はロンドンで過ごすことになる。だが、いまはここで過ごす時間があるし、来年も忙しい国会が終われば、ぜひとも二人でこのひっそりした小さな町に戻ってくるつもりでいた。

郵便馬車が到着したときには、すでに人だかりができていた。ミスター・ベントリーとミスター・ジェーミソンが、二人を見て嬉《うれ》しそうな顔をしているのが見える。ウェルズベリー師は小さな教会のドアから顔を出し、歓迎するように片手を上げていた。タナー兄弟のうち少なくとも二人がトーマスに突進してきて、興奮してぺちゃくちゃ喋《しゃべ》りながら、トーマスのポケットを漁《あさ》り始めた。ミセス・ウィルキンズは下宿屋のドアから飛びだしてきて、両手には小麦粉をつけ、しわのある顔には笑みを浮かべていた。

だが、今回人だかりにはルーシーの知らない、新しい顔がいくつか交じっていた。ネクタイを締め、懐中時計を所持し、成功の匂いをぷんぷんさせた身なりのいい男性たちだ。ルーシーの中を冷たい恐怖が通り抜けた。この町を救おうとする試みとは裏腹に、マーストン鉱業会社は最終的にここに足がかりを見つけたのだろうか？

ルーシーはミスター・ジェーミソンの腕をつかみ、脇に引っ張った。「あの男の人たちは誰ですか?」勢い込んでたずねる。

乾物屋の店主は顔を輝かせた。「おや、知らなかったのかい、ミス・L? お客さんが来ているんだ。この町にぞろぞろ群がってきている。今月だけで十人来たよ」

「いまはレディ・ブランストンになったんです、ミス・Lじゃなくて」ルーシーは引き続き新顔の男性たちを見ながらつぶやいた。

「まあ、あなたたち結婚したの?」ミセス・ウィルキンズが両手を打ち鳴らし、歓声をあげた。「やっぱり、そうなると思ったのよね!」

ウェルズベリー師が近づいてきて、トーマスの背中をたたいた。「よくやった。ミス・Eもそれを聞けば鼻が高いだろう。ただ、本音を言うと、君たちがリザード・ベイに戻ってきて、私が結婚式を執り行う栄誉に与《あずか》れたらよかったな」

「ええと……それは……待てなくて」トーマスは言い、ルーシーに温かな笑みを向けた。

ルーシーもほほ笑み返した。そう、待てなかったのだ。それに、先月の大半は朝食を戻さずにいることが困難だったことを思うと、二人が結婚特別許可証を取得したのはとても賢明な判断だったようだ。

ルーシーは幸せを感じながらも、また新参者たちに目を向けずにはいられなかった。簡素な身なりをした、年齢層の高いリザード・ベイ住民の中にいると、彼らは場違いに見えたが、ではどこにいれば自然に見えるのかを具体的に示すのは難しかった。

「お客さんというのは……鉱山業者ではないということ?」

「違う違う、博物学者だよ」ミスター・ジェーミソンの頬ひげがぴくりと動いた。「ロンドン・リンネ協会に所属しているそうだ。コーニッシュ・ヒースの花が咲いたところを見に来たんだよ。この町の商売に大きな活気を与えてくれている。私は何と、今週は嗅ぎ煙草《たばこ》を四缶も売ったし、ミセス・ウィルキンズは部屋数を二倍に増やさなくてはいけないらしい」

トーマスはかばんを街路に置き、ハンサムな顔をしかめた。「でも……どうして知っているんだろう? 僕がリンネ協会宛てに書いた提案書は紛失してしまったのに」

ふと思い至り、ルーシーは郵便局長のほうを向いた。「ミスター・ベントリー、あの封筒は私がお願いしたとおり、ブランストン卿に渡したんじゃないんですか? 私、これをいちばん必要《モスト》としているのはあの人だから、と言ったのに」

ミスター・ベントリーはうなずいた。「ああ、そうだよ、私はあれをポストに入れた」

「違うんです、ミスター、モスト」ルーシーはトーマスを振り返り、頭を振った。「ごめんなさい」

夫は少しも怒っていないようだった。むしろ、すでにその紳士たちのほうに大股に歩いていき、手を差しだして歓迎の握手をしていた。ルーシーはにっこりし、挨拶を交わす彼らを見ながら、お腹を包むように片手を置いた。どうやら、リザード・ベイには手堅い産業が二つ誕生するようだ。

とはいえ、一つ大義が片づいても、このあたりにはまだ何ダースも残っている。

二人が岩の間をすり抜け、ヒースモア・コテージが見えてくると、ルーシーは足を止めてトーマスの腕に軽く手をかけた。「ちょっと待って」

トーマスは立ち止まって、ミセス・ウィルキンズが二人のために中身をつめると言い張り、〝新婚さんへの贈り物〟だと誇らしげに宣言していたピクニックバスケットを下ろした。二人はヒースモア・コテージに必要な修理作業の一覧を作るためにここに来たのだ。妻が息を切らしていないのを見てほっとしたが、頻繁に休憩をとるのはいい考えだ。いまの状態のルーシーにこの旅をさせることは、もともと心配だった。

とはいえ、ルーシーを止められる可能性は皆無だった。本人の希望に反することをレディ・ルーシー・ブランストンにさせることはできないと、トーマスは誰よりもよく知っていた。

「息切れでもしたか？」トーマスは心配してたずねた。

「いいえ。私は妊婦なだけで、体が弱いわけじゃないから」

その言葉を聞いて、トーマスは自分の妻になってくれたことがいまも信じられずにいる女性を見た。本人の言うとおりだ。ルーシーは見るからに元気そうで、母体が順調なのは明らかだった。昨夜、ルーシーは縄を結ぶ技能をてきぱきと披露してくれ、トーマスはそれを心から楽しんだ。まあ、ルーシー宅の応接間で口論した最初のときから、彼女はこちらの心を縛り上げていたが。

「じゃあ、どうして立ち止まったんだい？ まるで初めて見るかのような目であれを見ているけど」ルーシーの視線の先をたどり、トーマスは言った。「約束するよ、ヒースモア・コテージは君が出ていったときと同じだ」

そのとおりだった。前方に、白漆喰《しろしっくい》塗りの壁が見える。まだ完成していない屋根が見える。

そこらじゅうに猫がいるのは、確かに新しい面だった。

トーマスは目を細め、真昼の日光浴をしている雄猫が五匹いるのを数えた。「といっても、僕たちがいない間に鼠《ねずみ》の問題は解決されたような気がする」笑いながら言う。

「それだけじゃないの。あれが聞こえる？」

トーマスは長い間、耳をすました。下のほうで波が打ち寄せる音と、巣でくつろぐ野生の雌鶏《めんどり》たちがこっこっと鳴くかすかな声が雑木林から聞こえるだけだ。「何も聞こえない」

「そのとおり」ルーシーは言い、トーマスのほうを向いた。「あの幽霊みたいな風の音はどこに行ったの？」

トーマスは再び耳をすました。今日は風が強く、ルーシーの髪は頬のまわりを飛んでいる。だが、どんなに頑張っても、いままでこの地所の名物だった、ひゅうひゅうという音は聞こえなかった。「不思議だな」トーマスは認めた。「あの崖崩れによって、幽霊が黙るくらい地形が変わってしまったのかもしれない」

ルーシーはうなずいた。「これなら屋根職人も見つかりそうね。それに、ミセス・ウィルキンズの客間につめかけている博物学者の何人かに、ここを憩いの場として提供できるわ」トーマスを見上げてほほ笑む。「それでも、ここは私たちのものよ。ちゃんと管理されたまま、使い道ができるの。E伯母さまも気に入ってくれるはずよ」

トーマスは小さなコテージに視線を戻した。そのためにはかなりの作業が必要だろうが、ルーシーにやる気があるのなら、やってやろう。ルーシーは自分の土地の比類なき美しさの価値を理解しているだけでなく、それをほかの人々にも楽しんでもらいたがっていると思うと、トーマスは賛同の歓声をあげたくなった。

実際には、ただうなずいただけだったが。

「君の望みなら、それが僕たちのやるべきことだ」

「あなたの考え方が好きよ、旦那さま」ルーシーは背伸びしてトーマスの唇に二度だけキスし、このピクニックが終わったあと二人がするであろうほかのことへの想像をかき立てた。「それに、あなたがいまこんなにも私の考えに素直に従ってくれるなら、来年が待ちきれないわ」

「どうして？」トーマスはゆっくりたずねた。小さな跡取りか、将来の独身主義者に手を焼く来年はさぞかしすてきだろう。だが、ルーシーとの一度のキスはたいていその先へと続くことを思うと、楽しみなのはむしろ次の一時間だった。ルーシーが下唇を噛《か》んでいるさまをしっかり目に留めながら、首を傾《かし》げる。「何を考えてる？」

ルーシーは縄を結ぶ技能を見せつけてくれたが、こちらがその技能をルーシーに見せつける機会はまだなかった。記憶が確かなら、いまもここのどこかに縄があるはず……。

ルーシーは肩をすくめ、無垢《むく》とは正反対の表情になった。「自分専用の貴族院議員をポケットに収めたいま、私は派手に面倒を起こせると思って」

「ルーシー」トーマスは警告したが、自分の顔にも妻と同じように笑みが広がるのを感じた。「僕は君のポケットには入っていないし、君だって僕のポケットには入っていない。何を企《たくら》んでいるんだ？」

ルーシーは目をしばたたいた。「誰が何を企むですって？　私はなぜだか最終的にハンサムで影響力のある旦那さまを手に入れただけで、もう少しで一生独身を貫くところだったぱっとしない女よ」

「なるほど。好きなだけ大暴れしようと企んでいるってわけか」

ルーシーの笑顔は、頭上のコーンウォールの太陽ほどに明るく輝いた。「私が好きなのはあなただけ」そう言うと爪先立ちになって、再びトーマスにキスした。
トーマスは喜んでキスを返した。いまは妻と議論するときではない。
今回に限っては、二人の息はぴったり合っていたから。

訳者あとがき

本書は二〇一六年にｍｉｒａｂｏｏｋｓから出版されたジェニファー・マクイストン著『壁の花の願いごと』の続編です。前回、ヒロインのクレアの妹として、そのおてんばぶりで家族を引っかき回していたルーシー・ウェストモアが、今作のヒロインとなっています。

舞台は前作から五年後の一八五三年、ヴィクトリア朝のイギリスです。子爵の娘であるルーシーは、諸事情により二十一歳という遅めの年齢にはなったものの、今年社交界デビューを控えています。けれど、十七歳までズボンをはいて木登りをしていたルーシーは、いまだに社交界のしきたりや〝淑女らしさ〟になじめず、流行のドレスや宝飾品にも興味はありません。孤児の支援や囚人の環境改善などの社会運動に打ち込み、お小遣いはすべて慈善団体に寄付しています。社交界デビューすることはしぶしぶ受け入れ、そのための訓練もいやいやながら受けていますが、女性としての魅力に乏しい自分に近づいてくる男性は高額の持参金が目当てに決まっているため、そんな相手と結婚などしたくないと思っています。

　そんなとき、生涯独身を貫き、辺鄙《へんぴ》な崖の上のコテージで一人暮らしをしていた変わり者の伯母、〝ミス・E〟から小包が届きます。ルーシーの一家はミス・Eとはほとんど交流がなく、しかも伯母は二週間前に亡くなっていたため、ルーシーは自分に小包が送られてきたことに仰天します。そこには、四冊に及ぶ伯母の日記とコテージの鍵、変わった石のついたペンダントが入っていて、同封の手紙には、伯母が住んでいた〝ヒースモア・コテージ〟をルーシーに遺《のこ》す旨が書かれていました。たとえ貴族の娘でも、伯母のようにロンドン社交界を逃れ、田舎町で一人暮らしをし、独身を貫く生き方もあるのだと気づいたルーシーは、子供のころに一度訪ねたきりのヒースモア・コテージにぜひとも行きたいと思うようになります。ところが、伯母が手紙で予言していたとおり、ルーシーの自由と自立の展望は男性たちによって阻まれます。父親がルーシーの相続財産を勝手に売りに出し、それをどこかの侯爵が安価で買ったというのです。そこから、自分の家を自分の手に取り返すためのルーシーの闘いが始まりました。

　この物語では、一八五三年に展開するルーシーの冒険と、一八一三年から始まる四十年分のミス・Eの日記の文面が交互に登場します。ルーシーは日記を読み進めるうちに、自分よりも前の時代を独身主義者として誇り高く生き、自分と同じく社会への問題意識が強く、つねに誰かの力になる方法を考えて実践してきた伯母に憧れと親近感を強めていきます。けれど、その日記は実は、伯母が自分と同じ過ちを、自分に似ている姪《めい》に繰り返させないための警告でもありました。貴族の娘に生まれた以上、華やかな上流社会での生活に夢を抱ければ幸せですが、ミス・Eやルーシーのように決められた道に生きづらさを感じる女性がいるのは、いつの世も同じなのでしょう。それでも、自分の信条に固執するあまりに人生の可能性を狭めてしまうのも、賢明とは呼べないのかもしれません。

ロンドンを逃れたミス・Eが住み続け、姪のルーシーもあとを追うように目指したリザード・ベイは、コーンウォールの海岸沿いの田舎町です。コーンウォールはイングランドの最南西端の地域で、ウェールズやスコットランドと同じくケルト民族の土地であるため、イングランドの中でも独自の文化や言語を持っています。そのコーンウォールの南端に、珍しい地質と生態系で知られるリザードという半島があります。本作に出てくるコーニッシュ・ベニハシガラスやコーニッシュ・ヒースといった動植物、蛇紋石の一種であるリザード石は、このリザードが原産地です。ただ、物語中の〝リザード・ベイ〟はコーンウォールの南海岸ではなく北海岸と記されているため、リザードをモデルとした架空の町という設定のようです。

ヒースモア・コテージの買い手としてルーシーが出会ったトーマスもまた、侯爵という生来の地位に不自由を感じ、ロンドンでの生き方を見失った結果、リザード・ベイにたどり着いた人物です。社交界のはみだし者の二人が、独身主義者ミス・Eの思い出を挟み、イングランド最果ての地で繰り広げる風変わりなロマンスをどうぞお楽しみください。

琴葉かいら

二〇二一年十月

訳者紹介　琴葉かいら
大阪大学文学研究科修士課程修了。大学院で英米文学を学んだあと、翻訳の道に入る。主な訳書にキャンディス・キャンプ『公爵令嬢の恋わずらい』、マヤ・バンクス『消えない愛のしるしを』（以上、mirabooks）がある。

英国《えいこく》貴族《きぞく》と結婚《けつこん》しない方法《ほうほう》

2021年10月15日発行　第1刷

著　者　ジェニファー・マクイストン
訳　者　琴葉《ことは》かいら
発行人　鈴木幸辰
発行所　株式会社ハーパーコリンズ・ジャパン
東京都千代田区大手町1-5-1
03-6269-2883（営業）
0570-008091（読者サービス係）
印刷・製本　中央精版印刷株式会社

ISBN978-4-596-01492-4